ハヤカワ文庫 SF
〈SF2465〉

タイタン・ノワール

ニック・ハーカウェイ
酒井昭伸訳

TITANIUM NOIR
by
Nick Harkaway

Translated by
Akinobu Sakai
First published 2024 in Japan by
HAYAKAWA PUBLISHING, INC.
This book is published in Japan by
arrangement with
PEW LITERARY AGENCY LIMITED
through THE ENGLISH AGENCY (JAPAN) LTD.

クレア、
クレメンシー、
トムに
――きみたちはぼくのすべてだ。

たったひとりでいい、わたしがものした玉石混交の諸作を手元に残し、
年に一度でいい、思いだしてくれる読者がいてくれたなら。

——デイモン・ラニアン

タイタン・ノワール

登場人物

キャル・サウンダー…………警察のコンサルタント。私立探偵
ロディ・テビット……………生物学者
ジャイルズ・グラットン……市警の警部
フェルトン……………………市警の刑事
マスグレーブ…………………市監察医
ステファン……………………〈トンファミカスカ・カンパニー〉のトップ。四齢のタイタン
アテナ…………………………キャルの元恋人。ステファンの最年少の娘。タイタン
エレイン………………………ステファンの元妻、アテナの母親。タイタン
モーリス………………………ステファンの甥。〈トンファミカスカ・カンパニー〉の重役。タイタン
ジェレリン……………………ロディのアパートメントハウスの警備員
ビル・スタイルズ……………ロディが勤める大学の学部長
オストビー……………………投資アドバイザー
ヴィクター（ヴィク）………クラブ〈ヴィクターズ〉のオーナー
サム……………………………〈ヴィクターズ〉の用心棒
マック＆ミニ・デントン……〈ヴィクターズ〉の客。〈タイタンかぶれ〉
ライマン・ニュージェント…犯罪界の顔役
ゾガー…………………………ニュージェントの仲間

1

ジャイルズ・グラットン警部は憔悴《しょうすい》しきって見えた。むりもない。無惨な殺人現場では捜査を指揮し、署に帰れば無遠慮に踏みこんでくる市議連中の相手もしなきゃならない。オフにはひたすら寝るばかり、そんな暮らしが、もう十九年つづいている。

「いくぞ」ノックもせずに、いきなりグラットン。

「了解、警部」

「いつものだ」

コートを手にとり、警部が出るまでドアを押さえてやる。

「毎度ご苦労だな、キャル」

あとは無言で階段を降りていく。悪い知らせを話題にしたところで、なんの意味もない。

同じ市街地でも、このあたりは守備範囲からはずれている。治安が悪いというほどでもないが、格別いいわけでもない。ふだんの顧客はアップタウンの住人で、ダウンタウンはどうも勝手がちがう。グラットンは現場の高級アパートメントハウスまで送ってくれたが、構内に入ろうとはしなかった。

「おれはもう見た」

「目星は？」

グラットンはかぶりをふって、

「それはおまえの領分だろう」

「裏取りは？」

「まだだ。しかし、現場を見ておれの見込みちがいとわかれば、さっさと帰って寝ていい。報酬は懐に収めとけ」

一階のロビーを通りぬけて階段へ。これは階段の状態を見るためだ。階段は一段一段がピカピカで、洗浄剤の柑橘《かんきつ》臭を濃厚にただよわせていた。四階までたどりついたところでエレベーターに乗り、三十六階に到着。

アパートメントの床には、ナードの死体がひとつ。こめかみには小さな孔があいている。

孔の周囲はすこし焼けて、灰がうっすらとついていた。間近から撃たれたのか、それとも自殺か。着弾の衝撃でわずかに血が噴きだしていたが、銃弾はまだ頭の中にあるはずだ。小口径、低威力。それでも、役目をはたすのに充分な。

死体の足元付近では、市監察医のマスグレーブがタブレット相手に悪戦苦闘していた。警察ネットワークは遅いことで悪名が高い。だが、それ以外、室内はなべてこともなし。人が死んだ現場は深夜の駅に似て、終電が出るまで、あまりすることがない。

ホトケの齢《とし》格好は四十五歳というところか。見た目はナードの典型だ。黒髪のカットもナード風なら、着ているシャツもナード風のボタンダウン、襟の裏にはクリップタイ用のフックを左右に縫いつけてある。スラックスもナード風で、股上が深すぎ、裾は短すぎる。マーケットの職人地区で調達してきたらしいナード風の靴には、リハビリ用の衝撃吸収型インソールがセットしてあった。それに部厚い靴底が加わって、流行を顧みぬスタイルのできあがりだ。ホトケの生き方を体現しているのはこのスタイルだろう。古い人間が好む服装をして、外見にはとんと無頓着だった男。

大きなピクチャーウィンドウの前には、窓を向く形でラウンジチェアが一脚。ホトケはふだん、あれにすわって外を眺めていたんだろう。チェアに腰をおろし、窓の外を眺める。体重で押さえられ、すっかりクセのついたクッションに、被害者の亡霊を感じてしまう。

鑑識班はとうのむかしに引きあげたあとだが、警察関係者はまだ三人残り、現場の椅子を遠慮なく使う不謹慎さに眉をひそめていた。捜査員には、こういった行為は許されない。というか、厳に禁じられている。そもそも、こんなまねは常識の外だ。

「おい。そこに鎮座ましまして、スナック菓子でも食う気か？　え？」

声をかけてきたのは、ドアのそばに立つフェルトン刑事だった。この男、探偵がここにいるのが気に食わないらしい。捜査状況を聞く必要もないので、相手にしないことにした。

窓の外を見わたせば、湖の東西に市街が広がっている。ミッドタウンから湖に突き出たケルセネソス半島は、ばかでかいボウルから水を飲む犬の鼻づらにも見える。そびえたつ摩天楼群の合間には、湖の北岸からせりあがる山脈地帯が見えた。オスリス湖は、地形としては高山湖に属する。山頂から湖畔にかけてのラインはなだらかで、山高きがゆえに、水深も深い。澄みきった湖水になにかを投げこめば、四千メートルの湖底まで沈んでいく。暗黒に閉ざされた深みは秘密を呑みこんで、二度と明るみに出ることはない。モノであれ、ヒトであれ。

「もう、この役たたず！」マスグレーブがタブレットに毒づいた。

世に言われることは事実じゃない。優れた職員は平気で道具を罵倒する。すくなくとも、警察本部が支給できる程度の道具を使わざるをえない場合には。フェルトン刑事と連れの制服警官は笑おうともしなかった。残っている捜査員はこのふたりだけ──ということは、〝天上界〟でなにか深刻な事態が起きているにちがいない。人手が必要なときはかならずそうなる。グラットンがくれたのは猶予か──はたまた、絞縄《こうじょう》か。

デスクにもどり、平らな板面をひとなでした。きれいなものだ。ひんやりとしている。机上には大学から貸与された端末が一台。プリンターの横には印刷用紙がひと束。上段の引き出しは竹の板で仕切られ、きちんと整理してあった。ステープラーのタマ、輪ゴム、何本ものペン。おかしなものはなにもない。この部屋やこのアパートメントにそぐわないものはとくになかった。ただし、例外がひとつだけ。なんの変哲もない品々の持ち主──床で死んでいるナードだ。

ナードが倒れているのは、飾り棚と水槽のあいだだった。

水槽にはニシキゴイが二匹。かたほうはオレンジ色、かたほうはオレンジ色と白。

デスクをまわりこみ、被害者のオフィスチェアに腰を落とす。両足を浮かせて、右手で軽くデスクを押し、ゆっくりと椅子を回転させた。椅子はサイエンスチェアで、半透明の気色悪いやつだ。この手の椅子は耳の軟骨から組織を採り、それを培養成長させて椅子に仕立てるもので、免疫なんたらが生物相なんたらと反応して健康にいいとかなんとか……。人によっては霊験あらたかかもしれないが、だれにわかる？　値が張るのはまちがいない。

椅子にすわったまま、ぐるぐるまわりながら考えた。この椅子、理屈のうえではホトケのからだの一部だよな……。

「なあ、マスグレーブ、この椅子の検屍はすませたかい?」

「まさか」

「というのは、知ってのとおり――」

「ええ、知ってる。理屈のうえでは、その椅子はまだ生きてるから、生体解剖にかけてもおかしくない。でも、もういちどいうわよ、まさか。現時点で椅子の生体解剖を進言する気は毛頭ないわ。うちの年間予算には、そんなばかげたことに割く余裕はないの」

「だけど、この椅子はホトケさんの体組織でできてるんだろ。もし毒でも盛られていたら――」

「頭に一発。死因はそれ」

マスグレーブの口調には、もうこの話はおわり、という含みがあった。

端末の周囲にも、マントルピースの上にも、飾り棚にも、家族の写真はない。というか、リビングルームのどこにも写真類《ピクチャー》はいっさいない。あるのはピクチャーウィンドウだけ。窓からは三十六階の高さから船着き場を見おろせる。やおら立ちあがって、バスルームを覗いた。なにもない。物置部屋はガラクタの山だった。折を見て、すこしは整理しようと思っていたんだろう。いや、ただ放りこんでおいただけか。人はときどき、ものを捨てる時間がなくて、ためこんでしまう。

ホトケは名をアラステア・ロドニー・テビットといった。通称はロディ。ふだんはこのアパートメントに住み、大学には研究室を持つ。未婚。すくなくとも、いまの時点では。唯一、身を飾るものといえば、手指のマニキュアと、頭骨に埋もれた弾丸のみだ。銃弾は耳とこめかみのあいだから貫入し、脳幹を貫通、反対側の頭骨の内壁で跳ね返っていた。使われた拳銃は常人の手の平よりも小さい。購入したのはきのうの朝。サイドテーブルに置かれたクレジットカードの伝票でわかる。テーブルには鍵束も置いてあった。鍵はみなスイス製で、デジタルキーはない。あとは、スプリング式のホルスターがひとつ。手首につけておき、特定の角度で手をひねると拳銃が飛びだして、手の平にすべりこむタイプだ。これも値の張るしろものにちがいない。なるほど、カネは持っていても、こんなものしか使い道がなかったわけか。室内にあるのは大半がなんの変哲もないしろものばかりだった。ふつうでないのは、例のサイエンスチェアと、あの靴、それに、高額の銃一式。そこから、ロドニー・テビットは衝動買いなどせず、必要のないものは買わないが、必要なものにはカネを惜しまないタイプと見た。とすれば、この手の拳銃が〝必要だった〟ことになる。

オフィスチェアにもどり、ふたたび回転させた。上を見て、下を見て、まわりを見て。

犯罪現場に興味を引かれぬものなどない。天井にはクモの巣が張っているが、まだ新しい。せっせと糸を紡ぐクモの姿も見えた。カーペットもとくに汚れてはいない。一カ所にあるしみは、頭から噴きでた血が落ちたものだ。それ以外には、人が住まう場所につきものの汚れやほこりしかない。カーペットの磨耗は、キッチン、ラウンジチェア、バスルーム、ベッドルーム間の行き来を、日々、連綿と繰り返したことで生じたものだろう。しかし、ロディ・テビットがその足跡を残すことは、もはや二度とない……。

オフィスチェアをデスクに向け、ふたたび引き出しをあける。引き出しは二段構成で、上の段は底が浅く、下の段は深い。上の段は各種の筆記具でぎっしりだった。数本の鉛筆——硬い芯。数本の鉛筆——軟らかい芯。芯鉛筆——六本入りひと箱。そして各種のペン。青ペン数本、黒ペン数本、赤ペン数本。色はこの三色。油性ペン《シャーピー》が数本、色はみな藍李色《インディゴ》、インディゴ一色。お好みの色だったらしい。印刷用紙に書きつけたメモもインディゴか。いい色だ。

ペーパークリップ数個、すべて同一サイズ。となりの区画にはステープラーのタマ数組。つぎは下の引き出しだ。ビニールテープ、色もサイズもさまざま。はんだキット一式。保護ゴーグル、はんだ用手袋。充電ケーブル自作用の軽量器具。素材の異なるはんだ数種。

カットしたケーブルの端きれ、ケーブル・クリップ。ゴムのり・使用期限内。からっぽの区画。ここになにを入れてあったのかはわからない。たぶん、予備の区画だったんだろう、予定外の品を入れておくための。引き出しを閉める。

　足元を見ると、デスクの足まわりでラグにひだが寄っており、そこに成型したこまかい金属部品が落ちていた。色は金色で温かみがある。ジェットコースターのレールのように、ループ、それもふたつのループが連結した形で、各々の直径はわずか二ミリほどしかない。どうやらピアスの留め金のようだ。

「なあ、マスグレーブ」

「なに」

「袋、あるか」

　マスグレーブのことだから〝当然〟などと答えはしない。法医病理学のプロ中のプロを自認しているだけに、自分がいかに優秀かは口にしないんだ。いちどでもマスグレーブと仕事をしてみれば、いやでもそれを思い知らされる。近づいてきたのは興味をそそられたからだろう。本来なら、未発見の証拠品など、現場に残っていていいはずはない。捜査でこんなものを見落としていいはずはない。なのに、ここに残っている——ということは、鑑識の連中、よほど死体に気を取られていたのか。これもまたいつもと勝手がちがう点だ。

「どこ?」マスグレーブが訊いた。

床を指さしてみせる。マスグレーブが脊髄反射的に写真を撮った。それを見とどけて、ポケットに手を入れ、はるかむかし、ある人からもらった折りたたみ式のコルク栓抜き《ソムリエナイフ》を取りだした。銀色に光る器具には、ワインの瓶の封蠟《ふうろう》を切るためにスライド式のナイフがついており、ピクニックはもちろん、証拠品のあつかいにも重宝する。そのナイフを床に近づけ、刃先に留め金をひっかけて、上に持ちあげた。マスグレーブが鼻を鳴らすような音を発し、身を乗り出してきて、口をあけた証拠品収納袋を差しだす。その中に留め金を落とした。マスグレーブは袋を閉じ、それを制服警官に手渡した。

「ホトケさんの耳たぶには、ピアスの孔なんてあいてないわよ」

ロディみたいなタイプの男が耳たぶにピアスの孔をあけているとは、だれも思わない。耳たぶ以外のどこにもだ。それでも、マスグレーブとしては調べざるをえまい。

立ちあがり、室内を見まわした。

ロディは無口で退屈な仕事人間だったらしい。時間がくればニシキゴイにエサをやり、地元の店で買い物をして、自転車でキャンパスへ。捜査初期の段階でわかっているかぎり、人さまの女房に手を出してなどはいないし、悪徳の館で賭けごとに興じてもいなければ、マセラーティの隠しコンパートメントで国境からドラッグを持ちこんでもいない。借金もなく、敵らしい敵もいなければ、悩みらしい悩みもない。きのうの朝には拳銃を購入し、きのうの晩にはその銃から発射された銃弾が頭の中にあった。事故か自殺か、殺人か——。そういったことはこちらの領分じゃない。領分になるかどうかの決め手はただひとつ。ロディ・テビットがまだ生きていて、二二口径デリンジャーから放たれた銃弾により、トップクラスと想定される脳ミソを抉《えぐ》られることなく、まっすぐに立っていたとしよう。その場合、身の丈は二メートル三十六センチ。

そして、運転免許証によれば、年齢は九十一歳。

つまりロディ・テビットは——タイタンだったのである。

グラットンの目に狂いはなかった。これはたしかにうちの領分だ。

オリンピックに出場経験のある元バスケットボール選手がいて、じつは七十歳なのに、どう見ても四十五歳にしか思えなくとも、納得はできるだろう。もちろんこれは、理屈のうえでの話。現実には、ハードなスポーツの選手は故障しやすく、選手歴が長くなるほど、その傾向は強い。心臓は疾患を起こしやすくなり、骨にはひびが入りやすくなり、関節、膝腱《しっけん》、前十字靭帯《じんたい》、肩の回旋腱板《けんばん》もろくなりやすい。しまいには脚に支障をきたして、矯正靴のお世話になることも。

納得できないのは、九十代なのに、四十代にしか見えない場合だ。これは通常の人間における健康維持期間の限界を超えている。唯一、そんな外見の保持を可能にする方法は、T7療法を受けることにしかない。だから、いくら当人がタイタンには場ちがいな地区に暮らし、タイタンにはふさわしくないアパートメントに住み、それらしくない服装をしていても――いくらタブロイド紙のネタにはされず、キャビアのスシや自家用機とは無縁の生活を送っていても――ロディは確実にタイタンだ。年齢と体格からして一回投与者だが、警察当局にとってはたいへんな火種となる。警察本部は対応でおおわらわになるだろう。タイタンがらみの事件となると、富裕層は必然的に恐怖し、顔のつながった政治家連中の尻をたたく。たたかれた政治家は警察本部長をせっついて、本部長は現場の捜査員よりも早く事件の全貌を把握しようと動きだす。結果的に、双方は道化なみのドタバタを演じて、最後にはどちらかが相手にねじふせられ、捜査から締めだされることになる。

いっぽう、タイタンはタイタンで、警察は自分たちが死んでも気にしないと考えている。これもさほど的はずれじゃない。タイタン連中はこう思いこんでいる――〝世界じゅうのタブロイド紙の記者どもが、むきだしの乳房にナイフを刺されて死んだタイタンの写真をほしがっている〟と。これはまぎれもなく、ゴシップ紙の本音だ。

こういう言い方をしているが、べつにタイタンをきらっているわけじゃない。それに、警察やブン屋のこともきらっちゃいない。さりとて、タイタンを好きというわけでもない。その点は警察やブン屋についても同様だ。

なにはなくとも、すべきことをしよう。それも、適切なやりかたで。

もうすこしアパートメントを見てまわり、物置部屋で箱のひとつをあけてみた。中には……雑多なものが入っていた。古い電車のチケット。大陸中央部の片田舎のどこかにあるダイナーで買ったロゴ入りのベースボール・キャップ。作業用手袋に工具ベルト、ただし工具はなし。いろんな店のレシート。ハイキング・ブーツ一足、苔《コケ》が入った袋。苔の袋はマスグレーブに手渡した。マスグレーブからは、貴重な証拠をどうも、と皮肉をいわれた。渡すさいには、これだって重要な証拠かもしれないぜ、とことばを添えた。

もちろん、本気でそうは思っちゃいない。ロディ自身、この箱に重要なものがあるとは思っていなかっただろうし、それをいうなら犯人もだ。そもそも、犯人がいたとして――それも犯人に、ロディが捨てきれず箱の中にしまっていた中身まで検分する時間の余裕があったとしての話だが。

たぶん、この部屋にあるのはそんな性質の品ばかりだろう。使い道はないが、さりとて捨てるふんぎりのつかない品を、なんとなく残していたんだ。年寄りにはその傾向が強い。

そしてタイタンは、どれだけ若く見えても、年寄りが大半を占める。ときどきタイタンは、部分的記憶喪失を起こす。これはT７の変成過程でとりわけ大きな心的外傷を受けた者や、多大な肉体的苦痛をおぼえた者に起こりやすい。変成時、脳はかつての状態にもどろうとするが、完全に元どおりになるとはかぎらない。そして、タイタンが憶えきれないほどのこまごまとした記憶をかかえこんでいることは周知の事実だ。心中の引き出しに意味あるものをためこんでいたとしても、どれがどう重要かはもうわからない。不死性の代償に、タイタンは自分が何者であったかを局所的に忘れてしまう。といってもそれは、そんなに悪いことでもないんだろう、きっと。

二十分後、このアパートメントの中で見つけられる証拠品は、例の金色に光るピアスの留め金だけだと確信した。これ以上は、ニシキゴイに訊かないと無理だ。マスグレーブに、あとで遺体仮置場にいくよと声をかけた。彼女の顔つきからして、どうするかはこちらで判断してよさそうだ。

フェルトンと制服警官のあいだを通りぬけ、外の廊下に出る。ドアの横には、ゆうべのうちに配達されてきたデリバリーの袋が置いてあった。注文ラベルを見ると、発注時刻は午後七時五十分。だが、ロディ・テビットが料理を室内に引きとることはついになかった。ラベルに記載されている配達時刻は八時十五分だ。

外の廊下に立ち、冷えきったデリバリーのにおいを嗅いではじめて、自分がいままで、死が残す虚ろな空気に包まれていたことを実感した。これは血臭や臓腑《ぞうふ》臭のことではない。死というものが空気に残す痕跡のようななにか、独特の空虚さのことだ。たとえるなら、骨の煮出し途中で火をとめたスープストックのにおいや、新しい塗り絵帳で色をまったく塗っていないページ――そんな感じだと思えばいい。

フロアには部屋番号360番台の部屋が並ぶ。被害者のロディ・テビットが住んでいた363号室は角部屋で、大きなピクチャーウィンドウがあった。362号室はフロア中央。364号室は通路をはさんで向かい側の区画全体を占める。この建物は向こうのサイドが傾斜構造になっているため、専有面積はほかの二室より広いわけじゃない。が、たぶん、バルコニーはそうとうに広い。

362号室のドアへ歩いていく。ドアの前にはバケツが置いてあった。ノックをする。返事がないのでベルを鳴らし、もういちどノック。やっとのことでドアが開き、清掃員の制服を着た男が顔を覗かせた。髪は脂じみていて、末ひろがり形の頬髯《マトンチョップ》《ほおひげ》を生やし、顎鬚《あごひげ》は伸ばしていない。胸にぶらさげた身分証によると、名前はルーファスだ。

そのルーファスにあいさつをした。

「ども。あんた、あの連中の――」ルーファスはそういって、捜査員たちを指し示した。

「いや、外部委託の探偵でしてね」これはつまり、捜査に協力するなら、多少の悪さには目をつむるぞという含みだ。経験上わかっているが、この手のうろんな男は、なにかしらやらかしていることが多い。アパートメントの内部を指さして、ルーファスにたずねた。

「この部屋に住んでる人たちは――？」

ルーファスは肩をすくめて、

「引っ越したよ、先週。ウェストコーストに」

「あっちは極寒地獄だそうですね」

「まったくもう、家財のひとつも残してないんだぜ」

ルーファスはためいきをついた。残していった家財があれば、売っていいという暗黙の了解でもあるのだろう。

「となりのナードを見かけたことは？」

「ああ、センセイかい、あの？」

ルーファスはそういいながら、頭の上に片手を伸ばしてみせた。あれほど大柄だからといって、かならずしもタイタンとはかぎらない。事実、自然に成長しても二メートル十を超す人間は、百万人にひとりくらいの割合で実在する。地球全体だと、八千人はいるかもしれない。しかしタイタンの総人口は、世界じゅうを合わせても二千人がいいところだ。

その大半がケルセネソス半島に集中しているとはいえ、それでもタイタンとはかぎらない。そもそも、総人口は問題じゃない。タイタンは富裕層で、使うのはＶＩＰ専用ラウンジ、シャンパンつきと相場が決まっている。選ぶのはいつでも最高級の服に靴。靴に衝撃吸収インソールなどつけはしない。歩く大金、それがタイタンだ。だからルーファスにとって、ロディ・テビットは〝あのタイタン〟ではなく〝あのセンセイ〟――〝大柄な学者先生〟なのだろう。

「そう、あの」と答えた。

ルーファスはふたたび肩をすくめて、

「あるよ。あれじゃ見まちがいようがない」

正直、あの人物、だれの目にも触れず、ひっそりと生きているんじゃないかと危惧していたんだが、そうでもないようだ。

「どんな感じの人物です？　品行は？」

ルーファスはうなずいて、

「悪かぁないな。ちゃんとしてるよ。シャイじゃあるけどな」

「デートとかは？」

ルーファスはまたも肩をすくめて、

「ときどき、女がきてた。いかにもお上品な感じの」

「人づきあいは？」

「あんまりね」ルーファスは横目でちらりと隣室を見やり、床に視線を落とした。どうも、363号室が気になってしかたないらしい。「近所づきあいはってことだがね。せいぜい、会釈するくらいでさ。物静かな人だったよ」

「訪ねてくる人は？　音楽をガンガンかけたり、そういう行為は？」

ルーファスは笑った。

「いっぺん教え子の学生が訪ねてきて、いまふうの音楽を聴かせてたっけ。三人だった。センセイに人生を謳歌する方法を教えてやるんだといってたが、無駄骨だったね」

「その三人、写真を見せたらわかりますか？」

「しばらく前だからなあ。ひとりは女学生で、茶色の髪を腰まで伸ばしてた」

「髪はふつうの茶色か、それとも――」

残念ながら、茶系の髪に茶色以外のどんな呼び名があるのかなんて知らない。とにかく、髪の話をきっかけに、女学生の件を聞きだそうとしたとき、ふとルーファスの妙な表情に気がついた。これはたいていの人間が相手を値踏みするさいの顔だ。この探偵、警官にはできないことをどの程度する気があるんだろう？　警官ではないから規則には縛られず、警官ではないからためらわずに鼻薬を使ったりするだろうか。

ルーファスの目を覗きこみ、札をつかませた。それを受けとって、ルーファスいわく、いやあ、愛犬アスレチックス分野で投資に失敗して、今月、ピンチなんだ、これで多少は穴埋めになるよ――。

見ているうちに、ルーファスが背を向け、室内のクローゼットにのそのそと歩きだした。その足運びがどうもおかしい。まるで船乗りを演じるチャップリンだ。腰でも痛めているように見える。馬に踏まれた従兄弟《いとこ》が、やっぱりあんな歩き方をしていた。ルーファスはロディ・テビットを憎んでいただろうか――相手がタイタンだからという理由で。T7を投与されてタイタン化するさいには、あんな怪我など確実に治ってしまう。しかし、あの怪我を治療するため、ルーファスにT7を投与してくれる者はいない。それはそうだろう。よほどのコネとカネがないかぎり、タイタン化は夢のまた夢だ。

戸口にもどってきたルーファスの手には、茶色い糸の束みたいなものが握られていた。手わたされてはじめて、それがなんだかわかった。

「女子学生の髪を――拾い集めていた？」

「人間ってのは、しょっちゅう髪をばらまいてるもんだ。そういう長い髪はなおさらでな。ドアやら植木やらセーターやらに、いつもくっついてる。それがしまいにゃ床に落ちるというわけ。その女子学生、363号室のドアの外で髪を梳《と》かしてったらしい。センセイに会う前に、身だしなみをととのえたんだろうな」

「落ちていた髪を集めたのは、美観のため？」

「集めてるんだよ」ルーファスは悪びれるようすもなく答えた。「落ちてる髪は、ぜんぶ拾い集めて、色別、等級別に分けて、年末になったらまとめて売るんだ」

これはまた耳新しい。売買の仕組みをちょっと考えてみて、心の中にメモを書きつけた。よほどせっぱつまらないかぎり、ほかになんの糸口も見つからないかぎり、ルーファスの清掃員室を家探しするのはやめておこう。

「売るとは、だれに？」

「葬式のとき、ホトケさんに化粧をするだろ？　ああいう仕事の連中にだよ。たいていはつけ毛にするんだがな、ときどき髪のない遺体もあって、外見をととのえるには使えない、そういうときは、からだの中に詰めることもある」

「いやはや……人生、学びの連続だ。聞きたくもない三文知識の」

ルーファスはこの物言いが気にいらなかったらしい。

「とにかく、そいつはその女子学生の髪だ」

それだけいって、さっさとひっこみそうになった。

「近ごろ、変わったようすは？　ロディ・テビットに」

ルーファスはかぶりをふった。

「気づいたかぎりじゃ、なかった」

「きのう限定では？　今週の頭からでは？」

こういう質問になると、相手はすぐに事態を察する。

「ない——って、まさか……。なんだ？　なにがあった？」

「火の不始末ですよ。それじゃ」


３６４号室の住人は、じつはノックを待っていたものの、それとは知られたくなかったらしい。不安げな足音が戸口に近づいてきて、止まった。ドアの向こうにそっとたたずみ、息を殺して数を数えているようだ。こっちも数を数えた。人はたいてい、10まで数える。そうするものと思いこんでいるからだ。カウント9で表情をととのえ、丁重で淡々とした顔を作ったとき、ドアが開いた。

背の高い細身の女性だった。髪は後頭部でV字形に刈りこんであり、横髪は口の高さで切りそろえている。身につけたジャケット・ドレスの襟は大きくて長く、見る者の視線を顔から下へ誘導するデザインだ。その意図を避けて、女性の鼻先、十センチほどの位置に目の焦点を合わせ、警察関係者らしい表情を作ってみせた。

「こんにちは。キャル・サウンダーといいます。ある重大犯罪に関して、警察に協力していましてね。入らせていただいてもいいですか？」

判断の余裕が持てるよう、身分証を丁重に提示してみせたが、女性は打てば響くように答えた。

「いいですとも。どうぞ、中へ」

どこか悲しげな声。だが、その目には地雷女めいた光がある。

いたるところに敷いてあるラグ、真鍮《しんちゅう》製水差しの数々。メソポタミア風が流行《はや》ったのは去年だったたな。室内にはコーヒーとベティバー精油の香りがただよっていた。そこここに硬木のモダンな家具が置いてあり、その周囲には孔雀の羽根が何枚も飾ってある。まるでチャーリー・イームズのデザインを気にいったスルタンの部屋だ。女性の名前はレイラ・キャッチポールといった。夫とは離婚。すんなりとはいかなかったらしいが、もうすんだこと。別れた夫は後妻とマウイ島に住んでいる。

「ご用はなにかしら、ミスター・サウンダー」

本能的に、無能を演じた。

「この建物の一室で、問題が発生しましてね。捜査している警察からの依頼で、ちょっときてくれ、技術的な問題で知恵を貸してほしいといわれたんです。それですこし、問題の背景を聞かせていただけないかなと思って」

「問題？　どんな？」

「社会医学的犯罪調査の専門家として呼ばれたんですよ」

この理知的そうな響きを聞けば、だれもがこれは信頼に足る人物だ、当局相手に副業をしている医師だろうと見なし、積極的に話をしてくれる。廊下をはさんだ向かいの部屋で人が死んだといおうものなら、そうはいかない。

「この四週間、在宅なさっていましたか？」

なさっていたそうだ。

「去年の三月、どこにいらしたか、思いだせますか？」

会話が抽象的になるにつれて、レイラ・キャッチポールは吐息をつき、過去の予定表をチェックしだした。記録があった。

「ロディ・テビットという人と寝たことは？」

レイラ・キャッチポールはちょっと考えてから、

「それはいつごろを想定しての話？」

「いつでもです」

「あるわよ。一度だけ」

「いつでした？」

「彼が越してきたばかりのころ。こちらは離婚したばかりだったわ。あなた、ずいぶんと立ち入ったことを訊くのね」

「たんなる導入です」

「これからが本番？　いいわ。その〝社会医学的犯罪〟。具体的にどういうものなの？」

「そういう種類の犯罪があるんですよ」

「それじゃなんにもわからない」

「事実ですので」

「質問は交互にしましょう」

「質問など待たず、ごぞんじのことをお話しになってはいかがです？」

「わたしは退屈しているのに、あなたはナンパしようともしない。せめてそんなふりでもしたらいかが？」

やっぱり地雷女か。

「社会医学的犯罪は、ときに暴力も含む罪です。殺人もあります」

「不粋な人ね。ミスター・サウンダー。わたしに色目を使いもしないで、殺人の話をするなんて。昨晩、向かいの部屋でなにがあったの？」

「だれかの銃が火を噴きまして」

「その銃が火を噴いたとき、銃口は別のだれかに向けられていたのかしら？」

「こんどはこちらが質問をする番ですよ、ミセス・キャッチポール。ロディ・テビットのことはよくごぞんじでしたか？」

「房事のこと以外、なにも。心やさしい年寄りだったわ。年寄りなのは知ってらした？」

「ええ。あなたがそれをごぞんじかどうか、気になっていたんですが」

「わたしがあのひとと寝たかなんて、どうしてたずねたの？」

「彼はタイタンで、あなたは美人なので」

「ま、おじょうずね」

「その一度だけでしたか？　逢瀬は重ねず？　二度めはなし？」

レイラ・キャッチポールはためいきをつき、すぐには答えなかった。どうも、いまにも泣きそうな状態らしい。これは人間が心情を吐露するまぎわの段階だ。しかし、吐きだすためにはなんらかのきっかけが必要なんだろう。

「その一度だけよ。すてきな交歓だったわ。ぎごちなかったけれど。たぶん、あのひとは

「……試そうとしていたのね、まだできるかどうかを。かなりひさしぶりだったみたい」

「ミセス・キャッチポール、横を向いていただけませんか、すみません」

そのとおりにしてくれた。顔を左横へ。ヘアラインの下に、丸みを帯びた耳たぶが顔を出していた。ピアスの孔はない。

「反対側もおねがいします」

そのとおりにしてくれた。

「ピアスはしておられませんね」

「だれに聞いたの？　わたしとロディの関係。おおかたルーファスね？」

「ルーファスという人物、あなたになにか思うところがあるんですか？」

「わたしにではなくて、女全般によ。思うところというより〝含むところ〟だろうけれど。〝社会医学的犯罪〟――このことばであなたがいいたいのは、こういうことでしょう？タイタンと薬物がらみの犯罪って。あの薬物、なんという名前だったかしら」

「それはごぞんじでしょう」

「ええ。〈タイタン化薬《タイティニアム》7〉ね」

「ほかになにをごぞんじですか？」

「雑誌で読んだ程度よ。点滴注射で若返り処置を施すのよね。いったん身体時計のネジを思春期前の年齢まで巻きもどして、そこからすごい速さで好みの齢に成長させるんだとか。ひどく損傷した器官や四肢も再生させられると聞いたわ。文字どおり、若い時分の肉体に復帰できるそうね。ただし、すでに成熟した肉体をさらに成長させる以上は、どうしてもからだが大きくなってしまう。タイタンという呼び名はそこからきたのでしょう。ああ、それと、とんでもなく費用がかかるから、だれにでも受けられるものじゃなかったわね。富裕層にだけ限定される特権的処置。なにか言い洩らしがあるかしら？」

「いえいえ。まったくもって、おっしゃるとおりです。最初の投与では、二〇パーセント巨大化します。以後は投与のたびに体格が大きくなっていく。ロディはたぶん、一回めの投与――一齢どまりでしょう」

「ロディについては、なにをごぞんじなの？」

　確実にごぞんじなのは、いまこのとき、死体袋に詰められて、屋外に運びだされようとしていることだ。廊下から車輪つき担架《ストレッチャー》を押していく音が聞こえる。

「ナードだった、ということくらいですか。好きなものは、鑑賞魚。仕事、そして、いまわかったことですが、あなた」

「さっきご自分でおっしゃったように、ミスター・サウンダー、あのひとはタイタンで、わたしは器量よし。あのひとには興味を引かれたわ。タブロイド紙をにぎわすタイタンのくせに、当人はテニス・プロの肉体を持った、人のいいおじいちゃんなんだもの。ただ、たしかにナードではあったし、ロマンティストでもあったし、男やもめでもあったわね」

「以前は奥さんがいたと?」

「ええ、もう亡くなったそうだけれど。自分の回春に全財産をはたいて、奥さんのことは顧みなかったのかしら。だとしたら、身勝手な話よね」

たしかに、そうだ。もしそうなら、あまり愉快な話じゃない。が、それなりに、殺人の動機にはなる。

レイラ・キャッチポールは肩をすくめた。

「とにかく、一度きりの関係よ、さっきいったように。あのひととしては、女と寝るのがひさしぶりなので、それがどういうものかをたしかめたかっただけ。わたしはわたしで、自分があのひとをほほえませられるかどうか、たしかめたかっただけ」

それは分のいい賭けだっただろう。

「では、ゆうべは?」

「ゆうべがなに?」

「廊下の向こうから、なにか聞こえませんでしたか?」

「いいえ」

「銃声すらも？」

レイラ・キャッチポールは顔をそむけた。

「あれがそうだったのかしら。ポンッという音。シャンパンをあけたのかと思った」

「ひとりで？」

「このところ、いつもひとりだったわけじゃないのよ、あのひとは」

「では、あなたは？」

「わたしもひとりじゃなかったわ」

続きを待った。レイラ・キャッチポールは手を伸ばし、テーブル上からハンドバッグをとると、一枚の名刺を取りだした。厚手の紙で、つや消し加工《マット》が施してある。街の外からきた音楽産業従事者の名刺だった。

「けさの便で発ったの。必要なら連絡なさい。手がかりにはならないだろうけど」

「これはどうも」

「あなたはゆうべ、ひとりだったの？」

「はい」

「証人とデートする人ではなさそうね。事件が解決したあとでも」

「はい」

「だったら、ぶしつけを承知でいうけれど、ミスター・サウンダー、こんなところで油を売ってないで、さっさとよそを当たりなさい。わたしは気にいっていた人が亡くなったと知ったばかり。こうしてあなたのお相手をしている気分じゃないの」

レイラ・キャッチポールと握手をし、背を向け、ドアへ向かった。戸口まできたとき、もしやロディを殺したのはあなたですか、とずばり訊いてみようかと思ったが、うしろをふりかえったときには、もうあの場所にはいなかった。室内を見まわすと、バルコニーに出て、ベランダチェアのそばに立っている。ジャケット・ドレスを床に脱ぎ捨て、両手を大きく広げて、空を見あげるかのように頭を大きくのけぞらせた格好だ。配達ドローンが飛びかい、ところどころに雲が浮かぶ空のもとで、レイラ・キャッチポールは明るい冬の陽射しに包まれたがっているように見えた。

予想どおり、そうとうに広いテラスだった。

建物を出ていくさい、ロビーで警備員の女性、ジェレリンに声をかけた。ジェレリンは話し好きで背が高く、頭はこちらの肩にとどく。孫息子は医者をめざして勉強中だそうな。乙女座生まれで、管理室にある受付デスクの横には、暴漢対策としてビリヤードのごついキュースティックを常備している。ナイロビ生まれのナイロビ育ちとあって、暴漢を取り押さえるのはお手のもの。奥の部屋には非常用に銃の備えもあり、これは月に三百発まで撃っていい契約になっているという。じっさいは二倍撃っても、弾代は管理会社持ちだ。射撃のプロでないとはいえ、かなりの腕前らしいが、あまり射撃の現場にいあわせたくはない。警備員としても有能で、二週間ほど前、のぼせあがった酔っぱらいふたりが住人につきまとい、建物に侵入しようとしたさいには、キュースティックを持ちだすまでもなく、一喝しただけで追い払ったと聞いた。

そのジェレリンにたずねてみた。レイラ・キャッチポールだけど、ロディ・テビットをたらしこんでたのかな？　もちろん、下卑た口調にはならないように気をつける。

「ミスター・サウンダー……」

「キャルと呼んでほしいね」

「ミスター・サウンダーとしか呼ぶつもりはありません、そんな質問をされるかぎりは」

「仕事なもので」

「このアパートメントハウスに住む女性の社会活動については、いっさいお教えしません。だれに対してもです。わたしたち女性は団結しないと。入居者の方々の動向にはいっさい関知しないのがオーナーの方針でもあります。それを守るのがわたしの仕事なんですよ、ミスター・サウンダー」

「殺人事件の調査なのに？」

それでもジェレリンは、肩をすくめるばかりだった。

ジェレリンを相手に、ロディ・テビットが死んでいないふりをする意味はない。遺体の回収班が荷物運搬用エレベーターへストレッチャーを入れるには、ジェレリンの保管する鍵が必要だからだ。

こんどは、ロディがどんな人物だったかたずねてみた。物静かで、いちどもトラブルを起こしたことがないという。入居した日からずっと、白人だというのに、わたしのことをちゃんと名前で呼んでくださるんですよ。いいえ、この建物に出入りできるのは、玄関のほかには非常扉しかありません。その非常扉には警報装置がセットされていて、不用意にあけようものなら、二十秒のうちに対処しないかぎり、天井のタンクから水が撒かれて、フロアじゅうの廊下が水びたしになってしまうんです。ええ、あります、たしかに荷物搬入口はありますよ、この管理室から開閉する仕組みです。はい、セキュリティカメラの記録だってあります、ただし、カメラの設置場所があそこで、来客の顔は映らないようになっていましてね。そうです、オーナーの方針です、プライバシー保護の観点で。いえ、荷物搬入口のカメラはまた別。あそこのカメラにはズーム機能も暗視機能もあるんですよ、ごまかしができないように。窃盗対策の意味もありますね。いいえ、あの晩、ミスター・

テビットのお宅へ来客があった記憶はありません。もっとも、通勤時間帯は人の出入りがはげしいですから、この時間帯にかぎっては、出入りの方を全員チェックしなくてもいいことになっているんですよ。ですから、午前六時半にどなたかがきて帰られたとしても、わたしにはわかりません。午後九時のまぎわに出ていった方がいらしたとしても、やはりわかりません。そもそもわたしの仕事は、屋内の状況を把握するいっぽうで、さきほども申しあげたように、入居者の方の動向は〝見ない〟ことにあるんです。そうです、昨晩、ミセス・キャッチポールはどなたかと棟内に入ってこられました。品のいい年配の方で、とくに不審な印象は受けませんでしたね。

つぎに、テイクアウトのデリバリーのことをたずねてみた。ロディはときどき、その角をまわって向こうの店に、デリバリーを頼んでいたそうだね？　ええ、ゆうべも配達がありました。なんだ、それじゃあ、結局、来客はあったんじゃないか。いいえ、〝来客がなかった〟というのは、配達は除外して、ちゃんとした来客がなかったということです。ええ、配達の男の子なら通しましたとも。わたしもときどき、あの店を利用するんですよ。高くないですしね。ほとんどはゴア料理で。ほら、インドのゴア、ポルトガル色の強い。なのに、料理人はハンガリー人なんだから。組みあわせの妙というんでしょうかね。なぜそんな組みあわせになったのかはわからないけれど。配達の子がまた可愛くて。若い子がご両親といっしょに働いているのを見るのはいいもんですね。教育もたいせつだけれど、家業の家族経営も大事。世の中、両方とも必要なんです。あの店へ聞きこみにいくなら、あの子のおかあさんに、ジェレリンがよろしくいっていたと伝えてくださいな。

ひとしきり話を聞いてから、おもむろに首をめぐらし、セキュリティカメラを見あげた。設置場所が高すぎるし、入口からも遠すぎる。ジェレリンがいったとおり、だれであれ、玄関から入ってくる者のプライバシーを護るよう意図された配置だ。コンプライアンスと権利保護の観点では完璧だが、犯罪捜査にはありがたい仕様じゃない。グラットン警部の捜査員たちは、屋内に出入りした来訪者と居住者の突きあわせに往生するだろう。まあ、そのための制服組なわけだが。

ジェレリンに名刺を渡し、警察に話したくないことでなにか思いだしたら連絡をくれるよう頼んで、冬空のもとに出た。霧や湖水のにおいとともに、雪のにおいが感じられる。そして、往来する車が放つ熱も。

ゴア／ハンガリー料理店は、ハンガリー系らしく〈ビーラの店〉といい、料理人の名もアッティラだが、奥さんの発音では〝オタロ〟と聞こえた。奥さんの名もハンガリー風にマリ。商才があり、店を切り盛りしているのは、奥さんのほうらしい。声をかけてみると、マリは気さくに応対してくれた。まあ、あそこのジェレリンから？　あれはいい人よねえ。ええ、テビットさんなら知ってますとも。ときどきふらりときて、食事していくんです。注文はたいてい同じ、ちょっとクセの強い料理ばかり、お酒はあんまり飲まないわねえ。くるときはいつもひとりで。いいええ、キャッチポールさんといっしょにきたことなんてないわよぉ――この口調から推察するに、マリはミセス・キャッチポールが好きではないらしい――ただ、女の子を連れてきたことはあったわね。それが色白の可愛い娘《こ》でねえ、テビットさんとくらべると小さく見えたけど、じっさいの背丈はあたしと同じくらいかな。オタロがいうには、歌手なんですって、その娘《こ》。どうして歌手だとわかったのかって？本人から聞いたのよぉ。うちのひとがその美人歌手に声をかけた日？　正確に？　注文のソルポテルとパプリカ・フェジョアーダをテーブルに運んでったときだったかしらねえ。まったくもう、女のお客さんに声なんかかけてないで、料理に専念してろってのよ――。ここまで話を聞いて、その女性客、ピアスをしていたかをたずねようと思ったが、やめることにした。訊いても無駄な気がしたからだ。

　オタロが厨房へ帰っていく。おりしも、息子がスケートボードをかかえて店の入口から入ってきたので、マリはすぐさまテーブルに連れてきて、目の前の席にすわらせた。

「アンドールっていうの。ゆうべの配達はこの子。そのときのこと、話してやんなさい、アンドール」

少年は、たしかにゆうべの配達は自分がいったと話した。

「でも、あのひと、いっつも玄関に出てこないんだよ。チップもくれないし」

「アンドール！」

「ごめん、かあさん」

「食べものの置き配なんてしちゃダメでしょ。お客さんが玄関口まで出てこなかったら、かならず持って帰んなさい。温かいうちにお渡ししなきゃダメなんだから」

「でも、置いてってくれっていうんだよ、いつも」

これは興味深い。

「それ、ほんとうかい？」

「ほんとほんと。ノックするじゃん、でも返事がない。もいちどノックするとね、そこに置いてけっていわれるの。ゆうべも」

「本人に？　それとも、ほかの人に？」

「うーん……どっちかな」

「アンドール！」

「いや、一理あります、ミセス──」はて、マリの姓はなんだったっけ？　「──アダミ。

ドアごしにひとことだけだと、はっきりとはわからんでしょう。確証が持てなかったこと――そこが重要なんです。ありがとう、アンドール」

「うん。じゃね」少年は立ちあがろうとした。

すかさず引きとめ、テーブルの上に一ドル札を二枚置く。

「ゆうべ、チップをもらえなかったのは――」と、札を指先で押さえて、「部屋にほかの人がいたからだと思うかい？　それとも、部屋にはひとりだけだった？」

「人がいたと思うよ。いつものガールフレンドじゃないかな。うん、いたと思う」母親をちらりと見て、「応答した人、息が荒かった。なにかの運動でもしてたみたいに」

母親に険しい目でにらまれて、少年は札をとり、そそくさと立ち去りかけた。

「手伝いにいきなさい！」

「はあい」

厨房のドアが閉まる。

「いい子じゃないですか」

にこやかな笑みを浮かべたマリに見送られ、店の外に出て考えた。ロディ・テビットは自分で注文したんだろうか。自殺する人間がか？　ふたつのイメージが浮かんできた。

ラウンジチェアにすわって街を見わたすロディ・テビット。

カーペットに倒れているロディ・テビット。

そして、考えた。配達の少年は注意力を欠く。そんな少年にもドアごしに聞こえるほど荒い息をしていた、何者かのことを。

マスグレーブのオフィスは二階にあり、遺体仮置場が併設されている。オフィス南側の壁面は、検屍室に自然光が入るよう、全体が磨《す》りガラスだ。北側の壁面全体を占めるのは遺体安置区画で、中に遺体を収めた真四角の扉が何列にも並んださまは、いわば悲しみのライブラリーといったところか。

戸口から顔を覗かせ、声をかける。

「やあ、マスグレーブ」

「ピアスのDNAは未検出」マスグレーブがいった。

「そりゃどうも」

「すこし待てるなら、第一印象を話したげる」

「やあ、ティドボー、マスグレーブには本物の人間あつかいしてもらえてるか」

証拠保全担当のティドボー巡査部長は、読んでいた雑誌から顔をあげた。

「いいや、まるっきり」

「やあ、フェルトン、さっきぶり」

フェルトン刑事は中指を突きたててみせた。こいつとはどうも相性が悪い。トマト派とトメイトウ派みたいに。

「なにしにきやがった？」フェルトンが訊いた。

「ロディ・テビットの件だよ」

「あれ、自殺だろ？」ティドボーがいった。

「それならそれでいい。ただ、あの男はタイタンだ。だからきたのさ」

「なんであれがただの大男だと思わない？」

「おん齢《とし》九十だぜ、フェルトン。あれだけ大男になったのは、いつだかだれかに、T７を投与されたからだ」

「クソくらえだ、タイタンもおまえも」

「奇遇だね、同じ思いだ」

「おまえなんかといっしょにすんな、なにが同じだ、この――」

「ふたりとも、いいかげんになさい！」マスグレーブが一喝した。「フェルトン、故人はタイタンだったの。投与は一回、業績の見返りとしてね。あろうことか、契約上の特典よ。こんな事例、はじめてだわ。それと、サウンダー、煽《あお》るのはやめて」

「こんなやつの手助けがいるのかよ？」フェルトンがいった。

「トラブったとき、あわれな人身御供《ひとみごくう》がいるだろ」と、マスグレーブのかわりに答えた。

　さすがにこれはいいすぎたらしい。フェルトンが血相を変え、こぶしを握りしめて立ちあがったからだ。そのこぶしを持ちあげたものの、思いなおしたのか、いったん横を向く。と思ったとたん、ほんとうに殴りかかってきた。いいストレートだ。そのまま腕が伸びていれば、かわせていたかどうか。まさか本気で刃傷沙汰《にんじょうざた》を起こすとは思わないじゃないか。だが、それは無用の心配だった。というのは、マスグレーブがほとんど顔をあげもせずに電撃銃《テーザー》を突きだし、フェルトンに向けて発射したからだ。

　嘘じゃない。無造作に突きだした銃を、フェルトンの背中に押しあて、引き金をぐい。接点電撃というやつだ。電気を流すのは一瞬だけ。それだけで胃の強靭《きょうじん》な筋肉がぎゅっと引きつれ、フェルトンはぴくんと痙攣《けいれん》すると、悲鳴をあげて前のめりに倒れた。とっさに両手をつきだしたのは、顔面から倒れこんで鼻が折れないようにするためだ。それでも、かなりの勢いで床に激突するはめになった。

「どういたしまして」マスグレーブがいった。「わたしのおかげでしょ、検屍の最中に、民間コンサルタントを殴ることもなく、痕跡証拠をだいなしにすることもなく、クビにもならず、訴えられることもなく、いろんな面倒を避けられたのは。わたしにお礼をいって当然よね？　だから、どういたしまして」

「しょ、正気か！」フェルトンが喚《わめ》いた。

「鼻血、出てるわよ」

たしかに、フェルトンの鼻からはひとすじ、血がたらりと流れだしていた。

「この職場では、流血は禁物」マスグレーブはティドボーにアスピリンの瓶を放り投げた。「部屋から連れだしなさい、ティドボー。あなたもあなたよ、キャル。このごたごたはね、あなたにも非がないわけじゃない。一瞬たりとも、それを忘れないように」

「やらかしたか？」

「もう二度としないで」

ティドボーはやれやれという顔で白目を剝《む》き、フェルトンが出ていくのに手を貸した。こちらとしても、マスグレーブの判断に異論はなかったので、おとなしく椅子にすわり、準備がおわるのを待った。ほどなく準備がすむと、マスグレーブはマスクを放ってよこし、検屍にとりかかった。

検屍は一般に思われているほどエグいものじゃない。たしかに、悪臭はある。いろんな場所でついたさまざまなにおいはつきものだし、生身を切り開くことは事実だ。とはいえ、そこにはたいてい、なにかすばらしいもの、なにか突きぬけたものがある。人間の体内は、ふだんは隠されていて、中を覗けるのは異常があったときにかぎられる。しかし、皮膚の下に秘められているのは驚異的な美だ。人とはまさに瞠目《どうもく》すべき存在なのである。

マスグレーブは繊細な手つきで作業を進めた。死体に触れることを微塵《みじん》も恐れていない。それどころか、全貌を把握するためであれば、抱きしめたりもする。その手にかかれば、遺体はほこりっぽい部屋にチェーンでつながれた聖書のようなもの。書かれている文字や色彩豊かなイラストばかりか、巻末に書きこまれた住民たちの結婚、誕生、死亡の記録、街の歴史そのものさえ読みとれる。自戒をこめていうが、人は自分のことでも、そこまでくわしくは憶えていない。

マスグレーブは注視されていることを意識しながら、温度計のセンサー・スティックをロディ・テビットの露出した肝臓に刺した。

「死亡推定時刻は、夜も更けていないころ。午後八時としましょう」

肝臓を摘出し、秤《はかり》にのせる。記録をとってから、冷蔵ボックスへ。

「この人、自分を臓器提供者《ドナー》に登録してる」マスグレーブはそういって、質問するひまを与えずに先をつづけた。「肝臓は再生可能。センサーの孔は心配しなくてだいじょうぶ」

「しちゃいないよ。臓器提供って、標準的な手続きで？」

「そうみたい」

「移植は可能？」

「もちろん。二分割しても、両方再生させられるわ。半分でひとつぶんの価値」

「T7含みでも？」

マスグレーブは肩をすくめた。

「拒否反応は出ないものと想定されてる。移植されてしまえば、タイタンの血液と細胞は常人の血液と細胞に変わるそう。それがほんとうなら……。ま、そこは裏をとりなさい。わたしの専門外だから」

タイタンであり、かつドナー。この組みあわせはいままでに聞いたことがない。しかし、それをいうなら、ニシキゴイ二匹とともに住み、大学で教鞭《きょうべん》をとり、読書三昧の暮らしを送るタイタンというのも聞いたことがない。さらにいうなら、業績の見返りとしてT7を投与されたという話も聞いたことがない。

これは動機のリストに加えておこう。すでにこの事件、思っていたより根の深いものになりつつある。可能性の数は増えるいっぽうだ。きょうのうちには、〝頭が痛い〟というレベルを超えて、強烈な偏頭痛をもたらすレベルにまで膨れあがっているだろう。これが自殺であれば、みんなさっさとおうちへ帰れるのに。

「他殺確定ね」とマスグレーブがいった。

いわれるまでもない。これは殺人だ。

マスグレーブによれば、ロディは意識があるまま、何者かにより、恋人に手を握られるようにして銃口を頭に誘導され、引き金を引かされたらしい。ロディの指の皮膚に硝煙がついていない部分があったからだ。その部分の形から浮かびあがってきたのは、何者かの親指の跡だった。細い指。ただし長い。そこからして、手全体も細くはあるが、サイズは大きかっただろう。そうでないとおかしい。ロディ・テビットの手を握れたわけだから。ロディの手の皮膚には強く握られた痕跡もあり、それで何者かの手の平と小指のサイズもわかった。

ブラインドを閉めて、とマスグレーブがいった。そのとおりにすると、マスグレーブは紫外線灯を点《つ》けた。紫外線にはっきりと浮かびあがったのは、ロディの皮膚に残る圧迫痕——手を握られたさいの亡霊だった。犯人はロディ・テビットを圧倒する力の持ち主か。これでは抵抗の余地もなかっただろう。

マスグレーブが身をかがめ、ロディの手に顔を近づけて、皮膚に残った犯人の指の形をマーカーで縁どっていく。漫画のキャラクターのような指。まるでソーセージだ。かなり大柄の男、もしくは女。あるいは、実態はもっと小柄で、ごつい手袋をつけていたのか。それとも、引き金を引いた瞬間、ひときわ大きな力が加わり、圧迫痕が大きくなったのか。はたまた、圧迫されたことによって、実際以上に大きな影が残ってしまったのか。

しかし、たぶん――そして、これこそなにより恐れていたことだが――犯人はロディと同じほど大きな――もしかすると、もっと大きな手の持ち主だっただろう。

とすれば、この件にはもうひとり、タイタンが関わっていたことになる。

参ったな、こりゃ。


マスグレーブには、ほかにもいろいろ切開する箇所があるため、あとは彼女にまかせて警察署をあとにした。水上バスに乗りこみ、湖を横断して、レディントン突堤にあがる。あたりにただようのは、泥と貨物船のにおい。湖岸からさほど遠くないところには、死にまつわるにおいがただよっていた。死体を離れてきたと思ったら、また別の死体に遭遇か。もっとも、こっちのにおいはずっと清浄な感じだが。

ポケットには住所をメモった紙を入れてある。ロディ・テビットがドナーとして契約をしていた臓器バンクの住所だ。赤レンガで造った四角い建築物は、築五十年の古い倉庫を改装したもので、十年を経た密輸業者のアジトか、古びた射撃練習場といった趣《おもむき》がある。

ナッソーの会社が持つ商用施設となったいまでも、変わったのは所有権だけで、見た目に変化はない。正面には表玄関があったが、用があるのは裏手の搬出入ドックだ。そこには冷蔵ボックス装備のドローンがずらりとならび、パイロットたちが――大半はガキだが、なかにはひとりふたり、アフガンでラプターを操縦していた老航空兵も混じっている――バブルガム臭をまきちらしつつ、武勇談にふけっていた。おれ、屋根の上でマッパの女を見たことあんぜ。男もだ。おれなんか、映画スターのプール・パーティーに出くわしたぞ。おれはスピリットで地下掩蔽壕《えんぺいごう》に大型貫通爆弾《MOP》をつっこませてやった。地下の敵は全滅だ。嘘じゃない。むかしのおれはな、英雄というか、ジョーカーというか、パイロットとして鳴らしたもんだ。いまじゃこんなところに流れてきちまったが……。

立ちどまることなく、〝パイロット〟たちのあいだを通りぬける。だれもとめようとはしない。用があるのか、うっかり迷いこんできたのか、はっきりしないからだろう。

コンクリートのドックに飛び乗り、構内に入る。フロアじゅうにばらまいてあるのは、オガクズのようなものだ。これは清掃用の合成オガクズで、毎日、終業時になるとこれを掃き集め、洗浄してからまたばらまく。水に触れるとメントールを放出するので、構内は臓器のにおいではなく、クールでさわやかな香りに包まれる仕組みだった。梱包ラインは複合的な構成になっている。ロボットアームが数台――これは梱包、発送準備、仕分け、ドローンへ荷渡しを受け持つものだ。運んでこられた荷物の〝収穫〟は――まさかここで収穫ということばが使われているとは思わないが――人間が行なう。というのは、いくらハードウェアが効率的でも、いくら臓器が息をしていなくとも、百もの微小な機械の手、水銀の玉のようにうつろな銀色の目、そんなものを装備したロボットによって骨膜剝離や患部切除をされたいと思う人間は、どこにも存在しないからである。仄聞《そくぶん》するところでは、ここへはほうぼうから死体が運ばれてくる。この街が得意なことはたくさんあって、そのひとつは死体の効率的リサイクルだ。

声を張りあげ、構内に呼びかけた。

「ダグ・クレッチマー所長！」

赤い手術着を着た男が、手にした電動回転ノコギリを置いて答えた。

「どうやってここに入ってきた？」

「うん、ちょっとした要塞ですね」

答えながら、搬出入ドックを指さしてみせる。男は作業台をまわりこみ、近づいてきた。作業台の向こうのようすを見せないようにするためだろう。これはかえってありがたい。切り刻まれた死体なんて、午後《はんにち》にひとつも見ればたくさんだ。それも、事件に関係があるものにかぎる。

「ちょっと訊きたいことがありまして」

「部外者には――」

「また出直してもいいんですが――」

「出直すなら、アポイントを取ってきてくれ」

「そのときは、警官を一ダースほど引き連れてくることになりますよ。捜査令状つきで」

　出た、魔法のことば！　これをいうと、だれもが黙りこむ。それでも、梱包ロボットは働きつづけ、神経繊維の小さなスプールをつぎつぎに保冷フォイルで包み、配送管理へと送りだしている。いまは全国データベースもあり、高度な位置特定システムも走っている。だから、神経のように日常的に搬出されるさほどめずらしくないパーツは、配送ルートがすでに確立していて、発注元の病院がどこであれ、二時間以内に送りとどけられる体制ができあがっている。いっぽう、レアな臓器はというと、医療中枢ターミナルに送られて、拍動流＝灌流《かんりゅう》式循環系で栄養液を供給され、需要が発生するときまで生かしておかれる。死後の生に呼びだされるタイミングはまちまちだ。

　クレッチマーは先に立ち、きちんと整頓された小部屋に入っていった。壁にはほほえむ故人たちと、延命できてほほえむ臓器移植者たちの写真が並んでいた。どこの壁からも、親族たちがほほえみかけてくる。これはたぶん、臓器提供を推奨する意図なんだろう。

「なんの用だ？　あんた、何者だ？」

名を名乗り、用件を伝えた。それで対応がよくなりはしなかったが。

「殺人？」

人はいつも、このことばを聞くと、愕然とした口調でくりかえす。殺人？　近所でか？　警察はなにをやってるんだ。もっとしっかりしてもらわなきゃ困る――。じっさいには、殺人は起こる場所を選ばないものなんだがな。

あちこちで説明してきたことをクレッチマーにくりかえすのも面倒だったので、まずは腰をおろし、相手がひとしきり懸念をぶちまけるまで待った。ほどなくクレッチマーは、なんでも訊いてくれ、協力は惜しまないといってくれた。ポイントを聞きだすのに長くはかからなかった。

「受け入れる前、検査をしましたか？　ロディ・テビットを臓器提供者《ドナー》として――」

「そういう表現は好かんな――」

「表現はさておき。しましたか？」

「標準的な検査はな。血液中に感染症の原因菌はなかった。臓器疾患らしきものもなし。習慣性薬物反応もなし。立派な健康体だったよ。あの齢なら、そう意外でもない」

提供者リストにタイタンが載っていたと知っていたら、このご仁、もっと動揺を見せていただろう。なにしろ、殺されたのはタイタンだ。このぶんだと、とても知っていたとは思えない。T7を投与した肉体から摘出した臓器——そんなものを常人に移植したとき、どんな反応が起こるかは知らないが、かりに通常は拒否反応が出ないとしても、ぜんぶがぜんぶそうとはかぎるまい。そんなトラブルになれば、保険ではとてもカバーしきれない。

「では、条件指定はできますか？　臓器提供するドナーが——」またもやクレッチマーの顔がひきつった。よほどこの表現が嫌いらしい。「——どんな表現が望ましいんです？」

「慈恵者」

「ドナーのことを指して、かならず慈恵者と呼ぶ？」

「そうだ」

「正直、驚きですね、そういう考えの人がこんな仕事についていられるなんて。それで、ドナーには、提供する臓器の被移植者を指定する条件はつけられますか？」

「もちろん。非常に特殊な条件をつける例もあれば、一般に開放する例もある。なかには、だれかの役にたてればという善意の人もいる。養子縁組みたいなものさ。ただしここでは、人種の指定だけは絶対に呑まんがね」

「ロディ・テビットは提供条件をつけていました？」

「つけていた。具体的には、自分の臓器を某民間クリニックの臓器保管室に託してくれと。

トラヴィスというんだが。すこぶる評判がいいクリニックだ」

それは人によるんだよ。

クレッチマーには、犯罪審理のさい、把握している情報を証拠として提出してもらう旨、伝えた。関係する情報はロックして、そのアクセス権と詳細な検査データは、グラットン警部本人か、こちらに渡してもらう。そのほか、気がついたが警察にはいいにくいことがあったら、遅滞なく、自分に話してくれると助かる――。

「そうだ、だれかに来訪の用向きを訊かれたら」立ち去りぎわに、念を押した。「あの男、自分の臓器提供を相談しにきたといっておいてください。犯罪捜査がらみだと知られると、なにかと動きにくくなるもので」

「では……相談の結果を訊かれたら？」

「言いぐさが気にいらないんで、追い返したとでも。ここを出るとき、怒鳴ってくれればなおけっこう。そうすれば、パイロット諸君の記憶にも残るでしょう」

ドアをあけ、小部屋をあとにする。すこし歩いたところで、ほんとうにクレッチマーが怒鳴ってくれた。すごい剣幕だったが、ふりかえりはしない。支離滅裂な怒鳴り方をしているぶん、かえってリアリティがあった。

あとは帰るだけだ。事務所への道すがら、湖からただよってくるカビと降雨後《ジオスミン》の土壌の臭気にずっとまとわりつかれていた。空気はどんよりとして冷たい。空はまだ明るいが、太陽は山の端《は》に沈み、昼の余韻を褥《しとね》へ運んでいく。

階段を昇りながら、ここが清掃剤の柑橘臭でぷんぷんしていたらどんな感じだろう、と考えた。ロディ・テビットのアパートメントハウス——あそこの階段みたいにだ。いや、この建物がしょぼいといってるわけじゃない。良き住民が住む良き建物ではある。二階と三階のあいだの踊り場には、ミセス・カーンが自宅の小さな飾り台を持ちだして、花瓶に花を活けてくれていた。管理人は火事になったとき邪魔になるからやめてくれというが、撤去はしたことがない。管理人も人の子だ。

階段は冷え冷えとして、最上階の天窓はくすんだ暗青色に染まって見えた。山脈地帯の冬の宵空は、いつもこうだ。吐く息が白くうねりながら天井に昇っていく。

事務所のドアをあけ、室内に入った。見ると、デスク奥のオフィスチェアに、何者かがすわっていた。デスクを勝手にあさっているわけでもなければ、銃をこちらに突きつけているわけでもない。暗がりの中、ただ黙然とすわっている。

彼女だ、とすぐにわかった。静寂の中に馴じみ深いものが感じとれる。たぶん、可聴域ぎりぎりのところで、憶えのある鼓動の音を聴きとっているんだろう。そうでなければ、彼女の肺に入っては出る空気の動きか。彼女が眠っているときには、よく耳にした音だ。ずいぶん変わってしまったが、暗がりでも彼女だとわかる。

アテナ。

もっとも、この街の者は、だれもが彼女のことを〝ミズ・トンファミカスカ〟と呼ぶ。昨今では〝マム〟だけの場合も多い。

「事前に連絡をくれるんじゃなかったのかい？」

「仕事中は邪魔をしたくなかったのよ」

どこかで低い轟《とどろ》きのような音が響いた。すこし遅れて、それはアテナがのどを鳴らしただけだと気がついた。のどの奥で、まるでネコが狩りをするときのように。

「もう終わったはずだぞ」

「ええ、そうね」

「くるときは事前に連絡する。そう取り決めたよな」

「あなたが勝手に決めただけでしょ。わたしはなにもいわなかったわ」

はじめて会ったとき、アテナは両手を腰にあてて立っていた。いまや博物館ものの古いコミックスで見た、スーパーマンを思わせるしぐさだった。あれは〈世界最強のチーム〉第2号、アクション・ナンバー9の一コマだ。

そのアテナが、デスクに身を乗りだしてきた。乗りだしたことで、廊下からの明かりがとどく範囲に顔が入り、表情がはっきりと見えた。むかしとほとんど変わってはいない。薄明かりのもとでも、生まれたときから上流の暮らしを送ってきたことがひと目でわかる。フィンランド系タイタンの娘として生まれ、大物チアリーダーとして天下に名を轟かせた、なにごとにつけ大きな人物だ。しかし、本質はそこじゃない。人間の格が大きいばかりか、存在感も桁がちがう。まるで、一般の世界がアテナに一目置き、空間を提供しているかのようだ。事実、そのとおりだった。微笑の裏には機知が、機知の裏には悲哀が見てとれる。

「どう？　なにか力になってあげられることはある？」

来客用の椅子にすわり、アテナに目を向けた。

「とくになにも。まだわからないことがありすぎて」

「殺人であることはわかってるんでしょう？」

「公式見解じゃない」

「たしかにね」

アテナはそういって鼻を鳴らした。競争馬の鼻息のようだった。

公式見解じゃない。だが、要人はみな知っている。それはそうだろう。

「なにを知ってる？」

「たいしたことは、とくに。知っていて当然——いえ、それ以前のことだけ」

「あの男、報賞で投与を受けたそうだな」

「だそうね」

「そんな話、これまで聞いたことがあるか？」

「とても……ゴージャスな話ではあるわ」

「マリブの高級住宅だってゴージャスだぜ。今回のヤマにそぐうことばとは思えないな。ホトケさん、ステファンのところでなにをやってたんだ？」

「なんらかの研究よ、明らかに。彼、あるチームの一員だったの。ただ、何年も前の話で、ステファンは憶えていないそう」

「まあ、そうか。そりゃそうだ」

「そうよ、あなただって、先週請け負った調査の細部なんて憶えていないでしょう」

「忘れることもコミの報酬だぜ」

「ただ、ステファンにはね、代わりにものごとを記憶してくれる人たちがいるから」

「じゃあ、エレインには訊いたんだな？　モーリスには？」

「モーリスとは話をしないわ。どうしても必要なとき以外には」

　要するに、オフィスではモーリスと話すが、オフィスの外では話さない、オフィスでも秘書や部下を経由することが多い――そういう含みだ。モーリスというのはステファンの妹の息子で、アテナよりも常人の一世代ぶんをゆうに上まわる年齢を重ねており、最初の投与を受けてから二十年以上を経ている。直系ではないが権力欲が強く、狙っていたのは最上階のオフィス。長い宮仕えで、会社に関する知識は余人のおよばぬ膨大なものだが、そこへアテナが会社に復帰して――詳細は省くが、わが過失なり、というかなんというか――モーリスの仕事をすべて奪い、トップへの道を閉ざしてしまった。理屈のうえでは、モーリスは正統な後継者のために席を温めていたにすぎず、それはだれもが承知していたことだ。しかし、ひとり納得のいかないモーリスは、時計を巻きもどそうと画策しだす。たぶん当人も、あるレベルでは、そんな無理筋など通じないとわかっているにちがいない。アテナはアテナでモーリスを嫌悪している。その原因は、仕事上のライバル関係よりも、モーリスがアテナの母親《エレイン》に熱をあげており、その母親がまた、平然とモーリスをまとわりつかせていることのほうが大きい。

ただでさえむずかしいのが家族円満だ。ましてや、家族の全員が大金持ちで、基本的に永遠の命を持つとなれば、なおさらというものだろう。

アテナは先をつづけた。

「ステファンはね、母が会社の生き字引あつかいされている現状をよく思っていないの。

あれは自分の人生を生きるべきだといって」

「もう離婚した相手だぜ。ステファンがどうこういうべきことじゃない」

「いいえ、キャル、ステファンが口出しすべきことなのよ、これは」

「おむずかりなだけじゃないのか。モーリスは甥っ子だろう。その甥っ子が別れた女房とデートをしてるとなれば、やっぱりな」

「べつにデートなんかしてないわ」

「あのふたり、縁戚ではあるが、血縁者じゃない。この場合、年齢的にもたいして問題にならんだろう」

「ほんとうにそう思うの？」

「八十過ぎの人間が八十過ぎの人間とデートしたって、べつに違法じゃないさ。このまま結婚しても、完全に合法だ。しかもモーリスは職場の地位を取りもどせるかもしれない」

アテナはかぶりをふった。

「あなたがいうようなことは、なにひとつ起きていないの」

「ああ、純粋にプラトニックなんだろうよ。〈ポスト〉にでかでかと載ったあの写真――ふたりがダンスしてるあの姿、それはもう、プラトニックそのものに見えたもんだ」

「ずいぶん下世話な新聞を読んでるのね」

「仕事だからな」

「それはそれとして。ステファンは怒ってるわよ、あなたがすぐに連絡してこないって」

「やっこさん、どう、最近？」

「変わりはないわ」

ないはずはない。ステファン・トンファミカスカはT7投与四回──四齢のタイタンだ。ある意味、変わることこそが投与の本質といえる。依然として冷酷無情の人でなしだが、性根は変わらなくとも肉体は変わる。身長と質量の累積的増加によって、あの男はもはやヒトの範疇《はんちゅう》を脱し、新たな領域に到達してしまった。その領域は人間の理解を超えている。自分だけじゃない、あらゆる人間の理解を超えている。アテナでさえも──ステファンの最年少にして最愛の娘、たぶんステファンが自然に儲けることのできた最後の子供でさえ、理解はできていないにちがいない。

「きみも変わらないな、アテナ」

アテナは顔をそむけ、暗がりに引っこんだ。チェアがきしむ。あのとき──崩れてきた壁の下敷きになったとき、アテナは二十九歳──身長は一メートル六十五センチだった。病院にかつぎこまれ、昏睡状態がつづくこと二週間。全身で約七十本の骨が複雑骨折し、臓器の大半は壊死《えし》しつつあった。そのころのアテナは、ステファンと口もきかない関係にあった。アテナが要職からはずされた原因は、父親に自分の望みを突きつけたことにある。その望みとはすなわち、常人の暮らしを送ることだ。

それも、いま目の前にいるこの男と。

昏睡のあいだ、その男はつきっきりでアテナのそばにいた。回診にくる医師たちにより、昏睡から醒める見こみはないといわれつづけた日々。

ステファンに連絡したのはそのあとだ。当人はすぐに駆けつけてきた。

いまのアテナは身長二メートル十三センチ、体重は百三十キロ。〈トンファミカスカ・ファミリー・カンパニー〉の正統後継者だ。ステファンが降格するといわないかぎり。

だが、アテナの本来そうであった部分は、いまもこの胸の中にある。元カレとしては、どんな形でもいいから力になってやりたい気持ちだったが、じつのところ、アテナはもう、そんなものを必要としてはいない。むしろこっちがアテナの力を必要としている。

だから、恥をしのんで、もういちどたずねた。

ロディ・テビットは、トンファミカスカでなにをやってたんだ？

「正直な話、だれも知らないの」アテナは答えた。「ステファンでさえ、被害者の来歴を見つけられなくてね。気がついたら、いつのまにか会社にいたそうよ」

「ステファンがそういったのか？」

「どんなことでも話してくれるからね、わたしには」

「かならずしもそうじゃないことを祈ろう」

大きな目がデスクごしにこちらの目を覗きこんできた。こうして見ると、実感する――アテナが手に入れた肉体の大きさは、内に秘めた魂の大きさに見あうものであることを。

「また連絡するわ、キャル、なにかわかったらね。あなたもそうして」

「そうする」

「絶対によ」

「そうする」

床をきしませて、アテナが戸口へ歩きだす。横を通るとき、ほんの一瞬ながら、大きな手をぽんと肩にかけていった。雪のようにソフトな感触だった。


ベッドに焦がれたのか、それともベッドに焦がれられたのか。生活の場はこの事務所にくっついている。たいていの人間なら、事務所の横手にあるなんの変哲もない小さなドア――ステンシルで〝キャル〟と書かれたドアの向こうは、クローゼットだと思うだろう。じっさいは、こぢんまりと居心地のよい居住空間だ。ささやかなキッチン・ダイニングのほかには寝室がひとつ。天井には温室のようなガラス張りの一画があり、そこからは空が見える。ベッドに横たわれば、嵐雲がうねりながら山を呑みこみ、頭上を通りすぎていくさまが眺められるわけだ。夏場はブラインドを閉じておかないといけない。さもないと、横になったと思ったとたん、早くも朝陽でたたき起こされる。今夜はベッドに腰をおろし、熱いコーヒーのマグを両手でかかえ、星空を見あげつつ、多様な可能性と動機が織りなす巨大な雲に考えをめぐらせた。起こったかもしれないこと、起こらなかったかもしれないこと、いくつもの道筋と分岐点、からんでもつれる多彩な糸。このぶんだと、考えているうちに眠りこみ、なんの光明もないまま目覚めることだろう。

本来ならばそうなるはずだった。ところがそこへ、ビル・スタイルズから電話が入った。

やあやあ、キャル、これから大学で一杯やらないか。

「気が進まないな、ビル。きょうは長い一日だったんでな」

「おいおい、キャル。つきあいが悪いぞ。出てきたまえ、話があるんだ」

ビルのやつ。しかたない。

この時間帯だと、大学までかかる時間は二十分。バスはタペニー・ブリッジを渡って、湖岸ぞいに進んでいく。キャンパスは対岸のケルセネソス半島を望む位置に広がっている。この位置関係は、学生たちの将来に関するメッセージのようだ。あそこが諸君の目標だぞ。いい成績をあげれば、優秀ならば、ぬきんでれば、あそこに集中する優良企業のどれかに迎えられ、栄耀栄華は思いのまま。この街では、なにもかもがケルセネソスを志向する。いい意味でも、悪い意味でも。

ちょうどいま、山脈の稜線から月が顔を出した。キャンパスの外灯はとうに灯っており、月光と灯火の両方に照らされて、キャンパス中央を貫く道にはX字形の影が落ちている。ゲートを通ると、前庭の真ん中にひとりの男が立っていた。背が低くて小太り、ベストとコーデュロイでかっちり決めているので、学術発表をしにきたかと思ってしまうほどだ。不可解にも、かけている丸眼鏡は伊達で、頭を動かすたびに、平らなレンズが光を反射し、きらりと光った。この男にもこの男なりに、繕《つくろ》いたいイメージがあるんだろう。なんとかいっても、学部長なんだし。

「やあ、キャル」

「やあ、ビル」

「ちょっと歩こうか」

「いいとも」

ビルが向かう先は学部長室ではなかったので、一杯やるのはすこし先になりそうだ。

大学とは、小規模かつ自立した、御しがたいミニ国家にほかならない。状況に応じて、ヒーローも出ればヴィランも出る、人身御供《ひとみごくう》だって出る。だれがどう化けるのか、人材を的確に見分けるのは、トップの椅子に収まっているだけだとむずかしい。その点、とくに肩書きはなくとも人を見る目のある人間ならば、どこへでも出かけていき、多少の無理を押してでも才能ある若い人材を見つけ、そのままなら本人にとってよろしくない環境から連れだして、輝かしい未来へと導いてくれるかもしれない。そして、トップの椅子にいる者にすこしばかりの狡猾《こうかつ》さがあれば――これはトップに求められる基本的な資質だが――人を見る目のある人間につばをつけて、折々にその者を呼びだせるコネを作っておくかもしれない。かたや人を見る目のある人間のほうも、そんな才能を仕事にして世間に周知し、トップとコネを作っておけば、必要に応じて名前を思いだしてもらえるかもしれない。

じっさい、呼ばれたのは九回だ。この六年間で。

「会えてうれしいよ、キャル。ほら、あれ、見てごらん。今年はツシマヒョウタンボクがきれいに咲いたんだ。それに、マルメロも」

「マルメロには目がないんだが、ビル、なんで知ってる？」

人あたりのいいビル・スタイルズは、以前は歴史学の地味な講師だったが、学内政治と管理の能力に才があり、昨今はまさにそのとおりの仕事を担っている。ビルは聖職者的な教育者じゃない。とくに善良な人間でもない。が、自分の面倒はちゃんと自分で見られる。あたかも遣《や》り手婆《てばば》のように。

「友人の好みについては本能が働くんだよ。園芸関係の話だがね」

「呼びだしたのはそれか？　友人としてか？」

「おたがい、いつもいい友人でいると思うのが吉じゃないか、キャル」

「こっちもそうでありたいね——ゆうべあんたが、だれかの頭に銃弾をたたきこんだのでないかぎり」

　ビルは笑った。覗かせた白い歯が、外灯に光る平たいレンズにも負けないくらい明るく光って見えた。

「かりにそんなまねをしでかしたとしても、その記憶は飛んでいるな」

「〝記憶が飛んだ〟やつがどれほど多いかを知ったら、あんた、驚くぞ」

　ビルは先に立ち、別種の花樹が両脇にならぶ小径《こみち》を進んでいった。こんどはコヒガン系ジュウガツザクラの並木だが、ベストの花見ごろには一週間ほど遅すぎたようだ。樹皮がすべすべして、黒っぽい樹だった。

「十月が見ごろだったんだがなあ、キャル」

「さぞかし壮観だったろうな」

　ここにいたって、ようやく本題が切りだされた。

「どうやら、ひとり、教授に欠員が出たらしい」

「そうだろうとも。欠員者とは親しかったのか？」

「そうでもない」

「どんな人物か話してくれ。ぱっと思いつくだけでいい」

「あきれるほど背が高かった。これはいうまでもないか。若い。才能豊か。シャイすぎて、無礼に見られるほど。専門は海洋生物学だが、大学で教えていたのは合成生物学だった。なんたらかんたら淡水藻《たんすいそう》をどうのこうの、うんぬんさ。やたら気むずかしくて、やたらにこまかい男だったが、ときどきは論文を発表していたし、教鞭もきちんと取っていたし、同僚を誘惑したりもしなかった。職員もだ。管理下にある教員室の愛憎劇はかんべんしてほしいもんだよ、まったく。で、どうなんだ？　ぼくは事件に巻きこまれそうか？」

「もう巻きこまれてる。だからこうして、頭上をコウモリが舞い飛ぶなか、キャンパスを散策してるんだろう？　そうでなきゃ、きょうじゃなくてあした、学部長室でコーヒーを飲みながら話をするだけで充分だったはずだ。ともあれ、あんたの重荷を軽くしてやれる情報は持ってない」

「まさか……痴情のもつれじゃないよな？　ただの死亡事件で、たとえばコールガールと無理心中、とかじゃないよな？」

「そんな気配があったのか？」

「ああいや、そんな気配はなかった——と思いたい。ぼくの知るかぎりでは。そもそも、知りたくもないが」

「コールガールの線はない。ただ、関係のあった女がふたりいる。ある人物がいうには、そのうちのひとりはもう終わった仲で、その証言には真実味があった」

「それならよかった。あの男、そういうタイプには見えなかったから」

「だったら、どんなタイプに見えたんだ？」

「頭のいい、非社交的で陰気な男だよ。退屈な手合いだ」

「そんな男が、なぜ教鞭を？」

「バーフリート大学から転任してきたんだ。あきれるほど上等の信用保証つきで。ただ、正直、学部は理事会に〝つかまされた〟と思っている。トンファミカスカ・ファミリーのコネだろうな、とそのときは思ったものさ。あの男を受け入れなかったら、学部は一部のライブラリーにアクセス不可の処分を食らっていただろう。じっさいの話、直接関与する必要に迫られないかぎり、受け入れるにやぶさかではないほどの余禄つきではあったんだ。優秀な人材ですらあった。そんなこんなで、いまはあの男がいなくなった穴を埋めようと走りまわっているところだよ」

「教員室をチェックする必要がありそうだな。メールや文書はひととおり見ておきたい。

どんな研究をしていたか、だれと研究していたのかも知っておく必要がある。親しかった者には洩れなく話を聞かないと。自宅を訪ねる関係にあった学生たちが何人かいるんだが。その連中についても知っておかないといけない」

ビルはかぶりをふった。

「当然だが、教員室には入れてやれる。非公開の研究については他言無用で頼む」

「もちろんだ。どのみち、特許関係のブラックマーケットは、この冬、すこし動きが鈍い。合成淡水藻の特許にはまだ手をつけていないだろう」

「現物を見れば、きみも驚くぞ。ヘドロみたいなものが売り物になるんだからな。学生については……どうにも無理だ、大学が関与する部分では。〝学生はいまだ心弱き者ながら、明日の大いなる可能性を秘めており、うんたらかんたら〟なんでね。だから、なにかこう、はなはだ特殊なものを探しているのでないかぎり――というか、はなはだ特殊なものを、どうしても見つけないといけないのでないかぎり――」

ビルのことばは尻すぼみに消えた。いままで話しかけていた相手が立ちどまったことに気づいたからだ。ふりかえったビルが、外灯のまぶしさに目をすがめる。向こうからは、後光のような光に包まれて、シルエットが黒々と浮かびあがっているように見えるだろう。ビルが気まずそうな表情になり、片手をあげて目の上にかざした。

そのビルに向かって、語りかけた。

「なあ、ビル。気の毒ではある。捜査に協力できない理由として、やくたいもない弁解を並べたてるのもわかる。できれば耳を貸してやりたいところだが、きょうは疲れてるんだ。あんたの張った予防線は事態をややこしくさせるだけでしかない。いまのところ、警察は手出しを控えている。ジャイルズ・グラットンとしては、この件を静かに幕引きしたい。いまだからこうして、私立探偵という、ことを穏便に落着させる手段を用いているんだ。いまここで、知っていることを隠しだてせずに打ち明ければ、形ばかりの捜査を受けるだけですむだろう。逆に、守秘義務を盾に協力を拒むようなら、圧力を押さえる弁がなくなって、警察がアリの群れのように群がってくるぞ。そうなったら、問答無用で、ありとあらゆる不正がほじくりだされる。こんどの事件に関係ないことだろうとなんだろうと、目の前に不正の証拠があれば見過ごしにはされない。フットボールチームが八百長試合をしているかもしれないな。だれかが化学実験室で覚醒剤《MDMA》を製造しているかもしれないな。でなきゃ、ビジネススクールのトップがやらかしていた脱税の発覚だ。どこかのクローゼットでは、かならず草《マリファナ》が栽培されている。なぜならクローゼットには草《マリファナ》がつきものだからだ。学生のなかには、授業料稼ぎのつもりで、他愛ないが違法の色事に手を染めている連中もいるだろう。それはもう、絶対確実にいる。警察はそれやこれやを軒並み暴いてしまう。

退学のやむなきにいたる学生もそこそこ出てくるにちがいない。マスコミもこぞって押しよせてくると思え」

かざした手の向こうで、ビルは渋い顔になっていた。

「威《おど》す気か、キャル」

「命綱を投げてやってるんだ、ビル。力にはなってやれる。あんたに求めている情報が、あんたがしてほしいことにつながるからな。しかし、肝心なことをだんまりでは、なにもしてやれない。そもそも、ここへ呼びだしたのは問題解決のためだろう？　忘れたのか？　電話があったとき、こっちは寝ようとしてたんだぞ？」

「呼んだのは、事態を丸く収める手助けをしてもらうためだ、勤務する大学をしっちゃかめっちゃかにさせるためじゃない」

「だから、さっきからいってるじゃないか、その手助けをしようとしてるんだと」

「そういうふうには思えんのだがなあ……」そういいながら、ビルは手を下におろした。ふたりして散策を再開する。「なあ、いったいなにが起きてる？　ぜんたい、テビットはなにに関わっていた？　なにに巻きこまれた？　あの男、シリアルキラーだったのか？　そうでなければ、スパイだった？　はたまたドラッグの売人だった？」

「タイタンだったんだよ。それは運転免許証を見ればわかる。齢は九十一、背が高いのは身体変成の結果だ」

ビルはしばし沈黙し、頭の中で情報を整理してから、両手で顔をおおった。

「個人保健情報開示制限制度め、くそいまいましい。大学の方針でな。職員の健康状態を確認することは許されないんだ。重大な状況に直接関わる場合じゃないかぎり。これでは誕生日すら訊けやしない」

背景を知らない者は、こう嘆かれれば不憫《ふびん》に思いもしたろうが、大学当局がこの制度を導入したのは、何年か前、ビルの前任者だった女性学部長が事務方の上級職員からヤバい感染症を伝染《うつ》され、それが明るみに出たのがきっかけだった。つまり、不祥事がばれても、大学は実態を知らなかったと言いのがれるための対策を講じたわけだ。

「今夜ひと晩、よく考えろ、ビル。あすの朝、結論を教えてくれ。あすは九時ごろに寄るつもりだが、それより早く電話してくれてもいい」

「われわれの友情にヒビが入るぞ、キャル。このままでは、確実に入る」

天が落ちてくる予感におののくビルをその場に残し、家路についた。家路につくのは、きょうは二度めだ。帰りつき、ドアをあける。いまとなってはもう不可能だというのに、アテナが寝室に入りこんではいないか、ソファかベッドで身を丸めて眠ってはいないかと、自分の一部はそんな夢想をしていた。愚かな思いに背を向けて寝室の中に入り、アテナのいないベッドに横たわって風音に耳をすます。天窓から見える空には高みに雨雲が広がり、第二の天井のようだ。いまなお天にいすわる残照により、淡いオレンジ色と紫色を帯びた雲のもとで、地上は黒々と闇に沈んでいるだろう。ときおり、ヘリコプターかドローンが天窓の上空をよぎっていった。ときおり、雨がぱたぱたと窓を打つこともあった。交通の流れがすっかり途絶えてしまうと、あとにはただ、彼方までつづく静寂がたれこめるのみ——。

いつの間に眠りこんだのかわからない。だが、目覚めたときには、充分な睡眠がとれていない感じがあった。それとも、負担が大きくて、心があまり休まらなかったんだろうか。どちらなのかは、判別のしようがない。

2

「公式に殺人事件と認められた。ただし、うちの署ならではの特殊な事件だ」

グラットンがそういったのは、ここの警察署ならではの特殊な執務室でのことだった。こんな部屋を想像してほしい。壁際に寄せたデスクの引き出しは、下段がファイリング・キャビネットになっている。デスクの向こうに腰をすえるのは骨ばった料理人みたいな男。警察署は現実にあえぐ市井と夢の国ケルセネソスの境界にはさまれて建ち、夢の国側には超高層タワーが林立するが、市井の側は泥にしっかり根づいたままだ。この役職についてもうずいぶんになるので、グラットンの目は壁と同色に変化してしまっている。執務室の各コーナーには一台ずつ、石英管《ヒーター》を三本ならべた電気ストーブが置いてあるが、九月から五月にかけて、この部屋はいつもうすら寒い。夏は夏で、ここも含む湖岸ぞいの建物には、湖からの古い服と古い罪のにおいがただよってくる。

「これは殺人事件の捜査だ」グラットンはつづけた。「そしておまえは、サポートとして雇われた助っ人だ」

「サポートされるのはだれだよ」

「とにかく、いまは多忙をきわめる。おまえが捜査中にしでかすヘマの穴埋めに、刑事を余分に割く余裕はない」

すこし光明が見えてきたと思えば、また縛《いまし》めが強まるわけか。

「書類上、おまえはティドボーとフェルトン、あのふたりと組むことになっている」

抗議しかけると、グラットンは手を横にひと薙《な》ぎして、

「フェルトンには話をつけた。最低限の敬意を払うのであれば、おまえの捜査につきあう気があるといっている」

グラットンは眉根を寄せ、無言の圧力をかけてきた。〝しのごのいうな〟。

メッセージ、受領。

「フェルトンにもティドボーにも本来の職務があるからな、どうしてもベテランの刑事に協力を仰ぐ必要が生じないかぎり、おまえがなにをしていようと知ったことじゃないし、そんな必要が生じた場合、おれが割って入る。あのふたりをせっついて、新人のひとりかふたりに使い走りをさせようとするのは勝手だが。時間を無駄にするな。おまえに持ってきてほしいのは答えだ、疑問じゃない。わかったか？」

「書類は？」

「令状のことか？」

「そのたぐい」

「おまえが必要というなら必要なんだろう。この件、なにかとセンシティブで気を使う。だからおまえが呼ばれてるんだ。令状は申請しておく。出るかどうかはなんともいえん」

心の中に書きつけた。出ないと困るんだよ——と思っても口には出すなよ、絶対。

「キャル」

「なんだ？」

「ここはこらえろ。本心でなくていいから。こらえる姿勢を見せろ」

じっと視線を注がれ、とうとうこくりとうなずいた。それを見とどけて、グラットンがデスクのブザーを押し、話しかけた。

「弾痕の説明をしてやってくれるか」

応答したのはフェルトンの声だった。

「……うっす」向こうは向こうで、気の進まない口調だ。

「フェルトンのやつ、ほんとにつっかかってこないかね？」

「もちろんだ、キャル。去年、スコシアの愛想笑いコンテストで入賞したくらいだからな。

作り顔をするのは大得意だぞ」

血色が悪く、てかてかと光る警部の頭は、さっさと出ていけと告げていた。

グラットンと打って変わり、フェルトンは一時間の大半を費やして弾痕と検屍の結果を話してくれた。できるだけつっかからずに説明してくれたことは、この男の名誉のために申し添えておこう。

拳銃についていた指紋はロディのものだけだった。アパートメントの中では、ご多分に洩れず、いろいろな接触《タッチ》DNAが採取されたが、現時点で分析班にいえるのは、何人かの訪問者がいたということだけだ。途中でフェルトンは水槽の件に言及した。人間のほかにコウイカのDNAも採取されたそうだ。決定的証拠になりうる濾胞《ろほう》細胞や分泌物、そして靴跡などは見つからなかったという。

フェルトンの鼻は見るからに痛々しかった。いくつか質問をしたところ、フェルトンはどの質問にもちゃんと答えてくれた。さらに質問をした。なるべく要領よく、敬意を払い、プロフェッショナルに聞こえるように心がけて。不気味なほど丁重なやりとりがつづいた。

そして、最後に――。

「なあ、サウンダー」

「うん？」

「あの女、おまえにもあんなふうにテーザーを食らわすのか？」

「ああ、マスグレーブか」

「そうだ、あのクソいまいましいマスグレーブだ。あの女に食らわされたやつは、ほかにどれだけ――いや、答えなくてもいい。しかし、あの女、あんたにも――」

「ないな。つきあいも長いことだし」

「おまえとは感情ぬきで仕事ができる。おまえを好きになる必要はないからな。だけど、あんなことがあったあとだぜ。どの面さげてあの女の仕事場に出入りすりゃいい？」

「ふつうにさ。向こうは気にもしてない」

「正直、おれは気にいられてると思ってたんだが……」

「たぶん、そうなんだろう」

「なんでわかるんだよ」

「マスグレーブならありそうな話だからさ。とにかく、煽《あお》るつもりなんてとくになかった。それはわかってくれ」

「嘘つけ、あっただろうが」

「まあ、うん。その、なくはなかったかもしれんが。個人的な恨みはないよ」

「あれほどかっかとなった原因は、あのときおまえがいったことばのどれなんだろう？　と、以前は頭をよぎりもしなかったことを考えた。グラットンにいわれてじっくりと。たぶん、図星だったからだ。おまえも損な役まわりだしなあ。探偵稼業は似あってる——じっさい、天職だと思う——が、おまえが現場にくる理由は、警察がタイタンがらみで批判の矢面《やおもて》に立たされるのを避けるためだろう？」

「もうすこしこう、ソフトな表現がほしいところだが、ま、そのとおり。主眼はそれだ」

「なら、主眼でない部分は？」

「ごくごくまれに、最悪の事態を食いとめられることがあるんだよ、そんな事態にいたる前にさ」

「へへえ、そいつはすげえや」

「ごくごくまれに、だけどな」

「とはいえ、割を食う商売じゃある」

「まあな」

「なんでやってんだ、そんな仕事」

「さあなあ。気づいたらこうなっていた。いまはここにいる」

理由がないわけじゃない。だが、フェルトンにアテナの話はしたくなかった。

フェルトンはしばし視線を向けてから、

「気にはいらんが、事情は理解した。折り合いはつけられる」

といって、手を差しだしてきた。その手を握る。おたがい、ここにはまるで場ちがいな人間に見えただろう。

「わかった。すまない」

「銃のことで、ほかに情報があるが、聞いておくか？」

「それが重要な情報の可能性は？」

「警察官としての判断では、ない、まるっきり、これっぽかりもない」

「セキュリティビデオの映像では、なにかわかったかい？」

「あの時間帯に、住人以外で玄関から入ってきた人間は十四人。身元が割れているのは、ラケットボールのコーチがひとり、夕食に呼ばれた客が四人、マッサージ業者がひとり」

「それはマッサージ師のことかい、それとも別の方面のマッサージ業者かい？」

「わかっているのは、えらく値の張る業者ということだけだ。あれだけ値が張ると、正直、どっちなのか判別しづらい。ほかに八人、身元不明の客がいる。顔は映っていないから、特定はやっかいだな。住人に訊いてまわっても、わからずじまいの来客が二、三人は出るだろう。人間というのは、やっちゃいけないことをするもんだから」

「たしかに」

「そっちは共有しておく情報があるか？　なにかつかんだりは？」

それを伝えるべき相手はグラットンだけだ、といいそうになったが、手にはまだ握手の感触が残っていた。

「清掃員が人毛を集めてる。拾い集めて、色別にそろえてるそうだ」

まじまじと凝視された。

「そいつ、変質者か？」

「売るんだとさ。ほんとはどうだかな」

「眠れない夜に悶々と考えちまいそうな話だぜ。なんてこったい、サウンダー。そういう変態のネタじゃなくて、役にたちそうなネタはないのかよ」

「いまのところは、ない。手に入ったら連絡しようか」

フェルトンはうなずいた。つかのま、たがいに目を見交わしあう。自転車を共有する、十歳の男の子同士になったような気分だった。

どちらかがこの雰囲気をぶちこわさないうちに、そそくさと部屋を出た。

不味《まず》い屋台コーヒーのカップを片手に、歩くこと約二十分、ハイダウン・ロードにある

〈ミック銃砲店〉着。ここは在郷軍人御用達《ごようたし》の高価な新案物に強い店で、顧客は心配性の上級副社長や、ドク・ホリデーかぶれの金持ち連中が多い。〈アルマーニ・アーマー〉の価格帯でさえ安い部類に属し、〈高張力ポリエチレン繊維《ダイニーマ》〉に、〈ドラゴンスケール〉、単繊維《モノフィラメント》などの高級なボディアーマーも特注で請け負う。レディース部門では防弾生地の舞踏会用ガウンも商っている。首や露出した肩を狙われれば、さすがに銃弾は防げないが、その対策としてショールも用意してあり、これは三メートルの距離から直撃弾を受けても、着用した貴婦人が立ったままでいられるほど強靭だ。ダメージがすくないので、貴婦人はハンドバッグに忍ばせていた小型拳銃を使い、反撃する余裕もある。ロディが買ったのと同タイプの小型拳銃は、レッグホルスター同梱で売られていた——滑りどめ加工を施した真珠貝やアワビの貝殻を使い、銃把《じゅうは》を華麗に装飾するオプションつきで。現金用のレジがないところを見ると、陳列されている商品は信販でないと買えないらしい。店の中央には背の高い女が立っていた。背が高いといっても常人で、タイタンではまったくない。身につけているのは、二万ドルは下らないと思われる、クモ糸シルクで織った防弾性能の高いフォーマルウェアだ。名前をたずねると、セリーヌと名乗った。フランス風の発音だが、どこかよその訛《なま》りも聞きとれた。バンコクかもしれないし、ちがうかもしれない。

「やあ、セリーヌ。キャルといいます」

「本日はどのようなお品をご所望でいらっしゃいますか、キャル？」

「さて、見当がつきますかね？」

セリーヌはうなずき、全身をじろじろと値踏みしはじめた。足、手首、首まわり。靴を見れば、移動は歩きが主体とわかる。腕時計をしていないのは、いまどきは不要だからだ。ネックレスをしていないのは、男があれをつけていると、ドラマでおなじみ、マフィアの顧問弁護士に見えるから。しかもあれは、格闘になれば首を絞めるのに使われかねない。とまあ、裕福さを裏づけるものはなにひとつ身につけていないのに、この店にきた——。ということは、高収入のＩＴ系だろうか、とセリーヌは思ったかもしれない。でなければ、ミュージシャン。軽佻浮薄《けいちょうふはく》な映画人。あるいは——。ここでセリーヌの目がジャケットの両袖をとらえ、袖口ホルスターがないかを探りだした。ついで、背後にまわりこみ、服のラインを見つめた。

「連邦捜査局の方——」ややあって、セリーヌはいった。「——でしょうか」

「ただのコンサルタントですよ」

セリーヌはためいきをついた。

「お召物の仕立てが巧妙ですので、銃を携行していらっしゃるのにそうは見えないのか、そもそも携行していらっしゃらないのか、判別できませんでした」

そこでセリーヌはベルを鳴らした。奥の部屋から少年が出てきた。農作業用のつなぎとヘンリーネックのシャツを着て、左の袖には消防隊のバッジを模したシールをつけている。書いてある文字は〝火傷に注意〟。セリーヌは少年に店番をするよう指示した。

「ただし、アーロン、すぐに連絡するのよ、なにかあったときにはね」

少年はこくこくと二度うなずいた。どうやらこの子はセリーヌの息子らしい。〈ミック銃砲店〉は家族経営のようだ。しかし、いろいろ趣向を凝らしているため、何系の家族か見定めるのはむずかしい。本気で調べようと思えば、そうでもないだろうが。

奥のオフィスに案内され——豪華な革張りのソファがあり、特注品の試着室もいくつか用意してある——さらにその奥の、倉庫めいた部屋へ連れていかれた。工作作業はここで行なっているらしい。これまでに見られた高品位な内装とは打って変わって、壁は合板と打ちっぱなしのコンクリートだ。奥の区画では、顧客が発注した特殊な生地を、作業員が油圧モーター式のダイヤモンドカッターで裁断しているところだった。

セリーヌは二脚のくたびれたオフィスチェアを引いてきて、架脚《トレッスル》テーブルの前に並べた。ふたりして椅子に腰かける。テーブルにはコーヒー豆の古い缶がふたつ固定されていて、そこに現場用のタブレットを立てかけてあった。細いベゼルの外周には衝撃吸収緩衝材《かんしょう》を被せてあるため、うっかり落としてもそう簡単に壊れはしない。緩衝材は自作の安っぽいものに見えるが、けっこう高性能な端材を使っているようだ。

おもむろに、セリーヌにたずねた。

「そんなにＦＢＩっぽく見えますかね？」

セリーヌは肩をすくめて、

「ＦＢＩの方であれば、商品の購入にいらしたのでしょうが。ご用向きはなんでしょう、ミスター……？」

「キャル」もういちど名を名乗った。「姓はサウンダー」

「キャル、とお呼びしても？」

「セリーヌと呼ばせてもらっていいのなら」

「いやでもそう呼んでいただくことになります。それ以外はお教えしていませんので」

従業員が冷たい水のジャグと、紙コップをふたつ持ってきた。セリーヌがコップに水をついでくれたので、口に運ぶ。セリーヌも水を飲みながら、コップを持っていないほうの手で先をうながすしぐさをした。〝ご用件をうかがいましょうか〟。

「おととい、人のよさそうな若い男が訪ねてきましたね。購入したのは袖口銃《スリーブガン》。ほかにもなにか買っていきましたか？」

セリーヌはかぶりをふった。

「そういったことはお話しできかねます」

「男の名前はロディ・テビット。来店のさい、ボディアーマーも発注していたとしたら、残念ながら、こうお伝えするしかありません。〝ミスター・テビットがそれを着る機会はもうないでしょう〟」

「お顔を拝見することは、当分……？」

「ありません。あなたがとくに信心深い方でないかぎり」

セリーヌはうなずいた。なにがあったかを察したうなずきかただった。

「そういうことでしたら……。ええ、お求めになったのは、反発性の防弾ショールです、女性用の。ですが、ガウンまではお求めになりませんでした」

「その場で持ち帰った？」

「いえ。配達してほしいとのことで」セリーヌはタブレットのスクリーンにタッチした。「スーザン・グリーンさま宛てです。配送先はオフィスだと思われます。メイプルトン・ストリート154番」

スーザン・グリーン。これは初耳だ。ロディ・テビットの親しい交遊関係にそんな名は出なかった。新キャラ登場か。いや、新といっても老体かもしれないし、得体の知れない人物かもしれない。いま聞いた住所は知っている。オフィスでもなければ、あんまりいく気にもなれない場所だ。

「買ったのは、それだけ？」

「はい」

「購入者はどんな印象でした？」

「大柄で……」セリーヌの目が険しくなった。「これは誘導訊問ですか」

「さっき店に入って声をかけた時点で、おたがい、わかっていたはずですよ、彼が大柄なことはね。人間、そうそう縮みはしません」

「でも、人のよさそうな若い男としか……」

「詩的な表現というやつです。さ、どんな印象でした？」

「シャイで、少々怯えていらっしゃる感じでした。付属の銃弾は標準構成から変更なさいました。ふつう、あの銃には通常弾を三箱おつけするんですが、二箱に変えられたんです。一箱は通常弾のままで、もう一箱は特殊仕様に」

「つまり、徹甲弾《てっこうだん》に」

「そのとおりです」セリーヌはうなずいた。

ロディ・テビットの自宅で使われたのが徹甲弾であれば、どんな惨状になっていたことだろう。想像してみようとした。血はもっと飛び散っていたはずだ。結局、標準構成から変更したものの、あの事件が未解明の顛末《てんまつ》を経て起きたとき、銃弾は変更していなかったわけか。

徹甲弾を買う人間はすくなくない。その理由は、クールなのと、映画で見て強力そうなイメージにある。とはいえ、ロディ・テビットはナードだった。特別な目的がなければ、わざわざ徹甲弾を買うとは思えない。徹甲弾は人体を貫通したうえで、壁や他者を貫通し、さらにつぎの壁を貫通し、というぐあいに、けっこうな貫徹力を持つ。音だって大きい。ロディ・テビットがそんなものを買うはずはない——よっぽど特別な理由がないかぎり。その特別な理由は、車体を貫通させたり、ゴロツキを追い払ったりすることではなかったはずだ。

可能性としては……ボディアーマーをつけただれかを撃つつもりだったのか。

でなければ、そうとうに骨の太いだれかを撃つつもりだったのか。

フェルトンに電話をかけ、スーザン・グリーンなる人物のことを説明し、セリーヌから聞いた住所を伝えた。

「おいおい、〈ヴィクターの店《ヴィクターズ》〉かよ」

「そうだ」と答え、かぶりをふる。

フェルトンは笑った。

〈ヴィクターズ〉にいくなら、そのまえにオストビーのところへ寄るのが合理的だろう。オストビーの事務所は〈ヴィクターズ〉と同じ地区にあるからだ。オストビーはいい顔をしないだろうが、こっちだってあの男が好きなわけじゃない。

オストビーがモーニング・コーヒーを飲む時間を見はからい、事務所を急襲。あの男、コーヒーの一杯も出してくれたことはないが、いつも十時四十五分きっかりに会議を設定していて、それに先だつこの時間になると、心安らかにコーヒーを飲む習慣を持つ。オストビーのような立場にいる人間は、たいてい秘書を雇っているものだが、この男は例外だ。電話もすべて自分でかけるし、スケジュールも自分で管理する。

事務所の控えの間に足を踏み入れた。事務所は午前三時の教会のように深閑としていた。ガラス扉ごしに、オフィスのオストビーが見える。神聖なコーヒーを飲んでいるところだ。ちょっとだけ時間をかけて、オフィスの室内装飾を値踏みした。床に金属テクスチャーのクッション・フロアが張ってあり、そこここにトルコ絨緞《じゅうたん》のラグが敷いてある。デスクは押し出し成型の複合材で、一見、自然石造りのようだ。金属脚のチェアはなく、バネ式のリクライニングチェアも置いていない。サイドボードにはカップがならび、来客は自分でコーヒーをつぐ方式だった。コップはデスクと同じ素材でできているようで、見ていると穴居人になったような気分になってしまう。オフィスにははじめて目にする備品もあった。数段を備えたバーベルスタンド一台と、トレーニングベンチが一脚だ。

フロイド・オストビーは、いわゆる〈タイタンかぶれ〉に数えられる。常人のくせに、タイタンに憧れるあまり、タイタンになったつもりの暮らしを送ってはいるが――結局、タイタンではないし、タイタンとのコネも持たないから、どんなふうに暮らせばいいのかわかっていない。

タイタンは石造りを好む。身のまわりをそう簡単には壊れない頑丈なもので固めたがる。とてつもなく裕福なので、いくら重くてもガラスでできているかのように繊細な見かけの品物ばかりだが、なかには重すぎて床の補強が必要になるものもある。どんなタイタンも樹脂製品を使おうとはしない。いくら本物の花崗岩が欠けやすくてもだ。樹脂製品はどうあがいても樹脂製品にしか見えないし、石造製品は欠損したら新たに買いなおせばいい。シャンパンを飲むあいだだけ使えればそれでいいのだから。

オストビーはたんにタイタンになりたいだけだ。この男の空まわりぶりは、タイタンの半数には理解不能だろうし、もう半数には可笑《おか》しくてたまらないだろう。

控えの間を通りぬけ、いきなりオフィスの扉をあける。オストビーはデスクの向こうにすわっていたが――デスクの脚は樹脂製で、ビリヤード台サイズの天板は石板らしい――闖入者《ちんにゅう》を見るなり、顔をしかめた。オストビーは肩幅が広く、頭は禿げあがり、涙っぽい目はブラッドハウンドのそれを思わせる。

「やあ、フロイド」

「帰れ」

オストビーも、こちらに対していい感情は持っていない。タイタンふたりと、たんなる知りあい以上の関係にあるからだ。あまり舞いあがることでもないんだが。

「まあまあ」といいながら、来客用の椅子に腰かけた。

「いいのか、キャル、こんなまねをして？　どうなるかわかってるんだろうな」

オストビーは立ちあがり、デスクをまわりこんでやってくると、目の前にそそりたった。がっつりと筋肉のついた大きな男だ。じっさいの話、掛け値なしの巨漢といってもいい。人類史における別の時代なら、押しも押されもせぬ大男として通用していたことだろう。そんなオストビーを見あげつつ、やんわりといった。

「あんたと殴りあう気はないし、あんたも殴りあいをする気はないだろ？　もうすっかりおなじみのパターンを、またぞろくりかえす気か？」

フロイド・オストビーはそこそこ名前を知られた投資アドバイザーで、ファミリー層の優良クライアントを数多くかかえており、善良な一般人が資金を有効に活用する手助けをしている。百人の老婦人になに不自由ない暮らしをさせていて、顧客を失望させることがない。顧客の資金は優良株や優良社債に投資し、細々であっても利殖は実を結ぶ。市場が値下がり局面のときもオストビーの投資先は持ちこたえるので、〈クジラを救え〉基金に多少とも寄付することができる。

オストビーがこんなふうに、善良なファミリー層顧客の資金をちまちま運用するだけで経営を成りたたせているのは、五つ六つ、ファミリー層とはまったく毛色のちがう顧客をかかえているからだ。この連中の資金には少々汚れがついており、それなりにグレイで、なかにはけっこう黒く染まった資金もある。オストビーはそういう資金の汚れを落とし、まっとうな社会のどこに出しても恥ずかしくない状態に洗浄《ロンダリング》してやっている。ヒツジの群れのただなかに、カジュアルなウールを着た狼を放しているわけだ。

殺人課の警察官は、毎回、金融犯罪課の知恵を借りないと事情がわからないことが多い。金融犯罪はそれだけ実態がつかみにくく、捜査中、フラストレーションがたまりがちだ。いまこのとき、フェルトンは椅子にすわって目をつむり、すっかりうんざりしたようすで、なかば聞き流しつつ、法科学財務部のウェイド・キンセラとジョーニー・フォンタナから講釈を受けている最中だろう。ロディ・テビットの合法的な支出における、カネの流れについての講釈を。

こっちはこっちで、オストビーの話を聞きにきている。マネー・ロンダリングのことを知りたければ、マネー・ロンダリング屋にきくのがいちばんいい。

それに、オストビーの商売を知っておけば、自分の商売のタネにもなる。カネの流れはどうでもいいし、顧客のこともどうだっていいが、フロイド・オストビーのやつがヤクに手を出していることは知っている。某所でヤクをお楽しみなことも、そこでだれとなにをしているかも知っている。オストビー夫人からたんまりもらった依頼料で、ごたいそうな記録装置を仕込めたおかげだ。

そんな弱みをつかまれていると知っているはずなのに、きょうのオストビーはずいぶん強気だった。

「もうビクビクすることはない——かもしれんぞ」

「そいつはどうかな？」

「新しい友人たちができた——かもしれんぞ、キャル。あの手の問題を解決してくれる、よき友人たちがいたらどうする」

「ときどき、悪あがきするやつがいるんだよ。うまくいったためしはないけどな。それ、威しかい？」

いまにわかるさ、とでもいわんばかりに、オストビーはかぶりをふった。だが、虚勢を張っていることはひと目でわかる。はったりをかますのはフロイド・オストビーの得意な分野じゃない。いくら筋肉を鍛えていても、荒事には向かない男だ。

「やけに強気じゃないか、うん？　麻薬密売組織《カルテル》の大物でもクライアントになったか？　まさか、そっち方面に手を出すとは思わなかったぜ」

「それよりもっと――」オストビーは薄笑いを浮かべて、「――大物さ」

「ステファンに電話して、その大物がだれか訊いてもいいんだぞ、フロイド。すぐにでも訊けることは知ってるな」

「くそったれ、キャル！　いつまでおれにつきまとえば気がすむんだ！」

「どっちかが死ぬまでだろうな。こっちが先にくたばったら？　安心しろよ、一部始終がグラットンに伝わるようにしてあるからさ」

「クソくらえ」

オストビーは結局、デスクの席にもどっていった。これもまた、この男がタイタンにはほど遠いことのひとつだ。あまり知られてはいないが、T7を投与された者は頑迷になる。この点には確信があった。化学的な作用が原因なのか、それとも肉体がどんな常人よりもタフになり、排他的で超裕福な暮らしを送るからなのか、それはわからない。とにかく、ひとたびタイタンが〝ノー〟といえば、もう言を翻すことはない。常人がどれだけ意見を押し通そうとしても、強硬に押し返す。相手の意向にはいっさい応じない。

　突っ立っているオストビーに向かって、マイクロメモリーを放り投げた。中身はロディ・テビットの会計データだ。

「会計の流れから、なにが起きているかを知りたい」

「すまんが、キャル、今週はなにかと忙しい。また改めて出直してくれ。日にちは……」いいながら椅子に腰を落とし、カレンダーをめくりだす。「だめだな、この日は……この日も……ここか。よし、この日でいこう。六日後にきてくれ。準備万端、整えておく」

「いま見ろよ。ぱっと見の印象でいい、それで動く。詳細は追って教えてくれればいい」

「おまえな、人の話を聞いてないのか？」

「どうせごねてるだけだろ？」

　じっさい、オストビーがほんとうに反抗的行動に出ようものなら、いつでも火だるまにしてやれる。火ダネはドラッグの悪癖だ。お得意さまの老婦人たちは離れていくだろうし、ほかの顧客も汚名にまみれたアドバイザーとは関わりあいになりたがらない。商売の灯は吹き消され、それとともに〈トンファミカスカ・カンパニー〉のT7投与予定者リストに載せてもらえるわずかな可能性も消えてしまう。オストビーの顔をじっと見つめながら、無表情をたもった。あとは本人が頭の中で同じ結論に達するのを待つばかりだ。

ようやくあきらめがついたと見えて、オストビーはしゃれた小型端末の側面にマイクロメモリーを挿入し、中身を見はじめた。そのあいだ、じっと待つ。見おえるまで、長くはかからなかった。

「ふつうだな」

「ふつうじゃない要素はないのか？」

「そうともいいきれん」

「どうふつうじゃないんだ？」

「まだわからんよ」

「おおよそでいい」

「この男、新たに就いた仕事では、吹きだまりの新雪みたいに無垢だ。就いている仕事はひとつ。消費は収入の範囲内。高給取りだが支出は控えめ。支出の変動に不審な点はない。不可解な預金の引き出しもない。しごくまっとうな市民だ。とはいえ、むかしの仕事でもそうだったとはかぎらない。そこに壁がある。調べがついたら、あとで報告するから」

「やれやれ、やっぱりケツをたたかなきゃだめか」

オストビーはスクリーンをにらんだまま、もう帰れ、というしぐさをした。

「どうなんだ?」再度、せっつく。

「無用だ」

「あまりぐずぐずされると――」

「うるさい、キャル。出てうせろ。ここからはプロの仕事だ。ちょっとおもしろいものを見つけかけてる。巧妙なやりくちだ。早く出ていけ。またもどってきたとき、簡潔明瞭に説明してやる」

「助かる」

つかのま、こちらに向けられた涙っぽい目は、さっきまでとは別人の印象をもたらした。フロイド・オストビーについて評価するべきことがひとつあるとすれば、〝自分の技能を心得ている〟――これにつきる。

「礼をいうぞ、キャル、こんな美味しいものを持ってきてくれて」

オストビーが画面の会計データに注意をもどした。それを見とどけて事務所をあとにし、メイプルトン154番に向かった。

〈ヴィクターの店《ヴィクターズ》〉は東《アップタウン》と西《ダウンタウン》が出会うクラブだ。一見、クラブとはわからないし、さほど居心地がいい場所でもない。

最初の投与を受けたタイタンは、愕然とするほどの速さで変化する。体組織が一週間で老人のそれから若者のそれに変わってしまうのだ。皮膚が柔軟になり、肉体構造が急激に変質するため、鎮静剤を投与しつつ、点滴で栄養を補給しなければならない。老化過程は逆行し、老化反転の過程で死んだ細胞は排出され、過剰増殖による傷痕が消滅したのち、数週間のうちには、子供から成人への成長が一からくりかえされて、若者の肉体になる。投与後の半年間はいつも空腹状態にあり、なにかというと眠ってばかり。投与三ヵ月から五ヵ月にかけては絶えざる鈍痛に悩まされるが、これはなおも骨が伸び、質量が増加しているからだ。この変化はきわめて急速で、見ているうちにも骨が伸びていくのがわかる。その間、施術事業者は最悪の事態に備え、健康管理環境を維持しつづける。変成の過程が終盤に近づくと、理屈のうえではタイタンとして機能しだすが、同時にきわめて不安定な時期に入り、怒りっぽく、発情しやすく、なにごとにつけても過敏になる。それでいて、当人は退屈でしかたがない。そういう状態が、どうかすると二、三年もつづくわけだが、そんな時期にあるタイタンが通うのがこの〈ヴィクターズ〉だ。ここはある種、モグリのクラブで、玄関扉はビジネス街のあかぬけたロビーから持ってきたようなベルベット張り。一階はフロア全体がクラブの所有で、強い酒をストックしておく冷蔵庫や食材の保管庫を備え、書類仕事もここで行なわれる。予約しておけば一夜を明かせる部屋もいくつかある。

基本的にファック部屋だが、巨神に成りたてで肉体がまだ子供ゆえ、酒には慣れていないタイタン向けの、いわばトラ箱も兼ねていた。二階はスポーツジム。ここもヴィクターが所有するフロアだ。このジムでなら、タイタンがいくら盛大に音を立てても、どこからも文句はこない。このクラブに入るためには、まず支配人の許可を得る必要がある。ここで働こうとする人間もそれは変わらない。

〈ヴィクターズ〉には、とかくの評判がつきまとう。それも無理からぬことではあった。この店では、毎夜、毎晩、いかれた事態がくりひろげられているからだ。しかし、店主のヴィクターはそれをとめようとしない。どこからどう見ても合法ではないが、大きな目で見れば違法とまではいいきれない行為の数々を進んで許容している。殺人の館ではないし、脅迫行為はご法度。目にあまれば、いつでも縁を切ればいい。その点はヴィクもきっちり保証していた。ただし、ひとたび縁を切ってしまえば、二度と中に入れてはもらえない。〈ヴィクターズ〉は厳密に、ワンチャンスしか与えてくれないのである。そうと知られているからこそ、ここにくるタイタンをつなぎとめておくことができるわけだが、とはいえ、ここに集《つど》う常人連中が期待するほどタイタンの客はこない。理由は単純で、世界じゅうのタイタン人口がそこまで多くはないからだ。

定義上、タイタン人口は増加傾向にある。

だが、今週ばかりは、ひとり減ってしまったらしい。

玄関扉の向こうに広がるのは、メイプルトン154番。ロディ・テビットがスーザン・グリーン宛てに防弾ショールを送った住所である。ここのドアマンはサムと呼ばれる男で、けっこう長いつきあいになる。

そのサムに向かって、武器など持っていないと示すため、両手が見えるように近づいていった。無用の危惧をいだかせないためだ。


サムはずんぐりとして、背丈は高くも低くもないが、本人をよく知ってなお、あの男が情理をわきまえたタフガイだとわからないやつは、救いがたい馬鹿としかいいようがない。一般的に、こんなに怪しい酒場で門番をやるようなやつは、血に飢えた狂犬野郎と相場が決まっている。だが、サムはちがう。サムが以前いたのは、あまり大きな声ではいえない民間軍事会社だった。そんな人間がここにいるのは、危険とカネは好きだが、空の移動が苦手だったからだ。両腕はタトゥーで埋まり、全身、これ傷だらけ。一年前だが、サムがお行儀の悪いタイタンに歩みよるのを見たことがある。そのタイタンは体重が二百キロの億万長者で、べたべたとウェイトレスをさわりまくっていた。サムは二カ所でタイタンの鼻をへし折り、一瞬で床にねじふせ、失神させた。すかさずタイタンのボディガードらも昏倒させたのは、主人だけがやられてクビにならないようにとの配慮からだ。

はじまって、わずか十九秒のできごとだった。

以来、組んで仕事をしないかと何度も誘っているんだが、毎回、断わられつづけている。

たぶん、その判断は正しい。

こちらを見ようともせず、サムがいった。

「おう、キャル」

「やあ、サム」

「今夜は音無しの構えで頼む」

「中は静かってことか？　閑古《かんこ》鳥《どり》？」

ここではじめて、サムは顔をあげ、正面から視線を向けてきた。

「いいや、キャル、店は盛況、乱痴気騒ぎだ。おれがいうのは、おまえのことさ。今夜はいい子にしててくれや。事件の調査できたんだろうが、荒事はあすに頼む。察してくれ」

「今夜はなにか特別なのかい？」

「いやな、おれの腹ぐあいがな」サムはそういって、肩をすくめてみせた。

「へえ？」

「新しいシェフがラオスからきた女なんだが。バナナのサラダ《タム・マーク・クルアイ》を食ったら、これが旨くて旨くて、手がとまらない。なさけないことに、どうにも腸が弱くてな。ガスがとまらなくなっちまった。調子がもどるのを待ってるんだが、いっこうに収まる気配がない」

「そいつはつらいや」

「まったくだ」

「おまえのシェフだけどさ――」

「おれのシェフじゃない」

「ひとりかい？　最近雇われたのは？」

「いや、今冬は何人も入ってきた。夏場のガキどもがチップを稼いで大学に帰っちまっただろ？　冬場組はもうすこし年季が入ってるが、もうすこし賢い。まだ全員の顔を見ちゃいないがね。ヴィクターは把握してる」

まじまじとサムを見つめながら、たずねた。

「そのシェフ、ちょっといい女かい？」

「まあな。だけど、要はそこじゃない。腕がいいんだよ、腕が」

こいつ、のぼせあがってやがる。びしっとした姿勢で背中に手をまわしたまま、片足でくるりと一回転してみせそうじゃないか。

「で、おとなしくしろというのは？」

「要するにだな、今夜、トラブルに介入するはめになったら、おれはクビになりかねんということさ。肝心のところで屁が出たらどうする？　この商売、強持《こわも》てでなきゃ勤まらん。人前で屁でもひってみろ。あとあとずっとナメられる。そんな立場におれを立たせるな。いい子にしててくれという理由がこれだ」

「わかった、サム。事情は汲む。約束する」

「ならいい。入れ。席はまだあいてる」

そういって、サムはドアをあけた。

そのむかし、〈ヴィクターズ〉はヴォードビル・ショーの劇場だった。店内は真っ赤なベルベットと金ピカの装飾だらけ、天井は高く、好色な半神《サテュロス》どもがワインの湖のまわりで妖精の乙女《ニュンペー》たちを追いまわす絵が描かれていたものだ。ヴィクターがここを買ったとき、豪華な内装のまま、客席を貫く形で階段状のプラットフォームを幾重にも設け、入口から登場した神がはてしなくつづく階段を降りていき、ダンスフロアへ降臨するという趣向に造り変えた。かつて演出家のブースだった場所に設けられたのは高い台座で、その上には〈最後の晩餐《ばんさん》〉テーブルが用意されている。台座の上にあがるには、〈天国への階段〉と名づけられた昇り勾配の橋をわたっていかねばならない。橋は本物の黒曜石《こくようせき》でできていて、昇り口は一本のベルベット・ロープでさえぎられ、とびぬけて才能があって客受けのするダンサーでないかぎり、そこを通ることは許されない。この橋をあがっていくダンサーのなかには、若返ったことで当惑している魂に出会い、心からの友になれると思う者がいる。また、映画の見すぎか、〝大学生の肉体に収まった無垢な年寄り〟に対して、きょうびの若者がどんなものかを教えてやろうと思う者もいる。そして、あの上にあがれば、予想もつかない経験ができると楽しみにしている者もいる。

今夜、〈最後の晩餐〉テーブルにつくのがだれかは知らないし、どうでもいい。それがスーザン・グリーンという女でないかぎり。テーブル席のあいだを順次すりぬけ、バー・カウンターにたどりつき、玄関扉が見えるスツールに腰をおろした。早くもヴィクターに気づかれ、白目を剝《む》かれた。

ヴィクターは親戚の叔母にでもいそうな女だが――もしもその叔母がジャンプスーツを着てドミノマスクをつけていたら、という条件がつく。おまけにそのジャンプスーツは、見るからにヴィンテージなバーガンディー色のベルベット仕立てときた。ボーイッシュにカットした髪は銀髪で、けだるいハスキーの声は聞く者の耳を引きつけずにはおかない。地元の名士でタイタン化していない最古参の人間――それがこのヴィクターなのである。

「やあ、ヴィク」

「キャル・サウンダー。よくサムが通してくれたわね」

「いい子にしてますって約束したんでな」

「そう、ならいいわ。なにか奢《おご》ったげましょうか」

「だったら、スーザン・グリーンを頼む」

「カクテル《モヒート》にしときなさい。あの子、まだきてないし。それにね、ここではそんな名前で呼ばないで。芸名はダイヤモンド《ディアマント》なの」

「歌手？」

「そう。キラキラ輝くスター・シンガー。すごいでしょ？」

「とくに入れこんでる贔屓客《ひいき》はだれかな。常連は？」

ヴィクターはろくに考えもせず、こう答えた。

「この店で？　ハニー、そんなの何百人といるわよ。まあ見ててごらんなさい」

「一齢のタイタンだ。ぼっちゃん刈りで、趣味の悪いシャツ」

「ははあん。あの娘《こ》のボーイフレンド」

ロディとキャバレー・シンガーか。

「本気じゃないよな？」

「それ、そのまま、あたしがあの娘《こ》にいったせりふ。でもね、ふたりとも本気らしいのよ、キャル、正直なところ。まるで恋わずらいの半神半獣同士みたい。あたしにいわせりゃ、悪いのは男ね。あの男に見られてるときは、借りてきたネコみたいになっちゃってまあ。ふだんはあんなにギンギラ卑猥な歌詞を連発するくせに……すっかり牙を抜かれちゃって。あの男が帰ってしまうとマシにはなるけど、それでも、〝わたしのあそこにさわれる男はここにはいやしない〟とか、〝見てもいいのよ、さわらなければ〟なんていうせりふは、一週間くらい出てこなくなっちゃう。もう、泣いちゃいそう」

ヴィクは泣くかわりに、手ずからモヒートを作ってくれた。

「だけど、あなたはそれを飲みにきたわけじゃないのよね。そこにすわって、たそがれてなさい。しばらくじっとしてること。あと二十分で天使にラブソング・ショーがはじまるから。ディアマントの魅惑の歌声に聴きほれるがいいわ」

「じつは……死んだんだ、ヴィク」

「死んだ？　だれが？」

「ボーイフレンドが」

ヴィクはぴたりと動きをとめ、正面からまじまじと目を見つめてきた。

「ほんとなのね」

「ほんとうだ」

長い沈黙。

「残念だわ」

「そうだな」

「その件できたの？」

「うん」

「近ごろ、商売替えしたわけ？　心の傷のカウンセラーに？」

「いまも探偵さんだよ」

「残念だわ」

「これを機に、花形歌手のスター性が復活するかもな」

「だといいけど。ひとつお願い」

「ふたつでもいいぞ」

「ショーがおわるまで、あの娘《こ》にはないしょにしてあげて」

「心得た」

「伝えるときには、できるだけやんわりと」

「どっちもお願いってほどじゃないな。まだふたつ、聞いてやれるぜ」

「やあね、サウンダーってば」

そんなヴィクのことばは、間近で聞けば、〝ありがとう〟の響きが聞きとれた。

「ハァイ、不細工ちゃん」女の声といっしょに、左の肩にずしりと手の重みがかかった。

「ちょっとさぁ、あたしといっしょにいいことしない？」

ヴィクはカウンターの中、離れたところにいる。

「いま仕事中でね」と、ふりかえらずに答えた。「悪いな。七番テーブルにグルーピーの連中がいて、お声がかかるのを待ってるぜ」

「あの手合いにゃ興味がない。興味があるのは、おまえだ」

ここでふりむき、上を見あげた。大きくて端整な顔の男。相手はふたりだ。ひとりは女、ひとりは男。ジムで鍛えた体軀《たいく》は、どちらも一見、タイタンに見えるが、本物じゃない。オストビーと同じ〈タイタンかぶれ〉で、この体格はせっせと投資した結果だ。どうやらこのふたり、のしあがりゲームの第二段階に進もうとしているらしい。すでにタイタンをまねた暮らしを送っていて、それふうの態度を装ってもいる。ただし、本物のタイタンがどう見えるかはまるでわかっちゃいない。なぜなら、こいつらは〈成りたがり〉だからだ。おそらく、せいいっぱいタイタンっぽく暮らしていれば、本物の目にとまり、サークルに入れてもらえるとでも思ってるんだろう。

そんな甘い考えが通用するかはさておき、今朝はそのつもりで、意気揚々とベッドから起きてきたと見た。

肉体面はそこそこ本物らしく仕あがっているが、区別がつかないほどじゃない。筋肉はたしかについている。しかし、骨の太さはタイタンとちがう。どちらも酔っぱらっていた。今夜の装いは、ファンタジー・ゲームで見る鎧《よろい》みたいなやつだ。男は女のうしろにいるが、主導しているのは男のほうだろう。目を見ればそれとわかる。ギラギラして成りあがる気満々の目だ。男の身長はこちらより三十センチ以上高い。体重も一・五倍はあるだろう。女のほうは一・三倍というところか。どちらも彫りの深い顔立ちで、わし鼻、血色もいい。まるでリメイク版『ベン・ハー』のどれかに出てきたエキストラだ。

「悪いな。いまはやることがあるんだ」

女の手は離れない。肩にのったまま、ずしりと重い。

「そんな言い訳、ここじゃ通用しないわよ、不細工ちゃん。ここはね、〈ヴィクターズ〉。凡民はひざまずくの」

「そういう習慣があると思ってるようじゃ、出入りして日が浅いようだな、もうサムには会ったのかい？」

「会ってないし、どうでもいいわ、そんなやつ。おいで、いっしょに飲むのよ」

「やれやれ、ここにはその習慣もないんだがな。ヴィクに訊いてみろ。しきたりを教えてくれる」

「しきたりなんか興味ないの。おとなしくいうことを聞いときなさい、せっかくの気分に水をさされたくないのよね。このままじゃ、あたしのご機嫌をそこねることになるわよ。そうなったら、あんたの健康によろしくないんじゃない？」

女の顔を見あげ、男に視線を移し、女に先をうながした。

「ふうん、そういうもんかね」

女は薄笑いを浮かべ、胸当てのクリップをいじった。答えたのは男のほうだった。

「そういうもんさ」

カウンターごしに、離れたところにいるヴィクに声をかける。

「なあ、サムはきょう、体調がいまいちだから、いい子にしてくれといわれたんだが」

ヴィクは顔を向けもせず、答えた。

「そのとおりよ」

「いい子にしてるというのがどういうことか、判断を聞かせてもらってもいいかな？」

やっとのことで、ヴィクがこちらを見た。その目が〝ヒーローとヒロイン〟のコンビをじろじろと値踏みしだしたのに気づき、しまった、サムに声をかけにいくべきだったかと悔やんだ。ヴィクの目には炎が見える。あれは商売人の目だ。

思いとどまってくれよ、ヴィクター。な？

ヴィクはカウンターの外に出て、悠然と歩みよってきた。

「あらまあ、こちらの見目麗《うるわ》しき坊っちゃんと嬢ちゃんはどちらさま？」トリクイグモの脚のように細長い指が並ぶ白い手を、ヒーローの二頭筋に這わせる。唇に塗ってあるのは、チェリーよりすこし血の色じみたリップスティックだ。唇の両端をきゅっと吊りあげて、ヴィクはにんまりとほほえんでみせた。「とってもステキ」

男はヴィクを見おろし、バーテンの女だな、たぶん元娼婦か、とでも思ったらしい。

「なにも問題はないよ、高齢のご婦人。かまわんでくれ。おれの彼女がな、この若いのを気に入って、テーブルに誘っただけさ。おれとしても、きてほしい。そろそろこの紳士、うんといってくれそうなんだ」

ヴィクは愉快でたまらないという目でヒーローさまを見つめている。例によって、胃のあたりがずーんと重たくなってきた。

「いまの、ほんと？」こちらに視線を移して、ヴィクがたずねた。「こちらの愛くるしい坊っちゃんたちにつきあって、楽しい思いをさせてあげるのね？　あなたはこの子たちのタイプに見えないけれど、この子たち、きっと今夜は少々刺激がほしい気分なんでしょう。

そうよね、ハニー？」

〝ハニー〟と話しかけた相手は、こんどは女だった。にやりと笑って、女が答える。

「そうそう、そういうこと」

「ちがうってば」すかさず、ヴィクに訴えた。「勘ちがいもはなはだしいぞ。さっきから丁重にお断わりしてるんだが、なにかが気にさわったらしい。こちとら、あんたんとこのほかの客みたいに洗練されちゃいないんでな」

「そうよねえ、たしかに、あなたのことばにはトゲがあるのよねえ、いちいち」ヴィクはつぶやくようにそう答えると、ヒロインの香油を塗った腕をなでた。「このさいだから、いい子ちゃんたち。もっとあなたたちにふさわしい相手を見つけてあげましょうか」

いい子ちゃんたち。もっとふさわしい。祖母が子供に噛んで含めるときの口調。

煽《あお》ってくれるぜ、ヴィク。

男がヴィクを押しやった。ヴィクがおおげさによろめき、カウンターの上に倒れこむ。シャンパングラスの小さなピラミッドが床に崩れ落ち、パリンパリンと音を立てて割れた。ガラスが割れる音に、店内の客たちがぴたりと会話をやめ、こちらに顔をふりむけだす。ヴィクはビニール人形が膨らむように、銅板のカウンターからゆっくりと上体を起こし、ネコ一頭を丸吞みできそうなほど大きく口をあけ、にたりと笑った。

店内の人間で、こちらを見ていない者はいない。ヒーローたちもそれに気づいている。女のほうがすこし背筋を伸ばし、両肩の肩当てをそびやかした。ボーイフレンドは両腕を曲げてポーズをとり、三角筋をひくひく動かしながら、顔をぐっと近づけてきつつある。そこで口を開こうとしかけたとき、ヴィクが機先を制した。天井から有線マイクをぐいと引きおろし、ボリュームを大きくあげたのだ。

「**レイディーーーース・エーーンド・ジェントルメーーーーン！　そして複雑な性別模様のみなみなさま！　ようこそ！　ようこそこの良き夜においでくださいました！　わたくし、ヴィクター・デヴィーン、当店の経営者でございます。みなさまもよくご承知のとおり、当店は唯一無二《ミック》の場所！　ご希望の。ものは。なんでも。見つかる場所でございます！**

前オーナーにはたいへん失礼ながら——わたくしどもはみな、彼を敬愛しておりますが——わたくしはここに、この類いまれなる社交場を創設いたしました。この店でならば、**どんなご希望もどんな**ご要望も、かなわないことがございません、いっさいございません。**いかなるご希望も……お望みのまま！**」

ダンスステージでは、いまだかつて見たことのない変化が起こりつつあった。何台ものテーブルが左右にスライドして分かれていき、広い空間が生まれ、そのスペースの床からなにかがせりあがってこようとしている。現われたのは、一辺四メートルの金属フレームだった。いや、ちがう。あれはただのフレームじゃない。鉄の檻だ。

おいこら、冗談じゃないぞ。

ヴィクが高々と片手をかかげ、預言者のように呼ばわった。

「ここ〈ヴィクターズ〉では、お客さまにどのようなお娯《たの》しみでも提供させていただき、どなたさまにもハッピーになっていただく経営方針をとっておりますが、揉めごとだけはごかんべん。しかしながら、揉めごととなるもの、ところきらわず。

そこでわたくし、一考いたしました。どうせ揉めごと起きるなら、みんな娯しい形へと、昇華させてやればよい」

白い歯を輝かせつつ、ここでバチン！ とウインク。ヴィクが唯一生き生きするのが、こうして衆目を一身に浴びるときだ。ヴィクが娼婦だったことはない。うわさはいろいろ流布しているが、この女がヒットマンだったこともないし、リスボンから銃器を密輸していたこともなければ、億万長者と離婚したこともない。

じつはテレビ伝道師だったんだ。

秘密にされているわけでもないのに、どういうわけか、ほかの人間はだれもこの事実を知らない。

「**そして**、**今宵**は……みなさまの嗜好《しこう》を刺激する、少々特別な趣向を用意いたしました。

そう、**まさに特別な！**　その趣向とは……」鉄檻が横にスライドし、ステージの真ん中に移動した。重々しい金属音を響かせて扉が開く。「**……決闘です！**　おのが名誉を賭けて戦いますは――おっと、少々お待ちくださいませ。**カップルのうち、鉄檻に入られるのはどちら？**」

　スポットライトがヒーローたちを照らしだした。ふたりとも、まんざらでもないようだ。女が男に飛びつくや、両脚を男の腰にまわしてしがみつき、相手の口に舌をつっこむと、また男から離れ、その手をとり、高々とかかげてみせた。

「**どんなときでも……ふたりはいっしょ！**」

　ヴィクは頭をのけぞらせ、狂ったような高笑いを響かせた。

「**そうこなくっちゃ！**　レイディース・エンド・ジェントルメン――そして、複雑な性別模様のみなさま！　**赤コーナー！――大胆不敵・豪華絢爛《けんらん》・美味礼讃！　危険上等の熱々カップル！　その名も……**」ヴィクは身をかがめ、聞き耳を立てるしぐさをしてから、「**名は体を表わさず、マックとミニでございましょう！**」

　場内、笑い声。

「こんな事態に遭遇したのも、けっしてふたりのせいじゃない。今宵このときこの店で、戦うこととはつゆ知らず、**別種の快楽**娯しみに、胸躍らせてきたはずだ……」

ヴィクはそういいながら、思いきり男の尻をわしづかみにした。マックがぎょっとして飛びあがる姿に、店内じゅうから大爆笑が沸き起こった。マックはひきつりぎみの笑顔を見せているが、むかっ腹を立てているのは明らかだ。

「さてさて、それでは、みなみなさま、賭けの条件とまいりましょう。カップルが勝ったそのときは……おもちゃを持って帰りゃいい。カップルがもしも負けたなら……」

ヴィクは両手を大きくかかげ、カップルをまじまじと見つめた。ふたりともようやく、いいことばかりではないと気がついたらしい。だが、いまさらあとには引けない。店内の客は全員、ふたりが面目を失うのを待っている。ヴィクはたちの悪い流し目を送りつつ、マックの尻から手を放し、ミニの草摺《くさずり》スカートをちらりとめくってみせた。

「――地域奉仕で無償労働だァ！」

客が湧きに湧くなか、ヴィクが鉄檻に降りていく。マイクのコードを長い尻尾のように引きずりながら。

「対しますは揉めごとの、片割れとなるこの男……マックとミニの歪んだ愛を、その身に受けたる探偵稼業！　斜《はす》にかまえた渡り鳥、その男の名は……」

スポットライトを当てられた。店じゅうの客が、こんどもまたどっと笑った。ヴィクがうなずき、みなさん、抑えて抑えて、と手の平を下に向けてみせる。

「わかってます！　わかっております、みなみなさま！　たしかに見た目はぱっとしない。が、女子の好みはそれぞれだ。人はみな、独自の**欲望**かかえてる。そうじゃありませんか、みなさん！　わたくしはといえば……昨今ですと……クッキーにミルク……おもしろい本……羽ぶとんを温めてくれる愛おしい愛人の二、三人がお気にいり！　でございますが、それはさておき、探偵さん、あなたのお名前、なんてえの？」

「キャル」

「**〈ケツの形《キャリピジアン》がとってもいい〉キャル！**」

ちらほらと、笑い声。

「ごぞんじない方はおうちに帰っておたしかめを！　**〈ゴージャス・ヒップのキャル〉！**

——〈節《セツ》を曲げない金の尻〉！　さあこい、ここへ！　出てこい、キャルよ！」

さらに笑い声。

「戦うために降りてこい！　**おのが節を通す**べく！　薔薇《バラ》はあまりにかぐわしく、絶えて摘まれたことがない！　**どうです、この場の淑女各位！　そそるものがあるでしょう！**

さあさあ、とくとごろうじろ、折れて曲がったあの鼻を——ぐっと突きでた下あごを！　ところが全体見たならば、にじみ出てくる渋い味。でございましょう、満場のお客さま！　あの顔をば見ていたら、自分もヤリたくなってきた！　どうですみなさん、ごいっしょに。

おーっと、キャル、われもわれもとご婦人がたが、賭けをせんとて殺到だ！　最高の夜が待ってるぞォ！」

　かんべんしてくれ、ヴィク。

「キャルが勝てば……意にそわぬ相手との色ごとはなし！　正直、ハニー、どうなんだい、これ以上はもう望まない？　そんな認識でいいんだね？」

「いいや、ある」と答えた。付近のテーブルの客たちにも聞こえる声で。

その客たちが、大声でくりかえした。

「あるんですって！　あるんですって！」

　ヴィクが眉をひそめているのが見えた。これはヴィクのゲームだ。そいつをだいなしにすると、大きなトラブルを招く。

「──ようし、わかった、愛しのキャル──**〈ケツの形がとってもいい〉《キャリピジアン》キャル！**──」

客はみんな、にやにや笑っている。「──望みはなんだ、聞ける範囲で聞いてやる！」

　本心では興味をそそられているんだろう。ヴィクはいつも、他人の悪徳を知りたがる。

「ディアマントと二十分、ふたりきりにさせろ」

　ヴィクはかぶりをふった。だれに向けてかぶりをふったのかは明白だ。キャル、キャル、キャル──。しぐさに思いがにじんでいる。

「おーっと、大きく出たもんだ！　ディアマーーント！　かの魅惑の歌声、あの歌姫と！かくして、キャルの要望、整いました。ふたりっきりの個室で、キャルとディアマントのあいだになにが起こるのか。〈ヴィクターズ〉がひとたび引き合わせれば、引き離されることはない……**キャルが勝てば**でありますが。正直、勝機は低そうだ、なにしろキャルは、この体格……。なお、**無認可施設での賭け**は違法となっております。賭けを行なう方法は、各サーバーの管理者におたずねください。時間は二分、差しあげます。さあ、闘士諸君！位置について、ルール無用、時間無制限！　同情も躊躇《ちゅうちょ》も檻の外！　**〈ヴィクターズ〉へようこそ！　最高の夜にしようぜ！**」

　ヴィクの話を聞きながら、コートとシャツを脱ぎ、檻のそばに置いてある椅子にかけた。ヒーローたちは身軽になるため鎧を脱がねばならず、黒いアスレティック・レジャー《アスレジャー》用のアンダーウェア姿で檻の前に立っている。ここに、常人体形の男ひとり対、ステロイドで増強した筋肉ダルマふたりの、対決の構図ができあがった。これではとても、賭けなんて成立しやしない。マックはじろじろと値踏みの視線を送ってから、鼻を鳴らした。ミニも同じことをしたが、高額チケットを格安で手に入れたみたいなほくほく顔をしている。

　ヴィクが鉄檻の上に立った。実況中継をするつもりなのだ。リングガール役を担うのは、ハリウッドから雇った泡沫俳優の女の子たち。客席の最前列には客たちの顔が見えている。

目をぎらぎらさせて見つめる、醜聞まみれの下衆《げす》ども。

やおら周囲を見まわし、客席に問いかけた。

「どなたかリップスティックを貸していただけませんか。ダークレッドのやつを」

客席のテーブルは、ステージを中心にして、同心円状にならんでいる。前から二列めのテーブルのひとつで、年配の婦人が両眉を吊りあげ、クラッチバッグから口紅を取りだし、放ってよこした。それを受けとって、左手の指ぜんぶに塗りたくってから——これだけで、じつに稼ぎ半日分に相当する——婦人に投げ返した。ついで、鉄檻の扉をくぐる。内部はそれなりに広かったので、両サイドから充分な距離がとれるし、カップルが左右に広がり、それぞれが三角形の頂点に立つ形になったとしても、両者の手がとどく範囲外にいられる。ただし、ぎりぎりのところでだ。あちこち動きまわれるほど大きな空間じゃない。

マックとミニがぞろぞろと鉄檻に入ってきた。扉が閉まる。ヴィクの声。

「**さあ、いよいよ死闘がはじまるぞ！**」

はじまるぞ。


待つ間もなく、両者が向かってきた。マックは怒っているようだ。見たところ、ミニはすっかりのぼせあがっている。息のあった動きからすれば、このふたり、前にも共闘したことがあるらしい。ふたりに目配りしつつ、ボクシングのガードの構えをとった。構えを見て、マックが油断するのがわかった。いいぞ、舐めプしてくるな？　グローブがないし、距離もとれなければ、強く打てないから、早々に相手を沈めるのはむずかしい。といって、隠れる場所もない。いま組み討ちする体勢を見せていたら、向こうも多少は警戒したかもしれない。しかし、このファイティング・ポーズ――これなら速攻で倒せると確信したにちがいない。たぶん、この男、がっかりすらもしていない。この一戦にはマックの好きな暴力もセックスも縁がない。相手を御すこと――こいつがやろうとしているのはそれだ。この男は状況と人を思いのまま御すのが大好きで、そのために暴力とセックスを利用する。たぶん、ふだんの仕事では、人を雇って指図する立場だろう。指示のとおりにしなければ、そいつはクビ。マックがなにより好きな瞬間は、要求を満たせない部下を徹底的に糾弾し、そのつぎもダメなときはクビを言いわたして、すごすご出ていく部下を見ながら、ほかの部下たちに権力を――自分の権力を――思い知らせる瞬間だ。

こいつの本質はそこにある。

ミニの本質はといえば、官能か。セックスに酒に格闘、きっかけはなんでもオーケー、刺激になればそれでいい。一瞬一瞬を享楽的に生きる、いわば過負荷の禅囃子《ゼンばやし》だ。では、ミニを官能にかきたてるものはなにか？　おそらくは、過去百回ぶんの、セックスと酒と格闘がもたらす陶酔だろう。こんなやからをどう料理したものか。ともに裕福で健康的な精神生活を第一にしているなら、そもそも〈ヴィクターズ〉になんかくるはずがない。

　こんなところへくる理由はひとつ。どちらも嗜虐《しぎゃく》趣味があるからだ。獲物をたっぷりといたぶりたい。獲物をズタボロにしてやりたい。あとはボックス席に連れこんで、勝利のセックス三昧。用がすんだら席から放りだし、獲物がテーブル席のあいだをふらふら歩み去っていくのを眺めて悦に入る。そんな愉しみのために、このふたりは生きているんだ。体格でも数でも向こうが上、万が一にも負けようはずがない。鍛えた筋肉、大きな体軀。鉄檻の中、そんなファイターがふたりがかりで戦う相手は、ガリガリの男がひとりだけ？たしかにこちらは、走者の引き締まった筋肉がついているとはいえ、それだけではとても足りない。それに、正直、こちらがどれだけ強かろうと意味はない。人ひとりの能力には限りがある。まして場所は檻の中、相手は場数を踏んだ喧嘩屋チームだ。連携して攻めてこられたら、身を護るすべはない。どんなにうまくことが運んでも、敵の攻撃をよけてはかわしつつ、敵の倍は必死に戦わないといけない。疲れて動きが鈍ってくれば――いずれかならず鈍るときがくる――ゲームセット。敵カップルがなによりも心配しているのは、メインイベント前にこちらが消耗しきってしまうことだろう。

　であれば、始める前から、短時間のスピード勝負、えげつない手段に訴えざるをえない。

それはもうわかりきっている。

マックが足を踏み鳴らし、喚声《かんせい》を発しながら、腰を低くして突っこんできた。こちらのガードをかいくぐり、組み討つつもりなのだ。これでは飛びすさるほかない。ところが、飛びのこうとした場所めがけ、ミニがキックをたたきこんできた。強烈ながらも大ぶりのハイキック。当てるつもりのキックじゃない。体《たい》をかわさせるためのキックだ。すかさず脚の下をかいくぐりはしたが、それで姿勢が崩れてしまった。身をひねり、頭を低くする。そこへミニが小刻みなジャブで追い討ちをかけてきた。最後のジャブが片頬をかすめる。

〝かすめた〟といっても、ガラス扉に正面から激突したくらいの衝撃がきた。この衝撃を授業料に、両腕を交差させ、十字ブロックでつぎのジャブを防御してから、左手でミニの額をつかみ、目玉を突くと、その指で顔をかきむしる。額から頬にかけて、口紅が四本の真っ赤な筋を残した。ミニは怒声を発し、胸に膝蹴りを打ちこんできた。膝を受けとめた衝撃でうしろに吹っ飛ばされ――飛ばされた先にはマックの両腕が！　すばやくうしろに向きなおり、両腕こそ自由にできたものの、ベアハッグで思いきり腰を締めつけられた。本物のクマ《ベア》に抱きしめられているかのような、すさまじいベアハッグだった。その状態で、こちらの腹に頭を押しつけ、肩の筋肉をぐっと盛りあがらせているのは、ベアハッグから逃れようと顔に肘打ちしてくるのを警戒しているためだ。

そのときミニが「ぐわっ！」という悲鳴を発して、両手を顔にあてた。ダークレッドの口紅は、エオシンという酸性の蛍光染料をベースに作られている。これが肌に触れると、軽い炎症を起こし、ひと晩は唇をふっくらと見せるが、では眼球に触れるとどうなるか。三十分ほど、目が見えなくなってしまうのだ。それも、激烈な痛みをともなって。見ると、ミニの頬には大量の涙が流れ落ち、鼻から鼻水がたれていた。

口紅を借りたのはこのための小細工にほかならない。当人にはわけがわからんだろう。

マックが憤然と吠え、ベアハッグを維持したまま、格子に突進した。背中から勢いよく格子にたたきつけられ、あばら骨がきしんだが、折れるところまではいかない。それでも、電撃に見舞われたような痛みが背骨を駆けぬけた。つぎの瞬間、激痛が走り、反動で頭が前に突き出す格好になった。眼前の色が変化していく。まず真っ白に、ついで真っ赤に、ついで茶色に。漠然と、場ちがいな考えが浮かんできた。どこかの田舎で聖職者の仕事をして、犬を飼う暮らしを送るだけの分別があったなら……。そこから現状を思いだすのに、一秒ほどかかったろうか。マックはもういちど同じことをしようとしている。大口をあけ、口汚くののしりながら。

「どんな目に遭うか、覚悟しておけ、小僧！」

大口。これなら殴るまでもない。喚《わめ》いている隙に、口の中へ手を突っこむ。

思いっきり、ずぼっと。

マックが手を噛もうとしたが、奥への侵入はまだ止まらない。さらに奥まで突っこんだ手は、とうとうのどの奥のやわらかい部分に触れた。マックはなおも強烈なベアハッグをつづけているので——早くベアハッグを解いたほうがいいのに、それに気づいてはいない——奥へ突っこむのがかえって楽だ。すでにかなり痛くなってきているだろう。マックもあごの筋肉まではジムで鍛えていない。そして両腕は、ベアハッグのままの状態にある。これでは口腔への攻撃に対処しようがない。マックの両肩から力が抜けるのがわかった。ここでからだを引き離されてはまずいので、すかさず両脚をマックの腰にまわす。ついで、のどに突っこんだ手をぐっと握りしめた。歯のあいだを通り、のどの奥まで占領する手は、これで完全に気道を塞いだ。

檻の外を見まわせば、客たちは状況が見えていないながら、なにかがおかしいことには気づきはじめたようだ。ささやきあう者もいれば、けげんな顔を見交わしている者もいる。いったいなにが起きてるんだ？　あれは格闘なのか、ちがうのか？　どうして流血沙汰にならない？

気合いをこめて、一気に腕を押しさげた。マックのあごがかくんとはずれ、いっぽうに歪むのがわかった。ここからは楽勝だ。マックが悲鳴をあげようとしたが、呼吸できないせいで、声がほとんど出てこない。突っこんだこぶしの奥ではなにかがうごめいている。吐こうとしているらしいが、こぶしがふたになっているため、吐くに吐けない。ようやくベアハッグを解き、両腕をばたつかせ、平手でペシペシと肩をたたいてきた。もちろん、そんな攻撃が効くはずもない。公園でハエを追う老人といい勝負だ。戦いのあいだじゅう、ミニとのあいだにはつねにマックをはさむようにしていた。ミニはまだガードを維持しているが、顔面はワインダークの涙にまみれている。眼球の強膜も同じ色に染まっていた。年配の婦人が貸してくれた口紅は防水タイプだったにちがいない。

ここで、突っこんだ手の親指と人差し指で、マックののどのやわらかい部分をつまみ、ぐいっと引っぱった。たいていの人間は、体内で気管をつかまれると、二度と忘れぬ恐怖をいだく。十中八九、マックは心的外傷後ストレス障害《PTSD》にかかるだろう。知ったことか。

マックががっくりと膝をついた。顔が紫色になっているのは、血中酸素が不足しているためだ。両手をじたばたさせだしたので、相手の上体をややうしろにかたむけた。手前に倒れてこられてはたまらない。ここでミニを見やり、

「降参しろ」といった。「もう終わった」

「クソくらえ！」

声のするほうへ、ミニがすばやく向きなおる。口の中に手を突っこんだ状態でマックの

向きを変え、ミニのほうを向かせるのは、簡単とはいわないまでも、けっしてむずかしいことではなかった。前にもやったことがあるから、なおさらだ。

ミニがまたも攻撃してきた。目が見えていないので、キックとパンチをあてずっぽうにくりだしている。ために、相方を正面からぶん殴るはめになったうえ、バランスを崩して倒れこみ、床に転がった。それを確認して、身をかがめ、マックの耳にささやきかけた。

「いいか、これから手を抜くぞ、マック。死なせたくないんでな。立ちあがろうものなら、まだ反抗の意志ありと見なす。わかったか？」

返事はなかったが、ともあれ、手を引きぬいた。マックは仰向けに倒れ、マットの上でヒューヒューと息をしだした。すこしようすを見るうちに、呼吸が規則的になってきた。きれぎれではあるが、これなら心配はない。

ミニはといえば、檻の格子に背中をつけ、やみくもに手をふりまわし、キックを放っている。さっきもいったが、あてずっぽうでだ。五回キックするたびに目をこすり、口紅を落とそうとするため、かえって眼球にすりこむ結果となっていた。

「降参しろ。マックはダウン。あんたは目がダメ。もうやめとけ、な？　参ったをしろ」

ミニが両腕を広げ、猛然と突進してきた。

この勢いで反対側の格子に激突したら、ミニもただではすまない。といって、このまま受けとめれば、つかまって負けることになる。

ミニが横を突進していった。指先が肩をかすめる。ミニは即座にくるりと向きなおり、つかみかかってきた。それをかわし、すばやく背後にまわりこむ。スリーパーホールドで首を絞め、昏倒させてマックのとなりに寝かせた。

状況終了。

静寂。

ヴィクが叫んだ。

「勝者！　キャーーール・サァーウンダァァァ！」

万雷の拍手。


バーの奥の防音室で、サムが冷やした布を差しだしてきた。痣《あざ》のできた顔にあてろ、という意味だ。

「アレがおまえの〝いい子にしてる〟かよ」

「ヴィクの仕切りに合わせたまでさ。だれにも大怪我をさせちゃいないし、おまえだって部署を離れずにすんだんだ。ガキみたいなことというな」

「これから一ヵ月、語りぐさだぜ」うめくような声でサムが応じた。

「一年よォ」ヴィクがいった。「どうかすると、ダーリン、十年かも。伝説になるわよォ。残虐。華麗。冷酷。お客はちょっとした流血と喘《あえ》ぎ声を期待してただけなのに、あーんな常軌を逸してすさまじい試合を見せられたんだもの。ポイントは容赦のなさね。あなたの戦いぶり、会計士みたいなのよ、キャル。淡々として。事務的で。抑制的で。当然ながら、それは正反対の要素を呼び覚ますの。激情、夢、脱抑制をね。これから夕食のお客たちは、高い料理を注文してくれてる。十一番テーブルのお客が有り金はたいて、デザートまでにおなかがパンパンにならなかったら、帽子を食べてもいいわ。ほんとにね、すばらしい見せ物だった。もっとちょくちょく寄ってくれていいのよ？」

「柄じゃない」

「なにいってんの、むしろ天職よ、ダーリン。あなたは気が進まないかもしれないけどね、だからといって、向いてないとはかぎらない。あなたの中にはけだものがうごめいている。そのけだものに、消えろ、どこかへいっちまえと命じるだけの良識もない。そうでしょ？この世界はあなたを活用しようと虎視眈々《こしたんたん》なの、キャル。それを認めさえすれば、楽しい世界が開けること請けあい。あなたにはゴールド会員権を進呈しましょう、会費無用で」

「それより、スーザン・グリーンとの二十分。約束したよな」

「ディアマントだってば、いったでしょ。ええ、約束は守りますとも、あの娘《こ》のショーが終わったら、すぐに会わせたげる。お客を湧きに湧かせてくれたお礼にね。ああ、それで思いだしたんだけど。デントン夫妻が――あなたにとっては、マックとミニね――名刺を置いていったわ。ぜひまた会いたいんですって。セックスは抜きでと請けあってたわよ」

「そうか。おれも詩の朗読じゃ界隈で名が売れてるからな」

「あなたとコネを作りたいのよ、キャル。すっごく感銘を受けたみたい。もしかすると、あなたにちょっぴり惚れちゃったかも」

こんなことをいわれては、とても素面《しらふ》じゃいられない。

「ヴィク、東欧の輸入ビールをもらえないか。それを飲みながら、五分間、静かに自分の所業を省みるとするよ」

サムがビール瓶二本を取りだし、一本をテーブル上にすべらせてよこした。もう一本は自分のぶんだ。ヴィクのぶんはない。ヴィクがあきれ顔でいった。

「男衆ときた日には、すぐにビールなんだから、どうしようもないわねえ。まあいいわ、ビールを片手に心安らかなひとときを過ごしなさいな。スーザンは――あらやだ、もう、伝染《うつ》っちゃったじゃないの――ディアマントはね、いまはステージ中」

そう言い残して、ヴィクは部屋を出ていった。ドアはあけっぱなしにしていったので、ステージで歌う女性の声が流れこんできた。高く朗々と響く、オスリス湖の湖水のように澄みわたり、オスリス湖と同じくらい美しい歌声——。

　サムがにやりと笑い、瓶をかかげた。

「しかしまあ、まさかガチョウの肥育まがいをしてみせるたぁな。あのゲス野郎を使ってフォアグラでも作るのかと思ったぜ。まったく、たいした離れ業だ」

「おまえなら、どうやった？」

「鼓膜と関節、かな」そういって、サムは肩をすくめた。

「耳をつぶしたら、歌声が聴けなくなるじゃないか」

　サムはもうひとくちビールを飲んで、

「そこがおまえのヤバいところだってんだよ、キャル。はじめチョロチョロ、なかカッカ、あとになるほど無茶をする」

　しばらくして、ディアマントのショーがおわった。呼びにきたヴィクと楽屋へ向かう。悪い知らせを伝えるために。


　スーザン・グリーンは、ロディがプレゼントした防弾ショールを身につけていた。その下に着ているのは、心配になるほど腰を強く締めつけた、ルイ十四世時代風のドレスで、色はピーチカラーだ。こんなありさまで歌を歌えるほど息をつげるのは、クジラのヒゲを複雑な形で縦横に交差させた、いかれたコルセットで上半身を保護しているためだろう。高く結いあげたビーハイヴ形ウィッグの下からは、色の薄いシルバーの地毛が現われた。黒い目は、楽屋の暖炉が放つ温かい光のもとだと、なんだか不気味に見える。

ピアスはつけていた。黒真珠だ。だが、この街で耳にピアスをつけている女性はひとりだけじゃない。ショールは銀襴で、髪の色にマッチしている。

「ちょっと待ってて」

スーザン・グリーンが両手を背中にまわした。あわてて目をそらしたとたん、パチン、ドサッという音。ドレスがコルセットごと床に落ちた音だ。

「もう見てもいいわよ」おもしろがっているような声で、スーザンがいった。「見苦しくなくなったから」

見苦しくない、という表現はどうかと思うが、苦しくなくなったのはほんとうだろう。いま着ているのは、ストラップレスのトップとショーツのみだ。スーザンは笑いながら、ショールを肩からはおり、腹部に巻きつけてビーチドレスのようにした。

「ましになった？」

いまのスーザンは、汗まみれの仕事着《ドレス》を着た魅力あふれる女性ではなく、この仕事にはふさわしくないほど小さなシルクの衣装を着た魅力あふれる女性に見える。しかしいまは、そのことはいい。

「キャル・サウンダーです」と名乗った。

スーザンは笑って、

「ミスター・サウンダー、今夜の〈ヴィクターズ〉でその名を知らない人はいないわ」

「そうでしょうね」

「どんなご用？」

「まずは、その防弾ショールのことを教えてください」

スーザンはやさしい手つきでショールに触れて、

「プレゼントなの」といった。

「身の安全を案じてくれた人がいた？」

「歌手だもの。ときどき妙な客が湧くの。手紙や花を送ってきたり、本人が訪ねてきたり。ステージで歌うわたしを見て舞いあがるみたい。情緒的な反応と個人的な関係との区別をわきまえる良識がないのよ。過剰ぎみに防護措置をとっても困ることはないわ。だいいち、美しいでしょう、これ？　そうは思わない？」

そういって、両肩を動かしてみせた。ショールがきらきらと光った。

「すると……心配してくれる人たちがいるんですね？　わきまえている人たちが？」

「人たちじゃなくて、人よ。ええ、その人はわきまえていますとも」

「ボーイフレンド？」

「がっかりさせたのでなければいいんだけど、ミスター・サウンダー、いましているのは四方山話。それ以上のものではないわ」

「がっかりなどということは……。そのためにきたわけで。話をするために」

「それじゃあ、お話をつづけてちょうだい。ひそかに期待してるのよ、あなたがどこかのレコード・レーベルの人だったらいいのになって」

「残念ながら、警察のコンサルタントです。そのショールを贈ってくれた男性について、教えてもらえますか？」

「ロディのこと？　あのひとがなにかトラブルに？」

「トラブルに巻きこまれているわけじゃありません」厳密には、嘘じゃない。「信用してください、あとで説明します。ただ、ひとまずお話をうかがいたくて。あなたのことばにバイアスがかかるといけませんから」

「コンサルタントとおっしゃったわね。刑事さんじゃないの？」

「ちがいます。正式に契約を結んではいますが、警察官ではありません」

「どこまでお話ししたものかしら。あなたが味方になってくれるとどうしてわかるの？」

「そこはヴィクターに訊いてください」

「だれもがヴィクターを信用してるから？」

「だれもが知っているからです、彼女が信用に値する人物だと」

これは事実だ。ヴィクターはあのベルベットのジャンプスーツの内側にありとあらゆる醜聞や汚濁をためこんでいるが、管理はちゃんとしており、けっして表に出すことがない。

「ヴィクターに訊いたら、あなたのことをなんというかしら」

「あなたの力になる男――というでしょうね。ミスター・テビットのためにできるだけのことをするし、できるだけ誠実に接するはずだ、とも。ヴィクターに約束させられました、あなたにいやな思いはさせないように」

「そういうからには、いやな思いをさせかねない、とヴィクターに思われたのね？」

「〝この男の約束は信用に値する〟ということです」

「では、サムは？」

「サムには、ありゃあ大間抜けだ、といわれるでしょうね。しかし、それ以外のことでは悪くいいませんし、ビールもおごってくれます」

スーザンは笑った。

「じゃあ、サムとはうまくやっているということ？」

「そうです。あいつ、新しいシェフに熱をあげているようですね？」

スーザンはにんまりと笑った。

「ゴシップ好きなのかしら、ミスター・サウンダー？」

「胸に手をあてて考えてみてください。色香に迷ったサムを想像したって、べつに心臓は破裂しないでしょう？」

スーザンは胸に手をあて、なにかいいかけたところで、かぶりをふった。

「たしかに、そうね」

「シェフの名前は？」

「イオラニよ……すると、彼、本気なのね？」

「ガチでしょう。相手はどうです？」

「それは、サムの飲み友だちとしての質問？」

「ときどき同じ店で飲みはしますが。友だちかどうかは、さて」

「まあいいわ。イオラニも好意を持ってるの。どう相手していいかわからないみたいだし、この世界にずっと身を置くつもりはないみたいだけど。ほしいのはヴィクターのお墨つき。それを手に、自分の店を開くつもりなのよ、もっと陽のあたる場所で。たしかにサムとはいい仲よ。でも、自分の夢を捨ててもいない。現状では、サムはいまいる世界からとても離れられないでしょう。イオラニもそれに気づいてる。サムが変われないことにね」

「人は予想もつかない行動をとるものですよ」

「そう思う？」

「思います。あなたは？」

「わたしは信じているわ、ミスター・サウンダー。最後に愛は勝つと」

ああ、わかってるんだ——こんな話をしていても埒があかないことは。

「そのショールですが、ミズ・グリーン。ミスター・テビットの……」

「ロディはね……タイタンなの、もちろん。でも、ここにくるほかのタイタンとはちがう。はじめてここで歌ったとき、ロディは……物静かだったわ。片隅の席にひとりでいてね。最初の投与からずいぶんたって、気分屋ではなくなっていたし、サカってもいなかったし。来店時にはいつも、ふたり用のテーブルにひとりきりでぽつんとすわっていてね。一曲、ロディだけのために歌ったことがあるけれど。なんの反応も見せなかったわ。まばたきのひとつもよ。ただじっと宙を見つめていたの。ところが、最後の最後になって拍手をしてくれて。その拍手は心の中で泣いている人みたいな拍手だったわ。じっさい、そのとおりだったんだけれどね」

「なるほど」

　スーザンは小首をかしげた。

「どうしてわかったのか、訊かれると思っていたんだけど？」

「あなたはプロです。そのくらい、簡単にわかるでしょう」

「ほんとうに警官じゃないの？」

「ほんとうにちがいます。それで、ミスター・テビットが拍手をした、と」

「拍手をしたわ。それでね、わたし——自分でも、なぜそんなことをしたのか、どうしてそういう気になったのか、正直、いまだにわからないんだけれど——ロディのテーブルに飲みものをプレゼントしたの。ただ、なにがいいのかわからなかったものだから。つまり……シャンパンを奢るほどの仲じゃないし、売りこんだと勘ぐられるのもいやだったし。伝統的に、男の人はウイスキーを好むそうだけど、食事中には、ね？」

「では、なにを奢ったんです？」

「白ワイン。〝わたしの好きな飲み物です〟とメッセージをつけて」

「その礼をいうために、ロディはあなたのところへきた？」

「わたしのために、ピアノを弾いてくれたわ。ホールにある、あのピアノを」

「ヴィクがそれを許した？」

「もちろん。ドラマティックだったわよ」

「そしてロディは……愛の調べ《セレナーデ》を？」

「歌は抜きでね。ただ演奏しただけ。けっして名演奏ではなかったけれど。そんなこと、どうでもよかった。ヴィクにいわせればヘボ演奏で、コース料理のあいだのツマミでしかなかったかもしれない。コミック・リリーフですらあったと思う。あんなに背が高いし、陰気だし。でも、その演奏のあとで、お客の男性のひとりがオペラ歌手だとわかってね。そのひとがなにかとフォローしてくれたのよ。キスと心に染みる酒の歌を歌ってくれたの。真心のキスと、好意をこめた一杯の酒の歌。そうしたら、別のお客がデュエットしたいといいだして、あとはもう、みんながそんな調子」スーザンは肩をすくめた。ここで話は、別の晩、〈ヴィクターズ〉で起きたできごとに移った。「そんなわけで、ロディが訪ねてくるたびに、話をするようになったの。でね。いつしか、話だけではおわらなくなって。とうとう、これからあなたといいことをしたい、あなたは黙ってなすがままにされたいと伝えたわけ。あのひとがその椅子にすわっていたときのことよ。セックスは……体格差があるからたいへんだったけど、でもすばらしかったわ。わたし、しゃべりすぎ？」

賞賛というより……追悼の頌徳《しょうとく》でも聞かされた気がした。

「つづけてください」

「それからは、逢瀬を楽しんで。逢瀬を重ねて。ずっとそんな感じ」

「ところが、ミスター・テビットは、最近、あなたの身を案じるようになった」

「最初は自分の身を心配しだしたの。じきに、わたしの身の安全もよ。だれかがわたしを見張っていると思っていたみたい。わたしとしては、熱をあげたファンか、でなければ、パパラッチだと思っていたわ。タイタンとデートをする歌手。見出しには最高でしょう。とりわけ、その相手が異色のタイタンともなるとね。ロディはその線は考えていなかったみたい。マスコミに取りあげられるのをきらっていたのは事実だけれど。防弾ショールを買ってくれたのは、もっと危険な事態だと見ていたからよ。これは電気的なんとかという仕組みで、弾が当たったとたんに収束して、こんなに薄いのに衝撃を吸収してしまうそう。撃たれるというより、ロディがいうには、殴られたくらいの衝撃になるそうね。でもこれ、美しいでしょう？　ところで、まさかロディ、だれかを傷つけたわけじゃないわよね？あやまって傷つけたとかじゃないわよね？」

「おふたりを見張っていた者に心あたりはあるようでしたか、ミスター・テビットは？」

「研究関係者みたいなことはいっていたわ」

「大学の？」

「個人的研究の。大学経由で民間企業と契約しているから」

「なんの研究をしていたかは？」

「酸素雰囲気なんとかが放出するなんとか？　だったかしら。そのうち説明するといってくれてるんだけど、でもね……わたしたち、ほかのことで忙しくて。ただ、完全に新しいものだそう。ふだんのわたしたちは、音楽の話をして、いっしょになったらなにをするか話して。あとは、食事。あのひとったら、すごく疎いの、こと食べものに関しては」

「プロポーズはされましたか？」

「まだ。結婚歴があるそうだから。ずっとずっとむかしのことですって。聞いてると変な感じ。なにしろ、母がまだ小さな子供のころのことなんだもの。知ってた？」

「いいえ、残念ながら」

「それはそうよね。たいていの人は知らないわね」そういって、目をそらした。

「ミズ・グリーン、失礼ですが、このことはどうしてもおたずねしなければなりません。いま現在、あなたがつきあっている相手は、ミスター・テビットだけですか？　ほかにはだれとも？　ミスター・テビットのほうも、その、だれかと別れたというような話は？」

「ロディとだけよ。別れたことはないわ。おたがい、身ぎれいなものよ」

「そうですか」

スーザンはそれ以上つけくわえることもなく、こちらも同様だったので、しばし無言ですわっている格好になった。テーブル席の喧噪が、高く低く、流れこんでくる。やがて、スーザンが正面から視線をすえ、切りだした。

「そのむかし、病院の受付をしていたの。その病院にいた看護師のひとりが、態度の悪い鼻つまみ者でね、だれからもきらわれていたわ。ただし、重症患者とその家族だけは別。その看護師に顧みられなくなれば、患者は快方に向かっているということなのよ。だから、目端のきく患者と家族は、その看護師に放置されると、ああ、もうだいじょうぶなんだと嬉し涙を流したものだったわ。あなたからもそういう印象を受けるんだけどね。わたしにつらい思いをさせないために、もう充分、時間を費やしてくれたんじゃないの？」

「それについては、なんといいますか、その……」

「そろそろ、ほんとうのことを教えて、ミスター・サウンダー。あのひと、死んだのね。そうでしょう？」

「なぜそう思うんです？」

「あなたの言動よ。あなたが檻の中で見せた戦いぶりは見たわ。残虐なんていうものじゃなかった。でも、ここでは人あたりよく接してくれている。そうよね？」

「はい」

　このひとことで、スーザンは確信を持ったらしい。顔からすーっと血の気が引いていき、半透明になったような印象を与えた。そんな変化を見つつ、両手でひざをつかみつづける。

手は差しのべない。そのほうがいい。

スーザンが声を忍ばせて泣きだした。長いあいだ——もしかすると、一生ものあいだ。ややあって、涙はとまった。涙が涸れはてたわけじゃない。よく知らない他人とは、涙を分かちあいたくないのだろう。だれかに本心を見せたあとの、抜け殻のようなひとときは、悲しみの最初の波がいったん引いて、長い長い哀悼はいまだはじまっておらず、まだ心の痛みを実感できていない時間。そんなときであれば、人はやらねばならないことができる。悪い知らせを伝えたり、ベビーシッターを見つけたり……殺人事件を調査している探偵に知っていることを話したり。

「まだ訊きたいことがあるんでしょう?」

「あとふたつだけ」

「だったら、煙草がいるわね。外気も吸いたいし。ついてきて」

スーザンがコートを手にとり、歩きだした。そのあとから、従業員用通路を通っていく。鉄扉を開くと、屋外は車一台が余裕で通れるほどの横道になっていた。鉄扉の外側には、汚れたスチールの保護ケースをかぶせたナンバー錠がつけてあり、ヴィクは毎週、これの数字を組みあわせなおしている。スーザンが横道《ローデン》に出て、大型ゴミ容器《ダンプスター》と用済みのビールケースのあいだに立った。裾が長いグレイの防水コートを着て、フードを目深にかぶった細身の姿には、なんだか魔法めいた雰囲気がある。煙草は巻いた紙の色が黒で、芳香つき。その一本を箱から突きださせ、こちらに差しだした。

「ミズ・グリーン――ミスター・テビットは、なにか手がかりになりそうなことをいっていませんでしたか？　だれかの名前や場所などを。なんでもいいんです」

スーザンの視線はこちらを通り越し、うしろの湖に注がれている。ふりかえって、その視線をたどった。たくさんの鳥が突堤にずらりと並んでいた。水上バス路の一角にできた渦に浮かんでいるのは、一枚の新聞紙だ。モーターのうなりを響かせて走る水上バスが、湖岸ぞいに客たちを郊外へ運んでいく。

「ロディが訪ねたある場所に、薪《まき》を燃やす暖炉があったそう。本物の薪を燃やす暖炉がね。しきりに感心していたわ。暖炉には二酸化炭素の回収機構がついていたよ、あれはとても高価なんだといって。それを聞いて、笑ってしまったわ。だって、タイタンがよ、財力に感心したのよ。つまりロディは、裕福ではあるけれど、大富豪とまではいかなかったってことね。高級なアパートメントに住んで、快適な暮らしを送ってはいても、湯水のようにお金を使うタイプではなかったし。浪費はきみにまかせるよ、とよくいっていたものだわ。スターになって、値の張る服をプレゼントしてくれって」

そこで事態は急転回を迎え、しかもめまぐるしすぎて、よく理解できなかった。たしか、

〝ハーポ〟と聞こえることばをいわれたと思う。つい〝ハーポ・マルクスみたいな？〟と訊きそうになったのは、午前三時になると、不眠症患者や探偵向けの秘密教会よろしく、一連のマルクス兄弟映画をエンドレスでかける劇場があるからだ。

その瞬間――スーザンが背中にぶつかってきたかと思うと、勢いよく撥《は》ねあげられた。スーザンごと、空中高く。

くるくる回転しながら、ふたり同時に宙を飛ぶ。真下を車が猛然と走りぬけていく。

そこで、せりでていた屋根に激突し、ふたりとも跳ね返った。頭をぶつけたスーザンの顔を見ると、生気が失せている。まだ死んではいない。だが、もはや時間の問題だろう。

地面に落ちると同時に、スーザンごと身をひねり、横道の端に寄った。車がバックしてきたからだ。タイヤのホイールも黒なら、車体も黒塗り、車体の下部にはトレーラー式の移動住宅やトレーラー自体を牽引する、フックみたいなものがついている。襲撃してきたやつはアンティーク車が好きらしい。

車が通りすぎ、停止し、中から男が出てきた。マスクをはめ、ごつい靴《ブーツ》を履いている。安全ブーツを使って他人《ひと》の身の安全を奪うつもりか？　蹴りつけられた。猛烈に痛い。が、もっと悪いことがふたつある。ひとつめは、このままではこの場で殺されてしまうこと。ふたつめは……ふたつめは、左側ブーツのヒールの内側に、子供が描いた三日月のような太いラインが入っていたことだ。そのラインが上にあがり、踏みおろされてきた。そして、もういちど。踏まれるたびに、それ以外の部分に目を向けようとするが、どうしても目がラインにいってしまう。

ほどなく、男は数歩あとずさり、拳銃を抜くと、スーザンに向けて数発、パン、パンと撃ちこんだ。ついでのように無造作な撃ち方だったが、ここまで手をかけて襲った以上、急所を狙ったにちがいない。ついで、男はこちらに向きなおり、すぐそばに立った。男の息づかいが聞こえるほどに近い。ゆっくりとした、規則的な呼吸。銃に異常がないことをたしかめるさい、小さくためいきの音が聞こえた。このとき男に向かって、〝やめろ〟というようなことをつぶやいたと思う。そうでもいうほかに、どうしろというんだ。むろん、やめてくれるとは思っていなかったし、じっさい、やめてくれはしなかった。男が位置を変えたのは跳弾を避けるためだろう。

目をつむった。目を閉じない理由がない。

撃たれた。が、急所ははずれた。すさまじい激痛。銃で撃たれたらどんなに痛いのか、話には聞いてるかもしれない。だが、マジで撃たれるまで、その痛みがどういうものかは絶対にわからない。いまいえるのは、人は撃たれると明確に理解する——銃で撃たれたら地獄のように痛いことを、心の底からほんとうに理解する——それだけだ。目をあけた。

ぐずぐずするなというために。もういちど撃て、さっさとしろ。こんどは急所をはずすな。側胸部《そくきょうぶ》に撃ちこまれた銃弾がどこをどう通ったか感じられる。だが、男はこちらに注意を向けていない。地べたに這いつくばった姿勢からでは見えないなにかに気をとられている。まだ生きていられるのはそのためだ。男がつぶやくのがはっきり聞こえた。

「なんだ？」

チャックがあいてるぞ、とだれかにいわれたときのような口調だった。

男が飛びのき、生殺与奪の立場から離れた。そのとたん、別の銃声が轟いた、たぶん、二発以上だ。たぶんというのは、このころにはからだが冷たくなってきていたからである。いまの位置からはスーザン・グリーンが見える。くそっ、見えない位置ならよかったのに。スーザンはすっかり血の気が失せて、まるで雪でできているかのように真っ白だ。そんなからだが横たわる場所として、この横道はまったくふさわしくない。涙もまた雪のようだ。

そこで、まさしく雪が降っていることに気がついた。初雪か。やわらかな風花《かざはな》が自分の上に舞い落ちてくる。

だれかが上にかがみこんだ。

「こっちも撃たれてますぜ」

（見りゃわかるだろ）とつぶやいたが、声にならない。

「そうらしいですね、ミスター・ゾガー」別の声が答えた。こっちは几帳面な感じの声だ。

「やれやれ、くるのが絶望的に遅すぎましたか」

死体をずるずる引きずっていくような音が聞こえてきた。几帳面な声は気むずかしげで、かっこまかそうだが、深い響きをともなっている。首を曲げて顔を見ようとしたものの、急に激痛が走ったため、あきらめた。側胸部の弾が灼熱の塊のようだ。ミスター几帳面のシルエットは、複数台の車のライトに照らされて異様に歪み、ゾガーのとなりに映る影の形は、子供のおもちゃ——サタデーモーニング・アニメに出てくるキャラクターのように見える。卵のボディに細長い腕——鉛筆の先に手をくっつけたような、細長い腕を持ち、ばかでかい頭をのっけた、あのゼリー・モンスターのひとりに。

実体がそんな姿をしているはずはないのに、なぜか実体もそうだと思ってしまった。こういうと、じつはミスター几帳面など実在しないのではないか、きたのはひとりだけだったのではないかとの印象を与えてしまうかもしれない。そんなものは、深い深い湖の岸辺に建つ街の、お伽噺《とぎばなし》のひとつではないか、と思わせてしまうかもしれない。ひとりがふたりに思えたとしたら、その混乱の原因はそれまでの経験にある。鉄の檻で悶絶させた相手がふたりだったことと、解決間近と思っていたのに土壇場で迷宮入りした件が過去に二回あったことだ。一回めは証人が急に心変わりしたから、二回めはグズな担当警察官が証拠固めしそこねたからだった。いまこの場で起きているのは、現場に踏みこんでみると、タッチの差で容疑者に逃げられていた、という感じにちかい。覚えのあるにおいは現場に残っている。ステーキの皿、喫いかけの葉巻、飲みかけの酒も残っている。だが、そこにいた人間がひとりではなく、じつは嗜好が三者三様の三人で、その三人をひとりの人物と錯覚し、すべての痕跡をそのひとりが残したものと思いこんでしまったのかもしれない。もっとも、やがて明らかになるように、そうではなかった。これまでミスター几帳面とのあいだに緊張関係はなく、血を流しあった過去もない。命を救ってくれた以上、そうではないと思いたかった。

「なあ」懸命に声を絞りだす。「はじめて会うよな。キャル・サウンダーだ」われながら素っ頓狂なせりふを吐いたものだ。握手をするために、手を上へ伸ばそうとしたが、腕は依然として動かない。

「こんばんは、ミスター・サウンダー」

ミスター几帳面が答えてくれた。重々しい声だが、どこかいらだたしげな、こんな料理、注文していないぞとでもいいたげな口調だった。

ミスター几帳面の友人、ミスター・ゾガーが、腕時計を見て舌打ちをした。

「もういかないと。おっつけ救急車がきますぜ」そこでゾガーは、こちらを見おろして、

「聖ヘレンズだ、ミスター・サウンダー。あそこにいけば、とびきり興味深い、最新式の医療設備がある。聞こえてるか？　聖ヘレンズ。復唱しろ」

「聖ヘレンズ」

「それだけ口にしろ。だれかに声をかけられたら、なんと答える？」

「聖ヘレンズ」

「上出来だ」

「聖ヘレンズ」

　その後はずっと、なにかをいわれるたびに〝聖ヘレンズ〟とだけ答えた。湖の反対側にあるにもかかわらず、救急車で搬送されたのもそこだった。

　影の社会で暮らしていると、陽の当たらない場所にいる連中と知りあいになりやすい。たとえば、ダグ・クレッチマーと臓器回収チーム。聞いた人間が万一悲しい思いをしないよう、〝臓器提供者《ドナー》〟ということばを使わないように配慮していたあの男も、陽のあたる世界の住人とはいいがたい。あるいは、クラブのヴィクター。あの女はタイタンがらみの客をカモにして儲けている。タフガイのサム。いまは気持ちの揺れるシェフに熱をあげている最中だ。遅番の警備員たち、管理人たち、蛍光塗装の自転車で終夜営業デリバリーにいそしむ配達員たち。連中の夢はトゥール・ド・フランスに出ることだ。スプロール状に広がりゆく市街をわがもの顔で駆け、ジャンプしてまわる、アクロバティックダンサー《トリッカー》のガキども。その軽快な走りっぷりは、川面《かわも》の石を乗り越える川水に似る。連中にとって、市街はどこもかしこも遊び場で、走っていない人間は打ちひしがれた銅像に見えている。ドローン操縦者たちは、空撮で拾ったネタをいつもかかえていて、密かに売りつけようと働きかけてくる。売りつけるネタは、他人の弱みの場合もあるし、裏ワザの場合もある。ほかには、裏社会を牛耳《ぎゅうじ》るヤクの売人、運び屋、盗っ人ども。無宿者に浮浪児。マックやミニのように、自分のことをタフだと思っているが、身をもって痛みを経験するまでは、大胆さと無謀さの違いがわからない手合いもいる。

　影の奥へと踏みこんで、それでも影にからめとられず、呑みこまれることもなければ、しがない探偵が生計をたてている、こんな影の最奥《さいおう》にたどりつける。そこから覗けるのは別世界――タイタンの住む領域だ。タイタンの世界は燦然と光り輝き、すべてがこの世で最高のものばかり。あたかも、あらゆる高品質な品がひとりでに坂を転げ落ち、寒さとは縁のないケルセネソスの超高層タワー群に集まっていくかのようだ。あそこはフェアリー・テールの世界。だれもカネのことなど眼中にはない。地球にいる〝まっとうな人間〟は二千人で、そのほとんどがケルセネソスに住む。その他の人間は、ちらつくフェアリー・

ライト——安物の粗末な使い捨て電飾でしかない。〈トンファミカスカ・カンパニー〉へいたる扉は、陽のあたる街と影の世界の境界にあり、その向こうに入りたいと願う常人は数知れない。

ごくまれになら、その扉が常人に開放され、タイタンへの仲間入りが許されないこともない。カネの力というやつだ。しかし、それには法外な大金が必要になる。というのも、ステファン・トンファミカスカは、世界がどこまでタイタンを支えられるか、許容限界に確信を持てていないからだ。それに、もともとあの男には、あまり多くを迎え入れる気がない。むやみに数を増やせば、少数しかいないことによる稀少性の価値が崩れてしまう。議会の大物とか、世界的に名を知られた科学者とか、そのへんのクラスでないと相手にされない。そんな背景のもとでタイタンになるのは、ちょっとやそっとの業績では不可能だ。

扉の向こうにいる大物が気にいってくれて、自分の代わりにタイタン・キングと交渉してくれれば、T7投与を受けられることはある。政府要人や重大事件の証人にタイタン化を許容するため、緊急立法がなされることもある。狙撃された場合も、T7の投与で一命をとりとめる可能性があるからだ。可能性、としかいえないのは、投与が間にあって入念にケアされればの話だからで、かならずしもタイタン化がうまくいくとはかぎらない。

ときどき——あくまでも、ときどきだが——ステファンは街に出かけていって、お目にとまった人物をタイタン化することがある。そんな機会があったのは、知っているかぎり、過去に三回だ。人の寿命を考えれば、これは八十億分の一の確率になる。

常人は、恐れる対象の前では迷信深くなるから――人間はみな迷信深いもので、それはタイタンとて変わらず、ひとたび楽園都市を見てしまえば、そこから追いだされるのではないかと恐れるようになる――この街には迷信やゴースト・ストーリーがあふれている。ケルセネソスからタペニー・ブリッジにかけては同じ迷信が信じられ、ペントハウスでも貧乏長屋でも同じ怪談が語られるし、さまざまな鏡に映るいろんな人物の肩に同じ幽霊が出る。

たとえば、〈ミスター街灯《ストリートライト》〉と呼ばれる狂えるタイタンは、とてつもない長身だがヒョロ長く、クモ糸のような極細の糸をうしろに引きずって郊外をさまよい歩き、人間に出会うと首をつかんで高々と持ちあげ、絞め殺したうえで、路肩に放りだしていくという。あるいは、〈沈《しず》め婆《ばば》〉、またの名を〈運命の三妖婆《モイライ》〉ともいわれる妖怪は、オスリス湖に棲みつく奇怪な三姉妹で、おそろしく大きく、老いているため、水の中でしか生きられず、スイマーやプレジャーボートが通りかかるたびに、アシ原のそばで目を覚まし、湖に引きずりこんで喰らうという。湖の対岸には〈魔犬〉と呼ばれる魔物がいる。この犬の群れは危険等級9のT1研究所から逃げだした被験体で、クマのような巨体を持ち、棲息場所は北へ百キロ離れた砂漠だと見られている。人間の怪物もいる。〈フレンス〉は恐怖が半分、賞賛が半分の怪物で、夫をタイタンに殺されたらしく、快楽の館でひとり、またひとりとタイタンをつかまえては殺し、ステファン・トンファミカスカの目に触れるよう、死体をひとまとめにして、その場に放置していく。つい先月には、だれかが〝タイタンは人間が一般的に持つアドレナリンでしか酔えない〟といっているのを聞いた。その一カ月前には、〝タイタンは回収したばかりの性ホルモンを投与しないとセックスできないそうだ〟とも。

ほかには〈倍幅男《ばいはばおとこ》〉がいる。新方式のタイタン化実験が失敗し、背丈はそのままに横幅が倍になった男が、安楽死させられそうになって病院を脱走、下水道に住みつき、やがては物乞いの王に、さらには盗人《ぬすびと》の王になったという。それがすなわち、犯罪界のハンプティ・ダンプティ——昨今、心の中で密かにミスター几帳面と呼んでいる男だ。

つぎつぎに生まれてくる都市伝説は、これまでは例外なく笑いとばしてきた。しかし、すくなくともあの男だけは実在している。

病院ではさまざまな夢を見た。その夢には、しじゅうあの男や怪物たちが出てきた。

「ようこそ、聖ヘレンズへ」意識がもどったとき、男の看護師がいった。額にあてられた両手がひんやりしている。「二度めだね」

「二度め？」

「ようこそ、というのが二度めだということだよ。憶えてないかい？」

「ないな」

「では、改めて、聖ヘレンズへようこそ。側胸部に銃創、みごとな一発をもらったもんだ。感心したよ」

「そりゃどうも」

「どうやら、きみがみごとだったわけではなさそうだがね」

「凄腕ガンマン相手に、大立ちまわりさ」

看護師はのどの奥で笑った。

「オーケー、タフガイ、とにかく急場をしのいで、きみはここに収容された。お疲れさん。また眠るといい。こんど目が覚めたら、食べるものを持ってくる」

「病院食か？」

「気の毒だがね。〈黒猫亭《ル・シャ・ノワール》〉でディナーといきたければ、早く傷を治すことだよ」

「この街にごまんと看護師がいるなかで、また妙なやつにあたったもんだ」

看護師はほほえんだ。さっさと切りあげるための笑みじゃない。心からのほほえみだ。

「さ、眠りなさい、ミスター・サウンダー。こんど目が覚めたときは猛烈に痛むはずだ。それは快方に向かっている証拠だからね」

痛みに苛《さいな》まれるかと思うとぞっとしないが、この飄々《ひょうひょう》とした男、点滴の生理食塩水になにかを混ぜたらしい。

眠りはすぐに訪れた。

3

「あきれたオプティミストだな」

「ちゃんと噛んで」

「これはプディングだぜ」

「とにかく、噛んで。背中のほうは？」

「全快だ」

「鉄格子にたたきつけられたみたいな痣《あざ》だが」

「じつはプロレスラーなのさ。鉄のパイプ椅子で殴られた。あんまりダメージがなかったことを祈ろうじゃないか、いっしょに」

「先生にいっておくよ。〝なにはともあれ、あの口には麻酔しなきゃいけません〟とね」

「側胸部、まだあいた孔が塞がってないんだろ？　なら、あいた口も塞がらんわな」

「その〝孔〟だがね――」

「早撃ち《ワイルド・ビル》ヒコックが小道具の銃をぶっぱなしたら、たまたま弾が装塡されてたってオチさ。あいつも二発、弾を喰らってるから、来週にでも、面《つら》を拝みに──」

「タマゴだよ」

「は？」

「弾《タマ》、といったろう。あのシーンで喰らったのはタマゴだ、タマじゃない」

「ほらみろ。口では小馬鹿にして、あんたも一杯やりながらテレビを見る口じゃないか」

「フェルトン刑事という男が、電話できみの安否をたずねてきた。回復状況を知りたいといって」

「死んだと答えたかい？」

「もちろん」

「信じたか？」

「献花するそうだ。あいた口が塞がらない、このマヌケ野郎《アスホール》といってやってくれとさ」

「やっぱり信じてないんじゃないか」

「そう思う？　ま、こちらの口調でモロバレか。さあ、嚙んで」

「だから、プディングをどうやって嚙めというんだよ。退院はいつ？」

「これが見えるかな？」看護師は中指を立てた。

「見える」

「眠っているあいだ、銃創の孔に医療用パテと格子《ラティス》を埋めこんだ。この指を——」中指をふりながら、「つっこめないほど硬化したら、退院してもいい」

「どのくらいかかる？」

銃創をぐいと押された。燃えるゴルフボールでも脇に押しこまれたような激痛。思わず、罵声を洩らした。

「だいたい固まってるみたいだな。あと一時間というところか。そうしたら、経過観察でひと晩泊まっていってもらう。出血がないか、パテ・ショックがないかの確認だ」

「パテ・ショックってなんだ？」

「新しい療法には新しい問題がつきものなんだよ。どんなものに聞こえる？」

「焼灼《しょうしゃく》するだけでいいから、さっさと帰してくれ」

「だめだめ、焼灼はポークソテーのにおいがするし、きょうは夕食に、〈レイクサイド・グリル〉でポークソテーを注文する予定なんだ。あした退院したら、一週間は水泳禁止。はげしい運動もいっさい禁止。一週間もすれば、パテが体組織の修復をおえているだろう。そうそう、患部が汚れたら、ちゃんと洗うんだぞ」

「抗菌性はないのかい？」

「あるとも。ただ、汚れたままだと、柔肌にその色のしみができてしまう。そうなったら、側胸部に第二のケツの穴《アスホール》ができたみたいで、正真正銘のマヌケ野郎《アスホール》だ」

「そいつはぞっとしないな」

「だったら、洗うこと。きみの場合、なにごとも悪い目が出やすいからな」

「彼女もか？」

返事はなかった。

「現場でいっしょにいた女だ。悪い目が出たか？」

「ガールフレンドかい？」

「証人だよ」

「身元不明の彼女は、車に勢いよく撥ねられたらしい。両脚骨折、骨盤輪骨折、脳震盪《のうしんとう》。しかも襲撃者たちに撃たれてる」

「どこを」

「頭部を。デザイナー防弾ショールごしだから、銃弾は脳に達してはいない。が、至近弾だったからね。高性能のショールとはいえ、魔法の道具じゃない。大型ハンマーで三回は殴られたくらいの衝撃があっただろう。頭蓋内部を直接かきまわされたも同然だろうな。いつ目覚めるかはわからない。そもそも、目覚めるかどうかも」

ひとりでに咀嚼《そしゃく》がとまった。

「……くそっ」

「マーカスだ」

「え？」

「いままで名前を訊いてくれてないだろう、このマヌケ野郎《アスホール》。マーカスというんだ」

「そうか、マーカス。キャルだ」

「知ってるよ。眠っているとき、しゃべってた。さあ、よく聞いてくれ、キャル。彼女が生き延びるとしたら、それはきみのおかげだ。彼女が死ぬとしたら、それは襲撃者たちのせいだ。その表情——いいたいことはわかる。兵士に警官、消防士と、全力で人命救助にあたるすべての職業人の顔に浮かぶ表情だ。正直、鏡を見れば同じ表情を見ることもある——女神さまが気まぐれに採点をきつくして、担当患者を全員死なせてしまったときにね。現実に、そういうことは起こりうる。統計学的に避けようがない。それでも、朝起きて、きょうもきょうとて同じことをすれば、ほかの患者を助けられることもある。自分の力がおよばないことに引きずられていては、助けられる者も助けられない。わかるだろう？　とりわけ、罪悪感というやつは、生あるかぎり、どんな人間も持てあます贅沢品なんだ。とりわけ、きみのような人間はな。だから、引きずられるな」

マーカス看護師をまじまじと見つめた。そこにいるのは、若い肉体に老成した脳を持つ人物だった。それも、Ｔ７とは無関係の理由でだ。マーカスにこくりとうなずきかける。掘れるところまで掘ってしまったら、それ以上はもう掘れはしない。

「ぐっすり眠るといい、キャル。ではまた、あすの朝」

そう言い残して、マーカスは出ていった。

しかし、眠れといわれたところで眠ったりはしない。なぜなら、ここは聖ヘレンズで、なにか興味深いものが見つかるはずだからだ。

ドアをあけると、女性警官がいた。制服のシャツについているのはこんな名札だった。

〝クリストフセン、Ｊ〟。

「やあ、クリストフセン、Ｊ。キャルだ」

「知ってます」

「きょうの警備、夜番はきみ？」

「ティドボー巡査部長が、もう撃たれないようにと」

「スーザン・グリーンにも友人がついてるみたいだね」

「そのとおりです」

サンキュー、ティドボー、的確な配慮に感謝だ。警察暮らしには決まったリズムがあり、ティドボーにはそのビートがちゃんとわかってる。今回の件についてもだ。

「きみはパトカーでここにきたのかな、クリストフセン、J」

「そうです」

「パトカーは助手席に乗ってきた？」

「はい」

「助手席の下にはテーザー銃のバッテリーパックを積んでるかい？」

クリストフセンは笑った。あれは警官の悪夢だ。パトカーが道路の穴ぼこにひっかかりでもしたら、バッテリーパックが尾骶骨《びていこつ》をがつんと突きあげにくる。大急ぎでパトカーを飛びだすときは──警官というやつはそうしなきゃならないことが多い──パックの角にひっかかって転んでしまう。

「積んでます」

クリストフセンは、左足のブーツの内側が見える角度で立っている。あった。ヒールに走る短いカーブ状のライン──子供が描いた三日月のような形の傷。このひっかき傷は、あのろくでもないバッテリーパックが日に六度は警官を顔面から転ばせようとしたときにできる傷だ。

「あれに悩まされない警官はいません」クリストフセンはつづけた。「尾骶骨を思いきり突きあげてきますからね」

いかにも、あれに悩まされない警官はいない。刑事の一部もだ。というか、パトカーの助手席に乗ればだれでもそうなる。そんな人間のうちのだれかが〈ヴィクターズ〉裏手の横道に車を突っこませ、スーザン・グリーンを昏睡状態に陥れた――。

「すこし散歩してこようと思うんだ、クリストフセン、J。そんなまねをしちゃいけないことは百も承知だが、閉じこめられてると気が狂いそうでね。深夜番にはないしょで頼む。深夜番に交替するまで無茶はしない、おとなしくしてるからさ。誓ってほんとうだ。な、いいだろう？」

よくはないだろうが、はっきりとそういわないだけの如才のなさがクリストフセンにはあった。こんどもまたそばかすだらけの顔をほころばせ、えくぼを作って、にっこりと。警察官募集のポスターで見かける、あの晴れやかな笑顔だ。もっとも、もしティドボーがこの状況まで読んで指示を与えていたとしたら、クリストフセンの名前をいうひまもなく、さっと病室に押しもどされていただろう。

ゆっくりと廊下を歩きだす。たぶん、ここで背後から撃たれる心配はない。そもそも、〈ヴィクターズ〉裏で撃ってきたのはクリストフセンじゃなかった。あれは男だったし、あいつも撃たれているから、たとえまだ生きているにせよ、防弾チョッキのありがたみを嚙みしめているころだろう。とはいえ、あの現場にはあの男のほかにも襲撃者がいたかもしれない。注意力にかけては、あまり大きなことをいえないたちだ。

後頭部がむずむずする。確信とは裏腹に、いまにも銃弾が頭に炸裂するんじゃないかと気が気じゃない。それでも歩きつづけた。はたしてクリストフセンは撃ってくるだろうか。口笛は吹かない。というか、口が乾ききっていて吹けない。それに、プロフェッショナルならではの理由もある。プロというやつは口笛を吹かないんだ――嘘をついているときは。

病院は眠らない。まどろみすらしない。しかし、回復期病棟の廊下は夜間照明がぐっと絞られるし、顧問医も臨床研修医も担当区を歩いてはいない。看護師たちも可能なときはひっそりと休息をとる。そんな休息時間がうまく嚙みあうと、聖ヘレンズのように高級な病院は静寂に満たされる。

病院着を脱ぎ、夜間ナースステーションの受付奥に見つけた作業着に着替えた。当直の女性看護師は椅子にすわって居眠りをしていた。三十一時間も起きっぱなしなら、それは居眠りもするだろう。しばし廊下をあちこち歩いてまわり、夜の当直や患者たちの立てる音に耳をすます。ミスター・ポルソンの人工呼吸器の音、マーサ・ジェインの頻脈《ひんみゃく》の音。

マーカスと交替した男性看護師は、洗面台に古いコンタクトレンズを置きわすれてきたとぼやいていた。談話室では長椅子に腰をおろし、人の話に相槌を打つ。もう倒れそうだといって入ってきた助産夫のカーロには長椅子を譲ってやった。聞く話、聞く話、聞く話、どれもこれもはじめて耳にすること、はじめて知ることばかりだった。ころやよしと見て、長期療養病棟に歩いていき、スーザン・グリーンの病室を探した。

「ハイ、キャル」

声をかけてきたのは、タニア・ガルシアだった。一睡もしていないようだ。

「やあ、タニア。ティドボーにいわれて見張りかい？」

「志願したのよ。だめとはいわれなかったわ」

タニア・ガルシア巡査部長。鋼《はがね》色の髪に、すらりと長い骨格、くぼんだ頬。この世代の女性警察官として、タニアはやれることをひととおりこなしてきた。なかでも得意なのが身辺警護。襲撃対策もだ。しばらく刑事もしていたが、去年、制服警官に復帰したのは、退職準備コースの一環で、警察内部でいう〝公式化のできないスキル〟をルーキーたちに継承させるためだった。相方が賄賂を受けとっているとわかったとき、または証人に手をつけた、ヤクに手を出したとわかったときにどう対処するべきか、というようなことだ。こういった機微は、なかなかことばでは教えてやれないが、若い警官はみんな知っておく必要がある。ガルシアはその伝承役に打ってつけの人物だった。

ガルシアのブーツに三日月形の傷はない。いつも運転する側だからだ。

「中、覗いてもいいかな？」

ガルシアが通してくれたので、病室を覗いてみた。全身に何本もチューブをつけられた状態だと、スーザン・グリーンはやけに小さく見えた。飼い主のもとで安心しきっているイヌのようだ。

ガルシアに礼をいい、廊下を歩きだす。道々、見つけるべきものを求めて、廊下ぞいのドアや壁の案内図に目を配りつつ。

あった。ミスター几帳面の手下が見つけるようほのめかしていたもの。廊下のずっと奥、いくつもの手術室と救急救命室を通りすぎた先、集中治療室と人工心肺装置を通りすぎた先の、廊下の突きあたりに。

突きあたりの部屋には、室内を一望できる位置に椅子が一脚。そのそばには一台、横に長いタンクが置いてあった。あとは状況をモニターし、計測し、調整し、制御するための、ありとあらゆる装置が一式。ドアには施錠すらされていない。床にはひとつながりの赤いリボン――テープカット用のテープが落ちていて、その両端は椅子とタンク双方に結わえられていた。この病室は〈アトラス・スイート〉と呼ばれる部屋だ。だが、ステファン・

トンファミカスカの広報部門以外は、この手の部屋を〈救急T７処置室〉と呼ぶ。そして、この施設は真新しい。

「はじめて見る顔ね」

当直の女性看護師がいった。廊下で自分と彼女のぶんのコーヒーをつぎ、持っていったときのことである。ポンコツのコーヒーマシンにふさわしく、味のほうもポンコツそうだ。看護師は半白《はんぱく》で目が丸い。この人物こそは、万事を知りつくした看護師、管理スタッフが頼りきっている看護師だろう。加えて、病院はもっと高い給料を払ってしかるべきなのに、そうする意義を感じていない人物でもある。

「今週、採用されたばかりでしてね」と適当に答えた。「まだ勝手がわからないんです」

「でしょうねえ」看護師はコーヒーをかかげてみせた。「ほかの人たちはみんな、お酒のフラスクを持参してくるから」

「ご自分は酒を持ちこまない？」

「わたしは自分の部署にいて、素のままの自分でいるのが好きだもの。こうしていれば、いろんな人と会えるしね。たとえば、あなたのような」

ともにカップを口に運ぶ。カップの液体は生ぬるかった。茶色いことは茶色かったので、コーヒーのつもりではあるんだろう。

「採用してもらう前、お披露目ショーがあったようですね。見られなくて残念です」

「お披露目ショー?」

後方、廊下の突きあたりにある〈アトラス・スイート〉を親指で指し示した。

「ああ、あれ! ごたいそうなものでもなかったわ。新聞は大仰に書きたてていたけれど、実際はささやかな式典だったのよ」本気で失望しているような口調だった。「あのひともここにいたわ。大巨人さまがね」

「ステファン・トンファミカスカ本人が?」

「新設の〈スイート〉が開設されるたびに、ご本人がお披露目するんですって。わたしもはじめてだったわ、タイタンを見たのは」

はじめて見たタイタンがステファンか。ひどく驚いたような口ぶりなのも納得がいく。看護師に調子を合わせて、目を剝《む》いてみせた。〝そいつはすごいや!〟。

「どのくらい大きかったんですか?」

「それはもう……巨大としか」両手を大きく広げ、どれほど大きかったかを表現しようとしながら、「この階へあがってくるには、特殊なエレベーターを使ったはずよ。MRIや大型の医療機器を運ぶためのね。常人用のエレベーターではとても耐えきれないでしょう。

廊下を歩くときはいつも中腰なの。例外は中央通路だけ。あそこは天井まで五メートルもあるから。しゃべるときはささやき声しか出さないのに、それでもちゃんと聞こえるのは、ささやき声自体がうんと大きいからよ。どうもね、喉頭に異常があるんじゃないかしら」

「さぞや壮観だったでしょうね。ぜひその場で見てみたかった」

「ええ、ええ、壮観だったわよ、ほんとうに。あれは日記に書いておくべき偉容だったわ。写真を撮るひまがあればよかったんだけれど……。ただね、すこし異様だったというのが正直な感想。まるでどこかの──なにかの女王さまがくる、みたいなあつかいだったの。なにもかも、こう、きちんとしてないといけなくて。ご本人の到着前に、部下の人たちが走りまわっていたわ。ドアが開いたままになるように細工していたし、進路にはいっさい障害物を置かせないようにしていたし。なにしろ廊下に椅子の一脚も残っていてはだめという勢い。ここは病院なのによ。しかも、それだけの準備をさせながら、きたと思ったら、すぐ帰ってしまうんだから。宵のうちはずっといて、スタッフと歓談するはずだったのに。もっとも、しばらくいたとしても、院長や役員たちに一方的に声をかけるだけでおわったでしょう。歓談するタイプにはとても見えなかったわ」

うん、そんなタイプじゃない。

「とはいえ、きてすぐにさっさと引きあげるのは、ちょっと失礼ですね」

「そうなのよ、わたしもそう思ったの。とはいえ、しょせんはただのテープカットだし、なにか急を要する事態が起きたみたいでもあったしね。こう、東京市場だかどこだかで、株価が大暴落した、みたいな」

「へえ。どんな感じの帰り方でした？　あわてたふう？」

看護師はにんまりと笑った。

「別れた奥さんが弁護士を連れて現われた、みたいな感じ？　はじめて見せた人間くさい反応だったわね。電話がかかってきたら、すぐ退場。部屋から出て、そのまま病院からも出ていったわ。ほかの来賓の祝辞を聞くひまもあらばこそよ」

「そりゃひどいな。ガールフレンド、ですかね？」

「さあ、そこまでは……」せっかく濁したことばも、つぎのことばでだいなしになった。「ただ、うわさによれば、そっち方面しか考えられないわね。さあ、無駄口はおしまい！当直をしっかりこなさないと。あなたも仕事をなさい！」

「あとでまたコーヒーを持ってきましょうか？」

「わたしの歓心を買いたいなら、つぎは通りの向こうの店で買ってきて」

「イエス、マム」

ロディ・テビットが殺された夜、ステファン・トンファミカスカはここにいた。

そして、そそくさと帰っていった――。

病室のベッドにもどってしばらくしたころ、看護師のマーカスが朝食にゼリーを持ってきた。ゼリーは栄養満点で、茹でたブロッコリーの味がした。前回と同じく、マーカスはうれしそうな顔で側胸部の銃創をつつき、汚れはきちんと落とすように念を押した。そういいながら差しだしたのは、曲がったストローつきのスクイズボトルだった。ボクサーがラウンドの合間に水分を補給するあれだ。中身は石鹸水で、それでまめに洗浄しろという。たまたま立ちよった臨床研修医が、それを見て口笛を鳴らした。おいこら、いい女がいるわけじゃなし、こんなところで場ちがいな口笛を吹くんじゃない。ほどなく、くたびれたようすの看護師長がやってきて、確認表の各項目にチェックマークをつけ、退院許可書にサインした。これにて退院だ。

雪の降り積もった通りを歩いていく。いまだ雪化粧の街は、無煙炭と山脈の茶色い塵でうっすらと被《おお》われていた。側胸部のパテは自己主張がはげしい。ゴルフボールというより硬い鉄の珠みたいな感触がある。いくらかゆくてもかくわけにはいかない。〝とにかく、いじらないことだ、キャル、それはモフモフの小鳥ちゃんだとでも思えばいい、うっかりいじると指のにおいがつくから、哀れ小鳥ちゃんは怒って群がってきたほかの小鳥たちにつつき殺されて、脇に死骸が埋もれたまんまになるぞ〟――そんなことをいわれてみろ、いじるにいじれないじゃないか。ほんとはいじりたくてしかたないのに。

ひとまず寝ぐらに立ちよった。退院時には、かつぎこまれたときと同じ服に着替えたが、これがまあ、悲惨なありさま。病院のランドリーは、血を落としてくれてはいたものの、縫い目は裂けていたし、ジャケットとシャツには銃弾の貫通した穴があいていた。これで街を歩いたら、ジャック・ルビーの亡霊だ。ほらあの、ケネディを暗殺したオズワルドを射殺した、あの。

シャワーを浴びる。湯をかけるだけでも、傷口を指でかきむしられているような痛みをおぼえた。マーカスにいわれたとおり、銃創に石鹸水をかけると、湯の十億倍もの激痛が走った。六時間おきに、絶対に手で触れないようにしつつ、こうして石鹸水をかけるのか。はたして生き延びられるかどうか自信がない。こんな痛みに苛まれるくらいなら、傷口が変色してケツの穴みたいになったほうがましだ。

湯気の中で呼吸した。湯は給湯管の金属味と、微妙に感じるオスリス湖深くのミネラル――氷と鉄と泥板岩の味がした。

襲撃者はなぜ、スーザン・グリーンを殺そうとした？

ロディ・テビットはずっと彼女の身を案じていた。案ずるだけの理由があったのか？　それとも、あったとしたら、ロディはスーザン・グリーンとの関わりで殺されたのか？

ロディと関係したことで、スーザンは巻きこまれたのか？

でなければ、たまたま探偵のとなりに立っていたがために、巻き添えを食ったのか。

どのケースにしても、いまわかっていること、これから探らねばならないことはなにか。

このうえなく重要な手がかりは？

彼だ。

または、彼女。

または、自分。


電話を手にとり、グラットン警部に電話した。

「キャルだ」

「元気そうだな」

「撃たれたのにかい？」

「ほうほう、それはたいへんだ。警察を呼ばにゃ」

「面倒をかけた」

「うちの依頼で動いてる以上、事件に巻きこまれれば警護はつける」

「それでもだ。すまん」

「気にするな。では、事情を説明してもらおうか。事態がこれ以上悪化しないうちに」

「会って話す」

「なにか話しあうネタでも拾ったのか？」

「うん。ロディの建物のセキュリティカメラに不審なものは映ってたかい？」

「映っていなかった」

「殺し屋が正面から堂々と入ってくれてりゃな。その手合いなら世話がないのに」

「堂々と入っていたら？」

「とっくにつかまえてるだろ」

「それはそうだ。たしかに世話がない」

スーザン・グリーンのこと、不眠症患者向けの教会のことを考えた。

「〝ハーポ〟といったら、なにを連想する？」

「グルーチョとか、ゼッポとか、あれか？」

「それそれ」

「本気で訊いてるのか？」

「なにを連想する？」

「アイスクリームだな」

「アイスクリームゥ？」

「子供のころ、病気で学校を休むと、よくマルクス兄弟の映画を見ていた」

「病気で休んだらアイスを食うのか？」

「なぜ休んだかといえば、扁桃炎がたびたび再発したからだ。だから、そう、食っていた。それがどうした？」

「スーザン・グリーンが〝ハーポ〟といったのさ。車に撥ねられるまぎわに」

「たしかか？」

「断言はできない。いっしょに撥ねられた身だ。おまけに撃たれたし。どこを撃たれたか、もう話したっけか？」

「いいや。話したのは、病院でアイスが出たとかなんとかだったか？」

「出たのはブロッコリーのゼリーだよ」

「スーザン・グリーンは、〝アンポンタン〟といったのかもしれんぞ」

「まあ、否定はできないな。ところで、たいした話じゃないんだが、ひとつ報告がある。

おれを撃ったやつの靴、ヒールの内側に、小さな三日月形の傷があった。左足だ」

返事はなかった。

「聞こえなかったか？　靴の――」

「聞こえたよ」

「だから、おそらく犯人は――」

「わかった、みなまでいうな。その件、おれに一任しろ」

「どうわかったんだ」

「おれに。一任しろ。家には帰るな」グラットンの声には怒りがにじんでいた。湖の底に沈むなにかのように、それは深く沈潜した怒りだった。「行くあてはあるか？」

アテナを頼ることはできる。

「ない」

「どこか見つけろ」

「へいへい」

「静かなところにな」

異論はなかった。いまとるべき最良の行動は、姿をくらますことだ。

「おっと！　失礼、豆の缶詰を山ほどかかえてて、目の前がふさがっていたもので」

これは事実だ。グローサリーでいちばんでかい紙袋に満杯の荷物を、母グマが仔グマを抱くようにしてかかえていたんだから。荷物の大半は豆の缶だが、いちばん上に粉ミルク2パックセットとベビーコットンを何箱かのせて、鼻先で押さえようとしていたんだが、そんなことで押さえがきくはずもない。

たったいまぶつかった相手は小柄な女性で、詫びをいうためには、紙袋の上からあごで荷物を押さえつつ、身をかがめねばならなかった。見たところ、かわいい感じの女性だ。典型的なカントリー・ガール風のギンガム・シャツを着ている。こちらは向こうの名前を知っているが、向こうはそのことを知らない。名前はリズ・フェルトン。紙袋をかかえてリズが住むアパートメントハウスの上がり段を昇っていたとき、たまたまエントランスに入ろうとしていた彼女と衝突してしまったというわけだ。こいつは〝まったくの偶然〟にほかならない。〝新米パパ〟として、せめて買い物の手伝いでもと、いろいろ買いこんできたところに、このていたらく――ああ、穴があったら入りたい。

あまりおおげさにならないように、それでいて、しっかりていねいに謝る。

リズ・フェルトンは気立てのよさチャンピオンのひとりで、エントランスに入るさい、手を貸してくれた。小柄で愛らしい……という表現は語弊があるか。これでは子供っぽく聞こえてしまう。本人は稼ぎも充分なしっかり者で、コートの下には筋肉もついていた。仕事はジムのトレーナー。仕事場は大通りを半分ほどいった場所にあり、エアロバイクの有酸素運動《カーディオ》その他を指導しているという。いい職場だそうだ。シフトが細分化されていて、好きなシフトを選べるし、都合が悪いときには簡単に交替してもらえる。警察官の妻には打ってつけの仕事といえた。

ここではデイヴと名乗った。そうなんです、ノイベルリンから越してきまして。ええ、はじめての子供なんですよ、部屋は上のほうの階でしてね。あれ、変だな。だれも出ない。エントランスのインターホンが壊れているはずはないし。ははあ、うちのやつ、赤ん坊をあやしに出かけたかな。じつは鍵を持ってないんですよ。こういえば、もちろん、リズのように気立てのいい女性は、〝奥さんがお帰りになるまで、うちでお茶でもいかが〟、と誘ってくれる。もちろん、純然たる近所づきあいの範疇でだ。

フェルトン家は、豪奢ではないが、瀟洒《しょうしゃ》だった。椅子の一脚は、まぎれもなく古民家のドアを再利用したハンドメイドだ。壁にはフェルトン夫妻ともう数組の、裏庭でくつろぐ警察官カップルを撮った写真が飾られていた。

警察官の暮らしはなにかとむずかしい。問題の四分の三は、解決のしようがないこと、解決の必要がないこと、どう対処すべきかわからない問題の解決を求められることにある。

残り四分の一は、危険ととなりあわせであることだ。それだけに、警察官は群れやすく、それがまた、新たなトラブルのタネになる。一般人に対するよりも自分たち同士が親密になるわけにはいかないというのに、そうならざるをえないのだ。それに加えて、警察官というものは、人間が普遍的に持つ悪徳とは距離を――それも、保護すべき市民に寄りそう方向へ――距離をとらないといけない。しかし、そうそう理想どおりにいくもんじゃない。探偵稼業は、警察官に近い領分や、警察官の周辺、警察官のあいだで仕事をしているとはいえ、警察官そのものではないから、おのずと違いが出る。

その違いへの対処は、警察官が個人的な知りあいでなければ、ずっと楽だっただろう。紙袋をカウンターに置き、椅子に腰かけ、ケトルを火にかける夫人と四方山話をした。しゃべるのは口からでまかせで、生後九週間になる娘のことを延々と語りつづける。娘の写真を見せさえもした。リズ・フェルトンは、きょうはいつもより夫の帰りが遅いのでといって、喜んで話につきあってくれた。うちはまだ子供を作らないことにしてるんです、夫が巡査部長になるまで控えてるんですよ。ええ、帰りが遅いのは心配だけれど、要領のいいひとだし、夫としての責任もちゃんと心得ていますから。ちゃんと帰ってきますとも。

そういわれて、きまりの悪そうなふりを装った。ご親切にお茶をありがとう、お時間をとっては申しわけないので、そろそろ上にあがって、家内が帰ってきてないか見てみます、ただ、そのまえにお手洗いを貸していただけませんか。

もちろん、貸してもらえた。

首尾よくプライベート空間に入りこめたので、バスルームの中を見まわした。ナット・フェルトン刑事は――リズは毎回、夫のことをナサニエルと呼んでいた――シェービング・フォームと剃刀《かみそり》で髭を剃るらしい。歯みがきはスペアミント・ペースト、タオルの色は暗色系。バスルームを出て、廊下のようすを見ようとしたとたん――こちらに銃を向けたリズが目に飛びこんできた。銃を持つ手はゆるぎなく、冗談めかしたふしもない。

「がっかりしなくてもいいのよ。なかなかの演技ではあったから」

リズがそういいつつ、銃口をダイニングのほうへ振った。うながされたとおりにして、またダイニングテーブル前の椅子に腰かける。

「ばれた理由は？」

「とくにないわ。わたしは警察官の妻。鼻がきくだけ」

「キャル・サウンダーというんだ」

この名を知っているような反応は見られなかった。ほんとうに知らないのかもしれない。

それから一時間、リズは話しかけもせず、すわりもせず、目を離しもせず、ひたすら顔に銃を突きつけていた。そうこうするうちに、フェルトンが帰ってきた。このマヌケ野郎！

そうなじられたことはいうまでもない。

「いったいなにをやってるんだ、おれの家で」

「おまえなら信用できそうだと思ったんだよ」

「信用できそうだと思ったから、おれの家に入りこんで、おれのシェービング・バッグをあさったのか」

「そういうことだな」

「なにをどう血迷ったらこんなまねができるんだ、サウンダー。さっさと出て失せろ。わけのわからんことをするのは勝手だが、外でやれ。なにかいいたいことはあるか」

「悪かったと思ってる」

「なんでこんな馬鹿をやらかした」

「左のブーツに傷のあるやつだ。証人ごと撥ねられた。弾もたたきこまれた」

それまでかんかんに怒っていたフェルトンは、これを聞いて瞬時に頭を切り替えた。

「どんな傷だ？」

〝マリリン・モンローの写真みたいな傷〟といってほしいことは、顔を見ればわかった。

「小さな三日月形さ」

フェルトンは大きく吐息をつき、いっしょに怒気もすっかり吐きだしきった。それから、

うつむきかげんになって、

「くそったれ」

というと、頭を働かせつつ、正面からこちらを見すえた。なにを考えているのか、手にとるようにわかる。自分が同じ目に遭ったならどうするか。ほんとうに信頼できる人間を心の中でリストアップしていくだろう。このキャルという男もそうしたはずだ。そして、できあがった短いリストの中には自分の名前もあった——。この認識が双方の了解事項になると、フェルトンは妻に合図した。リズは銃口をおろしたが、まだ銃をしまいはしない。じつに手慣れたものだ。教えている〝エアロバイクその他〟のその他とは、銃のあつかいなんだろう、きっと。

「おれを信頼できる人間のうちに数えるのはいいが、うちを万一のときのセーフハウスに仕立てるのはどういう了見だ」

「グラットンにいわれたんだよ、家には帰るなと。だから、ここへきた。しかし、こうもあっさり見ぬかれるようじゃ、よっぽど善人のふりがヘタなんだろうな。おまえは当然として、淑女の奥さんにすら一発で見ぬかれたんだから。シリアルの箱に隠してあった銃を突きつけられたのが、なによりの証拠だ」

フェルトンは言い返しそうになったが、そのとおりなのでいいよどみ、またしても、

「くそったれ」といった。

ここでリズが、銃は朝食用カウンターの下にテープで張りつけてあったの、と補足した。

「あなたを撃つこともできたのよ？　マヌケな探偵さん」

知ってるさ。撃たれたであろうことも、マヌケなことも。

「もしも撃つはめになっていた場合」リズは語をついで、「飛び散った血を掃除しなきゃいけなくなるところだったわ。またよ、もう」

その含みを考えて、〝またよ、もう〟とはどういう意味か、あえて訊かずにおいた。

「ソファでなら寝てもいいぞ」フェルトンがいった。

まるで、寝室で夫婦といっしょに寝かせてもらえるとでも思ってるような言いぐさだ。

ともあれ、だれかが編んだとおぼしきブランケットくらいは貸してもらえた。こいつを編んだのはフェルトンの母親だろうかと思いながら、ソファで眠りについた。

「起きろ、サウンダー」

「どうした？」

「朝だ。マヌケ野郎。まっとうに働く人間には、まっとうな仕事があるんだよ」

「仕事ならおれにもあるぜ」

「ああ、そうだろうとも」

フェルトンがミルクのカートンを、どん、とテーブルに置いた。中身がすこし飛んだ。ついで、フェルトンはうつむき、ボウルの中身を見つめながら、うなるような声を発した。なにをうなってるんだとは訊かない。やぶへびになる。

リズがいった。

「警官がね、ひとり――」

フェルトンがふたたびうなった。

リズにたずねた。行方不明なのか、それとも――？

「ハワイのビーチでくつろいでいないことはたしかね」

ここは黙っておくことにした。〝警察あるあるだな〟などといえば、えらいことになる。

事実ではあるが、それはいまフェルトンが聞きたいことばじゃない。

ややあって、フェルトンは口を開いた。

「ゆうべ、グラットンから無線が入った。おまえから電話があった話は聞いていたから、なにかあったんだろうと思っていたが。グラットン、いうべきことを整理するのに時間がかかっていたようだ」

「それで、グラットンはなんと？」

「警察官であるというのがどういうことか、まずはご高説からはじまった。警察官の道は、正道と裏街道が表裏一体だと。つづけていうには、きのう、秘話回線を使って、いちどにひとりずつ、計二十人の警察官からすこしずつ話を聞いたそうな。リストを作って、順に電話したらしい。穏便に話が進む場合もあれば、険悪になる場合もあったそうだ。けさになって、そのうちの三人が辞表を提出した。そして、ひとりは――」

「いなくなった――」

フェルトンはもういちどうつむき、ちらばったパンくずに答えが隠れているかのようにテーブルの上を見つめた。こんなとき、人はむなしく、長々とテーブルを見つめつづける。そしてようやく、答えがそこにはないことに気づく。

「そいつがいなくなったのは、おれたちがちゃんと注意していなかったからだ。そいつがどこにいるのかには、疑問の余地などない」

「で？」

「マレン巡査はな。口に銃口を咥《くわ》えて引き金を引いたのさ、サウンダー。これはおまえのせいだぞ。おまえがあいつの目論見どおり死んでやらなかったからだ」

「それについては、いうべきことばがない……」

「そうだろうとも。だがな、ちくしょう……。なにもかも、くそったれだ」

リズ・フェルトンが夫の肩にそっと手をかけた。

「マレンは顔馴じみか？」

「もちろんだ。よく知ってる」

そういって指さしたのは、壁にかかるあの写真だった。どのカップルの男がマレンかはわからないし、たずねもしない。

「いいやつだったか？」

「どんな答えを聞きたいんだ？　ああ、いいやつだったさ。カラオケが得意なやつだった。指紋の採取もだ。人あたりも悪くなかったし。あいつがこんな末路を迎えるとは、だれに想像できたろう。だれにもだ。あんなことになるなんて信じられるか？　絶対に、断じて、すこしも信じられん。おれは悪たれだ。ところが、ふたをあけてみれば、本物の悪たれはあいつで、おれはただのマヌケ野郎でしかなかった。葬儀はつぎの金曜になる。おまえはくるんじゃないぞ。訊かれないうちにいっておくが、そうとも、おまえの代わりに葬儀で嗅ぎまわってやるさ。なにかわかったら教えてもやる。なぜなら、いまもいったように、おれは悪たれだからだ。ちくしょう、なんてことだ」

「すまない」

「いちいち殊勝な態度をとるな、サウンダー。あいつはカネをもらっておまえを殺そうとしたんだぞ。死んだのは自業自得だ。だから、せめて憎さげな態度で、〝ざまあみろ〟のひとことでもほざけ。そうしたら、毎日二十四時間、おまえをずっと憎んでいられる」

「ソファ、すまなかった」

「消えろ、サウンダー」

リズ・フェルトンにうながされ、外に出た。背後でドアが閉じた。


いるべきでない場所から追いだされたからには、別のいるべきではない場所へいくしかない。距離はさほど遠くなかった。市内には、市長室が好んで〝公園〟と呼ぶ、無舗装で枯れ木だらけの空き地が点在しており、目的地があるのはそのひとつの向こう側だ。葉が落ちてトゲの露出したサンザシの枝にひっかかれつつ、空き地を隔てた建物へ歩いていく。

あの建物には、スーザン・グリーンが仮住まいしていた別の女性のアパートメントがある。エントランスに警備員が詰めるほど立派な建物ではないので、あっさりと屋内に入りこみ、目的階にあがってドアベルを鳴らした。

アビゲイル・ゲインズは背が高く、細身の女性で、デスクで待機する司書的な雰囲気をただよわせていたが、じつはダンスの講師だという。部屋を見まわして、合点がいった。たしかに、いかにもダンスの講師らしい部屋だ。壁紙の色はいらっとするほど派手だし、家具はみな背が高く、エレガントすぎて居心地がよくないが、すくなくとも、この部屋の椅子にすわる者がタイタンであるかのような印象を与えようとはしていない。むしろその正反対で、ここにあるものはみな、爪先立《ルルベ》ちをしている印象を与えた。それはアビゲイル・ゲインズ自身の性質を雄弁に物語っている。

「あれでアカデミーを名乗るんだからね」アビゲイルがいった。むっとしている声だった。

「そんな性質のものじゃないと？」

「ダンス・アカデミーを標榜するからには、華麗さの基準となるモデルを構築するように努力すべきでしょ」

「なるほど」

「わたしはたいてい、シンガーたちに腰の振り方を教えているの。あそこは学校だからね、ミスター・サウンダー。それで、きょうはどんなご用？」

「スーザンのお話をうかがいたくて」

アビゲイルはためいきをついた。

「かわいそうなスージー。あなた、現場にいたの？」

「はい」

無意識のうちに、手が側胸部を探り、服の上からパテの部分をなぞる。そろそろかゆくなりだしていた。ええい、いまいましい。

「悲惨な――状況だった？」

多少とも悲惨ではない状況を思い描こうとしながら、こう答えた。

「あの手の結末としては、可能なかぎり悲惨な状態から遠いものでした」

「ならよかった。スージー、助かると思う？」そういって、じっと視線を注いできた。

人は相手が探偵と見れば、悲劇的事件がどんな結末を迎えるかを知っていると思いこむ。探偵の身だといっても、そんなことまではわからない。しかし、アビゲイル・ゲインズにそう告げるつもりもなかった。

「ミズ・ゲインズ――」

「アビー、と」

「ミズ・ゲインズ――」

しばらく、距離を置いた敬称と愛称のダンスがつづいた。むなしいダンスではあった。

スーザン・グリーンとアビゲイルとは、たがいを気にかけていたとは思えない。といって、きらいあうほどでもない。たんにシェアハウスをして、この街にできるだけ融けこもうとするだけの関係だった。スケジュールの面で、ふたりは相性がよかったのである。

折を見て、ロディ・テビットのことをたずねてみた。アビゲイルはうなずき、それがね、妙なのよ、と答えた。スージーはロディといても、タイタンといるように見えなかったし、ロディも背が高いところを除けばタイタンらしいところがまったくなかったの。シャイで、いつも悲しげな人でね。たまたま妙に背が高くて若く見える年寄りという感じだったわね。悲しげではあっても、なんとかその悲しみと折り合いをつけているようでもあったけど。タイタンになった人が愛する人を失ったら、常人よりも長く悲しみを引きずるのかしら。タイタンになったぶん、その相手との思い出もたくさんになるでしょ？

経験上、そうはならないと知ってはいるが、それはいわずにおいた。

「ミズ・ゲインズは、だれかと同棲していたことは？」

アビゲイルがまじまじと視線を返してきた。

「どうしてそんなことを訊くの？」

「煩わしいでしょうが、訊いておかないと、あとで悔やむんですよ、重要な要素だったとわかったときに。まあ、重要だと思ってはいませんが。いやでしたら、とっとと帰れ、といってくださってけっこうです」

アビゲイルは肩をすくめた。

「ないわ。いえ、なかったというべきね、同居という意味でなら。スージーが越してくるまでは。どのみち、答えはノーよ。男と同棲したことはないわ」

「率直なのは助かります」

「こっちもよ、どういたしまして」

区切りがつくと、アビゲイルの案内でスーザンの部屋に入り、私物を見せてもらった。うしろめたくはあった。こんなことをすればスーザンの死期を早めるのではないかという、根拠のない不安もあった。だれかがスーザンの私物を引きとりにくる可能性はあるの、とアビゲイルに訊かれた。たぶん、だれかはくるだろう。回復したスーザン本人でなければ、父親か母親か、または姉妹が。引きとり手がいなければ、くるのは市の職員かもしれない。

あちこちを覗きながら、スーザンに家族はいるんですかね、とアビゲイルにたずねた。ついついスーザンがもう死んでいるかのような口調になってしまう。それはアビゲイルも同様のようで、おたがい、気まずい思いをしっぱなしだった。

アビゲイルも家族のことは知らないそうだ。おそらく家族は、スーザンの選んだ職業か、この街で暮らすという選択を心よく思っていなかったんだろう。そうでなければ、うんと遠くに住んでいるか、とんでもなく忙しいかだ。いまごろはもう、スーザンがトラブルに巻きこまれたことが耳に入っているはずだが……いや、入ってはいないかもしれない。

スーザンに趣味は？

あるわよ。人物画のスケッチ、美術館めぐり、あとは食い道楽。

ハーポとマルクス兄弟については、なにか？

アビゲイルはなにも知らなかった。むかしの映画やテレビドラマがきらいなのだそうだ。そういう人間は多い。とくに理由があるわけでもないが、古い作品というものは、T7が開発された時点で人生のパターンが固定化されてしまったことを気づかせずにはおかない。古いものがいつまでもいすわれば、新しいものが芽吹く余地がなくなってしまう。それが古い作品への忌避感を醸成しているのだろう。

もうしばらくスーザン・グリーンの部屋を見まわし、引き出しの中を見てもいいものか思案した。かわりに、スーザンの預金通帳に目を通した。〈ヴィクターズ〉からの入金、アビゲイルに支払い、グローサリーに支払い、その他の支出。これからすると、ふつうの女性の生活を送っていたようだ。ささやかではあるが、満ちたりた暮らし。四週間前には、ロディにタイを買っている。きっとダサいタイだが、ロディは愛用していただろう。

ナイトテーブルの上にはスケッチブックが置いてあった。表紙はダークブルーの厚紙で、閉じておくためのオレンジ色のゴムがついていた。開いてみると、なかほどあたりまでは、ロディ・テビットのスケッチで埋まっていた。どれもこれも生まれたときそのままの姿でスケッチされている。使っているのは画学生が使うミッドブラウンの鉛筆。どんなものもざっくりと描いたように見えるあれだ。リアルに見えるのはイヌのスケッチだけで。肋《あばら》や肩のスケッチからすると、ロディはあまりちゃんと食べていなかったらしい。長い筋肉がかなり発達しているのは、ヨーガとジョギングのおかげだろう。ゴア／ハンガリー料理のテイクアウトも多少は貢献していただろうが、効果をあげたのはむしろグラノーラか。

ロディ——ロダンの〈考える人〉のポーズで。

ロディ——全裸のスーパーマン風。

ロディ——左手に断った怪物の頭をかかげ、右手に鉤《かぎ》つき剣を持ったアキレウス風。

ロディの手のアップ、握りしめた大きなこぶし。

ロディでいるというのはどんな感じなんだろう。関節炎に悩まされる年寄りだったのに、一週間後にはこんな姿になっているなんて。

そのうえ、ふたたび恋人を得た。それも、スーザン・グリーンのような女性を。

もしかするとロディは、いっしょにいて楽しい男だったのか？　思っていたよりも？

謎は尽きない。

さて、つぎだ。つぎに訪ねるのも、あまり気が進まない場所だった。

マレン巡査の住居前には二十人ほどの警官がいて、全員が刺すような視線を向けてきた。やってきたのがだれかに気づき、タニア・ガルシアが眉をひそめた。ここにくるべきではないと思っていることが一目瞭然だ。それはそうだろう、当人だってそう思うんだから。もっとも、〝マレンはあそこで銃を撃ってくるべきじゃなかった〟、とも思っているし、〝善良な人間がとる善意の行動は阻まれれちゃならない〟とも思っているし、〝クズ野郎が受ける報いは高くついて当然〟とも思っている。だが、当節、だれでも望みのものが手に入る時代じゃない。

エレベーターがないので、マレンのアパートメントへは階段であがった。階段は清掃にストロベリーの香りのクリーナーが使われていたが、その強い芳香も、途中階にただよう水ギセルのにおい――乾燥キヨリとウズベク産煙草の刺激臭を隠しきれてはいなかった。だれかが通りにひしめく警察車を見おろし、一服しているらしい。だが、目的のフロアはここじゃない。マレンのフロアまでたどりついたとき、マスグレーブが両手をふりあげ、毒づいた。

「サイアク」

「サイヤク？　天変地異でも起こったのか？」

「ヤクなんていってないわよ、サウンダー。サイアク」

「そうか。まあ、最悪な場面でばかり出くわすよな」

マスグレーブはかぶりをふった。〝これは冗談ごとじゃないのよ〟。

「──キャル」ジャイルズ・グラットンの声だ。

「すまない」

「なにを謝る？　くる必要があるから、ここにきた──それだけのことだろう。おまえ、警官にどう思われているか気にしすぎだぞ」

「どう気にしすぎてる？」

「い、いい、おまえだからマレンが撃ったんじゃないか、というようなことさ」グラットンはちらとこちらに視線を向けて、「おまえはマレンという男を知らなかった。そうだな？」

「正直、撃った相手は見ていない」

「すくなくとも、マレンは弾を当ててそこねた」

「側胸部の傷を見せてやろうか、ジャイルズ」

「当のマレンは防弾ベストに二発食らっていた。心当たりはあるか？」

「撃った直後に自分も撃たれたんじゃないか？　こっちはそれどころじゃなくってな」

撃ったのはゾガーだと思ってまちがいない。しかし、あのとき殺されずにすんだのは、おそらくゾガーの発砲場面を目撃していなかったからだ。

グラットンは嘆息した。

「ここも漁《あさ》ってまわる気か？」

「われわれコンサルティング探偵業界では、〝調査する〟という言い方を好むんだよ」

「このさいだ、キャル、英語のお勉強もしておけ」

そういいながら、とにもかくにもアパートメントの中に通してくれた。ついいましがた、失礼にもファーストネームで〝ジャイルズ〟と呼びかけたにもかかわらず。


最良のやりかたで調査した。警官式の調査はやらない。いつもと同じやりかたで室内を見てまわり、警察が見落としていたものを見つけだす。そのさい、白日夢にふけっているようには見えないように気をつけた。頭の奥では、小さな声がささやきつづけている――〝この部屋にいる警官はみんな、そんなやりかたで未発見の手がかりが見つかるもんかと思ってるぞ〟。そんな状況でフリースタイルを貫くのはむずかしい。

安物の家具、安物のカーペット。女友だちはなし、男友だちもなし、子供もいないし、イヌもいない。端末の公開プロファイルには、警官だとはひとことも書いていなかった。若い警官は身分を明かしたがらないから、これはふつうだ。冷蔵庫は驚くほどヘルシーな食材でいっぱいだった。ベッド下にはトレーニング器具がいろいろ。

「ここでなにをしてる？」ティドボーがうなるような声でたずねてきた。

「探してるのさ、黒い帆布《はんぷ》のバッグを。メモがいっぱい詰まったやつだ」

グラットンがドアから顔を覗かせた。

「たいがいにしとけ、キャル」

「すまない」

「まあいい」

「あんたのほうも、たいがいにな」

「口のへらんやつめ」

調査をつづける。ロディのアパートメントとちがって、なにも見つからなかった。なにひとつだ。ここではピアスの留め金など見つからないし、見つかったとしても、おそらくなんの手がかりにもならない。

「近所に聞きこみは？」

「してないよ、サウンダー」ティドボーが答えた。「こんなケース、はじめてだからな」

調査をつづける。ここでできることはもうない。できるのは、じろじろ見られたあげく、出ていくことだけだ。用事ができたら連絡をくれ、とグラットンに伝えた。わかった、とうなずくグラットンに向かって、マレンのことは気の毒だったと付言した。

「それがいかんというんだ、キャル。ほんとうに度しがたいやつだな」

大学のビル・スタイルズに電話した。一回めのコールでビルが出た。

「ビル、キャルだ」

「キャルか！　どうした？」

「側胸部に弾を食らってパテを詰めてるんだが、そこが猛烈にかゆい。しかも撃たれる前、撃ったやつに車で撥《は》ねられた。ロディ・テビットの彼女は昏睡状態にある。総じて状況は悪い。ロディの教え子たちをまだ見つけてないのなら、いますぐ見つけてくれ。教え子のだれかが死傷者リストに載る前に」

「どういうことだ、キャル、学生たちも関与しているというのか」

関与してはいないと思うが、それは黙っておく。ビル・スタイルズにはひやひやさせておきたい。このビルはただのビルじゃない。本人は平凡な男だと思わせたがっているが、そんじょそこらのビルとはビルがちがう。この男と話をするということは、つまり大学の財務機構そのものと話をするということだ。相手は巨大で頑固で危険なヘラジカに等しい。これからやろうとしているのは、ロディ・テビットの事情、その資産状況、共同研究者の実態を明かさせて、それにより、周囲の林にはオオカミどもの影が見え隠れしている実態、その他もろもろをヘラジカに気づかせることにほかならない。

「関与している可能性はある、ビル。学生たちの見当はつくか？」

「心当たりはある。わかった、折り返し電話する」

「全員、集めておいてくれ。話を聞きたい」

約束どおり、一階のガイダンス・ルームには三人の学生が待っていた。部屋の中にあるピクチャーウィンドウからは湖を一望でき、トンファミカスカ・タワーまでも見わたせる。あのタワーのどこにあるかがわかっていれば、アテナのオフィスさえ識別できるほどだ。だが、ここからわかるのは、温かな照明に照らされたあのオフィスが、天上界の高みにあるということだけでしかない。

ビルは母ガモのように、部屋の中をうろうろしていた。法律上、成人しているとはいえ、学生たちだけをこの場に残していくわけにはいかない、なぜなら自分には学生を保護する責任があるからだ——それがビルの言い分だった。これは予防的な措置でもあるという。つまり、部外者が学生たちに声を荒《あら》らげでもしたらまずいことになるし、かりにひとりがふざけてロディを突き飛ばし、ロディが仰向けに倒れ、結果的に死んでしまった、などという事実が明るみに出れば、それをみすみす発覚させてしまったビルが訴えられかねない——そういうことだ。そんな死に方だったはずはないが、確証がない以上、ビルとしては神経をとがらせざるをえない。

ふたりの男子学生はマイルズにリチャードといった。マイルズはライフ・サイエンスの大物になることを夢見ていて、ヘアスタイルは金融マン風、リチャードは物静かで、足が大きく、ようやく自分の道を見つけかけたスロースターターのように見える。女子学生のヘスターは、とくに悲しくもないのに、しじゅう悲しげな雰囲気をまとっているタイプの娘《こ》だった。長いストレートヘアは、清掃員のルーファスがいっていたとおり腰まであり、櫛でなでつけた長髪は、荒廃した島の古い旗を思わせるもの悲しさをただよわせている。毛髪コレクターのルーファスなら、この髪を見たとたん、よだれをたらしたにちがいない。機会があれば、ばっさり切って譲ってくれ、といいだしかねなかっただろう。

「失礼、ミス」

ヘスターに語りかけ、ルーファス・コレクションから拝借してきた髪の束を取りだした。当人の髪であることは、顕微鏡を使わなくても一目瞭然だ。

「なに、これ」ヘスターが険しい声を出した。「わたしの髪ね？　どこでこれを？」

「ロディ・テビットのアパートメントで」

ヘスターが髪を取ろうとしたが、すかさず手を引っこめ、ポリ袋にもどした。

「個別指導があったのよ」

「学外で？」ビルを見やる。「そんな許可が出るものか？」

「関係者全員がその状況に同意していれば、問題なく許容される。テビット博士は――」と、ビルは肩書きの部分をすこし強調して、「――純粋にアカデミックな環境から離れて学ぶことも重要だと考えるほうだった」

口ぶりから察するに、ビルはそんな状況を心よくは思っていなかったものの、立場上、認めざるをえなかったらしい。学生たちに目をもどし、エサを撒いてみることにした。

「テビット博士は、きみたちにドラッグを勧めたかい？」

三人に答えるひまを与えず、ビルが口をはさんだ。

「キャル！」

「どうなんだ？」これは地上でいちばん退屈な質問だ――そんな口調でたずねる。

どうやら、ドラッグを勧めたことはないらしい。三人ともに、気でも狂ったのかという目を向けてきたからだ。そんな三人の目の前でぽんぽんとポケットをたたき、語をついで、

「答えに窮しているのなら、助け船を出そう。本日、ヘスターの髪をサンプル採取させてもらって、このポリ袋に入っている何週間か前の髪と比較することもできる。この毛髪が拾われたあとにも、きみはテビット博士と会っているはずだな。きょうの髪からいっさいドラッグのたぐいが検出されなければ、なにも問題はない」

ついでながら、髪を分析すれば、過去何年ぶんものレクリエーション・ライフがわかる。

妊娠歴のあるなし、大病したかどうか……ここまで髪が長いと、そう、十二歳ごろからの肉体状況もいろいろわかってしまう。その具体的な内容にはまるっきり興味がないが。

「キャル！」ビルがふたたび口をはさんだ。そうとう怒っている声だ。

「ビル、しばらく席をはずしてもらえるか」

ビルは言下に否定しようとした。だめだ、弁護士を同席させる、それもひとりではなく――。いいつのろうとするビルに向かって、ぐっと顔を近づけた。これはアカデミー畑の人間同士がやるしぐさではけっしてないし、ビルも当然、慣れていない。

「ビル、これからこの三人の成人と話しあう内容は、三人とも、あんたに聞かれたくないことばかりなんだ。この部屋にいてもらっては、三人が困る。いまあんたがしようとしているのは予防的措置なんかじゃない、探偵の領分に足をつっこむことだ。さあ、とっとと出ていってくれ。さもないと、グラットンに連絡するぞ。ガサ入れされてもいいのか」

ビルはしばし、はじめて本性を見たかのような顔でまじまじと見つめてきた。じっさい、そのとおりではある。いままでこの手の顔を見せたことはない。ビルは雇う側だからだ。雇い主に見せる顔と調査相手に見せる顔とは、おのずと性質が異なる。

たぶん、もう二度とビルに雇われることはないだろう。

ビルは出ていった――たたきつけるようにドアを閉めて。

「さて、ヘスター。どこまで話したっけな？」

答えたのはリチャードだった。

「ミスター・サウンダー」立ちあがりながら、リチャードはいった。「事情を訊く対象はぼくのほうです」

ヘスターも立ちあがったが、リチャードが手を横にふり、口を開くなと制した。

「いいんだ、ヘス。キャル・サウンダーが何者かは知っている。ここにいる三人ともが」

〝三人とも〟。そのことばには、有無をいわさぬ重みがあった。あらためてリチャードを観察する。齢は二十歳未満、大足の男。

「接点はなかったはずだが……」

リチャードは肩をすくめた。

「ところが、あるんですよ。たぶん、あなたが思っているのとはちがう形でね」

全員が沈黙に陥るなか、リチャードが窓に歩みより、湖を眺めやった。やおらガラスに両手をあてる。手もまた大きい。硝煙反応を残さないようにと、ロディ・テビットの手をカバーするほどには大きくないが、それでも予想していたよりは大きい。

「きみは……タイタンだね」

問いかけに対して、リチャードはうなずいた。そう思って見てみれば、いたるところに徴候がある。シャツに浮き出た鎖骨が太い。前かがみなのも、ティーンエイジャーによく見られる猫背なのではなく、からだが重たいせいだ。おそらくは、T7を投与されて日にちが浅く、いまもまだ肉体が肥大化し、作られている最中なのだろう。

「その背丈からして、小柄な常人として長い人生を送ったあと、数カ月前に投与を受けて、青春学生ムービーの生活を送ろうとしているわけかい？　実年齢・適正地位関係の概念を説明してくれる人はいなかったのか？」

まだ湖を眺めたまま、リチャードは答えた。

「ぼくは年寄りなんかじゃないんですよ、ミスター・サウンダー」

「若いなら、なんでそんな骨太に？」

ここでリチャードはくるりと向きなおり、冷徹で鋭い目を向けてきた。

「あなたは他人を相手にするとき饒舌《じょうぜつ》になる。そうですね？　そして、ベタなジョークを飛ばす。それは見せかけだ。自分が鈍物か粗野な人間であると相手に錯覚させるための。そうでしょう？　じっさいには、どちらでもない」

「ばれたか。よく見ぬいたな。おめでとう」

「こんどはぼくの注意力を持ちあげて、聡明だと自覚するようしむけている」

ほかのふたりに目をやった。どちらも口をきこうとしていない。表情で腹のうちを語ることさえしていない。ただ眺めているだけだ。リチャードに視線をもどすと、この部屋に入ってきたときに目ざとく気づくべきだったことに気がついた。指に胼胝《たこ》ができている。ペンを使ってメモをとる習慣がないと、こういうものはできない。当節、ペンを使うのは、シータ・リズムを発生させ、頭頂葉を活性化させて、記憶形成をうながし、理解を早め、なにかを行なう準備をするためと相場が決まっている。リチャードは研究熱心なのか？

「それはきみが気にすることじゃないな。自分が聡明だという自覚はあるはずだ。しかし、きみとしては、もっと聡明でありたいんだろう？　ロディ・テビットのアパートメントでなにをしていた？」

「先生の生活ぶりを教えてほしかっただけですよ。先生は並の人物じゃない——いいえ、じゃなかったというべきでしょうね。タイタンとしてもふつうじゃなかった。規格外です。ヘスとマイルズがついてきてくれたのは、ぼくがナーバスになっていたためで。なぜなら、ぼくは凡庸な人間だから。タイタンとしての生き方がわからないほど凡庸だから」

「うん、たしかにきみは、ありふれた学生だな。それのどこにもおかしな点はない」

「ご明察です」

だれかが〝ご明察〟などというのは初めて聞いた。しかも、こんなにマヌケな口調で。

　リチャードはふたたび、窓の外に目を向けた。十数羽の水鳥が、二十メートルほど先の凪《な》いだ湖面に頸をつっこんでは、魚をくわえている。

「白血病だったんですよ」ややあって、ついにリチャードは告白した。「それも、特殊なタイプの。白血球が全身に異常増殖していたんです。白血病だということは、折にふれて周囲に明かしていたけれど、それで評価する人間がいるわけじゃない。自分自身でさえ、そうなんです。だから、人間関係のほうも……」

「それでT7を？」

「最初は放射線療法を試しました。内用療法を何度となく」

　しばし、その含みを考えた。おそらく、高線量のベータ線を放射する同位元素を大量に注射され、リチャードは死にかけた。T7を投与されなければ、余命は数日というところまできていたのだろう。ところが、T7を投与された結果……炎症、敗血症性ショック、掻痒《そうよう》、嘔吐などに苛まれた。臓器は機能不全に陥って、体外の人工臓器が不可欠となる。人工心肺もだ。それにつづいて、かつて知っていたのとは次元の異なる激痛が襲いくる。回復がはじまるのはそれからだ。まず、移植された骨髄がT7で刺激される。全臓器から、さらに皮膚からも採取され、培養されたクローン細胞もだ。ついで、神経も目覚めだす。いくら最悪の時期は昏睡状態に置かれていたといっても、タイタン化変成の最終段階では、リチャードは半狂乱になっていただろう。その後も適応過程はつづいているようだ。

「それは自分で選んだのか、それともだれかのお膳立てか？」

「ぼくはリチャード・ウェルズなんだそうです」

まじまじとリチャードを見つめた。そういわれてみれば、面影がある。頭の形のなにか、それに目の印象。たしかに似ている。

「ウェルズというからには、テッサ・ウェルズ＝ハイヤームのウェルズか。ということは、あの男の息子？　ハイヤームというのは、サニー・ハイヤームのハイヤームだな。父親がジェイコブ・ハイヤーム、母親がジェニーン・トンファミカスカの」

ジェニーンはステファンの齢の離れた妹だ。タイタンの系統は、血縁半分、コネ半分で成りたっている。

リチャードはうなずき、大きな手で自分が何世代目にあたるかを数えあげた。ここで、リチャードが〝なんです〟じゃなく、〝なんだそうです〟といったことに注目してほしい。これはT７に特有の記憶喪失だ。それも、かなり重度で、タイタン化前のことを多少とも憶えているのか心配になるくらいの。こんなに若くして自分の過去を知らないというのは、どんな気持ちなんだろう。

ステファンは家族を重視する。必然的にトンファミカスカ姓の者が増えることになるが、それでもだ。あの男も家族全員を永遠に存続させようとは思ってないが、だからといって、治せる曾姪孫《そうてっそん》を死なせても平気ということにはならない。ステファンはタワーの高みから降臨し、治せる者は病と怪我を治し、そうでない者には引導をわたす。その結果、みながステファンをボスと見なすようになる。だれもが——とりわけ、子孫たちが。

ステファンの子孫は三系統に格付けされ、各系統がなんらかの形でステファンの会社とつながりを持っている。高齢の者は海外支社をまかされることが多い。アテナは最年少の、おそらくは最後の実子だ。ステファンが体外受精でほかにも子供を儲けていたのなら話は別だが。ステファンにまだセックスする能力があるかどうかはわからない。一齢と二齢の——T7一回投与と二回投与の——タイタンは、たいていの場合、タイタン化がまだ弱く、当事者たちも生殖機能が旺盛なことを隠そうとしない。が、三齢からは話がちがってくる。質量と体積が著しく増大しだすため、性交可能な相手はおのずとタイタンにかぎられる。タイタンのほかに、性の対象となりうる人間がほとんどいないのだ。四齢以降になると、もはやセックスには興味がなくなるらしい。といっても、これはステファンの場合の話で、〝すくなくとも、かつてのあの男ほどには〟という意味でしかなく、ほかのタイタンではちがうのかもしれない。もしかすると、タイタンにとってのセックスとは、たんに人数を調整する手段と化している可能性もある。

ともあれ、ステファンの実子たちは別格の立場にある。近親者たちも、実子よりは格が落ちるものの、みな要職についている。それ以外の子孫は、正直なところ、ステファンの理解によれば、実子と近親者に尽くすだけの存在でしかない。

「投与時は何歳だった？」

「十四歳。フル投与者としては、当時の最年少記録だそうです」

「成功したわけだ」

リチャードは肩をすくめ、片手をあいまいに動かし、自分を指し示した。

「時間はかかりました……入院期間だけでも、かなり。ですが、成功しました」

「そこでステファンは興味をなくしたわけだ。きみはといえば、定期検診に追われたろう。物理療法にもカネがかかったはずだな。心的外傷後ストレス障害《PTSD》もあったんじゃないか」

ヘスターがすごい形相でにらみつけてきたが、リチャードはだいじょうぶだよ、という微笑を浮かべ、落ちつかせた。リチャードの判断は正しい。べつに責めているんじゃない。実態を把握しようとしているだけだ。リチャードにはその違いがわかっている。

「しかし、そんな状況がなにを意味するのか、きみに教えてくれる者はだれもいなかった。自分がどんな立場にあるかということも含めてだ。そこできみは、ロディ・テビットならいろいろと教えてくれるかもしれないと考えた」

「先生は、その……タイタンらしくなかったんです。ぼくと同じで。ちがうのは、とても背が高くて、痩せているというところだけで」

「なにか特別な話を聞かされたかい？」

リチャードはまた肩をすくめた。

「話してくれたのは、個人的なことがらばかりでした。病死をまぬがれたことがもたらす生存者罪責感についてとか。けれど、おかげで気が楽になりました。ぼくからは、受けた療法の説明をしました。先生はＴ７の変成過程にくわしくて、細部まで理解できるよう、いろいろと教えてくださいました。それに、ぼくが何者なのか。どのように生きていけばいいのかも」

「ロディ・テビットの研究内容は知っているかな？」

「はい。淡水生物学がご専門で。具体的には、湖の生態系についてです」

「オスリス湖の？」

リチャードは心やさしい男なので、〝このあたりにほかの湖があるんですか〟などとは訊き返さなかったが、腹の中ではそう思ったことだろう。そうだとしても、リチャードはこれっぱかりもまちがってはいない。タイタンがらみの探偵業をはじめてもうずいぶんになるが、こんなにも頭の悪い質問をしたのは今回がはじめてだ。

「その研究には、補助金が出ていた？」

リチャードはかぶりをふった。

「スポンサーがついていました」

それか。

「そのスポンサーがだれか知っているかい？」

「資金面についてはあまりおっしゃらなかったので。科学に関係しないことは、たいてい伏せられていました。それに――」また肩をすくめ、自分のからだを指し示して、「――この件についてもです」

ここで、スーザン・グリーンのことを思い起こした。

「ロディ・テビットとマルクス兄弟の映画を見たことは？」

リチャードがまじまじと見返してきた。

「なんです？」

「マルクス兄弟だよ、コメディアンの。マルクスといっても、共産主義のほうじゃない」

「ハーポ、グルーチョ、チコ、ゼッポ？　ぼくは大学生ですよ、ミスター・サウンダー。マルクス兄弟の名前くらいは知っていますが……先生とも映画を見たことはありません。それは重要なことですか？」

正直、ほかに訊くべきことを思いつかなかったという面もある。

「すると、ロディ・テビットは――」

「いろいろなことを教えてくださいました。タイタンの歴史というよりも……タイタンがどう生きるべきかを。ぼくがタイタンとして適応できないのは、中身は十四の子供なのに、外見はもう子供じゃないからだ。そうでしょう？」

どんなものでもいい、それに対する答えを持っていないか――そんな目をリチャードに向けられた。

くそっ。

紙きれを取りだし、アテナの電話番号を書きつける。

「アテナの連絡先だ。アテナというのは、きみの――ええい、よくはわからんが、従姉《いとこ》かなにかだ。この番号にかけて、探偵に電話しろといわれたといえ」

リチャードにまじまじと凝視された。

「あのアテナ・トンファミカスカ？　ぼくなんかが電話して、出てくれるんですか」

「その番号なら、昼だろうと夜だろうと、いつでも出てくれる。しかし、電話するんなら、午後の四時ごろだ。あまり変な時間にかけてくれるなよ、皺寄せがくるのはごめんだぞ」

「でも、なんといえば……？」

「なんでもいいんだ、好きなことをいえ。なにをいおうと、アテナは話してくれるさ——どう生きるべきかをな。いいな？　アテナもいちどは通った道だ。右も左もわからんまま、迷わせたりはしない。きみもわざわざイバラの道を歩むことはない」

アテナがあきれ顔で両手をふりあげるさまが目に浮かんだ。まったく、キャルったら、無謀なんだから。いってるそばから自分がイバラの道を歩んでどうするの？

一言もない。たしかに、無謀だ。

こうしてアテナを頼ってしまえば、そしていまのアテナの地位を考慮するなら、無謀な元恋人はいま以上にステファンとのつながりを強めることになる。それは自分もアテナも破滅させかねない。本人は認めようとしないが、アテナが立っているのは別世界、本人にふさわしい世界だ。そんな世界が元恋人にどうふるまうものか、アテナはわかっていない。それとも、わかっていないのは、事態が見えていない愚か者は、こっちのほうなのか？

リチャードは紙きれを見つめ、たんねんに折りたたんでから、財布にしまった。ついで、肩をいからせ、こういった。

「テビット先生になにがあったのかは知りません、ミスター・サウンダー。ただ、先生が善人か悪人か、判断に窮しておられるのなら——絶対に前者だとぼくは思います」

「善人か悪人かなんてのは、はっきり分けられるものじゃないんだよ」

リチャードはどこか深い、けっして踏みこみたくはない淵の底から、またたきもせずに視線を注いできた。

「いいえ、ミスター・サウンダー。あるんですよ。はっきりとした区切りがね」

「もうすんだか？」ビル・スタイルズに訊かれた。

「あんた、マルクス兄弟は好きかい？」

「グルーチョにハーポに、もうひとりか？」

「四人めもいるんだ」

「好ききらい以前の問題だな。ぼくは一万歳でもなければ、二十二歳でもない」

「ロディ・テビットのビジネス・パートナーはだれだった？」

「どういう意味だ、ビジネス・パートナーというのは」

「ロディがしていた湖へドロの研究にはスポンサーがついていた。それはあんたじゃない。としたら、だれだ？」

「〈ジェイバード製薬〉だろうな」

「そこの住所と、連絡のとれる相手を教えてくれ」

ビルは薄い封筒を差しだした。

「手元の情報はそれしかないのか？」

「教えてやれる情報はこれしかない。大学の専属弁護士連中に釘を刺されてな。もっとくわしいことを知りたければ、先方へ公式に問い合わせさせろといってる」

「ほほう。大学に降りかかる火の粉を払うために呼ばれたと思ってたんだが」

「そのつもりだったさ。ところが、シャーン・コルバートが疑念と懸念を示してきて……その結果がこの封筒だ。彼女がいうには、きみの契約不履行が心配なんだと」

「優秀な弁護士じゃないか」

「さ、帰ってくれ、キャル。こんどくるときは令状が必要になる」

「そこまでいうか？」

「そこまでいうさ」

ビルがドアをあけて押さえ、退出をうながした。こんな立場の人間がやる行為としては、蹴りだすも同然のふるまいだった。

事務所にもどり、〈ジェイバード製薬〉に架電。だれも出ない。住所地に電話を入れてみると、管理人が出て、そこが私設の私書箱であることがわかった。それならばと、市の総合記録局で法人登記情報を検索し、会社の住所を取得した。受付担当はフルブライトの弁護士で、名前はアドラー・ギヴンズだという。アドラー・ギヴンズに電話したところ、これも無応答だったので、グラットンに名を伝え、警察からやんわりつついてくれるよう依頼した。つづいて、フロイド・オストビーに電話し、留守電に調査依頼のメッセージを残した。数分後、折り返しの電話があった。オストビーいわく、あそこの会社、どうにもうさんくさいぞ。〈ジェイバード〉はたまたま、かつて起こった不祥事といま起きている不祥事の両方に関わっていて——。

「うさんくさいとは、どううさんくさいんだ?」

「全方位にだよ。あの会社、従業員がひとりしかいない。株主もだ。この株主は取締役も兼ねてる」

「名前は?」だが、答えはもうわかっていた。

アラステア・ロディ・ロドニー・テビット。予想どおりだ。

とすると、ロディは大学で行なう研究に、自分で出資していたことになる。

さっそく総合記録局まで出向いたのは、人手不足のため、電話応対で仕事が増えるのを職員がいやがるからだ。警察関係者の身分証を提示しつつ、チョコレートの詰め合わせと、香りのいいハンドクリームの詰め合わせを差しだす。この三点セットのおかげで、現地で調査することを許され、それからじつに七時間、北半球全体ぶんのほこりにまみれながら、無慮数十万個のファイリングボックスを漁《あさ》りつづけた。真夜中をまわるころには、綿くずモンスターとして、ハロウィーン・パーティーに出られるありさまだったが、一時間後に判明したことがある。ビル・スタイルズが理事会から口をつぐめと命じられたのはなぜか。亡霊だ。理事会は亡霊を就職させたのだ。

この市に移り住んで以来、ロディ・テビットは毎年、きちんと税金を納めてはいたが、バーフリートには納税記録がなかった。バーフリート。ビル・スタイルズの一件書類では、当市に越してくる前、ロディが住んでいたはずの市だ。オストビーに電話して裏をとった。バーフリートばかりじゃない。ロディ・テビットの納税記録はどこにもなかった。

それに、バーフリート大学で学んでいたこともなければ、教鞭をとっていたこともない。すぐに記録を入手できるかぎりでは、どこの大学でも、どこのハイスクールでも。そもそも、ロディの出生記録すら存在していない。

「なんてこった」思わず、つぶやいた。

それを聞きつけて、職員のマリアムが声をかけてきた。

「ハニー、まるで鍵穴から盗み聞きしているみたいよ。もうそのへんにしておきなさい。それ以上調べても、役にたつ情報は見つかりっこないわ」

マスグレーブに架電。

「いま何時だと思ってるの、サウンダー」

「すまない」

「すまないなんて思ってもいないくせに」

「ロディ・テビットなる人物はいなかった」

「わたしのオフィスで〝引きだし〟に眠ってるのはだれ？」

「オフィスにいって、徹底的に遺伝子走査してくれないか。ほんとうの名前がわかったら教えてくれ」

「真夜中に電話してきて、朝いちの仕事の指示？」

「ちがう」

「……泣けてくるわね、サウンダー。いますぐオフィスにいけと？」

「すまない」

「あなたは警察官じゃないのよ」

「すまない」

「どうせ口先だけね」

「ああ、たしかに」

「偽名だったの？」

「名前だけじゃない。なにもかもだ」

「いますぐ答えを知りたいのね？」

これには返事をしなかった。

「もう着替えはじめてる」マスグレーブがいった。

「いっておくけど、あなたが死んだら、解剖はわたしがさせてもらうからね」

疲労困憊《こんぱい》。あいていてはならない場所に穴があいているときならではの疲労感。そこへもってきて、車がすーっとそばに寄せてきたかと思うと、いきなり声をかけられた場面を想像してみてほしい。

「――乗っていかないか、ミスター・サウンダー」

考える気力もなく、後部座席へ。となりには男がひとり。たちまち、側胸部に金属質の硬いものを押しつけられた。銃口は側胸部をまさぐり、すぐに肋骨の一本を探りあてた。

車が発進し、交通の流れに乗る。ほどなく、高速にあがった。

「うほう」思わず声を洩らしたのは、照星でパテと格子をつかれたからだ。

痛いは痛いが、かゆくてたまらない部分なので気持ちもいい。突きつけられているのが銃口だろうとなんだろうと関係なしに、銃創を銃口に押しあてておからだを前後に揺すり、患部を掻く。ややあって、ようやく動きをとめた。

「ふう。サンキュー、助かった」

「なにをとち狂って、こんなまねをする」ガンマンがいった。「アタマおかしいのか？」

「よけいなお世話だ、三下。人を攫《さら》ったんなら、そいつの奇癖くらいがまんしろ。それがいやなら、妙な癖のないやつを攫え」

運転席のミスター・ゾガーが、つかのま、うしろに顔を向けた。

「ミスター・サウンダー、なんのまねだ、それは？」

パテとかゆみのことを話した。

「こういう状況にもな、エチケットっていうものがあるんだよ、ミスター・サウンダー。銃は孫の手じゃない」

「わかってる、それは重々わかってる。けどな、あんた、この手のパテのお世話になったことがあるかい？」

「知ってるか？　そのパテが世に出て四年間、メーカーは肌色に合う色を用意しようともしなかったんだぞ。白人用のパテさえ作っておけば、だれもが満足すると思ってたんだ」

「というからには、あんたも世話になった口か」

「一度な。モンロヴィアで」

「そのときは？」

「一週間後には抉《えぐ》りだしそうになっていたさ。おっと、けっして抉りだしたりするなよ。かゆみが収まるかわりに、とんでもなく痛む」

「拷問する気なら、手はじめにパテを抉りだしたらどうだ？　感謝感激して、あんたらが知りたいことを洗いざらい話すかもしれないぞ。いや、誓ってそうする」

ゾガーはためいきをついてみせた。

「おまえを拷問したりはせんよ、ミスター・サウンダー。そういった意図でお連れしてるわけじゃない」

「どうだかな。うちに用事の人間は、たいてい電話一本ですますもんだぜ」

ゾガーの顔がぴくりと動いた。

「ミスター・サウンダー、おれの雇い主が人に会うのはめったにないことなんだ。まして警察とトンファミカスカ企業グループ双方に顔のつながった相手となれば、なおさらだ。おまえとおれたちの利害は一致する。だからといって、手を携えて動ける可能性は非常に小さい。なぜかというと、機密保持と信頼性に関する面倒な問題がいろいろとあるからさ。

そこでひとつ提案したい。ここはおたがい、神経質なほど丁重に会話をしようじゃないか。そうすれば、極力、危険をへらせるだろう——ことばを選びそこねたり、とっさに暴言を吐いたりして生じる危険をな」

車内を見まわした。高級な作りのバーに、贅をつくした内装、洗練された装備。

「キャルだ」ガンマンにいった。「銃で掻いて悪かったな。きょうはきつい一日で」

「そうかよ」ガンマンは答え、ちらとミスター・ゾガーを見て、「フランクだ」

「やあ、フランク」

「おう、キャル」

「ちょっと身をかがめて、バーの品ぞろえを見てもいいか？」

フロントシートのあいだには小型の冷蔵庫があった。かまわん、とフランクがいった。

冷蔵庫にはなんと、ファランギーナ種の白ワインに、日本産のモルトまで入っていた。

どちらもかなりの高級品だ。

「こいつはすごいや」

「すこし、やるか？」ゾガーがたずねた。

「いや、けっこう。こういうものがあるとわかっただけで充分だ」

「それでは、すまんが、必要な予防措置をとらせてもらう。おまえが長生きするためにも、おれたちが長生きするためにも、必要なことだからな」

　ミスター・ゾガーが、助手席に置いてあった小袋を取って差しだした。あけてみると、中には囚人護送用の目隠し袋が入っていた。フランクを見やる。肩をすくめられたので、それをかぶった。こういうものをかぶった経験がないと、どんな状態になるかわからないだろう。目隠し袋には魅力的な静けさをもたらす効果がある。外の音が聞こえなくなり、なによりも自分の発する音を突きつけられる。血流の音や、耳の中に響く鼓動の音などだ。高価な目隠し袋だと――これもそうだが――呼吸がしづらくなることはない。たんに外が見えなくなるだけだ。温かくて、湿度も高く、静か。殺される心配はないとわかってさえいれば、すこぶる快適といえる。

　こちらが袋をかぶり、リラックスするのをしばし待ってから、ゾガーがいった。

「おれたちはプロの組織犯罪者なんだ、ミスター・サウンダー。カネで動く極道さ」

「どこぞの密売組織《カルテル》と踏んでたが」

「妥当な線だが、ちがう。じっさいは、もっと独立性が強い。近隣相互扶助団体の先駆け――というか、組織犯罪の代名詞になったシチリアン・ファミリーの流れを汲む」

「なんだか自分の身を心配したほうがいい気がしてきたよ」

「安心しろ。今夜、コンクリートの靴を履かせて、湖に沈めるつもりはない」

賭けてもいい。ここで〝魚のエサにしてやる〟などという陳腐な言いまわしを使われていたら、きっと大爆笑していただろう。

「安心した——と思ってくれていい。で、扶助はいいが、助ける相手は？　極道か？」

「ことばには気をつけてくれ。じっさい、おまえも対象かもしれんぞ」

「あんたはだれの意を受けて動いてるんだい、ミスター・ゾガー」

「それはもう気づいているだろう」

「あんたの口から、じかに聞ければと思ってね」

「ライマン・ニュージェント——元ビザンクール自治市の顔役で、いまはこの広がりゆくメトロポリスの顔役だ。これは本名でな。おれの理解しているところじゃ、ここ何年かはそうなっている。おまえが住むこの驚異の都市、ここで人気がある神話で使われる通称は——いかにも都市伝説めいていて、不正確で、いろいろ馬鹿げた尾ひれがついちゃいるが——〈倍幅男《ばいはばおとこ》〉だ」

「むしろ犯罪界のリアル・ハンプティ・ダンプティじゃないのか、ははは」

それからしばし、ミスター・ゾガーは無言で運転をつづけ、ややあって口を開いた。

「頼むから、ミスター・サウンダー、丁重にいこうというおれの頼みを忘れないでくれ。それが困難をきわめるようなら、せめて肋骨に突きつけられている金属の塊と、その中に収まっている小さな飛翔体、それがおまえの口を閉じさせる力――そういったことを肝に銘じておいてくれるか」

以後はいわれたとおりにした。

かなり長いあいだ市内を走りまわり、やっとのことで目的地に着いた。どこかの敷地に入ったようだ。車を降りると、下にビニールシートが敷いてあるのがわかった。靴ごしの感触でそれとわかる。帰したあと、靴の裏についた土を分析され、場所を特定されるのを防ぐためだろう。そうであってほしい。湖に死体を沈めたあと、ここに残った足跡を消す手間を省くためではないことを祈ろう。

ビニールシートを踏んで歩いていく。肩にゾガーの手が添えられ、おじいちゃんを誘導するような形でエレベーターの中に連れこまれた。上にあがるものという予想に反して、ボックスは下に降りはじめた。

やっとのことで袋をはずされた。そこは大きな三角形の部屋だった。周囲の壁は高価な寄せ木細工作り。光源は蠟燭だけだ。室内にはソースを塗ってこんがりローストした肉とポテトのにおいがただよっている。部屋の奥にはダイニングテーブルがあり、三人ぶんの席が用意してあった。そして椅子の一脚にすわっているのは、現実に存在するはずのない、異形の人間だった。

　スーツの生地は緑のベルベット。ギャンブラー風のベストは、ありえない形に突きでた腹の上でぱんぱんに張っている。肩と胸は幅があり、筋骨隆々。容貌は地中海民族風だが、地中海の北か南かは意見が分かれるところだ。古典好きならシチリア人風というだろうし、チュニジアの首都《チュニス》人やリビアの首都《トリポリ》人風だといわれれば、そんなふうにも見える。両腕は肩のところで太いが、だんだん先細りになり、棒のように細くなったあと、手のところでまた太くなって、通常の筋組織を持った手のカリカチュアになっていた。大半が細い腕はクモの脚に似ており、いっぱいに伸ばせば二メートルを大きく超えて三メートルに近づく。〈ヴィクターズ〉裏手の壁に映った影ではなく、こうして明かりのもとで見ると、総じてハンプティ・ダンプティっぽくはなかった。むしろ本体部分だけが極度に太ったカマキリ——というか、脱皮したばかりで全身の柔らかな甲殻類が、脆弱《ぜいじゃく》な肢体を高価な宝石類で飾りたてたところ、といった風情だ。顔だけはこういった変形をまぬがれて、ほぼ通常の人間のものといっていい。からだ全体がばかでかく、ひだ状に垂れた肉のせいで不気味な体形になっているものの、それでもかろうじて人間と認識できる。

「よくきてくれました、ミスター・サウンダー」

　ニュージェントの声は明瞭だが、気むずかしそうでもあり、深い響きをともなっていた。

「おめでとういわせてくれ、ミスター・ニュージェント。これで実在だと認識できた。あんたのことは、なかば都市伝説だと思っていたんだ」

「あなたとは長らく微妙な接触をつづけてきたのに？　ま、喜ばしいことではあります」

「そうだな、何者かの影がずっとちらついていたな、ミスター・ニュージェント。しかし、正直、思ってもいなかったよ、まさかあんたが……そんなふうだとは」

ミスター・ゾガーが舌打ちした。しかし、当のライマン・ニュージェントは――ここは〈倍幅男〉と呼んでおこう。これが本物の〈倍幅男〉でなくとも、本物が現われるまではそう思っていたほうがいい――大きな手の片方を持ちあげ、左右にふってゾガーを制した。

「ミスター・ゾガー、われわれは秘密保持のためにあまり労力を費やすことができません。それなのに、われわれの招待客は、結局、秘密のベールを破ることができなかった――。であれば、そう目くじらを立てることもないでしょう。ミスター・サウンダー、あなたはほんとうに、わたしが実在するとはすこしも思わなかったのですか？」

「ああ、いまのいままでな。あんたのことを話題にする人間はおおぜいいるが、サンタのことを話題にする人間だっておおぜいいる」

「まったくです、ミスター。じっさい、おおぜいが話題にする。そして、わたしのために動いてくれる者たちは、わたしについていっさい口外してはならないことを心得ている。

おわかりですね？」

これはつまり、だれかがこの男とのつながりをたどっても、袋小路にいきあたることを意味する。なぜなら、一見してつながりに見える糸は、じつは本物の糸ではないからだ。

理解したと察したのだろう、〈倍幅男〉は語をついだ。

「たいへんけっこう。では、自分の隠蔽テクニックを自画自賛するとして――ここにきておすわりなさい、ミスター・サウンダー。すばらしい料理を堪能していただきましょう。今週はなにかとたいへんだったのではありませんか。それに、話しあわなくてはならない重要なことがらもあります。じっさい、きわめて重要なことがらがね」

席についた。ゾガーも反対側の席につく。この位置関係は、こちらがいきなり席を蹴り、ボスに襲いかかった場合、ゾガーが銃撃できるようにとの用心か？　〈倍幅男〉は椅子でくつろいでいる。両腕を椅子のうしろにまわし、両ひじをカーペットにつけているのは、長い腕を曲げ、両手がテーブルの上にくるようにするためだ。ただの太った人間のように。一見、そうとはわかりにくいが、注意深く見れば、この状況の異様さに気づく。いっそう注意深く観察してわかるのは、〈倍幅男〉がその気になりさえすれば、いつでも長い腕をクモの脚のように伸ばし、すわったまま招待客を取り押さえられるということだった。

料理に手をつけようとしたとき、〈倍幅男〉がミスター・ゾガーに目をやり、待機していることに気づいた。ゾガーは一礼すると、この場合にはふさわしいが、およそ本人にはふさわしくないことをはじめた。神の恵みに感謝を捧げだしたのである。ゾガーに倣《なら》い、急いで手を組む。

「神よ、われらが父よ、この糧《かて》とわれらが活動に祝福を。われらは謝し奉る、現在の神のありようのすべてに、過去の神のありようのすべてに、未来の神のありようのすべてに。万事は御心《みこころ》のままにあり、おお、神よ、御心のままにあり」

〈倍幅男〉が顔をあげ、晴れやかな笑みを浮かべた。

「ミスター・サウンダー、あなたを誇らしく思います。この気持ちはわかるでしょう？　結局のところ、あなたは申し分ないふるまいをしてくれている」

「だれにもいわないでくれ。お行儀のよさはあんたの正体よりも重大な機密事項なんだ」

「わたしは機密事項ではありませんよ、ミスター・サウンダー、ただシャイなだけです」

「意味なくシャイなわけじゃないだろう。きょう、警官がひとり死んだよな」

「危険な職業ですからね。賞賛に値する。ときどき、局所的に迷惑なこともありますが」

「この警官は銃を咥《くわ》えて死んだ。ある車を運転していたこともわかっている。その車は、あんたが急場を救ってくれたとき、その目で見たはずだ」

「ええ、たしかに」

「警官が突然、良心の呵責《かしゃく》に耐えかねたことについて、なにか知っているかい、ミスター・ニュージェント？」

「いえいえ、ミスター・サウンダー、たいしたことは、なにも。しかし、あの男にはもうすこし、目端が利いてほしかったところですね。彼が死んだのは、十中八九、自分自身の判断によるものでしょう。もっとも、当然ながら、今回のような状況においては、つねに雇い主の意向が反映されるものです」

つねに、か。この口ぶりからすると、その雇い主はニュージェントじゃないと見ていい。組織犯罪において、裏切りがばれないことはまずないからだ。

「ロディ・テビットとは知りあいだったのかい？」

「ディナーの招待客にしては、質問が多い人ですね、ミスター・サウンダー。恐縮ですが、バゲットのバスケットをまわしていただけますか」

本人が手を伸ばせば、バスケットはとれる。そうはしたくないということなんだろう。バスケットをまわすと、ニュージェントは両手をこちらに向けて広げ、小さくひらひらと動かし、謝意を示してみせた。

「フランスパン。じつにすばらしい。大いなる賞賛に値します」

「それよりロディ・テビットだ、ミスター・ニュージェント。教えてくれ、よかったら」

「多少は知っていましたとも。友人というほどではありませんが……われわれは常人とは異なる者同士ですから……顔を合わせるくらいの必然は生じます。あなたの生命に対する干渉は、あなたが行なう調査と関係が深い。そうでしょう?」

「まあな」

「つまりは、そういうことです」

「こちらにとって、あんたはじつに都合のいいタイミングで現われた。どうしてああいうことになったんだ?」

「あなたの強運ですよ。われわれはミス・グリーンを助けるために駆けつけたのです」

「では、なぜ彼女が襲われるとわかった?」

「理屈で考えれば当然でしょう? ミスター・テビットが殺された——となれば、彼女も襲われると考えるのが自然ではありませんか」

「にしては、ヘタを打ったもんだ。彼女のダメージは側胸部の一発どころじゃない」

「残念ながら、いくらすべてを把握しようと努めていても、すべての場所に遍在するには、いっそうの困難をともなうものなのです」

「ロディにはオスリス湖を調査する計画があったと聞いている。藻だかなんだかの」

「ええ、そう聞いていますね」

「ふと思ったんだが、あんたはその調査をしてほしくなかったんじゃ？　シャイだから、湖の底に見つけてほしくないものでもあったんじゃないか？」

〈倍幅男〉は悠然とした態度で手をたたいた。手首同士がぶつかって、パンパンパン、とスリッパを打ち鳴らすような音が響いた。

「ふむ、なるほど！　湖底は往時に殺されたギャングたちの博物館だといいます。しかし、ミスター・サウンダー、この点は請けあいましょう。それについては、非難されるようなことはいっさいしていません。いや、ほんとうです。ミスター・ゾガーはやんわりと釘を刺しませんでしたか？　コンクリートの靴を譬《たと》えに持ちだして？」

「あれは暗喩だろう？」

「そうです、そうです。あなた個人が恐れる必要はなにもない。しかしながら、たまたま真実ではあるのです――だれにもコンクリートの靴を履かせたことがないというのはね。あの湖もわたしも、いっさい秘密を隠してはいません。湖の水を干したところで、なんら恥じるものは出てきませんよ。とはいえ、湖底の環境にはよろしくないでしょう。そこを指摘されると、どうにも弱い。湖底には豊かで複雑な生態系ができあがっているでしょうからね」

「生態系の話をするために呼んだのかい、ミスター・ニュージェント？」

「いえいえ、まさか。歴史の話です。または文学的虚構といいましょうか。お食べなさい、ミスター・サウンダー。食べながら、ひとつ物語を聞かせてあげましょう」

「それ、バーに突っこむウマと、豆粒みたく小さなピアノ弾きの話だったりするのかな」

「そのほうがよろしければ。しかし、むしろ殺人と虚偽の物語のほうがいいのでは？」

「それもつらい選択だな」

「そうでもありませんよ、おたがいにとってはね。さ、お聞きなさい。ああ、食べながらどうぞ。いまはまだそれほどには掻《か》きたてられていない好奇心を満足させてあげましょう。わたしのことをお伽噺の存在と考えるなら、語りはじめはこういう形がベストでしょうね。むかしむかし、あるところに――」

　料理を口に運んだ。

むかしむかし、あるところに――と〈倍幅男〉は語りはじめた――ピーターという名の少年がいました。ピーターはリリアンという少女を愛していました。両者を少年・少女と呼ぶのは、定義上、わたしから見れば子供も同然だったからです。もちろん、ふたりとも成人していて、青春真っ盛りでした。少女は科学者、少年は医師。科学研究を通じて愛を育んでいたふたりは、ここから遠い街に住んでいました。少年は毎日、少女に花を捧げ、少女は午後になると少年にココアを作る。けれども、そんな日々にも終焉が訪れるときがきます。ふたりの関係を破綻させたのは、転がりこんできた幸運とハードワークでした。

ふたりはある薬品の研究に没頭し、さらにのめりこんでいきました。輝かしくも奇妙なその薬品に、目先の利く人はみな関心を示し、ピーターとリリアンは製薬会社設立に向け、資金調達のダンスと飲食の大盤振るまいを堪能しました。もしもピーターが妄執と短気にとらわれたら、そしてリリアンが態度に気をつけなさいと忠告する思慮を欠いていたら、このカップルは愚かにも悪い習慣を身につけて、ハッピーエンドにいたるとはかぎらない結末を迎えていたことでしょう。場合によっては別れざるをえないところまでいっていたかもしれません。ともあれ、ふたりは会社を設立し、協力して研究に身を捧げ、きわめて順調に目標へ近づいていったため、事態は予期せぬ展開を迎えます。土壇場でステファン・トンファミカスカそのひとが介入してきて、ほかの巨大製薬会社を閉めだし、ふたりの会社を自分だけのものにしてしまったのです。聞くところによれば、その薬品は体組成を再構成する機能を持ち、T7と併用すれば、若返るだけではなく、望ましい遺伝的特徴を強化させ、服用者の形状をカスタマイズできるものだったとか。天然の美、三原色ならぬ四原色でものを見る視覚、数学の天才を生むのに適した大脳構造など、労せずして完璧な人間を創造できる薬品――。タイタン型特殊化のつぎなる段階ですね。

そこでふたりは転入してきた――この都市に、それも、ケルセネソス半島に。そして、〈トンファミカスカ・カンパニー〉が所有する最高の住宅に入居して、最上級の暮らしを送るようになる。望めばなんでも最高品質のものを与えられたし、資金も潤沢で、助手も望むだけ用意してもらえた。ふたりが常人の生活水準で満足できなくなったのも当然ではありましょう。とはいえ、ふたりとも研究環境にはおおいに満足していて、あとすこしで画期的な成功をはたす段階に達していたのです。この世界においては、順風満帆の過程はひとつの物語として結実します。その物語のためにこそ、人は努力を惜しまない。それは科学の英雄のサクセス・ストーリーにほかなりません。しかし、そうしたストーリーは、裏で知的な闘争がくりひろげられ、熾烈《しれつ》な戦いに決着がつくことを意味します。

　ある日のこと、リリアンがいなくなりました。アパートメントからも、研究所からも。ケルセネソス半島のカントリー・クラブからも、湖岸ぞいの避暑地からも。完全に消えてしまったのです、まるで冬の蝶々のように。だれもリリアンを見つけることができません。人一倍、必死に探したピーターもです。リリアンの友人たちも……家族も……警察も……彼女の行方を見いだすことはできませんでした。懸命の捜索活動が行なわれはしましたよ。友人たちはたがいに家を探し、警察をせっつき、ホームレス宿泊施設や難民受け入れ所を捜索し、修道院やホステルも調べました。ですが、たとえ生きているにせよ、リリアンがいなくなった理由はだれにもわかりません。自発的に姿を消したのかもです。ピーターは身代金の要求を待ちました。死体が湖岸にあがるのも待ちました。友人たちはリリアンの名を呼びながら、あちこちの通りを歩きまわりました。

リリアンは死んだのか？　誘拐されたのか？　消えたのは個人的理由からか、それとも産業スパイを働いたからか？　確実なのは、二度とふたたび姿を現わさなかったことです。おそらくステファン・トンファミカスカなら知っているにちがいない、と見なされました。リリアンになにが起こったのかを知っている者は確実にいるはずだ。それはだれだろう？　ほかの気にいりの研究者たちと同じく、ふたりともその掌《たなごころ》の上で生きていたからです。たぶんステファンは、朴念仁の夫と暮らす聡明で美しい女性の身になにが起こったのかを把握していたのでしょう。なんといっても、当時のステファンは、女性に手が早いことで知られていましたからね。常人の愛人たちに対する燃えるがごとき飢餓に取り憑かれて、人間界の小さく、かつ小鳥のような女性たちを大きなからだで抱擁し、やさしさと情熱で彼女たちを喜ばせることに血道をあげていたのですよ。しかし、愛人たちはひとり残らず——そうとうの数がいたというのに、ひとりの例外もなく——彼の腕に抱かれている姿を見せびらかされ、勝ち誇った姿を撮られ、映像や写真を公開されることを喜んでいました。他者《ひと》から見られ、羨まれる状況は、愛人たちにしてみれば悦《よろこ》ぶべきことだったのでしょう。

それは当のステファンにとっても同様でした。ときどき、彼と愛人との一段と秘めやかな動画までもが流出することもありました。それは意図的リークで、このスキャンダラスなプライバシーの侵害は、常人の世界には驚愕と賞賛でもって迎えられ、百万もの密やかで永久に消えぬ淫夢の源泉となり、赤いベルベット・ロープの前で列をなす見目うるわしいクラブ会員たちのあいだで大人気となりました。かくて、トンファミカスカと愛人たちの悪評は高まるばかり。それも当然ではありましょう。しかし、こうした背景を考えれば、被用者の妻を寝とったことが明るみに出ても、さほどダメージにはならなかったはずです、ならばなぜ、リリアンを雲隠れさせたのか？

ピーターは、ステファンがリリアンを殺したのだと思いこむにいたりました。

疑惑の芽生えはゆっくりとしたものでした。はじめのうち、小さな芽であった疑惑は、ステファンの気前のよさ、同情、極度の甘やかしにより、しだいに成長していきました。ステファンいわく、気の毒に思うが、研究は完成させてくれ、リリアンがどこへいったか、彼女の身になにが起こったかは見当もつかないが、その答えを見いだすべく全力をあげる、もしや、かならずしも清廉ではない競合企業にリリアンは誘惑されたのかもしれない——。ピーターは憤慨し、こんな発想を憎みました。離ればなれになってはいても、自分たちはかならず、最高の環境がととのったトンファミカスカの研究所で合流しなければならない、あとほんのすこしで研究は成熟し、完璧な形に仕あがる、それはリリアンも承知しているはずだ。だから自分の意志でどこかへいくはずがない、とすれば何者かに連れ去られたとしか思えない――。そしてピーターの疑惑の目は、もっとも身近でもっとも怪しい脅威に向けられたのです。

その結果として、ピーターは熱心な研究者を装ったスパイとなり、〈トンファミカスカ・カンパニー〉内部に潜む獅子身中の虫となりました。研究計画も縮小させていきます。いや、計画の存続自体、幻想だったのかもしれません。そのあいだも、ピーターは研究を装いつづけ、とうとうステファン帝国の心臓部を発見し、証拠を掘りだしにかかりました。いくつもの通路を巡り歩き、幹部や研究者たちのメッセージを盗み読み、ほかの研究所の研究内容を覗き――。一時期、通りすがりに問題を解決して去る〝托鉢《たくはつ》の予言者〟として、ピーターは有名になりました。問われざる質問に対する革新的な回答がホワイトボードに書きこまれ、同様のプレゼンテーションがスライドにまぎれこみ……といったぐあいです。ピーターは新たな科学の奇妙な亡霊となりました。けれども、まったく歓迎されなかったわけではなかったのですよ。

やがて、悲しみと怒りと暗い暗い疑念を胸にいだいたまま、ピーターも夜の闇へと姿を消してしまいました。こんどもまたケルセネソスにある会社のアパートメントが捜索され、男女の住んでいた形跡が調査されました。おそらくは、なにかが――抵抗の跡かなにかが――見つかったのでしょう。カーペットの乱れや、壁の血痕などがです。しかしそれは、寒い日に散歩から帰ってきてくしゃみをひとつする程度の、貧弱な証拠でしかなかった。そもそも、毛足の長いラグでつまずいた経験など、だれにでもあるものです。

　こうして、ピーターもいなくなりました。もっと古い時代であれば、おそらくは老齢で死んでしまっているでしょう。かなりむかしの話ですからね。しかし、あの時代にはもう、年齢は生きるうえでの制約にならなくなっていました。ですから、まだ死んではいないのかもしれません。なにしろピーターは、〈タイタン化薬《タイティニアム》7〉と構造式について、だれにも負けない知識を持っていたのです。それに、もしかするとピーターは、みずから不死性を獲得したかもしれません。自家製タイタンとでもいいましょうか。モーテルのバスタブで薬剤をかきまわし、薬液を作りだしたあと、人里から遠く離れた無人の荒野に建つ小屋に移動して、自分で自分に注射をし、麻酔で意識を失うことなく、絶えず襲ってくる激痛に悲鳴をあげつづけた。そうしてタイタン化したピーターは、しばらくのあいだ、表社会のステファンと同じような支配権を裏社会でも確立しようとしたのかもしれません。つまり、違法かつ危険な若返り事業の元締めになろうとしたのです。そしておそらくは、若返っただけでなく、独自の知識でまったく別人に姿を変えて潜伏した。もしもそうだとしたら、自分が唯一愛した女性を死なせた報いをステファン・トンファミカスカに受けさせるまで、その心が休まることはないでしょう。

もっとも、ピーターはオスリス湖の湖底に沈んでいるかもしれませんし、ステファンの屋上庭園で浅い墓に眠っているかもしれません。マスグレーブの遺体仮置場で金属の板に横たわっている可能性もあります。

〈倍幅男〉は長い語りをおえ、ダークレッドのワインをもう一本あけると、自分のぶんとして、バスケットボールほどもあるグラスについだ。

おもむろに、〈倍幅男〉に感想を述べた。

「だれしも、ゴースト・ストーリーは大好きだからな」

ミスター・ゾガーが眉をひそめ、険しい視線を送ってきた。〈倍幅男〉はのどの奥から笑い声を洩らした。膀胱《ぼうこう》を振動させる、深く響く笑い声だった。最前から、〈倍幅男〉は二齢のタイタンにちがいないとの思いがくすぶっている。一齢ではここまで巨大になれるものではない。といって、確実にそうともいいきれない。そもそもタイタンは、こういう形になるはずがないんだから。

訊いてみなければ答えは得られない。無礼を承知で、あえてたずねた。

「あんた、ピーターにいじられたんじゃないのか、ミスター・ニュージェント？　少々、ふつうとはちがうようだが」

ゾガーが血相を変えて立ちあがった。〈倍幅男〉は片手をひとふりし、ゾガーを制した。まるでばかでかい人形使いだ。ゾガーが険悪な目でにらんできた。〝あとで憶えてろよ〟。

「特異な反応といわれましたよ、ミスター・サウンダー。変成の失敗で、手の施しようがない、ともね。そして、あなたの読みははずれています。わたしは正規のルートでT7を手に入れたのです。ただし、そこに欺瞞の要素があったことは打ち明けておきましょう」

嘆くように、片手を大きな胸に押しあてて、「あれは悲しいミスでした」

「修整はできないのかい？」

「生きている――それだけですばらしい！　たしかに他人と見た目はちがいます。しかし、大きすぎる昼興行《マチネー》芝居のアイドルのように見えないからといって、困ることはありません。修整の要はなにひとつ感じていないのです、ミスター・サウンダー。ときに、あなたにはささやかなお願いがあるのですが」

「はたしてお役にたてるかどうか。まあ、話は聞かせてもらおうかね。ただ、この商売でいちばん貴重なリソースは時間だ、手短に頼む」

「じつに話が早い。けっこう、たいへんけっこうです。わたしがあなたを高く買うのは、そういうところなのですよ。あなたの仕事ぶりを見ていると、ビジネスに不要な感傷にはいっさい左右されない。その方面の才覚には際限がないといわざるをえません。あなたは知恵もまわるし、度胸もある。そんなあなたを見こんで、ひとつ仕事をお願いしたい」

「どんな仕事を？」

「なに、たいしたことではありません。ロディ・テビットの肝臓その他の臓器は、現在、トラヴィス・クリニックの合法的所有物となっています。それはごぞんじですね？」

「知ってる」

「いま保存されている場所から、臓器が確実にトラヴィス・クリニックへ届くようにしていただきたい」

「つまり、運んでいけと？」

「ステファン・トンファミカスカは、あの臓器がトラヴィスにいくことを望んでいません。ですので……影響力を行使して取りあげようとする懸念をぬぐえません。場合によっては、人員を派遣して強奪することさえ考えられます。ミスター・ゾガーの属する組織は、彼と同格の者を数多くそろえていますが、そのうちのひとりが派遣されることになるでしょう。もしかすると、ミスター・ゾガー自身に強奪せよとの命令が下る可能性も否定できません。しかし、です。タイタンに関する問題全般について、緩衝材として機能し、ステファンにタイタン関係の事件について報告する立場にあるあなたがですよ、臓器をわたしのもとへ届けてくだされば……万事丸くおさまるのではありませんか」

「あんたのもとへ？　いま、トラヴィスといったじゃないか。盗みとなると、話は別だ」

「盗みではありません。トラヴィス・クリニックとわたしは……いわば一蓮托生《いちれんたくしょう》なのです、資本の面でね。へばりついている岩からイガイの殻をはがせば、中身もいっしょについてくる、というような感じですか。証明することもできますが、そこまで知ってしまうと、あなたに対する縛りもきつくなる。やはり、そこまでする必要はないでしょう、ミスター・サウンダー。あなたはただトラヴィスの受付デスクにそっと置いてくるだけでよろしい。お膳立ては手の者にさせます。タイミングと……手順についてはね」

「ステファンに嘘をつけということか」

「ステファンに勝つ機会を与えてあげようというのです。しょせんは、ささやかな勝利でしかありませんが」

「なぜそんなことをさせたがる？」

「なにをいまさら！　ステファンの知りあいは例外なく、なんらかの形であの男に敗北を味わわせてやりたいと考えるもの。そうでもしないと、われわれは一方的に搾取されて、自分の世界においては二等市民でしかないと認めざるをえなくなる。タイタン・キングを打倒しなければ、われわれは衰えていくばかりでしょう」

「そんなごたくで説得できると思ってるのかい？」

「それはおおいに興味があるところですね。あなたは何者です、キャル・サウンダー？

こちらはひとつの物語を語った。でしたらあなたも、別の物語を語ってはくれませんか。

あなたは何者です？」

「それはもう調査してると思うんだがな」

「しましたとも、それでもなお、依然として謎なのです。あなたはたいした人物ではない。

それなのに、あなたという軸を中心にこの都市はまわっている。あなたはしがない探偵でしかない。それでいて、この都市の枢要な部分すべてに関与していることはたしかです。

どれだけ調べても、そんなことが可能な理由は見いだせない。あなたは巨人たちとともに歩く。そこにはなにか目的があるのですか？　ピーターのように妻を奪われて嘆き悲しみ、悪意を孕《はら》んで面従腹背《めんじゅうふくはい》する夫？　復讐を胸に秘めただれかの息子？　わたしが気づいてはいない英雄的物語が進行しているのでしょうか？　いかなる理由があるにせよ、あなたはもう、それほど長くは探偵業についていられない。わたしは各所にスパイを潜りこませています。その報告に照らすならば、ステファンはあなたを心よく思っていない。あの男の内庭を汚す荒らしだと感じている。おそらくそれは、ステファンにとって、肝臓やほかの臓器よりも重要な問題なのでしょう」

「その肝臓やほかの臓器を、あんた、どうするつもりだ？」

〈倍幅男〉は大きくて長い両手の指先同士を触れあわせ、尖り屋根の形に仕立てあげた。指は人ひとりの頭を軽々と包みこめそうなほど長い。長大な腕の肘を梃子《てこ》の支点に使えば、あの手で摑んだ頭をケチャップのふたのように捻《ひね》ってもぎとるのは造作もないだろう。

「ひとたび手に入れた臓器をどう使うかは、あなたには関係のないことですよ、ミスター・サウンダー」

「あんたがステファンに喧嘩を売る気なら、そこにいるミスター・ゾガーのサポートじゃとても足りないと思うんだがね」

「喧嘩を売るなど、とんでもない。それはありえません。回避する、足元をすりぬける、脇にどく、その程度のことですよ。あれほどの影響力を持った相手ですからね、正面からぶつかりはせず、搦手《からめて》からたまにちょっかいを出す程度にとどめます。しかし、あなたはどうでしょう？　ステファンがあなたを蝶のように収集ケースに入れて、ピン止めしたりすることはない――と、本気でそう思いますか？」

「ステファンなら、なんとかあしらえるさ」

巨大な胸が揺らぎ、頭が左右に振られた。

「なんと、これは意外な。だれかが……とりわけ、あなたが……あのトンファミカスカをあしらえる……そんな発想がこの世に存在するとは……あなたの自殺願望はタイタン級といえるほど大きいにちがいない。それとも、あなたがなにか特別な存在なのか」膨らんだ顔の中で、双眸《そうぼう》がぎらりと光った。「ゆえに、この問いをくりかえしましょう。あなたは何者です？」

〈倍幅男〉は心底から知りたがっているようだった。だが、教える気はさらさらないので、適当にでまかせをいった。

「ダニエルだよ」

「ダニエル？」

「寓話のな。何年か前、〝獅子〟の足からトゲを抜いてやったのさ」

「そしていまは、獅子があなたの友人になった――そう思っているのですね？」

「食われないと思ってはいる。イバラの茂みでまたトゲが刺さったときの用心に、残してあるんだろう。それに、〝トゲ〟は保管してある」

「脅迫ですか。そのようなことをする人には見えませんが」

「保険だよ。ステファンはトゲを買いとろうとしたが、渡してしまえばたちまち殺される危険があるんで、恒久的協定を結んだ。こっちはこっちで便宜を図る、向こうは向こうで便宜を図る、とね。タイタンがらみの悶着はなるべく密かに後始末。警察当局は大喜びだ。

それまで手に入らなかったあの会社の回答が、探偵を経由してあっさりと得られるようになったんだから。ステファンとしても、ちんぴらのタイタンが悶着を起こすたびに始末をつけられる便利屋を下界に確保できて、好都合なわけさ。新米タイタンがモデルを囲ってはめをはずしたあげく、バーを燃やすとか、そんな騒ぎがあるたんびに出張っていって、カタをつける。そのつど、こちらからは居丈高に報告して、向こうからは高飛車な反応が返る。ともあれ、その報告で、自分がタイタン界をちゃんと牛耳っているとわかるんだな、ステファンには。緊張感をともなう安定。そんな時期が長くつづけばつづくほど、安定を乱す意味はなくなっていくわけさ」

〈倍幅男〉はテーブルの向こうからまじまじと見つめていた。白いひだの陰になった目は周囲の影に埋もれている。

「たいしたものです。では、出口戦略をおうかがいしたい。あなたが老いて白髪になったときはどうするのです?」

「引退して南国へいくよ。サメ釣りもいいな。バーを開いて、ウィンドサーファーとでも結婚するか」

「非常に独特で興味深い答えだ。しかし、齢をとればやがてあなたが死んでしまうことをトンファミカスカは危惧しているはず。そのリスクがある以上、当人がかかえるリスクも大きくなる。それにはいい顔をしないでしょう」

「そのころには、信用しあえる関係性ができあがってるさ。相互理解も確立してるだろう。それで方程式の解も変わる」

〈倍幅男〉は両の眉を吊りあげた。

「ふうむ、なるほど。いままであなたを愚かだと思ったことはいちどもありません。が、自分が相手にしている男の性質を、悲惨なほど理解できていない可能性もあるのでは？　いま開陳された考え方が通用するのは、あなたの半生まで——せいぜいが三十年といったところでしょう。あの男にしてみれば、五年くらいの感覚でしょうか。たったそれだけの期間で、あの男があなたに信用を置くはずがない。受けた屈辱を忘れることもありえない。無理ですね、ミスター・サウンダー、あなたが引退するとき、サメとの関係は、想定とは真逆のものになる——そんな事態が懸念されてなりません」

「しかしそれは、こっちの問題だろう？」

ふたたび、なにかを考えているような間。

「あなたは覚悟の人だ。たぶん、自分の立場をより強いものにして生き延びるでしょう」

「そう思ってくれるとありがたいな」

「しかし、いずれは別系統の友人が必要になるかもしれません。その友人には、わたしが適任です。わたしであれば、ソフトランディングするための手段を用意してあげられますからね」

「ほほう?」

「そのためにも、なにはともあれ、くだんの臓器です。臓器を確保したら、トラヴィスに持っておいきなさい。それまでの保管場所には付け火でもすればよろしい。そうすれば、ステファンには臓器が燃えてしまったと報告できます」

「三十年たったら、あんたが逃げる算段をつけてくれるのかい?」

笑い声。

「それはまたずいぶんと気の長い、遠大な話だ。おそらくあなたは、そういった長期的な考え方を受け入れられる人なのでしょう。ですがわたしは、それよりもっと美味しい話を提供できます。たとえば、カネ。いかがです?」

「カネは好きだね」

「じつに妥当な好みです。その好みはわれわれも共有するものですよ。というわけで――ロディ・テビットの肝臓、肺臓、その他の臓器配達と引き替えに、大金を用意しましょう。いずれ必要が生じたら、いつでもわたしに連絡できる権利もつけてさしあげます。これは請けあいますが、あなたには、いつかかならず、そんな必要が生じるはずです」

それはそうだろうとも。臓器をトラヴィスまで運ぼうものなら――そこまで思いきったまねをしようものなら――つぶされることは目に見えている。ステファンはまず、ありとあらゆる弁護士事務所、銀行、貸金庫に手をまわす。つづいて、裏切者を探しだすため、床という床をひっぺがし、古いマットレスを片端からほじくり返す。そんな苛烈な捜索は、この街からはじまって周辺地域に広がっていき、ついには全世界におよぶだろう。最後は尻尾をつかまれて、ステファン邸の応接間に引きずりこまれ、シルクのカーペットの上でたたきつぶされて、血まみれの肉塊にされるのがオチだ。それがすんだら、ステファンは後釜の探偵に臣従の礼をとらせて、まずはカーペットを掃除させる。まちがいない。

「ぞっとしないね」と〈倍幅男〉にいった。「チェスボードにあがらされるのは遠慮する。むしろ、のんびりチェスを観戦する側にまわりたいところだ。

「一度だけなら、それも可能でしょう。しかし、二度は無理だ。あなたにはコネがある。コネが織りなすクモの巣に乗っかっている。しかしそれは、あなたのクモの巣ですか？それとも、ほかのだれかの？　わたしにはわからない。おそらく、いま聞いた身の上自体、何者かに都合がよい方向でわたしを戦いに引きずりこむための方便なのでしょう。では、クモ本体はだれか？　あなたには友人がいる。敵もいる。両者の判別はすこしむずかしいかもしれませんがね。あなたには身の丈に合わぬ自信があるし、いくぶんなりと影響力も有するという。それははったりですか？　アニメに出てくるマヌケなコヨーテよろしく、必死に走りつづけて、気がついたら足の下には地面がなかったという、あのパターン？　それとも、あなた自身が、なんらかの兵器なのですか？　そもそも、ご自分がどの陣営に与《くみ》しているのか、ほんとうにわかっているのですか？」

「陣営なんてありゃしないさ」

「いいえ、あります、何十と。たぶん、われわれの利害は一致します。あなたとわたしの利害がです。もしかすると、より深いレベルでゲームが指されているかもしれず、それはわれわれをともに破滅させてしまうものかもしれません。あなたとステファンが対立した場合、得をするのはだれか？　わたしが対立したら？　知りたいのはそこです」

「ステファンだよ、ミスター・ニュージェント。得をするのは、いつもあの男だ」

ともあれ、ここはうなずき、〈倍幅男〉の依頼を受けることにした。


ゾガーにまたも護送用の目隠し袋をかぶせられ、街なかで降ろされた。乗せられてきた車を見送ったときには、夜もとっぷりと更けて、パーティー・キッズさえもが家に帰ったあとだった。街灯を受けて黒く光って見える路面の氷は、八時間前までは水たまりだったところだ。建物の基部や縁石の縁に吹きだまった雪は固まりかけている。湖の対岸からは、薪《たきぎ》の煙と冷気がただよってきていたが、途中で風向きが変わり、なにか別種のにおい——タイヤの燃えるような、人工的な悪臭に取って代わられた。見ると、ケルセネソス半島の基部では黒煙の柱が立ち昇り、何台もの消防車が、青、赤、白のランプを閃かせながら、あちこちのがらんとした通りを疾走していく。

火元にたどりついたころには、見るべきものがほとんどなくなっていた。鎮火こそしていたが、警察署はびしょぬれで、一角は黒焦げのありさまだ。消防士たちがあたりにいる全員に煙を吸わなかったか訊いてまわっている。消防士は警察官にあれこれ指示するのが好きだが、そんな機会は年に数回しかない。

何列にも並んでいる警官たちのあいだを、だれにも顧みられることなく、亡霊のように歩いていく。フェルトンとティドボーの姿があった。看護師がふたりきており、ひとりはクリストフセン、Jの——病院にいたルーキーの——手当てをしていた。クリストフセン、Jは片腕にひどい火傷を負っていたが、あれならおそらく治る。そのとなりにいる男は、何度も何度もクリストフセン、Jに礼をいっていた。どうやら彼女、あの男を火事場から助けだしたらしい。よくがんばったもんだ。とくにだれかを探すわけでもなく、そのまま歩きつづけた。やがてグラットンに遭遇し、手招きされた。

「放火だ」グラットンはいった。「単独犯か複数犯かは不明。焼夷弾を投げこまれた」

「どこに？」

「わたしのオフィスによ」

答えたのは、グラットンの背後に現われたマスグレーブだった。マスグレーブの治療をしている救急隊員は、負傷者が歩きまわるのを心よく思っていないようだ。

「わたしはだいじょうぶ。ありがたいことにね」それから、これは救急隊員に向かって、

「わたしは医者なの」

「それでも、負傷者なんですよ」救急隊員は抵抗した。「放火騒ぎがあったあとで正常な判断ができなくなっているのかもしれませんが。とにかく、左上を見てください」

グラットンは電話をするしぐさをし、自分の腕時計をつついた。了解、あとで話そう。

マスグレーブは目とのどを覗きこまれるまで待ってから、救急隊員を追いやった。

「わたしはだいじょうぶ。それより、キャル、五分いったところにわたしの車があるの。車まで連れていって。いまは運転したくないから、家まで送ってちょうだい」

こんなに突拍子もないことをいわれては、いやも応もない。車に向かって歩きだすと、マスグレーブがもたれかかってきた。

「話しあわなきゃならないことがあるの。いますぐに」

「なにについて？」

「今夜のあなたは、どのくらい警官気質？」

「どのくらい警官気質かはよく知ってるだろう。なにが起きてる？」

マスグレーブはためいきをつき、答えた。

「オフィスを焼いたのはね、このわたし」

そのことばとともに、ふたりして建物の角をまわりこんだ。

4

以下は、自分がどれだけ警官気質かの背景になる。

ずっとむかし、警察と仕事をしだしたころ、マスグレーブとそれなりの仲といえなくもない時期があった。一時的に捨て鉢になっていて——いや、忘れてくれ。あれはアテナの最初の投与がすんで間もないころ——いろいろと自暴自棄なまねをやらかして、各方面にとんでもない友人ができたころの話だ。ふたりとも若かったし、ずっと愚かでアッかった。デートをしたことはなく、寝たこともないが、おたがい、そうなるかもしれないと思っていたし、そう思っていることを知ってもいた。

そんなある晩、マスグレーブの家に赴いた。電話で呼びだされたからだ。出かける前にシャワーを浴びなきゃならない種類のコールじゃなかったが、とにもかくにも、出かけていった。到着してみると、壁には別れたダンナの脳がへばりつき、その他の部分は廊下のカーペットに転がっていた。マスグレーブは拳銃を握りしめていて、警察には断固として連絡しようとせず、その理由もいおうとはしなかった。あとになってわかったことだが、ダンナの兄貴が別の街で警部をしていたんだそうだ。

どうしたものか考えること五秒、是非もなしと腹をくくった。マスグレーブは好きだ。かたや元夫は知らない男。そもそも、なにがあったのか知りようがない。マスグレーブが事情を話していたとしても、それは虚偽の可能性もある。たしかなのは、マスグレーブが元夫を殺したことだ。元夫が殺す気で襲ってきたので返り討ちにしたのか？　たしかめるすべはなかった。自分だけではなく、ほかのだれにもだ。陪審にも法廷にもわからない。いずれにしても、ことが公になれば、マスグレーブは確実に職を失う。

映画の中のギャングは死体を湖に投げこむが、現実世界の死体は膨満するので、的確に沈めないと浮かんできてしまう。必要なのは、帆布の袋、錘《おもり》、水深図だが、これを一気に買ってしまうと足がつきやすい。うまいぐあいに、湖の向こう岸には天然スパのホテルがあった。〈アラリック〉という名のそのホテルは、羽振りのいい弁護士どもの御用達で、連中がこっそり〝同伴者〟を連れていくようなところだ。タペニー・ブリッジ地区の若いカップルが、〝ハネムーンはあそこがいい〟と思うところでもある。メインガーデンにはインドアとアウトドアのプールがあり、林の中に建つ山荘には木製の温水浴槽も備わる。さらに、ホテルから三百メートルほど奥にいったところにはパンフレットに載っていない区画があり、そこの岩場では温泉が湧いていた。泉質は酸性泉で、はたから見るぶんにはどの露天湯も美しいが、とうてい人がそのまま入れるしろものじゃない。この温泉区画の管理者はマーロウなる男で、だれかがうっかり湯に入らないように見張るのが仕事だった。

マーロウは気心が知れている。

その晩、マスグレーブに温泉のことは話さなかったし、当人もなにも訊きはしなかった。その晩、ふたりは寝た——と、だれもが思ったことだろう。以後は疎遠になったことから、それは悪いセックスで、ふたりが寝ることはもう二度とない——とだれもが思っただろう。そして、ヘマをしたのは男のほうだろうとも。

マスグレーブの車を運転し、本人の家に到着した。マスグレーブの家の中に入ったのは、あのときの一度しかない。ダッシュボードには小さな無線キーがあったので、遠隔操作でガレージの扉をあける。車を中にすべりこませた。

庭には一対のブランコが置いてあった。マスグレーブが温めてくれたスープの缶を手に、それぞれ毛布にくるまって、ブランコにすわる。外に出たのは、屋内にはいたくない、とマスグレーブがいったからである。もしかすると、屋内に隠しカメラが仕掛けてあるのを恐れたのかもしれない。

「やっと事情を話す気になったかい？」

「黙ってて」

「おおせのままに、マスグレーブ。ここにすわってスープを飲んでるよ。ただな、いずれ打ち明けなきゃならないことなんだろう？　そのために連れてきたんじゃないのか？」

「オフィスを焼いたの。自分で」

「そういってたな。クリエイティブな選択だ。やってくれるぜ」

「ばか」

口ではそういいながらも、マスグレーブは笑みを浮かべた。ほんのかすかにだが。

ここで、〈倍幅男〉とあの肝臓のことが頭に浮かんできた。

「テビットの臓器を救えた可能性は？」

「一〇〇パーセント。証拠はすべてそろってる」

「すると……燃えてなくなったのは？」

「分析装置とネットワークにつながってないドライブ。各データはバックアップをとってあるので、問題ないわ」

「きっかけは、ロディのゲノムを走査したことか？」

「たぶん」

「そもそも、あれはだれだったんだ？」

「わからない。過去の走査記録がないから。でも、なにはともあれ、データはあるわ」

「どういう意味だ？　データって？」

「ロディは生物学者だったのね。そうでしょう？」

「ああ、そうらしい。じっさいになにを研究していたのかは知らないが」

「当人、または当人の信用するだれかが、当人の肝臓DNAにデータを格納していたのよ。基本的には、細胞中にデータ保存用のハードドライブを仕込んでいたということ。べつにむずかしいことではないけれど、だれもやりたがらない。あなただって、いやでしょう？　そんなものを体内に入れたがる人間はいないわ、秘密文書を隠す目的でもないかぎり」

「その文書には、なんと？」

「暗号化されていたの」

「オフィスを焼いたのは、ロディの肝臓にポルノのデータでも入ってたからかい？」

「ポルノのデータとは思わないわ」

「どうして」

「データ自体は暗号化されていたわよ。ただ、格納フォルダーの名称だけは暗号化されていなかったの。まるで読んでくれといわんばかりに」

マスグレーブはポケットに手をつっこみ、一枚の紙をとりだした。そこには一行だけ、大文字でこんな名称が記されていた。

〈トンファミカスカによる殺人の記録〉

なるほど、これは……。焼いてしまうのもむりはない。

「スープを飲んでしまいなさい」マスグレーブがいった。「飲んだら、さっさと帰って。わたしの車から忘れずにあなたのゴミを回収していくこと」

「ゴミ?」

マスグレーブが真剣な視線を注いできた。〝警察署からテビットの臓器を盗んできた〟。いまこのとき、この場所で、それを告白せんばかりの視線だった。

「あなたのゴミよ」

マスグレーブにくりかえされ、ブランコから押しやられた。


ドクター・ボックスは医療用の冷凍ボックスだ。滅菌ずみで、冷却用バッテリーが内蔵されているから、フルに充電してあれば――マスグレーブは念のため、ゲル状の保冷剤をいくつも入れていた――収めた臓器が冷凍《クール》状態で二十四時間は保存され、傷むことはない。

だが、このドク・ボックスにかぎっていえば、およそクールなしろものではなかった。

現時点で、半径一キロ以内にあるもっともホットなアイテム、それがこいつだ。これからしばらく、マスグレーブが盗んできた犯罪の証拠をかかえて歩きまわらなくてはならない。この証拠を湮滅《いんめつ》するためなら、ステファン・トンファミカスカは殺人をも辞さないだろう。いや、すでに殺人を犯している可能性もありうる。それも、自分自身の手で。いっぽう、〈倍幅男〉はこれを盗んでトラヴィスへ持っていけというが――いまとなっては、もはやこれにも応じられない。あいつは嘘にまみれたクソ野郎だからだ。

〈倍幅男〉がほしいのは臓器なんかじゃない。臓器に隠されたファイルにちがいない――トンファミカスカにひと泡吹かせるための。意趣返ししたい気持ちはわからなくもないが、ファイルの内容しだいでは、そうとう深刻な事態が起こる。へたをすれば戦争だ。

とにかく、いまの時点でなにより気がかりなのは、これをどう処理するかを決めるまでうろうろしているうちに、ボックスの中身が融けてしまわないかということだった。最初にすべきは、このドク・ボックスを事務所に持ち帰り、電源につなぐことだろう。

子供のころ――タイタンなどという存在がいることすら知らなかった時分、じいさまにゼンマイ仕掛けのおもちゃをもらったことがある。それは古めかしい軍服を着て行進する小さな兵隊で、両肩にはライオン使いの鞭《むち》に似ていなくもない金モールをたくさんつけたタイプだった。じいさまは記憶力も足腰も衰えた頑固じじいだったので、そんなには長い時間をいっしょに過ごしたことがないが、じいさまがうちにくるたびに、もらった兵隊を出してきては、テーブルの上を行進するのをいっしょに見まもったものだった。どちらも口をきかず、じいさまはコーヒーを飲むだけだった。だが、そのときはなにかを共有していたように思う。それを愛情と呼んでいいのかどうかは判然としない。あるいはそれは、頑固な老人と子供が共有できる、愛情にもっとも近い感情だったのかもしれない。小さな兵隊は延々と行進をつづけ、最後にはテーブルの縁から落ちる。そのたびに、じいさまはさっと片手を動かし、兵隊を受けとめる。よそ見していても、コーヒーを飲みながらでも、大きな手を敏捷に動かし、テーブルから十センチと落ちないうちに兵隊を受けとめるんだ。テーブルにもどされた兵隊は、一歩、また一歩と足を動かして、一直線に行進をつづける。だれも兵隊に命令遵守をやめさせることはできない。

ここに見られる要素は、とある想定を信じる気にさせる。その想定は、この件における見方を誘導してもいた。つまり、こういうことだ。

ロディ・テビットは科学者のピーターで、その妻はステファンに殺された。事件以来、ロディはそれを立証しようとしてきて、最近になり、告発を可能にする証拠を見つけた。ステファンはそれに気づき、ロディを殺害したが、ロディが自分自身をメッセンジャーに仕立てているとは気づかなかった。ロディの代理でステファンに苦杯を舐めさせるならば、〈倍幅男〉に肝臓を渡すだけでいい。または、この証拠をもって自分で告発してもいい。その場合、自分は国民的な英雄になるか、愚者として死ぬか、ふたつにひとつ——いや、両方だろう。もしステファンが監獄行きになったとしても——よほどのことがないかぎり、そうはならないだろうが——本人にとっては屁でもない。入所に先だって、ステファンが真っ先にするのは——いうまでもない話だが——自分が収監される施設を、所有会社ごと買収することだ。囚人がボスとなれば、刑務所側になにができよう？　たとえ刑務所内で保護する必要があるとしても——いったいなにから保護する？　いまどきの刑務所では、サイでも飼っているのか？　昼食の列に並ぶ囚人たちは、削岩機でも持っているのか？　ステファンが示す好条件に抵抗できるムショの主がいるなら、名前をあげてみてほしい。T7は監獄暮らしの意味をも変えてしまうのだ。

ステファンを引きずりおろすには、国家が総力をあげる必要がある。いや、複数の国が束になる必要がある。ステファンの意志という壁を崩すのにかかる時間は見当もつかない。だが、その瞬間を待ち望んできた人間がはなはだ多いことは想像に難くない。おそらく、適切な手順を踏めば、意志をくじくことも可能ではあるのだろう。

そんな背景に鑑《かんが》みれば、トンファミカスカに関わるすべてを憎んでいるはずの探偵は、この機にステファンもろとも帝国打倒に動くだろう——と、〈倍幅男〉には思われているかもしれない。そのいっぽうで、いや、そこまでするはずはない、むしろ、トップの首をアテナにすげ替えたがっているはずだ、と思われているかもしれない。アテナがトップに立ったとき、世界との折り合いはよくなるだろうか、それとも悪くなるだろうか。それはそんな事態になってみないとわからない。

もしや、あの探偵はこの状況でなら、すぐにアテナを頼るはずだ、と思われているかもしれない。この件に巻きこませることで、アテナを失脚させる狙いでもあるんだろうか。でなければ、この状況全体がワナとも考えられる。ロディ・テビットにはステファンを憎む別の理由があり、あの巨人を倒す唯一の手は、自分がピーターであるかのように装い、偽のファイル群をでっちあげ、ステファンに一線を越えさせて、自分を殺させることだと思ったのだろうか。そうしておけば、この世にひとりしかいないタイタン専門探偵を——ステファンに恨みを持つと思われる男を——引きずりこみ、後始末をまかせられる。

あるいは〈倍幅男〉がピーターで、なにもかも、あの男が描いた絵図の可能性もある。つまり、タイタン専門探偵を引きずりこむための。

これは特大級の〝もしも〟だが、もしもこのヤマを生き延びられたなら、こんな稼業はやめて農園でもはじめよう。政治がらみの事件は大きらいだ。嘆かわしいことに、うちにまわってくる事件の大半は政治がらみなんだが。

コーヒーがいる。頭を働かせるために。

テーブルから落ちないうちに縁を見きわめられることを、いまは切に願おう。


「おはよう、ニッキー。きょうのプードルたち、調子はどうだい」

「おまえと話すことなんかない、サウンダー、とっとと出ていってくれ」

軽くひっぱたくふりをしてみせると、ニッキーはびくっとからだを縮こまらせた。威すようなまねは気分がよくないが、時間もないことだし、相手はたちの悪いクズ野郎だ。

「なあニッキー、礼儀上、プードルを話題にはしたが、本題はそっちじゃない。これまでさんざん、便宜を図ってきてやったよな？　そろそろ貸しを返しちゃもらえないか」

ニッキーは、世間的には獣医で、厳密には獣医学者にあたるが、裏の顔も持っていて、小型犬の飼い主と性的関係を持つだけでなく、得体の知れないイヌの病気に処方する薬、これがたまたま人間にハッピーな効果を発揮する。ありていにいえば、ニッキーはゲスの極みで、獣医のくせにヤクの売人なのである。ヤク方面に関しては知ったこっちゃないが、タイタン方面の探偵業がヒマなときは、女房を寝とられて青筋を立てたダンナがたから、浮気の相手探しの依頼を受けることがある。ニッキーが手を出すのは例外なしに人妻で、タイプも決まっていた。つまり、水着同然の服の上にコートをはおり、プードルを連れ、街なかを散歩する手合いだ。そういう人妻の夫は、完璧な妻に対して、陰でこそこそ手を出す不届き者に特定の見解をいだく。だが、浮気の相手がニッキーだと判明した場合は、いつも依頼主への報告を見送ってきた。折にふれて、悪徳医者の医学的知見が必要になるからだ。

ニッキーはぶつくさいったが、これは毎度のこと。ややあって、用件を訊かれた。

「なにを知りたい」

「ドク・ボックスを持ってる。人の臓器が入ったやつだ。中身を融かしたくない」

「なんだと！　とうとう人体をばらしたのか！」

「おう、そうとも」

「おう、そうとも？　本気か？」

「おう、そうとも」

「人を殺して臓器をドク・ボックスに入れて持ち運んで、中身を融かしたくないだと？　なんのために！」

「週末まで、料理をする時間がないんだよ」

「それはぜんぶ、本気でいってるのか？」

「おう、そうとも」

「本気の本気か？」

「なに考えてんだ、ニッキー、本気のわけがないだろうが。なにが起きてるのか、事実を知りたいか？」

「二度寝していいか？」

「だめだ」

ニッキーは毒づき、診療室を歩きまわって、いくつかの引き出しからいろいろなものを取りだした。診療室内にただよっているのは、イヌの毛と除毛櫛のにおいだ。ニッキーはおもむろに、原材料パウチを五つか六つ、混合器にセットした。吐きだされてきたのは、人の頭大の真空保存袋に収まったゲル状のものだった。

「これを蒸留水で薄めて、ボックスの冷却水吸水口に入れる。よく冷える」

「わかった。蒸留水ならうちで作れる」

「買えよ、蒸留水くらい、アホか。ドラッグストアで買え。配達もしてくれる。それで、死人の臓器を保存しておきたい期間は？」

「一週間というところか」

「運がよければ、ぎりぎり持つかどうかだな。ドク・ボックスの能力は知れてるから」

「ボックスの冷凍機能が落ちてきたかどうかは、どうすればわかる?」

「いちばん臓器へのダメージがすくないのは、オレンジ色のランプが点灯することだな。つぎにましなのが、赤ランプ」

「最悪の場合は?」

「においでわかる」

「ありがたいこった」

「そんな目でおれを見るなよ。シリアルキラーのお手伝いなんか、黒歴史中の黒歴史だぞ。こんどくるときは、こんな話、なしにしろ。さ、いかがわしいブツを持ってとっとと帰れ。十時に予約が入ってるんだ、ルドゥー夫人のビションの」

「あの夫人と? こんどはなんだ?」

「仕事だよ、仕事。ビションは犬種だ」


保存袋を携え、ボックスを置いてある事務所へ向かう。途中、現金で蒸留水を買った。帰りつくと、まず建物の屋上にある機械室にあがり、主分電盤のカバーをはずして、ドク・ボックスの充電コードをダイレクトに接続する。ほどなく、満充電になった。ついで、二重にビニール袋で包み、密封処理を施して、ボックス全体を主分電盤奥の中水タンクにすっぽり沈めた。ボックスのハンドルにはコードで小さなゴムのアヒルちゃんをつないであり、水面にはこのアヒルちゃんだけが浮かんで見える状態だ。それがすむと、機械室を出て階段を降りた。あとは、ひととおりうまくできたことと、ロディ・テビットの肝臓が腐って破裂し、中水を汚染しないよう祈るのみだ。全戸に迷惑をかけては申しわけない。

事務所がある建物をあとにし、湖へ。

湖岸をぶらつきながら、ロディ・テビットが湖中に求めていたものはなんだったのかと考える。リリアンの遺体が見つかるとでも思っていたのか。冷たい湖水の中で屍蠟《しろう》化した遺体があるとでも？　ステファンがそんな素人じみた処理の仕方をすると思ったのか。それとも、ロディは湖底にだれかが隠したがっているものを見つけたのか。なんらかの違法投棄の証拠を。はたまた、そんなごたいそうなものはどこにもなくて、しょうもない研究が途中でポシャり、湖に投げ捨てただけなのか。この街のやっかいなところはそこだ。なにが現実なのか、さっぱりわからない。

見知ったキッチンカーのそばでベンチにすわり、ケルセネソス半島から対岸を眺めやる。遠いほうの対岸をだ。金属板に書かれたメニューが弱い風に煽られて揺れていた。内容は頭に入っているが、あえてメニューを見る。ここのエビフライはまずい。陸路ではるばる運んできたエビを使うからだ。湖で獲れる魚は湖の魚の味がする。冬場はどこか泥くさい。まさか、山肌づたいに流れこんでくる土にまみれているせいか？　じっさい、そのとおりかもしれない。タペニー・ブリッジの下を通って流れこむヴィダーフラス河の太い流れは、いつも濁っているからだ。もっとも街の人間は、料理目あてにこのキッチンカーを訪ねるわけではなかった。この一帯は路上呑みができる場所として便がいい。店主のリーアムは、相手がだれであろうと、昼と夜とを問わず、いつでも酒を出す。

ドナがバックギャモンをプレイするのも、決まってここだった。高齢で髪がスティールホワイトになったドナは目が見えないが、そこにつけこんで賭けゲームを挑む阿呆どもを餌食に、しじゅうカネを巻きあげている。本人いわく、においで賽《サイ》の目がわかるそうな。

いわば〈ピンボールの魔術師〉みたいなものだが、確実に勝てる点がちがう。おそらく、賽の目のオッズが頭の中にすっかり収まり、かつ盤面の状態を知りつくしているんだろう。キツネがガチョウのことを知りつくしているように。

「助言がほしい」

「ディナーに連れてってくれ」

「あんた、あんまり食わんだろうが」

「かわりに呑むんだよ、キャル。たぁっぷりとね」

たしかにそのとおり。ドナは浴びるように酒を呑む。まるで古い帆船にあいた大穴からすごい勢いで浸水してくるがごとく。

「まずは一杯奢ろう。話を聞いて、もっと呑む気になるか考えてくれ」

カネは天下の回りものだが、ここで回る金額はすくない。得られる助言の対価にしては。ドナもそれを知っている。そして、自分の価値も正確に。だから値を吊りあげようとして、二杯めは断わる。あたしゃ遠慮しとくよ。値下げ交渉が始まるのはそこからだ。ようやく折り合いがつくと、相談した件にふさわしい正味の金額から値切った分で食べものを買う。その食べものは、あとでドナの家へ送ることになる。ドナは自分の腹に収まる量を食べて、残りは階段で遊ぶ近所の子供たちに分けてしまう。なぜなら、近所の子供たちはまともに食っていないからだ。

二杯めをすするドナのそばで、紙に書きだされた案件を説明した。ロディ・テビットの肝臓中のファイルからマスグレーブが読みだした図だ。紙に描かれた枠は、クロスワード・パズルの格子か、軍艦ゲームのマスのようで、そこに文字が書きこんであった。たぶん、あんたは笑うだろうな、とドナにはいった。複雑怪奇でばかげたしろものだから。だけど、手がかりはこれしかないんだ——。ドナに助言を求めるときは、いつも文書を点字にして渡す。だが、ドナの手は震えがちで、点字の半分も読めないことが多い。今回にかぎり、口頭で読みあげたのは、そのためもある。

ドナはすこしも笑いはしなかった。かわりに、打撲を診察する医師のように、こくりとうなずいてみせた。

「こりゃあ、乱数表《マトリックス》パスワードだね」

「つまり？」

「特定のルールに則《のっと》って配列されたパスフレーズのことだよ。時間の制約を設けた方式もあるし、キーストロークのリズムが必要なものもあるがね。そういうのを〝鉄拳《フィスト》〟と呼ぶ。笑っちゃだめだよ、なによりも固くって簡単にクラックできるもんじゃないからこの名がついたんだ。マトリックス・パスワードは、憶えやすい単語だけで強固なセキュリティを実現するしろものでね」ドナはそういって、眉をひそめた。「流行りもんだわね」

「どうすれば突破できる？」

「知りたけれぱもう一杯」

三杯めを奢った。手わたすまえに、香りを味わってみた。プフリュムリ――スイス産のホワイトブランデーで、アルプス・ウォトカに似ている。のどごしは熱いが後味は甘く、さわやかだ。

「手をお放し」

そのとおりにした。

「どうすれば突破できる、ドナ？」

「力ずく《ブルートフォース》だよ」

「かかる時間は？」

「カギをかけたやつがどのくらい手をかけたかによる。あんたがいつも使ってるレベルの演算パワーじゃ……百時間から一万年のどこかだね」

「それじゃあ役にたたない」

「百時間はそんなに長くないよ、キャルや」

「百時間なら待てても、二百時間を待つ余裕はない。もっと速く処理しないと」

「ファイルはどこにあるんだい。どっかのサーバーかい？」

肝臓だよ。

「ふつうとはすこしちがうところだ」

ドナは特殊事情を聞き流した。

「隠匿というセキュリティの第一層は突破ずみなんだね。けっこう、けっこう。てことは、そこまでガチにゃ固くないってことだぁね。しっかりしまいこんであるなら、カギあけはあんまりめんどくない形にするもんだ」

「パラノイアでないかぎりはな」

「だね」

「ブツを持ってきたら、解除できるか？」

「無理」

「ドナ――」

「あんたよりか早くは無理だよ。自分でやるとなるとね――しちめんどくさい。退屈だ。解除できる人間ならほかにもいるだろ。あたしゃ興味がないよ」

「理由は？」

「あたしゃ、ぐうたらなんだよ、キャルや。ぐうたらで酒びたりで、いまの暮らしが気にいってる。何日もシラフでいるなんざぁ、ごめんだね。アルコールが抜けて、二日酔いになっちまう。シラフがあまり長びくと、せっかく考えずにいられることを考えだしちまうかもしれないだろ。断酒なんて考えだすかもしれないし。それにね、あたしがやるまでもないんだよ。カギはうんとシンプルなことばのはずだ。ひねりはきいてるかもしれない。けど、シンプルではあるはずさ。憶えられるほどシンプルで、意味のあることば。それを隠したのはだれだい？　目的は？」

「わからん」

「隠したやつは、永遠に秘めたままにしときたかったのかねえ？」

「それはないな」

「だれかの保険かい？　想定時期がくる前に洩れるのを恐れてたとか？」

「手に入れた者が引き継ぐことを期待してたと思う。不測の事態に備えて」

「だったら、予想がつきそうなもんじゃないかい？　隠す側が隠し持たせたがった人間。あんたがそんな人間になりさえすりゃいいんだ。暴きたがってる人間じゃなしに」

「その人間の見当をつけたいから、こうして相談してるんだ」

「見当がつかないんなら、運が悪かったってことさ。もう一杯、いいかい？」

「だめだ」

「あと一杯でいいんだよ？　キャルや」

「見返りは？」

「あたしの感謝さ、決まってんだろ」

結局、もう一杯、奢ってやった。奢らないと泣かれてしまう。

それを最後に事務所へもどり、ドナの家に送る食いものを発注、あとは忘れてしまった。

デスクの前にすわり、ピーターとリリアンのことを考える。

そろそろ限界か。

頃合いだ。

ヘラクリオン。それはケルセネソス半島の東岸ぞいを歩いていて目につく最大の超高層タワーだ。朝には昇る旭日を浴びて燦然と輝く。西岸では、ペルセウスに夕陽が映りこみ、これもまた人の目を楽しませる。東岸と西岸に屹立するこの二大タワーは、双子のようにそっくりの構造だが、唯一ちがうのは、ヘラクリオンの最上階にアテナのペントハウスがあることだ。そのセキュリティたるや、うちの事務所がある建物よりはるかに高い。

「彼女がさ、うちに入りこんでてな」ドアマンのケンに声をかけた。

「さようでございますか」ケンが答える。

「まるで映画の一シーンだぜ。デスクの向こうに、でんとすわってて。あれにゃ驚いた」

「さぞドラマティックだったことでございましょう」

「で、こっちも不意をついてやろうと思ったわけ」

「ご趣旨は承りました」

「文句はないだろ?」

「もちろんでございます」

「それじゃあ、最上階にあがっていいよな?」

「ご許可がおりしだい、いつでも」

このタワーには、トンファミカスカ一族の住むアパートメントが十六部屋ある。ケンに怪しまれてなけりゃいいんだが。まるっきり意識してくれてなきゃいいんだが。

そのまま、アテナの許可がおりるのを待った。


「入ってらっしゃいな、キャル」アテナは寝室にいて、片手にハイヒールを持っていた。あれはポルトガルのデザイナーにカスタムメイドさせた靴だ。極細のヒールは接地部分で急激に太くなっている。ああでもしておかないと、アテナの圧倒的体重は、遺伝子操作で強化されたハードウッドすら踏み抜いてしまいかねない。「いま、お出かけの準備中」

「邪魔するつもりはなかったんだが」

「邪魔なんかじゃないわ。入ってらっしゃい。出かけるまで四十分あるから」

アテナが着ているシルクは濃い青——深夜の一部を切りとってきたようなミッドナイト・ブルーだ。誘われはしたが寝室には入らず、リビングルームのソファに腰をおろす。

「夜会用のドレスに着替えるのはこれからよ、キャル」

「てっきり、それでいくものとばかり……」

「これはバスローブ。ばかなこといってないで、こっちにきなさい」

うながされて寝室に入り、椅子にすわった。アテナは肩ごしにこちらを見やり、

「それで？　なにがあったの？」

「とある過去の経緯を知りたい」

「前にもいったでしょ。そっち方面にはくわしくないって。訊くなら――」

「モーリスにはきらわれてる」

「モーリスはわたしに対する怒りの矛先をあなたに向けてるだけ。あなたをきらっているわけじゃないわ」

「似たようなもんだ」

アテナはワードローブからきらめくスパングルのついたドレスらしきものを取りだし、青のバスローブをベッドの上に脱ぎ捨てた。あわてて目を閉じたものの、時すでに遅し。一瞬見えたアテナの裸身が、シルエット・キャバレーの演《だ》し物となって網膜に焼きついた。すらりと長く伸びた完璧なシルエット。アテナがのどの奥で笑うのが聞こえた。なにかがアテナの肌を擦《す》る音も。

「もう見ていいわよ、キャル」

「どうだか」

目をあけはしたが、危ぶんだとおりだった。ドレスを着ているとはいえ、なんと危険な

まねをしてくれるんだ！

背中をこちらに向けて、ジッパーを上げろとうながすなんて。

かんべんしてくれ、アテナ。

ジッパーを上げてやった。アテナのからだから放たれる熱には気づかないふりをしたが、手がぎくしゃくとしか動かないし、アテナのうなじは、むかしよくジッパーを上げていたころよりずっと高い位置にある。指先がアテナの背骨に触れた。アテナはほんのすこしも動かないし、いっさい声も立てない。静寂がぎこちなさに拍車をかける。その状態のまま、しばしふたりで立ちつくした。ジッパーを持った手は目の高さでとまっている。この手はジッパーを上げるだけでなく、下げることもできる。そして、ほんのすこしでも下方向へおろせば、歯止めのきかない行為に走ってしまうことは目に見えている。

鼻をくすぐるアテナのにおい。

あとずさった。アテナがふりかえった。

「あなたには、ほんとうにがっかりだわ、キャル・サウンダー」

口ではそういいながらも、ちっともがっかりしているようには見えなかった。むしろ、生き生きとして、晴れやかにさえ見える。ウサギを見つけた猟犬のように。

「知ってるよ。なあ、モーリスにいい子にしてろって口添えしてくれるか？」

「いやよ。いったところで、いい子にしてるはずがないもの。でも、あなたがだれであれ、気にしないようにとは指示しておくわ。あなたの質問に対して、筋の通る形で、ちゃんと役にたつ詳細を答えるようにともね」

アテナはモーリスの上司だ。いつもそれを忘れてしまう。

「満足のいく答えが出てこなかったら――」

「出てくるわよ」

「モーリスが答えを知らなかった場合の話さ」

「ああ、そっち」

「モーリスが答えを知らなかった場合は、エレインと話をしなきゃならない」

アテナはためいきをついた。

「ほんとうにあなたをきらっている人の名前が出てくるとはね」

「しかたない。それに、きらわれるのも無理はないし」

「どこがよ」

「エレインはきみのおかあさんだからな。きみにちょっかいを出してると思われてる」

アテナは鼻を鳴らした。

「できるものなら、誘惑してみなさい。どんな結果になるかしら」

呑みこむひまもなく、ことばが勝手に口をついて出ていた。

「よくわかってるさ、どんな結果になるのかは」

そう、よくわかってる。鏡の国の奥で贅沢に暮らせるだろう。アテナも手に入れられる。アテナに付随して、あらゆるものも。しかし、こんなペントハウスに住むのと引き替えに、なんらかの形でステファンのために働くことにはなる。そして、遅かれ早かれ、あいつの下で働く連中と同じになり、やがてアテナのようになる。自分の中の偏屈な部分はいつも、タイタンになることのなにがそんなに不都合なんだと問いかけてくる。べつにかまわないじゃないか。だれもがタイタンになりたがってるんだから。だが、その問いかけに対する答えは決まって同じだった。どこにも不都合なんかない。自分にとっては。小さな常人に対して、いつまででも恩恵を施してやれる。自分が生きていたいと望むかぎり、永遠に。

しかしそれには、一齢のあいだなら、というただし書きがつく。二齢めでも同じことをくりかえすのはごめんだ。

ネックレスの留め金をとめてから、アテナが身をかがめ、半開きにした唇をそっと唇に押しつけてきた。といっても、これはキスじゃない。予兆だ。長く引き延ばされた一瞬、なにが起こっているかはわかっているのに、まだ現実になっていないできごとの。吐息を口の中に残して、アテナの唇は離れた。

「モーリスに話をつけておくわ。それに、ええ、エレインにもね。さ、もうお帰りなさい。あなたにいられると、覚悟が鈍っていけない」

それはおたがいさまだ。

ペントハウスをあとにした。

かかってきた電話の声は深い響きをともない、几帳面な印象を与えた。

「ミスター・サウンダー。わたしがだれだかわかりますか？」

わかる。

「ミスター・ニュージェント」

「ああ。きわめて不幸な事故がな。ミスター・サウンダー、昨晩、不幸な事故があったそうですね」

「ふと疑念をいだいたのですが。もしかすると、この件についてあなたに依頼した者は、わたしひとりではないのではありませんか」

「こいつは奇遇だ、こっちも同じ疑念をいだいていたよ。もしかすると別口に同じ依頼を出してるんじゃないかとな。そうだとしたら、傷つくね」

「ええ、たしかに。あなたがあの不幸なできごとにまったく関与していないのであれば、その方向で考えるのも当然ではあります」

「なあ、あんたのミスター・ゾガーは、あんたとおれが手を携えるのは無理だと考えてる。たがいのあいだに信頼関係がないといって」

肝臓の細胞遺伝子に書きこまれたファイルのことを訊いてやりたかったが、かりにこの男がなんらかの情報を洩らしたとしても、それもまた嘘かどうかを見分けるすべはない。俗諺《ぞくげん》にいわく、〝探偵はすでに知っていることだけ質問しろ〟。愉快な金言だが、なんの役にも立ちゃしない。

「ミスター・ゾガーはシニカルなのですよ。わたしはオプティミストでしてね。この件について、あなたに全幅の信頼を寄せた場合、わたしは失望するはめになりますか？」

「だいじょうぶだ、ミスター・ニュージェント。おおいにあんたの役にたつことはいずれわかる。ただし、そっちが疑念を口にするんなら、こっちもそうさせてもらうのが筋ってもんだろう。今回のささやかな依頼について、なにかいっておきたいことはあるかい？」

手の内を明かさずになにかを引きだすには、こういう問いかけ方がせいいっぱいだった。〈倍幅男〉はかなり長いあいだ無言でいた。どうも、ほんとうに嘘はつきたくないようだ。これは興味深い。

「あなたにいっておきたいことは、とくにありません。それに、ごくごく狭義において、あなたが知っておかねばならないこともありません。臓器はまだ存在していますか？」

「それについては、いまのところ、教えられる情報がない」

「わかりました。それでは、答えが得られたと思ったら……連絡してください」

「こちらもだ。前に訊いたことでなにか役にたちそうなことを思いだしたら――この件に関する瑣末な情報でもいい――かならず教えてくれ。どんなこまかいことでもいい」

「ええ、教えますとも。かならずね」


ひとりで晩メシを食う気分ではなかったので、街向こうのハンガリー／ゴア料理屋まで歩き、テイクアウトを注文した。その足で、ロディ・テビットのアパートメントハウスを訪ね、受付奥の部屋で警備員のジェレリンといっしょに料理を食いつつ、映画の話をした。話はやがて、愛のことに移った。ジェレリンは愛に半生を捧げてきたという。愚かな愛もたくさん経験したので、いまは愛というものにきわめて賢く向きあえるそうだ。くわしいことは伏せて、こちらからはアテナの話をした。ジェレリンはどう対処するべきか答えず、たびたびうなずきながら、つらいわね、といっただけだった。以後は四方山話にふけった。どれも他愛ない話ばかりだった。こうして、都市の暗い十一月の宵、社会人同士の友情は深まっていった。

世に正義というものがあるならば、ジェレリンはタイタン化の候補者リストに載るべき人間だ。ジェレリンのような女性たちが永遠に生きる世界は、この世界とはまるでちがうものになるだろう。

本人にそれをいうと、ジェレリンはかぶりをふった。

「みんながみんな、そういうふうに考えるのよ。でも、知ってる？　わたしはね、もしもタイタンになって若返ったら、うぬぼれが強い自己中娘になると思うの」

「そうかもしれないな。けど、ほかのタイタンとくらべたら、うぬぼれも自己中も半分になるんじゃないか？　その半分がたいせつなんだ」

ジェレリンはスプーンをふりかぶって、

「そこはこう断言すべきところでしょ、〝いいや、きみはそうはならない〟って」

「きみこそこう謙遜すべきところだろ、〝それはあなたの見こみちがいよ〟って」

ジェレリンはいっそう高くスプーンをふりあげた。

翌朝、モーリス・トンファミカスカに会いにいった。アテナがモーリスの役職をすべて奪う形になったのは、それだけ有能だからだ。モーリスは怒りっぽく、すぐに無茶苦茶をいうので、まわりからは煙たがられている。ただし、怒りっぽくて無茶苦茶をいう人間のなかにも、たちが悪いなりに有能なやつはいる。そこは押さえておいたほうがいい。

モーリスはケルセネソス半島の突端に建つトンファミカスカ・タワーにオフィスを持つ。オフィスがあるのは、他社のオフィスも入る雑居フロアの中層だが、それでも一族専用のエレベーターは使うことができる。オフィスは円形タワーの外周三分の一に面していて、オスリス湖を一望し、東のタペニー・ブリッジまでも見わたせた。それなりに価値が高く、モーリスにはもったいないオフィスだ。

一族専用の正面入口は一階にある。セキュリティチェックのため、守衛にうながされ、縦長の円筒形ブースに入らされた。屋内に入る人間は、ここで全周から走査されることになる。爆発物も銃も生物化学兵器も、このブースを通ればかならず見つかる。うわさでは、この手の設備の円形床はトラップドアになっていて、真下は爆発物処理室になっており、自爆ベストを着てきた人間はそこに落っことされ、爆発後に処理されてしまうとされるが――じつはこれはほんとうだ。さすがに使用された直後にではないものの、この下にある爆発物処理室は覗きこんだことがある。

守衛に静脈注射をされ、顔をしかめた。血管に識別マイクロチップ群を注入されたのだ。各チップは自壊式で、二十四時間たつと血中で分解するから、ビタミン注射でもされたと思っていればいい。二十四時間以内はエレベーターを使えるが、トイレを使えば発信子が作動して、監視装置のランプが点《つ》く。たとえ火事になっても、避難時に置き去りにされる心配はない。

「では、ついてきてください」

モーリスのオフィスはなにもかもがマホガニーと本革で統一されていた。室内は薄暗く、ちゃんとものを見るに足る光量がない。このオフィスに詰めているスタッフ全員が靴底の柔らかなシューズを履かされているので、室内は図書館の中のようにひっそりと静かだ。家具には毎晩、清掃クルーが人工香料入りのワックスを塗りこんでいる。デスクの上には、年代物の紙、封蠟、葉巻一式。新聞男爵トムソンか大統領みたいな服装を好み、仕立ての高級なオーダースーツを着て、サスペンダーをつけ、ジャケットの肩はサヴィル・ロウ風、前身頃はダブルで、ベント・スリットはシングルだ。壁には一本、本物の野球のバットがかけてある。あれでスタッフを撲殺でもしたら、髪をオールバックになでつけた風貌ともあいまって、まごうかたなきアル・カポネだ。ただし、巨大に膨れあがってはいるものの。肩幅も広く、身の丈が二メートル五十センチ以上はある。T7の投与を受けたのはかなり初期。当時の年齢は六十歳で、きっかけは関節炎を患ったことだという。いまでも動きがぎくしゃくとしているが、これはスーツのせいだろう。

「やあ、モーリス。元気そうでなにより」

「おまえも変わらんな。ドブの水でも出してやりたいところだが、あいにく持ち合わせがない」

「いいんだよ、勝手にやらせてもらうから」

バーにはフレッシュなオレンジジュースのジャグがあり、自分のぶんをグラスについで、あんたには酒でもついでやろうかというしぐさをしてみせたが、モーリスは鼻を鳴らした。

「なぜアテナがいまだにおまえなんかを相手にしているのか、理解に苦しむ」

「正直、同感だね。しかし、アテナはあんたのボスだろう。そのボスさまに、探偵さんの質問に答えろと命じられたんじゃないのか？」

「おまえはそう思っているらしいがな」

「こっちも好き好んであんたと話をしにきたんじゃない。ここへはな、質問しにきたんだ。訊かれることに答える気がないんなら、アテナのところに引き返して、あの野郎、ボスのいうことを聞かなくて困るんですと訴えるまでさ。そしたらアテナは、これさいわいと、あんたを何フロアか下に降格させるだろう。そのときまた質問しにきてやるよ」

「出ていけ」

「ロディ・テビットというタイタンの科学者に会ったことは？」

「ない。いかれた男だとは聞いている」

「どこで聞いた？」

「ビル・スタイルズと話をしていたときだ。おまえ、従弟《いとこ》のリチャードに不愉快な思いをさせたそうだな」

「そうはいうが、リチャードがテビットを頼ったのは、ファミリーの人間がだれも顧みてくれなかったからだぜ。それにしても、まともな医者が、よくもまあリチャードにT７を投与したもんだ」

「あれは契約で決まっていた。取引の一環だったんだ」

「まあ、ごくありふれた話じゃある。ときに、会社のタイピストのひとりで、齢が四百歳くらいの女を知ってるかい？」

モーリスが手を横にひと薙ぎした。〝その話はするな〟。

「何十年か前、ステファンが契約条件をゆるくしたことがある。テビットは将来性が豊かだったので、たがをゆるめた。ステファンは熱しやすい。そして急に冷める」

「くわしく聞こう」

「くわしいことは知らん。T７を投与されれば若返るが、サウンダー、物知りになるとはかぎらない。テビットの契約に関する詳細を知りたければ、人事にきけ」

「テビットは本名じゃないんだよ、これが」

「本名じゃない？　それはまたやっかいな」

「この会社で働きだしたときに使っていた名前もテビットじゃなかったはずだ。あの男の契約条件をそれなりに知っているなら、当時の名前も知ってるだろ？」

「残念ながら、さっきのは嘘だ。契約を知っていたような口ぶりを装っただけでしかない。管理職のたしなみだ、知らないと認めんのはな。ともあれ、テビットが何者であったかはこれっぱかりもわからん。さっきもいったように、人事ならわかる」

「ピーターとリリアンについては？」

目の奥底に、かすかな動揺が見てとれた。

「ピーターとリリアン？　だれだ、それは？」

「研究者だよ。リリアンは死亡、ピーターは失跡。うわさでは、リリアンとステファンはしばらく恋仲だったとか」

「やはりな」

「やはり恋仲だった？」

「やはりうわさでしかないということだ。うわさはいつもひとり歩きする。ステファンに関わるうわさでは、当人とだれかとのセックスがらみばかりだ」

まるで、セックスが安物の椅子の上だけでなされるような言いかたをする。

「で、実態は？」

「ステファンは手あたりしだいにセックスしまくりだったからな、百年以上ものあいだだ。そんなこまかいことまで、おれが知るはずがない。ステファンの情事をいちいち説明していたら、時間がいくらあっても足りん。一齢ぶんの時間を費やしても無理だ。そのまえに、つぎの投与期がくる」

「あんたはファミリー史の生き字引だろう。知らないはずがない」

モーリスはイルカのような笑みを浮かべてみせた。

「わかった。では、スタッフに関係ファイルを調べさせて、答えをおまえに届けさせる。可及的すみやかに」

「すみやかにというのは、あしたか、来年か？」

「しつこいやつだな。いいだろう。ロディ・テビットについては、ちょうど肉体の条件について調査しているところだ。だが、本名がわからず、入社前の経歴もわからんとなると、迅速に答えを出すのは少々むずかしい。残念ながらな。ピーターとリリアンについては、すくなくとも後者の名前はそう多いほうじゃない。全世界的に見ても、わが社で雇用したことのあるリリアンという人物は、せいぜい十人程度だろう。だが、初期の記録は大半がいまとは異なるシステムのフォーマットで記録されているから、検索は手作業で行なう。とはいえ、二週間もあればなんらかの結果を出せるはずだ。順調にいけばな」

「そんなにかかるようじゃ、アテナが――」

「この件を召しあげるというなら、むしろありがたい。アテナも友人の便宜を図るために、会社の貴重なリソースをだいなしにしたりはすまい。それは会社役員としての義務違反だ。苦情をいいに乗りこんできても、おれのオフィスの椅子を尻で磨くのがせいぜいだろうさ。その尻に、おまえはもうさわることもできん。愚昧《ぐまい》な探偵ごっこで必要にせまられるつど、何度も尻にキスをしているかもしれんがな。吠えるな、サウンダー、おまえはしょせん、愛玩犬でしかない。さあ、もう出ていけ。通りをのたくっていろ。おれは電話をかけねばならん」

「了解、モーリス。毎度毎度、ご親切な協力に感謝感激だぜ」

エレベーターに乗りこみ、階下行きのボタンを押した。

だが、エレベーターは上に上がりだした。

四十階あたりに達したところで、胃がすーっと軽くなったかと思うと、ドアが開いた。

足を踏みだした先にあったのは、狂気あふれる大聖堂のような場所だった。

ダークウッドの床はイスファハーン産のシルクでおおわれている。壁全体をおおうのは切子細工を施したスモーククリスタルだ。天井は通常のフロアよりも三倍は高い。中央のドームは壁と同じスモークガラスの一体成形だが、こちらには切子面がなく、なめらかに磨きあげられている。特注仕様なのはまちがいない。いくつも置かれた鉢は、コンパクトカーほどのサイズがあり、サクラの樹が植えられていて、枝々からは小鳥たちの、甘く、かんだかく、すずやかな鳴き声が聞こえていた。床を掘りさげたラウンジ・エリアには、中央に噴水がしつらえられ、その周囲を円形に取りまく形でソファが並ぶ。室内からでは見えないが、テラスもこの部屋に劣らず大きい。そこへ出る木製の両開きドアにほど近い巨大なデスクは、堅牢な花崗岩の巨石を削りだしたものだ。

噴水に歩いていった。彼が同じ部屋にいて、ずっと自分を見ていたことに気づくのは、いつも向こうが口を開いてからのことになる。声を聞いてはじめて存在を認識できるのは、相手があまりにも大きくて、生命ある存在として脳が処理できないせいだろう。なにしろ、ステファンの体軀は常人の倍——身の丈は四メートルに近く、それに見合う横幅があるのだから。基本体形はがっしり型で、ダンサーというよりレスラーのそれだ。四齢になって以来、その存在感は飛躍的に重みを増している。

いまのステファンは五十歳ほどに見える。褐色の肌はチロル山脈を登るクライマーや、さまよえる神という趣《おもむき》だ。顔はごつごつとして、髪は蜂蜜色。そして、異様にでかい。身につけているのは、ダークグレイのスラックスと白い開衿シャツだ。

ささやき声でさえ、ステファンの声は耳を圧迫する。暴動鎮圧に使う超低周波の帯域を含むこの声は、大きな胸から自然に発せられるものにほかならない。

「きたか、キャル」ステファン・トンファミカスカがいった。「そろそろ、わしとも話をする頃合いかと思ってな」


「なにか飲むか？」

ステファンがことばを発するたびに、バーに並べられたデカンターがビリビリと震える。あの極太の指で、デカンターのふたをはずせるんだろうか？　常人でいうなら、刺さったトゲを指の腹で抜こうとするようなものだ。

「おかまいなく」

「なにか飲め。わしも飲もうとしていたところだ」

そういって、五〇〇ccのマグを口に運んだ。なみなみとつがれた中身はウイスキーだ。あの手で持つと、マグが茹で卵スタンドに見える。

「さて、キャル……こうしてくつろいだところで、いわせてもらうが、ちかごろ、どうもおまえの愛情が薄くなったような気がしてならん。まるで、わしのことを忘れてしまったみたいではないか、わがタワーを訪ねてきながら、顔も見せようとせんとはな。それとも、忙しくて顔を見せるひまもないか？　いつもであれば、このタワーに立ち寄ったときは、真っ先に会いにくるだろう？　いまのようにな」

ステファンの声はひたすら大きい。四回におよぶT7投与は、二回が老齢で若返るため、もう二回が重傷を負って回復するためだった。最初の重傷はプライベート・サーキットでレーシングカーの事故を起こしたときで、二度めはヒットマンに狙撃され、猛獣狩りにも使える五〇五口径ギブズ弾三発を撃ちこまれたときだった。この銃弾には高密度の肋骨をへし折り、内臓にまで達するほどの威力があった。だが、現在の強靭なからだなら、同じ銃で撃たれても、屁でもないだろう。ステファンの動きぶりは、人間のそれというよりも、地殻のそれのように重々しい。筋肉がどれほど太くて強力でも、骨格がどれほど頑丈でも、その心臓は常軌を逸した巨体全体にすばやく血を巡らせるだけのパワーを欠く。五度めの投与を受けたなら、もはや身動きもままならなくなってしまいそうだ。とはいえ、いまのところはゆっくりとなら動けるし、現存する人間では世界最大の大きさだ。ステファンがしゃべると、その声の振動は周囲の者の肺に反響し、呼吸をしづらくさせる。したがって、ステファンと面と向かうときは、相手がことばを切るタイミングを選んで呼吸するように心がけている。

「呼びつけたのはロディ・テビットの件か」

「そうだ。まず、警察署の火災の話からするか、キャル。困った事態になった。とくに、わしにとってはな。おまえがタイタン殺しの調査をしていると知って、いたく驚いたぞ。しかも、殺されたのはそこいらにいるタイタンではない。ある種、はぐれ者ともいうべきタイタンではないか」

「もっと早くにここへくるべきだったかね」

「そういう契約だと思っていたのだがな、キャル」

「そのまえに、はっきりさせておきたいことがあったのさ、いろいろとな」

　ステファンは軽く笑った。ステファンの笑い声がもたらす衝撃波はじつにすさまじい。浜辺でいきなり高波に襲われたときのような、大砲を発射する瞬間に真後ろに立っていたときのような、ロックのコンサートでスピーカーの真ん前の席に当たったときのような、爆弾の爆風を死なない程度の距離で浴びたときのような――とにかく、大音響で耳だけがやられるんじゃない。全身を揺さぶられるんだ。

「つまり、ドナー提供されたタイタンの臓器が医学上の奇跡かどうか、そういったようなことか。どこかの病んだ子供のために騎士道精神あふれる空想をたくましくして、事件に関与したのではあるまいな?」

「T7を投与された者の臓器はでかい。知ってるのはその程度だよ」

「それはだれでも知っていることだろうが。その手のたわごとについては断固として対処する方針だ。タイタンの膵臓《すいぞう》で祖母のアルツハイマーが治るかもしれんだの、父親の癌が治るかもしれんだの、そんな寝言を常人が信じたとき、なにが起こるかは想像できるな?放置していれば血迷ったやからが出てきて、不運なタイタンを誘拐し、生体解剖にかけていただろう。わしの所業を声高になじる手合いも出てきただろう」

ステファンの長広舌は強烈な衝撃をもたらした。ヘビー級のボクサーが高速で連打するサンドバッグを両手で支えているかのようだ。ドスッ、ドスッ、ドスッ。ドスドスドス!

「その心配にはおよばないよ」

「では、臓器は破壊されたのだな?」

「そこはまだ保証のかぎりじゃない」

「昨今は、保証できないことがやけに多い気がするぞ?」

「気のせいさ」

ふたたび、笑い声。心から愉快そうな、ただし衝撃波は抑えぎみの。

「アテナはおまえをあきらめてはおらんぞ。たまたまモーリスの話をしていて、おまえがこのタワーにくるといわれたのだがな。いまのこの時期に、アテナがおまえと会う時間を捻出できたとは信じられん。あれはいま、北京と非常に油断ならん交渉の真っ最中なんだ。アテナがいちどきにどれほどたくさんの皿をまわせるのかには、いつも驚愕を禁じえんよ。早くあれと結婚して幸せにしてやったらどうだ。そうすれば、肩の荷をおろせると思って安堵する者がおおぜい出るぞ。いまのままでは気が重くてかなわん」

「その〝重さ〟なんだよ、問題は」

「おまえほど野望のない人間は見たことがないわい。地球じゅうで何十億という人間が、わが一族に加わりたくてうずうずしているというのに、おまえときたら、戸口にたたずむネコも同然だ。家を出ていくわけでもなし、中に入るでもなし、だいたい、なぜこんなに長く連絡してこなかった」

　これは古典的な訊問者の手法だ。話題をいきなり、問いただしたい方向へ切り替える。ただしステファンは、そこにタイタン流のひねりを加えていた。長広舌のあとに間を置き、相手に息をする余裕を与える。一度、二度。ついでステファンは肩をすくめる。やれやれ、常人めが、貧弱、貧弱。

「あの晩、聖ヘレンズの〈アトラス・スイート〉でテープカットをしただろう？」

「ん？」まるで忘れていたかのような口ぶりだ。「おお、したはずだな。くだらん雑務の一環として。わざわざ病院くんだりまで出向いて、常人のハサミでテープをカットする。まるで人形遊びをする親父だ」

ステファンは巨大な片手をかかげ、大きな五本の指を見つめた。

「すると、病院の理事会め、〝わたくしどもの業績に鑑みて、一翼を建て増してくださいませんか〟などとぬかしおる。アリ塚の拡張でもするみたいな感覚でな。式典には上玉の女医たちをそろえていた。喜んでどれかをお持ち帰りするとでも思ったのか、それとも、そうしていたであろう当時のノスタルジアを味わわせようと思ったのか——いずれにせよ、わしの反応しだいで小切手がもらえると踏んでいたのだろう」

さらに笑い声。前よりも大きい。本能的に警戒し、衝撃波を押し返そうとするように、両手を前に突きだした。ステファンはそれに気づかぬふりを装っていたが、なにしろあの大きな目玉だ、いくら隠そうとしても愉悦の光は見てとれる。

「しかしあんたは、ぐずぐずしてはいなかった。というか、さっさと立ち去った」

「わしが？」

「あんたが。電話がかかってきて、そそくさと引きあげた。緊急事態だったらしいな」

「これはしたり。するとわしは、大急ぎで市街を横切って、おまえが調査中のテビットをバットで撲殺したかもしれんわけだ」

「射殺されたことは知ってるだろう」

「知っておるとも。わしがテビットを殺したと本気で思っておるわけではあるまいな?」

「思っちゃいないよ」

ステファンが巨体をかがめだす。それにともなって、大きな吐息の音も聞こえてきた。しかし、超高密度の肉体がたわむさいに筋肉がきしむ音により、吐息の音はまたたく間にかき消されてしまった。ステファンは片ひざをつき、いっそう身をかがめて、巨大な顔をぐっと突きだし、正面から顔を覗きこんできた。人の背丈ほどもある長くて太い腕を下に伸ばし、床に片手をついて巨体を支える。その口は人の頭を丸呑みできそうなほど大きい。

「それがおまえの本音かどうかはわからんがな、キャル。そう答えるだけの如才のなさをまだ残していることがわしはうれしい。殺してはおらんよ、テビットはな。あれはわしのもとでしばらく研究者を務めていた男だ。おまえたちの時間感覚でいえば、もうずいぶんむかしのことになる。契約が切れたとき、あれにはカネを渡して好きな道に進ませた」

「テビットはあの男の名前じゃない。それも知ってるな?」

「憶えておらんな、キャル。おそらくは、T7による局所的記憶喪失だろうが——これがわれわれ古株につきものの弊害であることはおまえも知っているな?——あの男がさほど重要な人物ではなかったからかもしれん。だが、必要が生じれば、いつでも調べはついただろう。たとえば、友人の問い合わせを受けたときなどに」

「でなけりゃ、裁判所の？」

ステファンは微妙な動作ができない。そのため、筋肉の収縮により、巨大な頭をひどくゆっくりとのけぞらせた。巨大な陸ガメが苦手なものにぶつかったときのようだった。

「してやったりといわんばかりの顔だな、キャル？　やぶからぼうに、なにをいいだす」

「教えてしまったらどうだい、ステファン。どうせ調べだすことじゃないか」

「はて、おまえの役に立ってやろうという気がちっとも湧いてこん。どうやら、おまえのほうも、わしの役に立ってはくれんらしい」

「それならまた、モーリスに訊きにいくまでさ。こんどはきっちり絞めあげてやる」

「キャルよ」ステファンはおもしろがっているような口調になっていた。「おまえはわが甥の弱みをなにか握っているのか？　話してみろ、うわさ話といこうではないか。話してみるがいい。あれはいつも、どうしようもなくピリついておってな、ときどき、怪しげな手術でも受けたのではないかと心配になることがある。タペニー・ブリッジ界隈で通りの片隅に立って、一日働いた掉尾《とうび》を飾るにあたり、相手をかまわず自分を売っているのではないかとな。ああ、なんと恥ずべきことか！　だが、もしそんなことをしていたら、ある意味、敬意をいだかんでもない。それはさておき、キャルよ、モーリスはなにも知らんぞ。

もちろん、知らんことをごまかすべくあれこれと画策するだろうが、それは莫大な時間の浪費でしかない。例によって、記録フォーマットに関するたわごとをぬかしたのだろう？　タイタンの血筋に、あんな鼠輩《そはい》をまぎれこませてしまったとはなあ。なにもかも妹《ジェニーン》が悪い。ジェニーンが甘やかしすぎたからああなったのだ。時がたてば、多少はおもしろい男に化けるかと期待してもいたが、正直、あれはもういかん。強烈な特権意識にあぐらをかいたまま、枯れはてていくだろうて」

「それなら、エレインに訊こう」

ステファンの頭があまりにも敏捷に突きだされてきたので、首を支える筋肉のきしみがはっきり聞きとれたほどだった。

「あれに訊いてもむだだぞ、キャル」

「だったら、あんたが話してくれ」

「常人の指図は受けん。それは肝に銘じておけ。アテナはおまえが好きだ。だが、たとえ結婚したとしても、いっしょにいられる期間はせいぜい数十年がところだろう。おまえの寿命には限りがある。時間に磨りつぶされていく。対照的に、アテナは完璧だ。不死性を獲得している。三、四回も若返りをくりかえすころには、いまのわしを超えるタイタンになっているだろう。対するに、おまえは……そのころにはもはや遠い記憶になっている。

そのときになっても、アテナはまだおまえの写真を持ち歩いているかもしれん。しかし、あれの意識にはもう、おまえはおらん。一度くらいは、おまえとのセックスを思いだしもするだろう。あれはいいセックスだったと懐かしむかもしれん。だが、どうよかったかは思いだせん。一度くらいなら、おまえが戦ったことを思いだすだろう。それで悲しむかもしれん。しかし、戦いぶりまでは思いだせん。わしがおまえを殺せば、アテナはわしへの憤りをいだくだろう。しかし、時がたつにつれて怒りは薄れる。わしはあれの父親であり、おまえは儚《はかな》いカゲロウだ。おまえと同世代の者がみんな死んでしまっても、あれはとくに感慨を持つまいよ」

「最低のクソ野郎だな、あんた」

「わしはそう思っておらんよ、キャル。おまえとてそうだろう？」

「ピーターとリリアン。このふたりは何者だ？」

ステファンはいっぽうに頸をかしげ、薄く笑ったかに見えた。

「お伽噺《とぎばなし》さ。むろんのこと、リリアンは実在した。可愛い娘だったとも。だが、たまたまうちに同名の科学者がいたというだけで、ふたりのリリアンにはなんの関係もなかった。あとはすべて、タブロイド紙のでっちあげだ。例のごとく、真実のかけらもない。邪悪なタイタンと、幸せな結婚をぶちこわされた天才の話だよ。あることないこと、盛り放題。

あの娘については、何度かの濃密なセックスのことは憶えている。そこそこな。おかしな娘だった。わしのからだの上を這いまわるんだ、わしを神と呼びながら。プレイのために、女友だちをおおぜい呼んだりもした。悪徳はそんな愉しみをも可能にする。堕落と勝利の区別がつかん境地にあるのは愉しいものだぞ。悦楽は堕落も勝利もひとしなみに呑みこむ。しかし、ある日のこと、向こうが退屈したのか、それともわしが飽きたのか、縁が切れた。その後、あの女は幸せに暮らしたと聞く。わしはといえば――わしはといえば、あの女の顔もろくに憶えておらん。あの女を好ましく思っていたかどうかもだ。アテナもいずれ、おまえのことを忘れてしまう。そうだろう？　ま、そこは論点ではない。とにかく、早く例の臓器を見つけだせ、キャル。処分しろ。あるいは、ここのセキュリティに引きわたせ。トラヴィス・クリニックには遺憾の意を伝えておけばいい。すべてすんだら報告にこい」

「またくるさ――ほかに訊くべきことが出てきたら」

立ちあがって背を向け、エレベーターのドアに歩きだした。そのとたん、すぐ目の前にステファンの手が出現し、正面からぶつかる形になった。ガラス扉に激突したような感触。巨人にふりかえる。

「おまえには指示を与えた、キャル。その意味を理解してもらわなくてはならん。わしはおまえの善意をあてにしているのではない。おまえがやらねばならんことを命じたのだ」

「おれはあんたの駒じゃないぜ、ステファン」

「いいや、わしが指す駒だ。だれもがな。おまえが話している相手が何者か、あらためて思いださせてやろう」

またもや、あの笑い声が襲ってきた。しかも、今回のは長く、大きく、発せられたのは目と鼻の先だ。おまけにこの男、それがどれほどの威力を持つか、どれほどのダメージを与えるかを、すべて承知でやっている。眼前に顔を近づけているため、暴力的な衝撃波が立てつづけに襲ってきた。侮蔑に満ちた笑い声。ただそれだけでうしろに弾き飛ばされ、仰向けに倒れた。すぐそばに巨体をそそりたたせて、タイタンは吠えた。

「わしは**ステファン・トンファミカスカ**なるぞ！」

笑い声で暴力的なら、叫び声は凶器だ。ステファンの発する一語ごとに肋骨がたわみ、鼓動が飛ぶ。世界が静寂に沈み、目の前が真っ赤に染まった。眼球の毛細血管がぶちぶち切れていく。下を見おろす巨大な顔を見あげるうちに、世界は周辺から崩れ落ちていき、気が遠くなった。

世界がゆっくりともどってきた。香水の香りがする。ジャスミンと混じりあう、もっと華やかな香り。だれかが片目に光をあて、目の奥を覗きこんでいる。

「なんだ?」とつぶやいた。

聞きとれないノイズがそれに答え、耳を苛んだ。子供のころ、中耳炎にわずらわされたときのようだ。首をめぐらすと、ごぼごぼという音がした。さらに痛み。極端な大音響がもたらした軽度の損傷らしい。

「くそっ」

しゃべるとまた痛みが走る。じっさい、どこもかしこも痛い。が、ダメージを負ったという印象が強いわりには、それほどたちの悪い痛みかたじゃない。痛いといっても、ただ猛烈に痛いだけだ。

明かりを向けているだれかが、ふたたびしゃべった。こんどは、じっとしていろということばが聞きとれた。顔に触れる手つきはやさしい。もうしばらく、そのやさしさに身を委ねる。

「アテナか?」

「しゃべっちゃいけない、キャル」

アテナじゃない。男の声。そして、たしなめるような口調。

「そこにアテナはいるか?」

「キャル、わたしはマーカスだ。聖ヘレンズの」

マーカス。看護師の。

「ここは病院か?」

「ちがう。きみのアパートメントだ。もうひとついわせてもらうなら、きみはほんとうに馬鹿だな。格子を洗わないとどうなるか、説明したろう?」

「ケツの穴マークになりそうか?」

「現状を鑑みるに、処置しなおさずにすめば運がいいほうだ。じっとしていなさい」

じっとしていた。マーカスがパテと格子をいじりだす。口答えするだけの気力もない。

くそったれ。

「ここを押さえて」

手を伸ばす。

「きみにいったんじゃないよ、キャル」

「了解」女性の声がいった。

「ああ、華やかなジャスミン」

「これ、うわごと?」

マーカスが笑った。

「ちがうよ、ハニー。彼がいっているのはきみのことだろう。さあ、目は閉じたままでな、キャル。これから治療器具を使う」

閉じたまぶたの裏で、白みがかった紫色の熱い光がほとばしった。なかなか消えない。銃創がまたかゆくなり、熱を帯びだす。ついで、シュッという音をともない、マーカスが銃創の上からなにかの薬液を噴きつけた。

「スプレーを吸いこまないように。吸ったら何時間かはにおいがわからなくなる。すこし息をとめて、空中の薬剤が落ちつくのを待ちなさい」

息をとめた。けっこうつらい。

「もういいかな。目をあけたいか、探偵さん?」

目をあけた。マーカスは疲れきっているようで、不機嫌そうに見えた。これがこの男の常態なんだろう。ナイトテーブルの上には医療バッグが置いてあった。ベッドに仰向けになった格好で見えるのは、いつもの天井、いつもの空だ。ドアの横にはビジネススーツを着た女が立っている。スーツはオーダーメイドにちがいない。というのは、こんな独特の体形にぴったり合った既製服なんか、この街のこの時代でさえ、売ってはいないからだ。顔をしげしげと見つめて、だれだったかを思いだそうと努め、やっとのことで気がついた。

「やあ、あれ以来だな」

「ハイ、あのときぶり」〈タイタンかぶれ〉のミニじゃないか。

「彼女、ここでなにを？」マーカスにたずねた。

「さあね、キャル。ここはきみの家だ」

「あんたを呼んだのは？」

「彼女だよ」

「いったい、なにがどうなってるんだ？」

マーカスはほんとうに疲れはてたようすで見おろしていたが、そこで急に笑いだした。悪意のまったくない、気のいい笑い声。この笑い声の音なら、からだにふれても、なんのダメージもない。

「その答えはほんとうに知らないのさ。それについては、若い者同士で話しあってくれ。わたしは家に帰って、もう寝る」

「起きあがってもいいかい？」

「起きあがりたいのか？」

「いいや」

「まあ、起きられるなら起きてもいいよ、分別があるのなら」

「分別ならいつでもあるさ」

「その意味がちゃんとわかってはいない気がするんだがねえ。ところで、からだのほうは心配することはない。打ち身はあるし、吐き気もするだろうが、新たに深刻なダメージを負ってはいないよ。だいじょうぶそうなら動きまわってもいい。ただ、最初は慎重に」

「助かる」

「ああ、それと、こんど格子を抉《えぐ》りだしそうになったら、上からテープを貼っておくこと。もういちど処置をするのはごめんだからね」そこでマーカスは、しばらく目をつむった。

「ときに、キャル……悪い知らせを話してもだいじょうぶかな？」

「うん」銃創が傷痕になって残るというんだろう。それなら折り合いがつく。

「スーザン・グリーンだが……亡くなった」

「なんだって？」だいじな証人。シンガーの。

「亡くなったんだ、キャル」

「だって、状態は安定したって」気のいい女《ひと》だったのに。

「ああ。安定したが、そのあと悪化して、とうとう亡くなった」

「亡くなった？」自分の声が、マーカスのことばをくりかえすのが聞こえた。

客観的には、これが事実だとわかってはいた——こういうケースは何度も経験している——それでもなお、人が死ぬということはどうにも受け入れがたい。人間ひとりに関わるさまざまなものごとの意味が唐突に停まる一線。その一線を越えても世界は進みつづける。

ステファン・トンファミカスカが持つ権力の強大さは誇張ではない。ステファンは平然と権力を行使してこの瞬間をもたらしたんだ。たしかに、あの男の豪語は口先だけではない。

こんなときに出ることばは決まっている。それは人が死に遭遇したときにいだく思いをもっとも適切に表わすことばだからだ。

「気の毒に」

マーカスはうなずいた。

「まあ、わたしの管轄ではなかったからね」

「あんた個人はなんとも思っていないような口ぶりだな」

「そのとおりだよ」

「おたがいさまというところか」

ふたりとも、嘘つきだ。こうして心にもないことをいいあうのは、たがいの顔によぎる表情から安らぎをおぼえるためだった。

マーカスが帰り、あとにはミニだけが残った。

「あらためて、やあ」

「こっちもね、ハイ」

そこから先は、ミニが口火を切るのを待った。

「とりあえず……コーヒーかなんか飲む?」

「ああ。コーヒーか。まさにコーヒーの気分だな」

横向きになり、片手をついて起きあがると同時に、ベッドから脚をおろす。足裏が床に触れた。一連の動作で側胸部の格子がつっぱった。患部に麻酔をかけられていなかったら、激痛が走っていただろう。立ちあがり、キッチンへ歩いていく。ミニは支えてくれもせず、仔犬のようにうしろからついてくるだけだ。パーコレーターに粗挽きコーヒーの粉と水を入れ、レンジにのせた。何者かにキッチンを家探しされた形跡があったが、優秀なプロの仕事と見えて、すべてもとどおりの位置にもどしてあった。

やってくれるぜ。

ここでミニに向きなおり、たずねた。

「目のほうは?」

ミニはけげんな視線を向けてきた。心中、いろいろな考えがよぎっているようだ。

「目? ああ。もう平気。にしても、エグかったね」

「エグいまねをした憶えはないが……」

「あれでエグくないの?」

「ないな」これは本音だ。

コーヒーをついだカップを渡し、キッチンの小さなマツ材のテーブルに腰かける。

「ミニって、なんの略だ?」

ミニは目をそらして、

「タオルミーナ」

「オーケー、それじゃあ、タオルミーナ。人のアパートメントでなにをしてた?」

「事務所を訪ねてきたのよ。だれもいないんで帰ろうとしたら、あんたが帰ってきたの。その……ひどいありさまで」

そうだった。車を降りて、必死に階段を昇ってきたことは憶えている。最初の踊り場にたどりついたところで、脚の力が尽きた。吐いたろうか? 記憶にない。憶えているのは、床にへたりこみ、壁にもたれかかっていたら……だれかがきたことだ。

「聖ヘレンズの退院許可書を見たのか。それで電話して、マーカスを呼んだ、と」

「そう。よけいなお世話でなかったらいいんだけど」

「そんなことより、どうしてここにきたのか教えてくれ。あんたとは幸先のいい出会いをしていない。そんな相手が家の中に入りこんでいたんだ。しかもこっちはこのありさま。だから……なにをしにきたか教えてくれ。な?」

「取引したかったの、きたときは」

「司法取引ならおかどちがいだぞ」

「司法取引じゃないわよ」ミニは語気を強めたが、妙に弱気で、怯えてもいるようだった。

「セックスがらみの取引なら、あんたに興味はない」

「もう思い知らされたわ、おかげさまでね」

「そいつは悪かったな。全身ガタガタで気分がささくれだってるんだ。さあ、話してくれ、ミズ・デントン、なんの用できた？」

「あたしはたぶん、あんたが知りたいであろうことを知っている。それと引き替えに――頼みごとがあってね」

「つまり？」

「戦い方を教えてほしかったのよ」そういって、ミニは顔をそむけた。

「相手はだれだ？」そういえば、同じ問いをしたとき、ゾガーにたしなめられたっけ。

「あたしより大きくて、強くて、重い相手。戦うのはせまい場所」

「〝教えてほしかった〟と過去形でいうからには、この惨状を見て気が変わったな？」

「ずいぶんこっぴどくやられたみたいね、ミスター・サウンダー」

「撃たれたのさ」

「それは前んとき——〈ヴィクターズ〉にいたときでしょ」

「マーカスに聞いたのか？」

ミニはまじまじと視線を注いできた。

「マジでいってんの？　みんな知ってるよ。ヴィクターがデザートのときにセキュリティビデオの映像を流してたから。じつをいうとさ、目から口紅を洗い落としたあと、最初に見たのがそれ」

「ありがたくて涙がちょちょぎれるぜ、ヴィク」

「あんたたち、仲がいいんだか、どうなんだか。にしても、あたしら、どうしようもなく馬鹿なまねをしちゃったよね、檻の中で」

「ああ、どうしようもなかった。馬鹿なまねどころか、救いがたいクソ茶番だった」

「よねえ」

「ヴィクターに会員権を剝奪されなかっただけでも、めっけものだぞ」

「剝奪された例はないってよ、いまのところ」

これには少々驚いた。ヴィクターのやつ、どんどん過激になっているのか、それとも、高齢になってすこしタガがゆるんできたのか。そうでなければいいんだが。あのクラブは悪徳と恐怖のあいだに張ったタイトロープで、その上で綱渡りしているのがヴィクターという女だ。ちょっとでも足をすべらせたら、えらいことになる。

「あの店に通いだして、どのくらいになる？」

「数カ月ってとこかな。マックに誘われてね。ま、お商売よ」

「あんたらが仕掛けてきたアレだが……好きであんなことをしてるんなら、教えることはなにもないぞ」

ミニはまたもや弱気の表情になった。

「ちがうってば。ところでさ、その傷、だれにやられたの」

「ステファンに」と、事実を答えた。

冷え冷えとした一瞬、ミニは〝ステファンって、どこのだれ？〟といいそうになった。誓ってほんとうだ。そこでやっと、だれのことかに思いあたったらしく、

「ステファン・トンファミカスカと戦ったの？」

「戦っちゃいない」

「だって、いま――」

「目の前で笑われただけだよ、ミズ・デントン。顔の真ん前で大笑いされた。それだけで、満身創痍のこのざまだ。あんたらが目の色変えて目差す道の、どんづまりにそびえるのがあの男なのさ。この世にタイタンがいるというのはそういうことでね。エアロビで鍛えた

あんたの尻の筋肉なんざ、尻のつっぱりにもなりゃしない。いくら鍛えあげていてもな。四齢のタイタンを、〝口座に九桁の預金を持っている大男〟程度に思ってるなら、認識が甘すぎる。タイタンがみずからを指して呼ぶ〝人類から種分化した富豪種〟という呼称は、けっして政治的な暗喩なんかじゃない。純然たる事実だ」

「じゃあ、どうやっても打ち負かせないと——」

「いいや。タイタンもときどき〈ヴィクターズ〉で試合に出る。そして負けることもある。たいていは一齢だ。あんたが息の根をとめたい相手がステファンみたいなタイタンなら、潜水器具もなしに湖へ突き落とすしかないがね」

「どういうこと？」

肩をすくめて、

「二齢から上のタイタンは泳げないのさ。骨の質量と密度が高すぎて、浮かべないんだ。汚い手でもかまわんだろう？　あんたの目的は自分を売りこむことで、たたきのめすことじゃない。まじめな話、ハニートラップでタイタンをからめとる手もある」

「ステファン・トンファミカスカを相手に、試したことがあるの？」

「あー、いや、あの大将はどんなときも心をゆるさないから」

愛娘《まなむすめ》を確実な死から救ってやったときでさえそうだった。得られる信用は現状が限界だ。

そもそも、それをいうなら、なぜアテナがここにいない？　タワーでの顛末は知っているはずじゃないか。なぜアテナがここにいない？　ステファンの手がまわっているのか？

それとも、たんにアテナがきたくないだけなのか。

「で、どうなの、戦い方を教えてくれるの？」

「なにがあった？」

「マックがね、けさ白状したのよ。あんたとの対戦は人にそそのかされたものだったって。しかも、こんどは……あたしもハメられたの。あんましいい気分じゃないわ」

「その口ぶりだと、あのダンナ、前科があるみたいだな」

「よけいなお世話！」ミニは声を荒《あら》らげた。「馬鹿にした言い方しないで。いいわね？　あたしはどこにでもいけるし、だれとでもヤれるし、その気になれば家にだって帰れる。答えはイエスか〝出ていけ〟か、どっちかにして」

いやはや。

その気になれば家にだって帰れる、ときたもんだ。

「それは依頼の内容によるな、ミズ・デントン。具体的になにを教えてほしい？」

「さっきいったじゃない」

「あんたが訊いたのは〝タイタンを倒せるか〟で、それは可能だと答えた。知りたいのはそれだけか？　それとも、ろくでなしのダンナと戦うときの対策か？」

ミニはきッとひとにらみすると、くるりと背を向け、外に駆けだしていった。

戸口から目を離し、この局面でろくでなしなのは自分のほうかもしれないな、と考えた。

声をかけられたのはそのときだった。

「――お邪魔？」

戸口を見ると、外にアテナが立っていた。アテナの前では、戸口がせまく、ちっぽけに見える。きょうばかりは、アテナの造作にステファンの頬や視線の鋭さを見いださずにはいられなかった。それでもアテナはまだましだ。自分がいまでも常人の世界に属しているかのような動きをしてくれる。

駆けていくミニを見送りながら、アテナはいった。

「なに？　あのムキムキの仔ネズミちゃん」

「いかすだろ？」

「あんなのがライバルだなんていわないでよ、キャル。侮辱もいいところだわ」

「アテナ……もうくたくただし、満身創痍なのは知ってるだろう。ミニ・デントンは――依頼人でさえない。ただの情報源だ。ダンナをへこます方法を教わりたかったらしい」

「どんな経緯？　そんなことであなたの教えを請いにくるなんて？」

「こぶしで語りあったからだよ」

笑い声。雷鳴というよりも、湖畔の波音のような。

「うまい返しね」

「〈ヴィクターズ〉の鉄檻で戦ったんだ。あいつと、ダンナのマック・デントンと」

「目に口紅を塗りこんだ女？　その話は聞いてるわ。口紅プレイをダンナに使って、あの女に手心を加えていたら、あなた、殺されてたんじゃない？」

「だろうな。使う相手をまちがえてたら負けていた。ミニのほうがダンナよりもやり手だ。ヘタを打てば、性のおもちゃにされるところだった」

アテナは鼻を鳴らし、室内に入ってきた。

「死よりも悪い運命ね」

そのことばで、スーザン・グリーンのことを考えた。車に撥ねられて宙に舞い、屋根に激突したスーザン。倒れているところに撃ちこまれた銃弾、数度の銃声。

「そうでもないさ」

気がつくと、ぽろぽろと涙がこぼれていた。探偵にあるまじき情けなさだ。

アテナの長い腕に抱きしめられ、左右にそっと揺すられた。アテナの髪はなんの変哲もない、ありふれたシャンプーの香り――メロン・エッセンスとスイカズラの香りがした。いつもアテナが使っているシャンプーのにおいだ。

「ごめんね、キャル」

「きみのせいじゃないさ」

「ごめんというのは、ステファンのこと」

「あれもきみのせいじゃない。むしろ、その正反対だ。よく考えればわかる」

「ステファンは、ただ――」

「ああ、悪意なんてなかった。したいことをしただけだ。するべきことを命じただけだ。世界じゅうがステファンの意のままに動く。それについて、含むところはない」

「うそ、あるでしょ」

「そうだな、たしかに、ある」

だからといって、〈倍幅男〉に臓器を渡し、ステファンの鼻を明かしてやろうとまでは思わない――いまはまだ。なぜなら、〈倍幅男〉がどんな危険を孕んでいるのか、それによって世の人間をひれ伏せさせるつもりでいるかどうか、だれにもわかっていないからだ。どっちを向いても悪魔なら、知りあいの悪魔のほうがましというじゃないか。

そもそも、悪魔なんか関わりあいにならないのがいちばんだが、いまさらそんなことをいってもしかたがない。

「なぜ式典の開始早々に帰った？」

「え？」

アテナが小首をかしげた。そのしぐさで髪の毛が横に流れ、常人よりやや大ぶりの顔がはっきりと見えた。あいかわらず美しい。だが、変化も見られる。

「聖ヘレンズさ。〈アトラス・スイート〉のオープン式典のとき、ステファンはテープをカットした。が、式典が始まってすぐ、そそくさと帰っていった――ロディ・テビットが殺されたのとほぼ同時刻に」

「理由は訊いた？」

「はぐらかされた。あの男からはなにも聞きだせやしない」

「それはわたしも同じよ」

「ピーターとリリアンのことも訊いてみた」

「ピーターとリリアンって？」

「リリアンというのはステファンの愛人だったとされる人物だ」

「だったら、愛人だったんでしょう。いつごろ？」

「いつかだ」

「やっかいね、キャル。絞りこみにくいわ。モーリスに訊きたかったこととは、それ？」

「モーリスは知らなかった。すくなくとも、モーリスは知らんとステファンはいっていた。エレインに訊いてもむだだとも」

アテナは顔をそむけた。

「母に訊くのは、いまはむずかしいわね」

「どうむずかしいんだ？」

「だから、むずかしいのよ」

これはただごとじゃない。エレインとのやりとりがすんなりいったことはいまだかつていちどもないが、輪をかけてひどくなっただと？　アテナは両手の指をもてあそんでいる。無言でそれを見ながら、事情が明かされるのを待った。

「あの晩、ステファンが途中で帰った理由はそれ。母は手がつけられない状態だったの。モーリスには母をなだめることができなかったし、わたしには連絡がつかなかったし」

「きみはなにをしてたんだ？」

「デートよ」

「なんてこったい」

「あなたが訊いたんだからね。そのときは、しばらく連絡がつかない状態にあったから、モーリスがあわててステファンに電話したの」

「だれもかれもがステファン頼みか」

「ええ。あなたもそうでしょう」

そのとおりだ。

「ステファンはね、母に予定より早くT7を投与する必要があると見ているの。認知症の疑いですって。それも、タイタン化の副作用ではなくて、旧来の認知症」

「タイタンも認知症になるとは思わなかった」

「常人に起こることは、わたしたちにも起こるのよ、キャル。それは知ってるでしょう。わたしたちは、月をまるごと買えるほどのコストをかけて、完全治療を受けているだけ。いずれこの世界から出ていくことを夢見てね」

「どこまで出ていくつもりだ?」

その答えはちゃんと聞いたことがない。訊くのがいつも怖いからだ。

アテナが手を伸ばし、顔に触れてきた。ここは身を引いて、はっきりと答えをいわせる場面だろう。しかし、そうはしなかった。アテナの手に自分の手を重ねようとしてみて、あらためて自分の指がアテナほど長くはないことを思い知らされた。

「キャル」

「なんだい？」

「最低だったわ、その日のデート」

そのまましばし、椅子にすわりつづけ、アテナの手を顔に添えられるままになっていた。

自分が探偵であることを思いだしたのは、しばらくしてからのことだ。

「話をするよう、頼んでくれないか？」

「エレインに？」

「うん」

「働きかけてはみる」

「ステファンには知られずにできるかい？」

アテナは手を引っこめて、その手をゆっくりと左右に振った。これは賭けだ。コインの裏が出たとき、ステファンはどう出るだろう。そんなことを思いながら、アテナにいった。

「とにかく、頼んだ」

アテナはエレインのようすしだいでリリアンのことを訊いてみるけど、確約は無理ね、状況によるわと言い残し、帰っていった。アテナ去りてのちはベッドに直行し、ばたりと倒れこんだ。華やかなジャスミンの香りとアテナのシャンプーの香り、ふたつの残り香が交互に鼻をくすぐる。暗闇の中、いつのまにかどちらの香りも存在感を失い、うとうととまどろんだ。そんな状態で、ふたたびスーザン・グリーンの姿がまぶたに浮かんできた。車に撥ねられる直前の、あのときのようす――。

〝ハーポ〟。

あのときスーザンはそういったと思う。はっきりは聞きとれなかったが、あれは重要なことばだったんじゃないのか。

そうとも、重要だ――そう思った瞬間、はっと目が覚めた。

グルーチョ、ゼッポ、ハーポ。世間はマルクス兄弟を、共産主義者カール・マルクスのおかしな投影だと思いがちだが……。

部屋着の代わりにコートをはおり、事務所へいく。ここにも何者かが忍びこんだ形跡があった。キッチンほど慎重にではないが、これもプロの仕事らしい。忍びこんだ連中は、気づかれることを気にしてはいないが、急いでもいなかったようだ。探しているブツから、いま以上の手がかりを見つけられたくなかったと見える。その手がかりで、調査がさらに進むことを危惧したのだろう。

たがいにぐるぐる、堂々めぐり。

端末を起動して、ロディ・テビットの肝臓から取りだした暗号化ファイルを呼びだした。

マルクス兄弟ひとりひとりの名をパスワード入力欄に入れてみたが、どれも通らなかった。なにも劇的な展開はない。ファイルは依然として開けないままだ。

マルクス兄弟のだれかの名前で開くんじゃないか、と本気でそう思ったんだが……。

もうすこしあがいてから、アナグラム・メーカーを起動し、兄弟の名前でアナグラムを作った。

グルー、ゼッチョー、ポッポ……。

そんなぐあいだ。

じきに、オフィスチェアにすわったまま、また眠ってしまった。もういちど夢を見たとしても、起きたときにはまったく憶えていなかった。

ロディが住んでいたアパートメントハウスのロビーに立ち、エレベーターを待つ。待っているあいだ、警備員に声をかけた。

「ジェレリン？」

「なあに、ダーリン」

「ロディと古い映画の話をしたことはあるかい？　マルクス兄弟の映画とか」

「憶えがないわねえ」

だれかが六階でエレベーターを停止させたままにしている。ジェレリンの話によると、ミラー家が長い週末を過ごすため、出かける準備をしているんだそうだ。

「ミスター・ミラーは、荷物をコンパクトにできた例《ためし》がないのよ」

エレベーターの階数表示ランプはいっこうに動かない。

「ルーファスは？」

「ルーファスがなに？」

「ルーファスが犯人の可能性はあるかな？」

「どうしてそう思うの？」

毛髪コレクションのことを話した。ジェレリンは顔をしかめて、

「おぞましい」

「たしかに」

「でも、意外じゃないわ」

「犯人だと思うかい？」

「犯人ね、絶対。逮捕して」

「本気かい？」

「本気じゃなかったわよ。だけど、いまはもう本気で思うわ、犯人だったらいいのにって、

毛髪コレクションだなんて……。なんてことなの。わたしの髪も？」

「だれのものでもさ。しかし、たぶん女性の髪がお気にいりだな」

「おぞましすぎて、腹が立ってきたわ。個人的にはもちろん、全女性を代表して」

「勝手に女性の総意を代表してもいいのかい？」

「全女性を結びつける、神秘的で民主的なコネクションというものがあるのよ。それに、いまのあなたの話を聞いたら、ねえ」ぶるっと身ぶるいしてみせた。ついで、笑いながら、

「毛髪コレクションなんて、まったくもう。身の毛がよだつわ」

やっとエレベーターが降りてきた。足を踏み入れる。


ロディ・テビットのアパートメントに入り、中を見まわした。探しているのはオールド・メディアだ。光学式のディスク・ストレージでもいいし、テープでもいい。ほかには、バックアップ用のハードドライブ。DNA格納メモリーなどよりもアクセスしやすくて、毎日気軽に使えるもの。通常、この手のものを探すのは、いかがわしいコレクションか、いかがわしくはないが他人には見られたくない情報を探してのことと相場が決まっている。たとえば、安っぽいビキニのスナップ画像や、長年だいじにしてきた昔の恋人との密かなヌード画像などだ。それはときに、フェチ画像のこともある。そして、もっと胸くそ悪い

もののこともある。

隠すのに神経を使うような媒体は見つからなかったので、ふたたび例の物置部屋にいき、手がかりになる写真はないか、経歴を追えそうなものはないかと探した。イタリアからのポストカードが何枚もあった。フィレンツェの青銅のイノシシ像、ローマのヴァティカン。ぎょっとするほどエロティックな、カノーヴァ作のエロースとプシューケー像。同じく、カノーヴァ作のペルセウス像、これが三、四枚。左手では斬り落としたメドゥーサの首をかかげ、右手に異様な鉤つき剣を持った、有名な像だ。この構図はスーザン・グリーンのスケッチブックでも見たことがある。これとそっくりのポーズをとるロディのスケッチ。どうも勘ちがいをしていたらしい。よくよく思い返せば、スーザンの絵にあったポーズは、アキレウスならぬペルセウスのそれだった。そして、左手にかかげた首は、メドゥーサの首ならぬ、顎鬚《あごひげ》を生やしたゼウスの首だった。あの首はステファンを象徴していたのかもしれない。あの男の首を斬り落としたい――それはだれもが折にふれて思うことだろう。

ロディ・テビットは妻を失った、とだれもがいう。であれば、妻の形見を手元に残すと思うのがふつうだろう。しかし、人が亡くなると、あとに残された配偶者は――とりわけ、若くして相手を失い、その後はずっとひとりで長い人生を送ることになった配偶者は――往々にして、故人のことを思いださなくてもいい、または思いだしたくないとの気持ちに駆られる。未亡人の家は亡き夫の写真でいっぱいだと思うかもしれないが、多くの場合、そんなことはない。未亡人はむしろ未来に目を向けることのほうが多い。去年降った雪のように、過去のことを忘れたがる。

その後も家探しをつづけた。アートシアターで撮ったスナップ写真。よその街らしいが、どの街かはわからない。手近なイスタンブールかもしれないし、デンヴァーかもしれない。それをいうなら、両方の可能性もある。ホリデーの写真はひとまとめにされがちだからだ。友人たちの写真。集合写真。低解像度だが、顔の識別には使えるだろう。当時のロディがいまと同じ顔をしているのなら、顔識別アプリにかけて特徴点を比較してみるのもいい。ただし、技術犯罪の解決でやっかいなのはそこだった。カネがかかるのだ。労力もいるし、熱意も時間もかかる。そして、だれかが――たいていは政府が――こっちよりも優先度の高いチケットを持っている。

ほかにこれといったものはなかった。マルクス兄弟に関するものもなし。手がかりゼロ。あるいは、ここにあるものすべてが手がかりかもしれないが。ボンクラな探偵にはそれとわからないだけで。

ロディのラウンジチェアにすわりこみ、街の景観を眺めた。

〝隠す側が隠し持たせたがった人間。あんたがそんな人間になりさえすりゃいいんだ〟とドナはいった。〝暴きたがってる人間じゃなしに〟
おまえはだれだ、ロディ？
ピーターか？
別のだれかか？
この街でやりたかったこと、それはなんだ？
なぜ死んだ？
他者とどう関わっていた？
カネ。
セックス。
権力。
とどのつまりは、みな同じだ。

5

迎えの車は真っ昼間にやってきた。車体が長くて真っ黒な車だ。この時点で、ヘビー級ボクサーのジミー・〝スレッジハンマー〟・ギヴンズを相手に、トレーニング用のパッドでパンチを受けつづけてきたような状態ではあったが、それでも車に乗りこんだ。そのさい、なにより気をつけたのは、〝うぷぅ〟というあえぎ声を洩らさないようにすることだった。シートベルトはアテナに留めてもらった。あえて頼んだのは、自分で締められる状態ではなかったからだ。横から手を伸ばし、バックルを留めてもらう数秒間、アテナのからだが押しつけられて、不謹慎ながら、その感触を愉しむというそぶりを装いもした。アテナも真に受けてくれたんじゃないかと思う。必要な時間よりも一秒は長くからだを押しつけていたし、離れるときには微笑を浮かべていたので、そんな気がする。

運転手はなにもいわなかったが、なにかいいたげなのはよくわかった。

道路は蛇行しながら湖の北岸に向かっていく。やがて山麓の丘陵部分に差しかかった。

ここからは森林地帯だ。てっきりゲートと宮殿があると思っていたが、予想ははずれた。道は未舗装で、周囲には緑豊かな森が広がっている。ほどなく、小峡谷になかば突きでた格好で建つ、環境負荷の小さな木造の山荘が見えてきた。そして、その山荘の中には――エレインがいた。

エレインは、最後に見たときとくらべてさまがわりしていた。齢とって見えるし、顔も変化したように見える。とはいえ、あいかわらず美しくはあった。まるで銀幕いっぱいのアップで笑顔をふりまく映画スターだ。T7投与前は小柄だったのだろう、いまも体格は大柄という程度で収まっている。肩は幅広だが薄い。ちゃんと食べていないのだろうか。栗色の長い髪は肩よりやや下までたれている。驚いたことに、着ている服は軍の余剰品で、それも去年、ケルセネソスで流行《はや》ったミリタリー風ファッションではなく、本物だった。具体的には、真っ黒なTシャツの上にオリーブ・グリーンのジャケットをはおり、大きなポケットがついた同色のズボンといういでたちだ。足にも迷彩模様のブーツを履いている。これはミリタリー仕様ではなく、ファッション性の高いもので、足首に赤いアクセントが入っており、ソールのクッション性も高そうに見えた。

エレインはアテナを抱きしめてから、険しい顔を向けてきた。

「彼、なにをしにきたの」

「わたしが連れてきたかったのよ」アテナが答えた。

「モーリスみたいね。いつもいつも、人を追いかけまわして」

「ちがうわ、かあさま。追いかけているのはわたし。逃げまわっているのはキャル」

おいおい。

にらんでいるのか、よく見えないのか、エレインはしばし険しい視線を向けてきたが、やがて急に空をふりあおいだ。時間が引き延ばされていく。そのまま眠ってしまうのではないか、それとも、ああして顔にコケが生えるまで突っ立っている気なのか。訪ねてきたふたりについては、もう意識のうちにないらしい。アテナは待っている。その表情からは、この瞬間が訪れることへの懸念も、それが意味することへの恐怖も、いっさい見られない。だが、心中の思いは明らかだった。

エレインはくるりと背を向け、足どりも荒く屋内に入りながら、声をかけてきた。

「入りなさい」

最後に訪問したエレインの屋敷は、ここと別のものだったし、エレインもまったくの別人だった。呼ばれていったのはプール・パーティーで、エレインはヘソ周りとヒップに切れ込みの入った水着を着ていた。大きな黒のサングラスをかけた姿は、ロックスターのようでもあったし、古い映画に出てくる異星人のようでもあったことを憶えている。その場にはモーリス・トンファミカスカの姿もあった。性的な欲望まるだしで、エレインから片時も目を離さず、水着の下の肢体をマッピングし、心に焼きつけようとしているのか、プールサイドを歩きまわるエレインをねぶるように見つめていたものだった。もっとも、モーリスはエレインに手が出せない。グラマラスなエレインは、ステファンの元妻であり、タイタン特有の放埒な年月を生きぬいてきた、華やかで圧倒的人気を誇る猛者《もさ》だからだ。タイム誌に取りあげられたこともあれば、パリ・マッチ誌の表紙を飾ったことだってある。もう何年もむかしの話だが。

ふと、もしやエレイン、顔をいじったんじゃないか、と思った。ほんのちょっとだけ、それもうんとカネをかけて、いじったことを気づかれない程度に。そうでも考えないと、過去のエレインとはまるで……。いや、それはないと思いたい。

アテナが戸口にあごをしゃくった。

「入りましょう」

アテナはすこしだけ待ったが、動く気配がないと見て、肩をすくめ、先に立って屋内に入っていった。

山荘の内部は、いつか住んでみたい理想のアパートメントになっていた。すっきりしたライン、家具を置いてもせまくならない、ゆったりとしたスペース、くつろげて、しかも完璧な作り。大きな窓からは森と湖が見わたせる。暖炉は本物の薪《まき》を燃やす仕様ながら、換気扇とフィルターは巧妙に隠してあり、ぱっと見にはわからない仕組みになっていた。長い排気管は天井づたいに植物生育室へつながって、ススはそこで小さな黒いブロックに成型され、週に一度、業者が回収にくるエコ仕様らしい。室内の空気にはマツ材の燃えるにおいがただよっている。子供のころ、山地で過ごしていたときに慣れ親しんだにおいだ。また十歳にもどったかのような錯覚をおぼえた。

アテナの母親はジンのカクテルを作り、部厚い陶製のカップ三杯につぎわけた。それをトレイにのせて、裏手のバルコニーに導いていく。バルコニーからは、水しぶきをたて、湖に向かって流れゆく谷底の急流が見おろせた。ここには鳥もたくさんいるし、虫も多い。川面付近から舞いあがってくる羽虫が、アテナの髪のまわりを小うるさく飛びまわっては、手で払いのけられ、また水面にもどっていく。

「元気にしてた？」アテナがたずねた。

「元気よ、とても」

「クマはまだエサあさりにくるの？」

「ええ、だいじょうぶ」

エレインはそういって、カップのカクテルをすすった。さらに、ふたくちめはぐびりと。

「生ゴミが目あてだと聞いたんだけど」

「ちゃんと言い聞かせておいたわ。いまはもう、おたがい、理解しあっているのよ」

アテナの顔色が変わるのが見てとれた。エレインは比喩ではなく、事実を語っている。森に入っていって、ほんとうにクマたちと〝語りあって〟いるのだ。三齢のタイタンなら、そんな芸当もたやすくこなしてしまえるだろう。四齢のステファンともなれば、仔グマをあしらうも同然に、成獣の頭をなでてまわれるはずだ。さすがのエレインも、そこまでの屈強さはまだ獲得していない。彼女がクマの成獣に囲まれて立っている姿を想像してみた。クマたちの唸り声は、エレインにはことばとして聞こえているのだろう。なぜ自分たちがまだエレインを喰っていないのかと悩んだあげく、やがてついに襲いかかる瞬間がくる。アテナも同じ光景を想像しているようだ。

「いつものやりかたで？」

「ええ、いつものやりかたで」

もういちど、ぐびり。それを眺めながら、自分のカップを口に運んだ。強烈な酒だった。エレインのペースはずっと速い。たしかに大柄だが、そう極端に大きいわけでもないのに。

「こんど森に入るときは、補助として野生動物管理官を連れていってはどう？」

「ああ、あの連中」エレインは肩をすくめた。「あの連中はね、クマたちをただの動物と思っているから」

「かあさま、クマはただの動物なのよ。それも、野生動物。たしかにとても美しいけれど、大きくて危険でもあるわ」

「――彼、なにをしにきたの」

話題は唐突に、しかしごく自然に、変更された。おそらく、エレインの意識の中では、変更などではなく、明確につながっているのだろう。

「かあさまに訊きたいことがあるそうなの」

「ええ、ええ、もちろん、そうでしょうとも」

「仲介だけはする、といっておいたわ」

「わたしを差しおいて、頼みごとを認めたの？」

「認めたのは仲介まで。かならず質問に答えてくれるとまでは請けあってないわ」

「正直におっしゃい。うまいことをいって、彼、あなたのからだ目あてなんでしょう？」

アテナの表情は変わらなかったが、傷ついたことはわかった。

「とにかく……話を聞いてみてくれないかしら」

「いいでしょう。坊や。なにを訊きたいの」

「リリアンとピーターのことです」

エレインはしばし、すわったまま微動だにせず、小峡谷を眺めていた。

「あなた……なかなかいい度胸ね、それをわたしに訊くなんて」

皮肉ではなく、むしろ誉めているような口調だった。

「ふたりのことはなにも知りません。過去に殺人があった。そして、以後も起こっている。わかっているのはその程度です」

「そうでしょうとも」

「この件、あなたには訊くな、とステファンからはいわれました」

「ふふん、そうでしょうとも。あの老害じじいなら、あの名前は二度と聞きたくないはず。あの男、ピーターとリリアンをどう形容していたの？」

「リリアンはすばらしい女性だった、愛人だったが、別れたと。うわさはタブロイド紙のでっちあげで、当時会社で働いていた科学者に同名の人物がいただけのことだとも」

「なによ、ぜんぶ知ってるんじゃない」

「そうは思えませんが」

「いまあなたがいったことは、みんなほんとうよ」

「しかし、すべてではない」

「詳細を知りたいのなら、どこかにセックスのビデオがあったはず。いつでもセックスのビデオを残すのよ、あの男は」

「ステファンは愛人を殺したんですか？」

エレインは両の眉を大きく吊りあげた。

「あなたのお友だちに対する見方が変わったわ、アテナ。記憶にあるよりも、ずいぶんと興味深い人物のようね。腹黒くて、老獪《ろうかい》で」

「どうか、そのへんで。ステファンはリリアンを殺したんですか？」

長いあいだ、エレインは返事をしなかった。

「いいえ、坊や。むしろ、助けたの。助けられなくなるそのときまで」

「なにから助けたんです？」

だが、アテナの母親は目をつむり、椅子のクッションに頭をもたせかけ、ほどなくして眠ってしまった。陶器のカップが手を離れ、デッキに転げ落ちた。頑丈なので壊れないが、中身のジン・カクテルはデッキの板と板の隙間から流れだし、下の小峡谷に点在する岩にしたたり落ちていった。夜になったらクマたちがきて、あれを舐めるんだろうか。

帰りの車中では、あたかもエレインに見張られているかのように、ふたりとも用心深く距離をとってすわっていた。

　車から降りるまぎわになり、アテナにこういった。

「面倒かけたな」

「いいのよ、キャル」

「エレインはだいじょうぶ。つぎの投与であれも治って、また元どおりになるわ」

「ええ、だいじょうぶだろう」

「あまり先送りにしないほうがいいんじゃないか」

「T7はいやなんじゃなかったの」

「あれが世界におよぼす影響はいやだよ。だけど、エレインの病気できみはつらい思いをしている。そんな状況もいやなんだ。世界を元どおりにしろといわれてもできっこないが。きみはエレインを元どおりにできる。それについては、いやじゃない」

　車を降りた。アテナが手を振る。そしておたがい、別々の道へ――。


　探偵が〝ラバーシューズ〟と呼ばれるのは、足で稼ぐからだ。ケルセネソス半島に背を向け、一歩一歩、苦労しつつ歩を進めながら、南東をめざす。湖岸から離れるにつれて、家々は古くなり、通りは暗くなっていった。この都市の旧市街は内陸部にある。すっかりうらぶれているため、カネをかけてテコ入れする価値はどこにもない。旧市街では狭小のタウンハウスが格安で手に入る。カネを持った連中は、湖からこれほど遠く離れた地域、突端部の超高層タワー群からこれほど離れた場所には住みたがらないからだ。都心部での暮らしは光に包まれ、暗闇とは縁がない。湖から見て奥地のここは、旧来のオスリス市が名残をとどめ、わずかに残る旧来の住民が以前と同じ暮らしを送っている。そしてここは、かつて〈ラカルトの店〉と呼ばれたバーがあったところでもあった。

最初にこの都市へもどってきた当時、〈ラカルトの店〉は喫煙酒場だった。もっとも、いろいろな非合法ドラッグと同様、煙草を喫っても一時的に気持ちがいいだけだ。べつに若返り効果があるわけじゃない。初代店主のラカルトは脛に傷持つフランス系カナダ人で、ギャンブルに目がなく、別れた女房から逃亡中に開店。インドのジャンムーとアフリカのシエラレオネのあいだのどこかでヘタを打ち、密輸組織に追われていたが、詳細は不明、訊いたこともない。不思議なことに、教えてくれる者はだれもいなかった。いずれにせよ、ラカルトは骨腫瘍で死亡。五年前のことである。店主といっしょに〈ラカルト〉も消えてしまうかに思われたが、そこに現われ、店を引き継いだのが、ラカルトの甥っ子だった。タペニー・ブリッジではたびたび不動産ブームのきそうな気運が盛りあがる。そのうちの一回に便乗して、甥っ子は小じゃれた店へと改装。ところが、ブームは空振りにおわり、それを知った甥っ子は預金通帳を持ってとんずら、あとにはしみだらけのヌバック椅子と給料未払いの従業員だけが残った。

　そんななか、のちのち地域史の本に載るであろう革命的できごとが起こる。夜は皿洗い、昼はコックとして働いていた男、マルト・コスタンザという名前の、長髪で仏頂面の男が厨房にいた折、建設作業員の一団がエッグブランデー目あてに入店してきた。そのうちのひとりが、たまたまマルトの兄弟、マティアスだったそうだ。マルトは客にブランデーを出しつつ、兄弟に店の窮状をこぼした。じきに話は、ごうつくばりの地主やろくでなしの上司全般の罵倒大会となり、興奮したマルトとマティアスたちは、こんな店は占拠しろ、当然の権利だと気勢をあげはじめた。かくして、小じゃれてはいるが、ちっぽけで経営も破綻したこの昼飲み酒場は、資本主義が絶えて渡れぬルビコン河と化す。

　当初はただ店を占拠しただけだった。最初は抗議の意思表示でしかなかった。しかし、不法占拠は百日におよび、やがて占拠者の家族も集団で合流してきて、ついに甥っ子から店舗を買いとるにいたる。そののち、マルト・コスタンザは長髪を短く切り、両腕に赤いバンダナを巻き、〈ラカルト自由の家・労働者ホステル〉の経営者に収まった。いまや、ドアからは濃密な紫煙が道路にあふれ、毎土曜夜の閉店時には〈インターナショナル〉が合唱されるありさまだ。〈ラカルト〉の二階では、半径五千キロ以内のいかなる場所より

——大学すらも含めて——えげつないコミュニスト式セックスがくりひろげられている。

階下の状況も多少は知っているが、それをいとう気持ちはない。ときどき世界じゅうがまるごと犯罪現場だとでも思わないと、私立探偵なんて仕事は務まらない。それに、以前、離婚前提の浮気調査を受けたことがあって——タイタンがやらかしたとき以外にも仕事をしないと、食っていけない道理だ——浮気男を街じゅう尾行したあと、その男が白状していうには、そうだよ、たしかに〈ラカルト〉でよく寝泊まりしてる女と寝たとも、ただし一度だけだ、なにしろあの女、タトゥーを入れててな、それがウラディーミル・イリイチ・レーニンの顔なんだぜ、いたしているあいだじゅう、あの女が動くたびに、レーニンにウインクされてみろよ——。

とはいえ、オスリス湖の湖岸でマルクス兄弟ネタを探すとしたら、バーの壁にマルトとマティアスの写真が飾られ、ビールまで赤く染まった〈ラカルト〉を訪ねるにしくはない。

通りをはさんで店の向かいにたたずむこと、約一分。街灯の下では、どこかの若い娘がアクロバティックダンス《トリッキング》のバク転を練習中で、そのようすをボーイフレンドが撮っていた。三歩走って壁をけり、宙返りしてきれいに着地、そのくりかえし。ときどきひねりを入れ、金網フェンスにそって回転し、ダンサーのように着地することもある。

そこではっと、自分がカメラの画角に入っていることに気がついた。

これまで、空を飛ぶ鳥を気にもとめないのと同様、通行人には気をとめずにきたが――そのなかのどれだけが〈倍幅男〉の手先なのだろう。どこまで行動を把握されている？　どの程度までこまかく見張られている？


ドアマンの前に立った。じろじろと全身を見られたあげく、あたかも合言葉のように、いかにも急進的社会主義めいたことばを投げかけられた。じっさい、合言葉なんだろう。

「〝なにをなすべきか？〟」レーニンの本の題名だ。

「そうだな、手はじめに、ベルンシュタイン《バーンスタイン》の修正社会主義あたりかね」

ドアマンは笑って、

「ベルンシュタイン《バーンスタイン》は好物だ」

「引っかけか？　じつは作曲家《バーンスタイン》のほうだというオチ？　『ウエスト・サイド物語』の」

ドアマンは一瞬、顔をしかめた。

「ちょっと待った――」

「冗談だ。ただ、正直、親玉に会うまで、いちいち主義問答をさせられるのはダルい」

ドアマンはこぶしを突きだし、こちらのこぶしをこづくと、

「わかった、通れ」といって、ドアをあけた。

屋内は本物の紫煙でけぶっていた。肺癌と肺気腫の注意喚起をする警告文のとなりには〝デタラメ〟の殴り書き。法律上、どんな職場でも、喫煙はご法度だ。とはいえ、ここにたむろする連中が違法喫煙を警察にたれこむはずはなく、警察は警察で、健康保持違反で〈ラカルト〉にガサ入れする気もさらさらない。そんなことをしても面倒なだけだからだ。ここで売る煙草は、郊外の温室で自家栽培しているしろもので、摘み手は時給の代わりに、末端価格の割引値段で現物を支給されている。常連客のほとんどは使い捨ての白い素焼きパイプで喫煙しており、店内のようすはヒッピーを描いたオランダ印象派の絵画のようだ。

カウンターに歩みより、カレドニアンのレッド・エールを注文した。これはほんとうに真っ赤なエールだ。チェリー色とはまたちがって、赤いというほかに形容しようがない。味は上等、きりっとして大地の豊穣さを感じさせる。エールをついだバーテンの女は黒い眼帯をはめており、頬にはひとすじ、傷痕が走っていた。

「はじめて見る顔だね」女がいった。「あたし、トニー」

「キャルだ」

「越してきたばっか？」

「しばらくよそをまわってた。スカンピンで、一杯やるカネもなくてな」

女は笑った。

「んじゃ、革命バンザイ」

しばし無言で飲んだ。カウンターの端の席には男がすわり、本を読んでいる。娯楽本というよりは政治の本という雰囲気だ。テーブルの二脚では、客たちがまわりを見もせずに話しこんでいた。

やおら、トニーに合図し、パンを注文した。出てきたのはロシア式のライ麦黒パンで、オイルとピクルスに、少量のウォトカが添えてあった。

「だれかと友だちになりたい？」トニーがたずねた。

「正直、声をかける相手が見つからない。兄弟のどっちか、そこらにいるかい？」

トニーは警戒心もあらわな顔になった。

「なにさ？　クレーム？」

「いいや。だれも怒らせる気はないよ。兄弟のどちらかにあいさつをしておくのが筋だと思ってね。兄弟に用があるんだ、トニー、だけど、内容はきみにはいえない。いえるのは、それがこの店に関することで――話を聞ければおおいに助かる、ということくらいかな。それでもダメなら、ライ麦パンを食ってすごすごと引きあげるよ」

「前に話したこと、あんの？」

「以前、兄弟に嫌疑がかかったことがあってね。そのとき、力になった者だ」あれはこの仕事でいちばんあっさり解決した事件だった。行方不明の人間が、じつは酔っぱらって、屋根の上で寝ていたというオチ。「キャル・サウンダーという」

「訊いたげる」

トニーは奥の部屋に引っこみ、店の電話を使った。おりしも、カウンターの端にすわる男がためいきをついてページをめくり、さっきの見当は大はずれだったことがわかった。それは政治の本ではなく、詩集だったのだ。

マルトはデスクを持たない。デスクは下劣な資本主義者が使うものだからだ。かわりに使っている架脚《トレッスル》テーブルは、事務仕事のリアル紙でおおわれていた。

「いまはもう、そんな仕事は機械まかせだぜ」紙を指さして、マルトにいった。

「ああ、世間ではな」マルトはうなずいた。「しかし、労働のオートメーション化とは、人間性を奪うための陰謀にほかならない。労働こそは人の本質だ。いくら退屈な仕事でも、機械まかせにするのは、時間節約の代償に人間性を捨てることではないかね」

「ごもっともで」

「さて、なんの用だ、キャル・サウンダー」

「こんな用だよ、よく聞いてくれ。ここへは娯しみにきたんじゃない。いろいろ訊きたいことがあってきた。ただ、たずねる内容がばかばかしく聞こえるかもしれない。だから、からかいにきたと思われないよう、先にいっておく」

「からかって喜ぶ人間という印象はないがな」

マルトはスキッフル・バンドのベーシストみたいな服装を好み、聖職者めいた話し方をする。そのマルトに向かって、語をついだ。

「探偵としての立ち位置は知ってるよな」

「緩衝材だろう。タイタンの視点からすれば、きみは大衆に自分の隷属度を気づかせないための防波堤だ。おかげでタイタンは、おのが利益確保のために政治経済の両面で強権をふるわずにすむ。とりわけ、利益が法律とぶつかる界隈でな。そのいっぽうで……きみは常人の防波堤でもある。隷属状態がもたらす不利から可能なかぎり保護してやるための。要するに、きみの立ち位置は両方にいい顔をするもの、ということに尽きる。それでいて、まるっきり阿呆というわけでもないように見受ける」

「星五つのレビューだね。立ち位置の分析としては」

マルトはのどの奥で笑った。

「ばかげた質問というのはなんだ」

「あんたとマティアスのことをマルクス兄弟みたいだといったやつはいるか？」

マルトの両眉が吊りあがった。

「たしかに、いる。それはまちがいない。しかし、なにをいいたかったのかはさっぱりだ。意味がわからない」

「意味は不明だった、と。わかったのは——」

「グルーチョに、ゼッポに——」

「それそれ」

「名前しかわからなかった」

「ロディ・テビットという、長身、細身、ナードのタイタンに会ったことは？」

「タイタンに面識はない」

「ロディ・テビットは一種の隠者で、博士号持ち。大学で教えていた。その男が死んだ。どうやらマルクス兄弟に興味を持っていたらしい。それが鍵かもしれない」

「うちにくる手合いではなさそうだな。その男、長身で細身といったか？」

「ああ。おそろしくのっぽだが、横幅はない。といって、ガリガリでもない」

マルトはかぶりをふった。

「店の者に訊いてはみるが、タイタンがここに？　もしもきているのを見たなら、判断に苦しんだろう。われらが立場の道徳的正当性に、天敵さえもが納得したということだから。それとも、たんにビールを飲みにきただけか。真相はわからんが。気持ちはわかるな？」

よくわかる。

「以前のわれわれは、タイタンの悪事に関する記事を好んでいた。地下出版《サミズダート》に掲載して、何度も断罪宣言をしたものさ。われわれは制度が孕《はら》む不正に人民の目を向けさせたかった。きみが波乱を静めるのに対して、われわれは波風を立てる方向で動いていたんだ。しかし、その手の断罪ではもう火の手があがらない。だれも気にしてはいないというわけではない。たんにみんな疲れてしまったんだよ。何度も何度も似たような記事を読まされてみたまえ。ステファン・トンファミカスカがどれだけ裕福か、タイタン・マネーでいかにたくさんの病院や学校が買われているか。気づいたときには、世界はもうタイタンの掌《たなごころ》の上――。いまのわれわれがほしいのは、元気の出るネタだ。われわれの前途の明るさ、われわれの生き方がいかに自然であるか、それを裏づける記事だ。断罪するよりも時間はかかるし、気勢もあがらない。が、そのほうがうまくいく。効果はすこしずつあがってきている」

そうは思わないが、そこはどうでもいい。

「時間を割いてくれて助かった、ミスター・コスタンザ」

「この店、気にいったか？」そういって、マルトは店内に手をひとふりした。

「なかなかいいね」

「ときどき顔を見せてくれ。友人を連れて」

「その友人が、たまたまアテナ・トンファミカスカだったらどうする？」

「すわるとき、ごく慎重に腰をおろしてもらわなくては困る。特別に頑丈な椅子の用意はないんでな」そこでもういちど、のどの奥で笑った。「ドアに大書しておこう。〝歓迎・キャル・サウンダー〟。ここのほうが〈ヴィクターズ〉よりもずっとくつろげるぞ」

「それはどうかな」

見送ろうとして、マルトが歩きだした。マルトの口にしたことばが頭に浮かんだのは、まさにこのときだった。〝タイタンの悪事に関する記事〟。ついで、エレインのことば。ステファンはリリアンを〝助けたの〟。

「なあ、コスタンザ」

たたけよ、さらば与えられん。

「なんだね？」

「ピーターとリリアンとは何者だ？」

マルトは向きなおり、もどってきて椅子に腰を落とすと、

「ゴースト・ストーリーだよ」と答えた。

　むかしむかし――と、マルト・コスタンザは語りはじめた――それはそれはきれいな、絶世の美女がいた。結婚した相手は常人だった。妻は聡明、夫は勤勉。ふたりの仕事先はタイタン経営の会社。

「なにしろ、この街でひと旗あげようと思えば、それしか道がない」とマルトはいった。「成功したいなら――とんでもない金持ちをめざすなら――第一歩はＴ７の投与を受けることだ。そうだろう？　だから、どんな会社のボスも、最終的にはタイタンに成りあがる。そしてどんなボスも、不死性はステファン・トンファミカスカの腹ひとつで決まる」

「つねに胴元のひとり勝ち、と」

「胴元は勝つ必要さえないんだ。そもそも博打が成立しない。すべて胴元が手元に握っているんだから。賭けるカネも、呼吸する空気も、なにもかもだ。ルーレットをまわそうとまわすまいと、結果はなんのちがいもない――そんな伝説まである」

　夢も希望もあったもんじゃないな。

　そんなわけで、リリアンとピーターはタイタンの会社で働いた。しかしそれは破滅への第一歩でもあった。問題の根源は、リリアンのほうが飛び抜けて優秀だったことにある。研究の駆動エンジンであるリリアンのかたわらに立ち、ピーターも懸命に働いた。そしてリリアンのことを、誇りに——心から誇りに思っていた。

そんなおり、リリアンがステファン・トンファミカスカに出会ってしまう。

「ふたりとも、ものに取り憑かれたみたいだったそうだ」マルトはつづけた。「たちまち恋に落ちたという。干し草に火がついたように、それはもうまたたく間に。ピーターにはいやも応もない。いままで夫でいたのに、あくる日にはリリアンの人生から閉めだされてしまったんだ。ピーターは逆上した。その時点ですこしおかしくなっていたかもしれない。そして、トンファミカスカを殺そうとした」

「どうやって？」

「ヒットマンを雇ったのさ。襲撃は成果をあげて、トンファミカスカは重傷を負わされた。予定よりも早くT7を再投与する必要に迫られたのは、そのためだそうだ」

「その部分は知ってる」

「そうだろう。それはみんな知っている。しかし、問題なのはこの成果が生んだ妄執だな。トンファミカスカは投与により、さらに巨大化した。それを見たピーターは、同じ犯行をくりかえせば、恋敵を人間の範疇から閉めだせるのではないかと思案した。何度も何度も重傷を負わせ、巨大化をくりかえさせれば、生きていけないのではないか、すくなくとも、人間社会で機能しなくなるのではないかとな」

「たしかに、そう考える連中はおおぜいいる。じっさいには、投与をくりかえすたびに、ダメージを与える難度がますます増していくんだが、そこには思いもおよばないらしい」

「常人はつねに革命の複雑さを過小評価する。身体革命についてもまたしかり。それでも人は高い難度を乗り越えようとする。ピーターもそうだった。また襲撃したんだ」

「で、失敗したと」

「いやいや、どうして。これがまた成功したのさ。今回用いたのはライフルだ。約一キロ離れた場所から狙撃した。もっと離れていたかもしれない。初弾ははずしたが、二発めはみごとに命中した。まさに金的を射とめたわけだ。神の手の所業だよ」

「社会主義者が神を讃えるとは思わなかった」

「神も社会主義者だぞ。一八四八年、カール・マルクスは神に社会主義を説いた。以来、ずっと、神は社会主義者のままでいる」

「初耳だね」

「ともあれ、リリアンは現場にいて、自身が狙撃の痛みを味わった。まさかそんな結果になるなど、どうしてリリアンにわかるはずがあろう。神はロマンティストでもあるんだな。なんとリリアンは弾道に立ってしまったんだ。じっさいには、ステファンに抱きつこうとしただけかもしれないし、常人の力で引っぱっただけかもしれない。しかし、リリアンのいうことをなんでも聞いてやっていたステファンは、ひょいと頭を下げた。それがどんな結果を招くか知っていたら、けっしてそんなまねなどしなかっただろうがね。銃弾は……リリアンに命中した。ステファンにではなく。衝撃はすさまじいものだった。なにしろ、タイタン・キングを殺すために選ばれた銃と弾だ。リリアンは一瞬にして片腕を失った。肩からもがれたという感じだな。血が噴出して、それはもうすさまじい惨状だったという。その光景を、ピーターはスコープごしに見ていた。リリアンの悲惨な表情もだ。そして、自分がしでかしたことにひどく動揺した。第三弾を撃てたのに、そうしなかったことでもそれとわかる。すさまじい痛恨の念と自己嫌悪に身を焦がし、そのまま行方をくらましたピーターは、ゆえに、その後の顛末を把握していない」

「リリアンは死ななかったんだな」

「そのとおり！　まさにそのとおりだ。当然、トンファミカスカはリリアンの命を助けた。ピーターに撃たれた結果、リリアンはタイタンになったんだ。こうしてリリアンは永遠にピーターの手がとどかぬ存在となった。ピーターは夜の闇に逃げた。トンファミカスカでさえも見つけられない、闇の奥へ。これでは始末をつけようがない。タイタン・キングの怒りは、とてつもなく根深くて激烈きわまりないものだったとか。だが、雷《いかずち》といえども、どこにいるかわからない相手を打ちすえることはできない」

「その後、リリアンはどうなった？　ステファンに飽きられたのか？　飽きられたことで、ステファンの本性に気づいたのか？」

「アルゼンチンの牧場主と結婚したそうな。たまたま話し相手をほしがっていた老人とな。相手が不死であることなど、老人は気にもしなかった。自分の牧童《ガウチョ》たちを愛してくれて、月影の下でいっしょに踊って、孤独から救ってくれさえすれば、それで満足だったんだ。ブルジョア的ヘテロ家父長制における一夫一婦主義の、平和的適用ではある」

「ピーターは？」

「ピーターはみずから命を絶ち、オスリス湖の底に沈んだという。まさに人間的悲劇だよ、そうだろう？　自分の専門分野での研究をあきらめて殺されかけた、聡明な女性科学者。献身的だったが怪物になり、軽蔑される身になった夫。いっそう自分らしさを強めた怪物。これこそタイタン化の縮図だ、ミスター・サウンダー。タイタンの足の下で、世界という絨緞は磨《す》りきれていき、価値あるものは裂け目に流れこんで排出されてしまい、残るのはタイタンだけ。そしてわれわれは——良き者の汚れた残滓《ざんし》は——タイタンの焰《ほのお》で焼かれるばかり」

「タイタンがいなくたって、常人同士で同じことをしていたんじゃないか？」

アテナの考え方が、ひとりでに口をついて出た。

「なるほどな。きみはそんな状態も、現状と同じくらい悪いことだと信じているわけだ。わたしはそんな状態になれれば奇跡だと信じている。おそらく、両方ともまちがっていて、正解はそのあいだのどこかにあるんだろう。それでも、現状よりはましだと思うがね」

「ためにする結論、という気がするんだがな」

「いかにも。わたしはプロパガンディストであって、きみのお守りではないんだよ」


疲れるのが早い。超低周波によるダメージはそういう性質のものらしい。これはたぶん、ビールのせいもあるだろう。いまだにロディのファイルを開く鍵は見つからず、ピーター事件の全貌も裏がとれていない状況だ。あの話、ムード・ミュージックとしてはたいしたものだが、どこまでが事実かはだれにもわからないし、わかっていても、だれも話してはくれない。じっさい、一から十まで、あのとおりのことが起こったのかもしれないが……たんなる妄想の可能性もある。そろそろ真相を見つけなくては。

事務所にもどり、電話をかけた。

「やあ、フェルトン」

「あっ、なんだおまえ、サウンダーか」

「よくわかったな」

「なんの用だ、サウンダー。警察官には仕事があるんだぞ」

「あのルーキー、いまどうしてるかわかるかい？」

「おまえと仲よしのクリストフセンなら、内勤の巡査部長コースまっしぐらだ」

「なぜ内勤に？」

「火傷だよ。火事のとき、英雄的な働きをしたんでな」

「英雄的だから、警察でいちばんつまらない仕事にまわされたのか？」

「これであいつも死なずにすむ方法を勉強するさ。だよな、クリストフセン？　死なずにすむ方法を勉強中だよな、おまえ」

電話の向こうで、よく聞きとれない声がなにかを答えた。クリストフセンの声だ。

「お外にいきたいとさ。サウンダー。海兵隊かなにかに入りたいと思ってるのかどうかは、おれにはわからん」

「彼女に用があるんだが」

「おまえんとこにいって、おまえの頼みを聞いてやれとは、おれにはいえんよ」

「過去の資料を掘り返して、ステファン・トンファミカスカの身辺で死亡した女、または重傷を負った女のリストがほしい。あの男の下で働いていて、行方不明になった女もだ。Ｔ７プロジェクトで研究している既婚の科学者については、妻か夫、あるいは両方ともが失跡している場合、その全員をひとり残らず。時期は遡《さかのぼ》って——いや、とにかくわかるかぎり、全員をリストアップしてほしい。複数の資料があれば、資料同士もつきあわせて、クロスチェックを頼みたい」

「全員って、とんでもない件数だぞ、サウンダー」

「そのためにコンピュータがあるんだろう、フェルトン刑事」

「システムでそんな検索をかけてみろ、とたんにケルセネソスで警報が鳴りだすぞ」

「いまさらなにを！　職務遂行にビビってどうする、フェルトン。なにをしても、どうせだれかに気づかれる」

「おまえは愉快かもしれんが、サウンダー、お山のてっぺんからひとにらみされたらな、警察がどんな騒ぎになると思ってるんだ」

「警察はちゃんとやれてるか？」

「あの火事のあとでか？　なんとかやってる。あの件の手がかりでもつかんだか？」

「こっちのヤマだと思ってるんだな？」

「突拍子もない事件が起きたと思ったら、同じ週にもう一件だぞ。ああ、これはそっちのヤマだと思ってる。おまえだってそうだろ？　手がかりを見つけたのか？」

手がかりもなにも、真相は正確に知ってるんだ。くそったれ。

「放火の線で、二、三、たぐってみたが、フェルトン、どれもシロだった」

「ひとつおもしろいことを教えてやろう。聞きたいか？　あれはプロの仕事じゃなかった。明らかに、素人による放火だった」

「ふうん、素人。だったら、どこかの探偵のしわざかもしれないな」

「そのとおりだよ。おまえにアリバイがあれば別だがな」

「アリバイ？」

「なかったという気か？」

放火があったときは、街の反対側で都市伝説と会っていた。表にはほとんど出ないが、犯罪組織と強固に結びついた顔役と。すくなくとも、当人はそういっていた。そのときに依頼されたのは、臓器を確保したあと、付け火騒ぎでも起こして、証拠が燃えてしまったことにしろというものだった。その証拠は手元にある。冷凍ボックスに入れて、事務所の建物に隠してある。

しかし、警察はもう事務所を家探ししたはずだ。それともあれは警察以外のしわざか？

「あのときは、ギターのコレクションを磨いていたな。で、どうなんだ、内勤ルーキーにさっきの仕事を頼みたいが、文句があるのか？」

「おうよ、文句ならおおありだ。クリストフセン、こっちにこい。サウンダーのやつがな、頼みごとがあるそうだ。聞くだけ聞いたら、ボケカスラッパといって切ってやれ」

頼みごとを最初からくりかえした。クリストフセンはボケカスラッパなどとはいわず、ただちに取りかかりますといってくれた。

「なにかわかるたびに、そのつどお伝えしますか？　それとも、まとめて？」

「どのくらいかかりそうかな」

クリストフセンの困ったような声で、期間の想像はついた。いまから夏までのあいだのどこかだ。

「まったく、この街じゃあ、なにひとつ満足に運びやしない」

「それはわたしのせいじゃありません、ミスター・サウンダー」

「すまない、それはわかってる。助かるよ、クリストフセン巡査」

フェルトンが電話口にもどってきた。

「うちのルーキーにちゃんと謝ったか？」

「謝った」

「あまり無茶をいってやるなよ。走り高跳びのバーをめいっぱい高くされたら、だれにも跳べなくなっちまうんだからな」

こんどはミニ・デントンに電話した。うしろめたかったからだ。応答がなかったので、助力が必要なら協力する旨、メッセージを残した。一日あたりの依頼料も伝えておいた。

つぎはアテナに電話した。ただ声を聞きたかったからだが、アテナも電話に出なかった。

しばしそのままますわりつづける。ようやく脚の疼きが収まり、側胸部の銃創もかゆみが落ちついてくると、のそりと立ちあがった。コートをはおり、カモメ街《ガルタウン》へ。ここは半島の根元からやや西の内陸にある、家賃の安いさびれたビジネス街だ。たまにスタートアップ企業が生まれることもあるが、基本的には企業が死を迎える最果ての地といえる。目的のタウンハウス《ブラウンストーン》は、建材が褐色砂岩で、かつては品位があったらしいが、いまでは山脈から降ってくる土ぼこりで薄汚い茶色に染まり、鳥のフンにまみれたあげく、苔むしていた。

ここにはオルハンと呼ばれる男が住んでいて、誤った信念を持つ人間を雇いたがらない各学校から依頼され、信用調査と経歴調査を行なっている。オフの日には探偵に頼まれて調べものをしたりもする。仕事は粗削りで、繊細さを欠く。が、いつもかつもフロイド・オストビーを頼るわけにはいかない。度が過ぎるとつっぱねられてしまう。

オルハンに、ふたりの名前を告げた。マック・デントンとロイ・マレンだ。

「このふたり、どうしたいね、キャル？　情報、ほしいか？」

「デントンについては、わかるかぎり悪行を調べあげてくれ。暴行、恐喝、いやがらせ、ひとどおりリストアップを頼む。ただし、目的は犯罪の洗いだしじゃない。知りたいのは、近ごろ、急に懐具合のよくなる出来事がなかったかということだ。たとえば、遠い親戚が死んで、二万ほど転がりこんできたとか、その類いの」

「その親戚、その大金をぽんと遺贈するのに、なにか条件があったか？」

「人前で探偵をぶちのめす、とかかな」

「わたしらが相手するの、決まってご立派な手合いばかりね、キャル」

「まったくだ。で、もうひとりのロイ・マレンだが。こっちは警官で、もう死んでいる。小物だが、カネを積まれてうちの証人を轢いたあげく、頭に弾をぶちこんだ。証人の女は死亡。おれもひどい目に遭わされてる」

オルハンはげじげじ眉を吊りあげて、

「報い、あったか？　そいつに？」

「悲惨なもんさ。ロイ・マレンの口座が凍結されるまで、たぶん二、三時間しかない」

「時間が逼迫《ひっぱく》してるな、キャル。了解ね、あんたの頼み、引き受ける。デントンとかいう男の口座、調べるよ。ワルの警官に握らせたと同額の支出がないかも見てみる。あんたに痛い目見せようとして、ほかの人間を雇ってたときの用心に」

「助かる、オルハン」

「自分の収益ストリームを確保するためね。世の中、せちがらくていけない」

オルハンは肩をすくめた。

オルハンのところを出て、ふたたび湖がある北へ。湖岸ぞいを走る水上バスに乗って、西岸で降り、〈ヴィクターズ〉に寄る。ヴィクターは留守だったが、これはむしろ都合がよかった。話をしたいのはサムだったからだ。

「例のシェフ、どうしてる?」

「その話はしたくない」

「なんだよ、サム、ただの世間話じゃないか。まだなにも切りだしてないのに、いきなり門前払いはないだろう」

「シェフなら元気だ。ただ、長く連れそうに足る相手とは思われてない」

「こんなにたのもしいのにか」

「持ちあげてくれるぜ。いっそ、おまえと結婚するか」

「そうとも、いっしょにやろうや。〈ヴィクターズ〉とは縁を切ってさ。うちにこいよ。おまえならセキュリティのプロとして立派にやっていける」

「そうさなあ。おまえでもやっていけてることだしなあ。立派かどうかはわからんが」

「アテナにはそう思われてる。ほかの連中にはどう思われてもいい」

「アテナ嬢に評価されてるのは聞いてるよ。おまえさんが尻ごみしっぱなしってこともな。気持ちはわからんでもないが、はっきりいって、おまえは馬鹿だ」

たぶん、そのとおりなんだろう。


「なあ、サム、一齢タイタンの頭にだな、自分で銃口を突きつけさせるとき、おまえならどうやる？」

「アリバイならあるぞ」

「具体的には？」

「おれにやらせたら、そいつの死体は見つからん」

「それのどこが具体的なんだ」

「具体的って、当日、おれはここにいたんだぞ、立派なアリバイじゃないか」サムは肩をすくめた。「で、ひっかかってるのはどこだ？」

「知りたいのは――」

「世人が真っ先に思いつくのは、意識を奪うことだな。となると、まず薬物を使う」

「鎮静剤とかか」

「そう、そいつだ。大量に服用させれば意識を失わせられる。しかし、おれならその手はなるべく使わない」

「なぜ?」

「足がついて、聞きこみがくるからさ、いまみたいにな。薬物を使われたと知った警察は、こう思うだろう。〝そうか、被害者は意識をなくしているうちに自分で自分を撃ったのか。これはアリか?〟そこではっと思いなおす。〝なに馬鹿なことといってるんだ、アリなはずあるか、だいたい、意識もないのにどうして自分を撃てるんだ〟。そもそもの話、薬なら速効性麻酔薬《ケタミン》あたりを使えばいい。大量に打てば確実に死なせられる。銃なんかいらん」

「じゃあ、どうやって――」

「おれがやるとしたら――薬物と銃器の併用を前提に考えるなら――たとえば、被害者のだいじな人間や情報を押さえて威す手がある」

「そりゃまたえげつない」

「うまくいくともかぎらんしな」

「ほかには?」

「当局の秘密作戦であれば、二酸化炭素を使うことがある。適切にやれば意識をなくす。痕跡は残らない。意識を失ったら、銃を握らせて引き金を引けばいい。エレガントだろう。

しかし、この手を知ってるやつがそうそういるとも思えん」

「力ずくの線は？」

「アリかもしれんが」肩をすくめて、「〝アリかも〟だぞ、キャル、アリとは断言できん。おれみたいなやつでなきゃむずかしいだろう。おれならなんとかなるが」

「だから、具体的にどうやるのかを訊いてるんだよ」

「おまえも似たような経験はしてるじゃないか。自覚してやったんじゃないかもしらんが、ほら、むかし、一齢のタイタンをふたり、スクラップにしてやっただろう。こないだの晩、鉄檻デスマッチでカップルをたたきのめしたテクニック、あれとくらべても大差はないさ。ただ、もっと過激なだけだ。タイタンは筋肉もごついし、骨格も太いが、神経系は常人と変わらん。的確に神経を狙えば、ノックアウトもできる。連続して、小刻みにダメージを与えつづけるのさ。目をまわさせて、失見当を起こさせて、ショック状態に陥らせる……そうすれば、バターン！　耐えきれずにダウンすることと請けあいだ。うまくやれば、痣《あざ》のひとつも残すことなく、意識を刈りとれる。神経系にダメージを蓄積させること、これがものをいうんだよ。〝死戦期〟に追いこむこともできるんだぜ。つまり、瀕死状態に」

「妙にむずかしい専門用語を知ってるじゃないか」

「テレビで見たんだ」

「まねできるかな？」

「おまえにやりかたを教えられるかってことかい？」

ここで思い浮かんだのが、ミニ・デントンのことだった。

「ああ。全体の手順とコツを教えてもらえるか？」

サムは肩をすくめた。

「できなくはないが。そうはいってもなあ……初見一発で完璧にマスターできたら、驚きだ。おまえ、あんまり器用なほうじゃないだろ」

「想像力を働かせろよ、器用なやつだって」

「悪いが、キャル、おれの想像力には限界がある」

「いってくれるぜ」

「おまえがいわせたんだろ」

「花を贈ってやれよ」

「なんだ、いきなり？」

「シェフにだよ。花を贈ってやれ」

「おれをマヌケだと思ってるのか、サウンダー。花を贈ることくらい、わきまえてる」

「もう贈ったのか？」

「いや、まだだけど――」

「花を贈ってやれ。そして、うちで働くことを真剣に考えろ」

「もう帰れ、キャル。おまえといると疲れてかなわん」

「いっしょに仕事をしたら実力をふるえるぞ、と誘ってるだけじゃないか」

サムは熱のない目を向けてきた。

「けどなあ、おまえ、思いもしなかったろ？　贈る花を持ってきてやろうとはさ」


ふたたび事務所へ。アパートメントハウスの前にはまたあの男女がいた。〈ラカルト〉付近で見かけたアクロバティックダンス《トリッキング》のふたり組だ。建物の向かいにある駐車場跡には瓦礫がごろごろしているが、それをぬってトリッキングするルートを発見したのだろう、コンクリートの土管の上に駆けあがり、そこでバク転して向きを変えると、土管づたいに、その向こうにある開放構造の建物にあがった。中二階には環境指向型のフリーキッチンが設けてあり、ダンス・パーティー会場のテーブルと治安判事席の中間のようなテーブルに茶器のセットが用意してある。ようすを見ているうちに、ふたりで茶を飲みはじめたので、手を振ってみた。どちらも手を振り返したりはしなかった。手をあげたことで、側胸部のパテと格子が引きつれる感じがしたため、それを機に建物の中へ入った。

事務所に帰りついたとき、ちょうどオルハンが電話してきた。

「あんたの読みどおりだったよ、あいつら、とんでもない悪党ね！」

「知ってた」

「誇張じゃないよ、キャル、あんたのいってた容疑、あんななまやさしいものとちがう。このふたり……社会のダニね。わたしがワルいことするにしても――もちろん、しないよ、わたし、まっとうに生きてる人間ね。ただし、もしわたしがワルいことするにしても――このふたりとだけは組まないよ」

「だろうな」

「デントンは極悪人。暴行、訴訟、傷害ばかり。それは知ってるか？」

「知ってる」

その先をつづけようとしたとたん、ギシッ――ドアの外で床がきしむ音がした。大声を張りあげて、電話口のオルハンに語りかける。

「それで、マレンのほうは？」

「あっちは輪をかけた極悪人ね」

外の通路はガタがきているが、こんなに大きな音できしむほどじゃない。状況を正確に把握すべく、頭を働かせた。通路の床がきしむことはある。しかし、それは床板を踏んだ人間が体重百五十キロ以上はある場合だ。ごくかすかなささやきも聞きのがすまいとして、耳をそばだてる。〝お客さん〟はいま、床板の上で動かず、じっと立っている。

「くわしく話してくれ、マレンの悪行を」

ギシッ。

「あれも毛色のちがう外道ね。悲しい物語よ」オルハンが答えた。

「ほう。どんなふうに？」

ギシッ。

デスクの引きだし最上段には電撃銃《テーザー》を入れてある。そのとなりには刃渡り十三センチのナックルナイフも。シンプルな真鍮のメリケンサックに、鋼のナイフを合体させたあれだ。本物の拳銃もあるが、死なせてしまったら背後関係を問いただせない。壁面のフックには電子メガホンがかけてあった。あれを使って助けを求めれば、近所のだれかが通報して、警察がようすを見にやってくるだろう──一時間ほどたってから。それでは役にたたない。電話を切って緊急通報番号にかけるか、警察に電話するようオルハンに頼めば、おおむね十二分でグラットンが駆けつけてくる。だが、外にいるやつが通報依頼を聞きつければ、即座に突入してくるにちがいない。タイタンを相手に十二分間を持ちこたえるとなると、この部屋はせますぎる。

テーザーとナイフを片手で取りだし、物音をごまかすため、ほほう、なるほどと大声でいいながら、工作にとりかかった。絨緞をそっとめくり、テーザーの電撃針を引きだして、デスクライトに結わえてから、針とつながったケーブルをくりだし、テーザー銃の本体をドア付近の壁際まで持っていく。ケーブルには上から絨緞をかぶせた。

オルハンはまだマレンのことをしゃべっている。

「だから、ほんとはいいやつだったと思うね。いっしょにビリヤードをする、茶を飲む、そんなことのできるやつ」

床板から足が離れる、ためいきのような音。その足を踏みおろす音はまだ聞こえないが、廊下に巨体がそそりたっているのはわかる。大きなシルエットは、もうドアの向こうまできているはずだ。

「そうはいうが、オルハン、あいつはおれを撃ったんだぜ」

「うん、それはまちがいないね、いっしょにビリヤードはできないよ。マレンはあんたを撃った。つぎに、自分を撃った。それでも、もとはちゃんとしたやつだった、思うよ」

足音を忍ばせてドアに歩みより、蝶番《ちょうつがい》と反対の壁際にしゃがみこんだ。ここのドアは左開きだ。外から見ると蝶番は向かって左にあり、ドアは右側が室内へ開く。たいていの人間にはこのほうが馴じみにくいので、意図的にこうしてある。

オルハンにはこういった。

「そりゃまたずいぶん柔軟な〝ちゃんとした〟の解釈だな」

突如として、ドアが開いた。戸口にそそりたつ黒っぽい巨体。身の丈は二メートル半、肩幅も相応に広く、スーパーヒーロー顔負けにでかい。頭には日出し帽をかぶり、高価なタクティカル・ギアに身を固めている。穿《は》いたズボンは黒のスラッシュ・ドット迷彩柄だ。これには絶縁帷子《かたびら》の股間ガードが組みこんであるため、刃物による攻撃も電撃も通らない。ブーツの爪先は鋼板でおおわれていた。軍仕様のコンバット・ジャケットは、スーザン・グリーンのショールと同じ防弾生地で作られたものと見える。

室内を見まわすひまを与えず、テーザーの引き金を引いた。ケーブル経由で電流が針に流れ、デスクライトが破裂した。タイタンがぎょっとしてあとずさる。プラスティックが飛散し、異臭がただよったが、タイタンの対応はすばやかった。室内から飛びかかられた場合に備えて一歩踏みだし、たてつづけにパンチを放ったのだ。こぶしが壁を突き破り、立っていればこちらの頭があったであろう部分を薙いだ。乾いた木材と煉瓦の大きな塊が通路に音高く崩れ落ちていく。

すかさず、ぐっと身をひねり、できるだけ勢いをつけて、ひざの横にナックルナイフを突きたてた。刃は生地を貫き——防刃帷子は股間をおおうだけで、ひざまでカバーしてはいない――肉を抉《えぐ》っていく。刃をねじりこみつつ、体重をかけて押しつけた。

タイタンは強靭で重たい。骨は極太で装甲板も同然だ。大きいばかりか、密度も高いし、構造的に強い。最終的には、ステファンのように骨がとてつもなく大きく、重くなって、たとえ動きは鈍くなるにせよ、どれほど危険な人間凶器と化すかわかったものではない。

しかし、このタイタンはそこまでの域に達していなかった。たしかにでかいし、硬いし、タフだ。だが、骨と骨の隙間には肉しかない。膝蓋骨《しつがいこつ》がきれいにはずれた。相手は悲鳴をあげて倒れこんだものの――悲鳴といっても咆哮《ほうこう》のようだ――即座に立ちあがり、つかみかかってきた。

指先がかすめていったが、からくものがれ――つかまればヤバいことになっていたろう――床を這うようにしてドアから通路に飛びだした。そこで身を翻し、巨体を迂回しつつ、また室内に飛びこむと、走りながら壁の電子メガホンをひっつかむ。タイタンはまたもや怒声をあげ、つかみかかってきたが、またも失敗すると、なりふりかまわず突進してきた。こいつ、そうとう頭に血が昇ってやがる。目出し帽から覗く目は苦痛と怒りとで血走った状態だ。これまでの人生で、こんな屈辱を味わわされたことはないにちがいない。

常識で考えれば、デスクライトがいきなり破裂したと思ったら、ひざを抉られた者など、そうそういるもんじゃない。だからこそ、常識の虚をつき、あえて仕掛けた。

タイタンは肉体の負傷を厭《いと》わない。元どおりにできるとわかっているからだ。もちろん、傷つけられること自体はきらうし、なによりも痛みをきらう。たぶん、プライドが傷つくからでもあるだろう。それでも負傷に怯《ひる》まずに立ち向かってくるのは、勝ちさえすれば、かならず前よりも大きく、若くなり、敵を踏みつけにできるからだ。

突進してきた相手から敏捷に身をかわしつつ、通りすぎしな、タイタンの耳元に大声で怒鳴った——電子メガホンを最大ボリュームにして。こんなに小さな部屋の閉鎖環境ともなれば、音響効果は絶大だ。すさまじいダメージだろう。はたしてタイタンは片手で耳を押さえ、咆哮を発した。指の隙間から血が流れだすのが見える。ここでいったんしゃがみこみ、ひざの皿を抉ったのとは反対の脚にナイフをふるって、ひざ裏の靭帯《じんたい》を切断した。男はひとたまりもなく前のめりに倒れこんだ。これではもう立ちあがることができない。立ちあがるための組織がないからだ。倒れた男の背に飛び乗りざま、背骨全体を思いきり踏みつけ、側頭部を蹴りつけた。サムに教わったやりかたほど科学的ではないが、原理は変わらない。痛覚に過負荷をかけ、脳をショートさせてやればいい。

これにて、決着。

デスクの向こうにまわりこみ、椅子にすわってひと息ついた。

「オルハン？　まだそこにいるか？」

いちおう振出人を探してるけど、答えはもうわかってる。ダミーよ」

「大金か？」

「それは人によるね。けど、あんたやわたしの感覚では、とてつもない大金よ」

「ダミーの正体は多少とも見当がついたかい？」

「たどってもたどっても、ダミーばかり。ただ、弁護士はケルセネソスのディートリック・ヘラウィルね」

角を曲がったら、トンファミカスカの弁護士事務所かよ。たぶん、事務所に乗りこんで適当に理由をつければ、振込のあった日に訪ねてきたモーリスの姿が見られるだろう――屋外セキュリティカメラの記録映像にばっちり映ったその姿が。

オルハンに別れを告げ、またデスクにもどり、椅子に腰をおろした。

モーリスを見る。口のガムテープをはがし、たずねた。

「ロディ・テビットとは何者だ？」

返事はない。

いったん立ってコップに水をつぎ、またデスクにもどった。

「ピーターとリリアンがらみで、なにが起こった？」

返事はない。

「このまえズタボロにされた日な、ステファンはたまたま、おれが寄ったことを知ったといってたが、そんなはずはない。ステファンを利用したのか、モーリス？　おれがきたとチクったのか？」

ある考えが頭に浮かんできた。いまさらもいいところだが。

「おれを使ってポイントを稼ごうとしたな。アテナをだしぬくために」

のどの奥になにかがひっかかっている。たぶん、これは怒りだ。

モーリスは目を細め、険悪な視線をたたきつけてきた。こいつも気持ちは同じらしい。どす黒い、暴力的な怒り。室内には闘争ホルモンが大量にただよっている。それとともに、避けるべき悪い判断も大量に。スマートにいけよ、キャル。考えろ。

もういちど水を飲み、頭の中で了解とつぶやいた。通りの向こうにはヨーガ教室があり、夏になると窓を開放するので、太陽神を讃える詠誦《えいしょう》が聞こえてくる。

〈われは泰然たる者なり。負の感情に流さるることなし。怒りも苦痛も、わが身をよけて流れゆく、川水が水底《みなそこ》の石の上を流れゆくがごとく。川の流れは平静さの表面を磨けども、われはわれのまま残らん〉

自分の平静さの表面を磨きあげるまでのあいだ、時間つぶしに、もうすこしモーリスに語りかけた。

「いま調べがついているかぎりでは、おまえはマック・デントンのやつにカネを握らせて、〈ヴィクターズ〉でおれを再起不能にさせようとした。それがうまくいかなかったんで、こんどはステファンにおれの来訪を教えて、おれを痛めつける役をやらせた。いまひとつはっきりしないが、マレン巡査もおまえの指示を受けて動いていたと見ている。マックに気をとられて隙ができたところを襲わせたんだろうとな。それもこれも、みんなアテナを引きずりおろすためか、モーリス？　以前の地位を取りもどすのが目的か？」

一対の険悪な黒い目が床から見あげている。夜のオスリス湖のように黒々として、深い闇をたたえた目。そこにはアテナの不屈の意志、ゆるぎない意志に通じるものがあった。どうやら、自分で思っていたよりも、案外とこの男のことを理解できていたようだ。

モーリスを見おろすうちに、自分の一部が最初からずっと気づいていたことを自覚した。いま、はじめて、はっきりと。

こいつがドアを押し破って入ってきた時点で、すでに確定していたんだ。どちらかが死なねばならないことは。

コール一回で相手が出た。

「もしもし？」

「やあ、ゾガー。おれだ」

「どこのおれだ」

「わかってるだろ」

「さて、あんたがだれだか、さっぱりわからん」

「ニュージェントと話をしたい」

「ニュージェントなんて者は、ここにはいない、ミスター・サウンダー」

「やっぱり、わかってるじゃないか」

「まちがい電話じゃないのか。切るぞ」

「キャル・サウンダーだ」

「おう、あんたか、ミスター・サウンダー。声を聞けてうれしい」

「ニュージェントと話をする必要がある」

「電話に出られるかどうか、ミスター・ニュージェントに訊いてみる」

「いないんじゃなかったのかい」

「電話してきたのがあんただとはっきりするまではな」

二度、深呼吸をした。怒鳴らないようにするためだ。

「あんたもあんたのボスも、いちいちまわりくどいな、ミスター・ゾガー」

「儀礼を重んじているだけさ」

「で、そこにいるのか？」

「いますとも。替わりました、ミスター・サウンダー」

「はなはだ奇妙なことが起きてるんだ、ミスター・ニュージェント」

「しじゅう起きていますとも、ミスター・サウンダー。世人が信じられるよりも、ずっとたくさんの奇妙なことがね」

「何者かに、丁重に家探しされたといったら驚くかい？　どうやらミスター・テビットの臓器を探していたらしいんだが」

「これはまた、意外な話を」

「そいつも奇妙なことのひとつだな。なにしろ、家探しさせたのは絶対確実にあんただと思ってるんでね」

「わたしが？　そのような不作法を働くはずがないではありませんか。それではあなたと長きにわたって培《つちか》ってきた強固な信頼の絆を踏みにじることになる。あなたは信用に足る人間だ。そうでしょう？　わたしに嘘をついたりはしないでしょう？」

「あんたがおれに嘘をつかないのと同様にな、ミスター・ニュージェント」

「おたがい、完全に理解しあえているようですね、ミスター・サウンダー」

「で、だ。今夜――どう説明したもんかな――前に獅子の話をしたことを憶えてるかい？獅子の足からトゲを抜いてやった話」

「獅子の譬《たと》えは、そう簡単に忘れられるものではありませんよ、ミスター・サウンダー」

「よし。じゃあ、獅子の直系傍系に連なる幼獣のことも知ってるな？」

「ええ、もちろん」

「だったら、その幼獣の一頭が――ここはいちばんグレイのやつといっておこう――ついさっき訪ねてきた、それもあまり友好的な態度じゃなかった、といったら驚くかい？」

「いちばんグレイ――というのは、髪の色ではないのでしょうね。最年長という意味でもないとすれば、もっとも半端で汚いという意味でしょうか」

「そいつが聞いたら憤死しそうな言いぐさだが、まあそのとおりだよ」

「はなはだ驚きました。はなはだ驚異的でもある――あなたの絶えざるバイタリティにも。つくづく、あなたを過小評価しなくてよかったと思います。それで、その者はいま？」

「まだ生きてる。キッチンの床に転がした状態で。片方のひざの皿をカップに入れてな。しかし、こいつをここに置いとくと、なにかとやっかいなことになる」

「ふむ、それはたしかに。やっかいでしょうね」

「それで、だ。あんたほどその筋に顔のきく人間なら、こういった状況に対処するつてもいろいろあるんじゃないかと思ってね」

〈倍幅男〉は長いあいだ無言だった。

「意表をつかれました。わたしの手に委ねてくださる？　その……幼獣を？」

「そのとおりだよ」

「わかっているのですか？　ひとたびわたしの手元に収まれば、その幼獣の最終的運命に関するあなたの意向は制限されてしまうのですよ？」

「わかってる。ただ、そいつと話しあう静かな場所がほしい、ミスター・ニュージェント。そいつとは腹蔵ない意見を徹底的に交わしておく必要があるんだ。もう円満に和解できる段階は過ぎてしまった」

「話しあいがすんだあとは？」

「以後、そいつとのつきあいをつづけるつもりはない」

「これはまた……一考の余地がある要求ですね、ミスター・サウンダー」

「率直にいこうじゃないか、ミスター・ニュージェント。おたがいにとっても、けっして一考に値しない取引じゃないと思うがね」

「肝臓をおねがいしたのに、届くのは人体ですか」

「そいつにも肝臓はあるぞ」

「さて、そこまでいわくつきの肝臓を手に入れたものかどうか」

ひとつ深呼吸をしてから、ぴしゃりといった。

「ミスター・ニュージェント、あんたが探しているものの所在を当方で把握しているのかどうかはさておき、これははっきりといっておこう。なぜあんたが例の肝臓をほしがっているのか、その理由は割れている。あれがなにを意味するかも知っている」

沈黙。

「お友だちのミスター・ゾガーによれば、あんたとおれとはたがいを絶対に信用できないそうだ。それはあんたが絶対におれを信用しないという意味だと受けとったが、いまならわかる。あんたはおれに、重大な結果を招くことをさせようとしているだろう。あんたがおれに信じさせようとしている行為なんかよりも、はるかに深刻な結果を招く行為をだ。それは友人のすることじゃないよな。いま関係者全員が置かれているこの状況は、複雑で繊細だ。いまこの時点では、ほぼすべての関係者と交渉する意欲があまり湧いてこない。その前提の上でなら、つぎの段階に進める。つまり、もうすこしあんたと手を取りあえる。いまここで持ちかけているのは、相互の善意を回復する機会だ。ご存念を承ろうか」

「ミスター・ゾガーなら、あなたが申し出ていることを〝一蓮托生〟と呼ぶでしょうね、ミスター・サウンダー。運命に向かってともに飛びこもうというお誘いですか」

「いいか、これからの三十分、どの運命に飛びこむかについては、いっさい確たる判断を下さない。しかし、その三十分が過ぎたら、腹をくくって行動する。事態は面倒なことになるぞ」

間があった。おそらく、ライマン・ニュージェントは、どの程度までつきあえば面倒なことになるかを計算している。こちらの事情はといえば、偽名を名乗って殺された科学者、鉄檻デスマッチ、銃創、死んだラウンジ・シンガー、死んだ警察官、放火された警察署、消えた肝臓などか。この肝臓には核兵器級の信用毀損情報《コンプロマート》が暗号化されて保存されている。そこへもってきて、明白な殺意をいだいて押し入ってきた男が――元カノの従兄《いとこ》であり、定義上は世界でもっとも強大な権力を持つ者のひとりが――両ひざを破壊され、血を流し、すっかり逆上して、うちの事務所に転がっているときた。

ニュージェントとしては、むしろ大きく距離を置いておきたい状況だろう。

「親切な申し出、喜んでお受けします、ミスター・サウンダー。二十分ほどしたらお会いしましょう」

「では、そのときに」

電話は切れた。横に向きなおり、モーリス・トンファミカスカを見おろす。

「くたばれ、サウンダー」

「モーリス、おまえはうちに押し入ってきた。反省して永遠の友情を結びたいというなら、説得する時間はあと十九分だ。それを過ぎたら、状況はこちらの手を離れる」

それから十八分と十秒のあいだ、モーリスは連綿と口汚く罵倒しつづけていた。そこにゾガーと数人のお仲間が到着し、担架に乗せて階段を運びおろしにかかった。そのあともモーリスは、ずっと罵倒しつづけていた。

ところが、車の後部座席にライマン・ニュージェントがすわっているのを見たとたん、ほんの一瞬、虚をつかれたような表情になった。視線をこちらに向け、ニュージェントにもどし、またこちらに向ける。ついで、ニュージェントを食いいるように見つめたまま、牡牛が絞め殺されるような、異様な音を発しだした。たぶんそれは、走馬燈を見るように、何世紀にも渡るはずの寿命がほんの一日に感じられだした男の、絶望の声だったのだろう。

車内にはタイタンを収容するだけの広さなどないし、どのみちこんな異様な音を発する男を〈倍幅男〉のそばに置いておくわけにはいかない。そのため、モーリスは車体後部に連結したトレーラーハウスに押しこめていくことになった。ゾガーからは、助手席に乗るようにとうながされた。

「はじめてだな」太っちょのゾガーがいった。「おまえを助手席に乗せるのは」

車輪に支えられたトレーラーハウスが上下に揺れだす。中からは怒声も聞こえてくる。

〈倍幅男〉は教皇のようなしぐさで手を振り、指示を出した。

「では、出してもらいましょう、ミスター・ゾガー。出してもらいましょう」

ゾガーの運転する車は短時間で都市部を走りぬけ、市街地の外縁にあるコンクリートと鋼鉄で支えられた橋を渡り、郊外に出た。まだ市街地が見えていて、完全に田舎ではない中途半端な地域ながら、早くもブタのにおいがしだしている。ここは養豚地区と呼ばれる一帯だ。モーリスにもこの臭気はわかるだろう。それが暗示することも察して、暗澹《あんたん》たる思いに陥ってくれればいいんだが。

養豚地区。充分な数のブタがいれば、死体処理は早くすむ。二、三日もあれば、死体はひとかけらの痕跡も残さずに消えているだろう。ブタは歯までも食べてしまう。

車は裏道に入り、十分ののち、ガソリンスタンドにすべりこんだ。トレーラーハウスはここでもっと一般的なフラットベッド型の牽引車に連結しなおされ、ここまで引っぱってきたセダンはきた道を引き返していった。牽引車のハンドルを握るのは、つなぎ服を着た愛想のいい大柄な女で、そばに駐めてあったミニバンのキーをゾガーに投げてよこした。車体が大きいため、こんどは後部で〈倍幅男〉と向きあう形になった。

「さて、ミスター・サウンダー。あなたから連絡をもらえて、とてもうれしく思います。

白状すると、例の臓器が届かなかったことで、あなたが敵にまわる道を選んだと結論していたのですよ」

「ステファンと口論になってな。あいつのやりくちにはがまんならない」

「なにをいわれました？」

「笑われたのさ」

〈倍幅男〉のふっくらした口が引き結ばれた。〃笑われた〃の意味を理解したのだ。

「襲ってきた侵入者が急に姿を消したことで、あなたのところまで足跡をたどられたら？心配ではありませんか？」

「足跡だったら、あいつは残さないように手を打ってきたろうさ。モーリスはギリシアのシロス島に別荘を持っててな。あそこにはプライベート・ジェットで二、三時間もあれば着く。手下に連絡させて、アポイントメントをとるふりをさせてみろ。たぶんあいつは、〃きょうの午後にケルセネソスを出て、一週間はあっちに滞在する〃予定を周知している。つい一時間前におれを殺せたはずがない——そんなアリバイ作りのために。関係者は全員、外遊予定を裏づけるだろう」

「なるほど、よくわかりました。おかげでわれわれも、時間の余裕が持てる。まもなく、執行場所に到着します、ミスター・サウンダー。あなたはミスター・トンファミカスカと話をしたいといっていましたね」

「訊きたいことがあるんでな」

「わたしもです。しかしそれは、あなたが質問をおえるまで待たなくてはなりますまい。あなたはわたしのゲストですから。わたしのほうは、より洗練された訊問手法を好みます。ソフトタッチの、なごやかになされる、それはもうやさしい手法をね。異存はないものと思いますが？」

〈倍幅男〉の口がぱっくりと開き、薄笑いを形作った。唇のあいだに歯が覗いている。

タイタンの歯を見ると、いつもぞっとしてしまう。変成の過程で生えてくる新しい歯は、大きくなった頭に見あう大きさを持ち、真新しく、真っ白で、すこし野獣の歯のようでもある。笑う〈倍幅男〉は、まるまると肥えた虫を凝視するサラマンダーを思わせた。

「ないよ」

三十分後、農家についた。古色を帯びた趣《おもむき》のある木造建築で、貯水塔も備わっていた。トラクターやトラクターにつなぐ耕起器具の開放型倉庫、これが二棟。畜舎を改装したとおぼしき建物はゲストハウスらしい。何棟かのモダンな小屋は、たぶんスウェーデン式のプレハブハウス——必要な設備を工場ですべて内壁に組みこんでおき、現地で組みたてる方式の住宅だ。

〈倍幅男〉の歩き方はじつに奇妙なものだった。そういえば、歩く姿ははじめて目にする。身体構造はきわめて頑丈だ。標準形のタイタンに匹敵するといっていい。脚は樹のように太く、脚を前後に動かすと太腿同士がこすれあうため、通常の歩行はできない。ゆっくり歩くときは、モノクロ映画の船乗りよろしく、片脚を大きく外側へ振り、上半身を左右に揺らして進む。急ぐときは、からだを斜めに前傾させて片手をつき、浮いた全身を大きく外にスイングさせ、つぎに逆の手をついて逆方向に全身をスイングさせる。まるで平地で行なうパルクールのように、からだを左右に振って進んでいくわけだ。これが異様に速い。常人スケールの部屋では動きがぎくしゃくしたものになるだろう。からだが大きすぎるし——常人と異なる動きをするところは見せたくないにちがいない。とはいえ、広々とした屋外では自由自在に動ける。常人よりもずっと鮮やかに。

モーリスがトレーラーから引きずりだされてきた。どこか見えないところにいるブタの集団が、エンジン音を聞きつけて興味をそそられたのか、小さく声を発しはじめている。

ゾガーがモーリスの腕を縛るガムテープを切断しだした。切断に用いたのは、これから起こることを暗示させる、長い短剣のようなナイフだ。峰が極太のため、断面は三角形にちかい。三つの角はそれぞれに鋭利で、見ただけでも逃げだしたくなるしろものだった。

柄頭《つかがしら》はキノコを思わす、大きくて平たい形をしており、これを地につければナイフ全体を立てることもできる。

このナイフなら、とんでもなく強靭な肋骨でも、クマ狩りに使う猟犬の硬い頭骨でも、なんなくたたき割れるだろう。モーリスが食いいるようにナイフの動きを目で追うそばで、ゾガーが腕のガムテープを切り裂いていく。おおむね切りおえたところで、あとずさった。あとは自力で引きちぎれという意味だ。ちぎるのに一、二分かかる程度の幅を残したのは、それだけゾガーが用心深いということか。

小さくクソくらえのしぐさをしてみせてから、モーリスに話しかけた。

「やあ、モーリス。キャルだ」

「サウンダー――」

だが、その先は出てこなかった。この場で口にできることばはほかにないからだ。

「やっとこさ、自分の立場がわかったか」

モーリスがついと目をそらす。

この一帯は〈倍幅男〉が趣味でやっている農場で、ここは農家の中のリビングルームだ。広々として田舎ふうで、居心地がいい。どの壁にも部厚いタペストリーがかかっていて、中央に設けられた暖炉のそばにはマツ材の薪《まき》が積んである。ものの二、三時間もあれば、ここをクリスマス時期に展示されるサンタ・ハウスに仕立てるのはたやすい。

モーリスに視線をすえた。両脚にはゾガーの手で適切に繃帯《ほうたい》が巻いてある。背もたれの高い革張りのソファにすわらせて、とくに縛りつける手間をかけていないのは、人の手を借りないかぎり、どうあがいても立てないからだろう。

「まずは謝罪からはじめたほうがいいんじゃないか？　〝あなたを殺そうとして事務所に押し入り、誠に申し訳ございませんでした。あれは個人的な動機による犯行で、あなたを動揺させたことは重々承知しております〟。ま、こんな状況じゃ、そんなことをいっても意味はないがな。さあ、心から謝罪してみせろ。表現はまかせた」

反応はなかった。

「ミスター・ニュージェント、こういうとき、人は詫びを入れるもんじゃないのかい？」

「心外ですね、ミスター・サウンダー、まるでわたしがそういったことを知っているかのような口ぶりだ。このような状況に遭遇するのは、わたしもはじめてなのですよ」

〈倍幅男〉に目を向けた。またあのサラマンダーの笑みを浮かべている。ゾガーが白目を剝《む》いてみせた。どうやらゾガーですら引くことをいってしまったらしい。

変なことを口走って悪かった、と〈倍幅男〉に詫びをいった。

〈倍幅男〉は満足げな顔で答えた。

「赦《ゆる》しましょう」

「わかったか、モーリス？　ちゃんと詫びれば赦してもらえる。試してみるか？」

モーリスはこちらを見てはいない。〈倍幅男〉を凝視している。タイタンというやつは、目の前にタイタンがいればかならずそちらに意識を向ける。タイタンがタイタンを見誤ることはない。たとえどんなに外見がタイタンらしくなくとも、ちゃんと見分ける。

「おまえは何者だ？」モーリスが問いかけた。

「ライマン・ニュージェント」〈倍幅男〉が答えた。「物乞いの王ですよ。伯父上どのの大ファンでもありましてね。いや、この言い方は適切ではない。こう言いなおしましょう。わたしはとても高く評価しているのです、彼の……手がとどく範囲の広さをね」

〈倍幅男〉はそういって、カマキリの腕の片方をぐっと伸ばし、二メートル先のフルーツ・バスケットからリンゴを取ると、すばやく口もとに運び、ひとくちかじった。品のいいしぐさではあったが、ひとくちかじっただけなのに、リンゴの半分が消えた。モーリスはそのようすを食いいるように見つめている。世間では、ステファン・トンファミカスカの腕は世界のどこにでもとどくといわれる。なのに、いまだにライマン・ニュージェントと会ったことはない——。いまこのとき、モーリスもその意味を考えているのだろう。

やっとのことで、モーリスはこちらに視線を移し、ぼそりといった。

「悪かった」

「伝統的に、謝るときはだな、なにが悪かったかいうもんじゃないか?」

「悪かった。事務所に押し入って、おまえを殺そうとしたことは謝る」

「それがおまえのしたことだな?」

「そうだ」

〈倍幅男〉に目をやった。

「いまのは、まっとうな謝罪に聞こえただろうか」

「誠心誠意、謝っていたように聞こえましたよ。それでは、晩餐をはじめても?」

「ご随意に」

モーリスは〈倍幅男〉を凝視した。

「さて、それでは、ミスター・トンファミカスカ、あなたにも確認しておきましょうか。本日あなたは、文明的な犯罪者の手に落ちました。この状態をですね、不快な思いをすることなく解決するのが、だれにとっても上策だと思うのですが、いかが?」

「同感だ」

ゾガーがドアをあけた。牽引車を運転してきたあの大柄な女が、バーベキューセットのトレイと注射器を携えて入ってきた。モーリスが警戒の目を向けたのは注射器のほうだ。

「これを射つと、吐き気をもよおす」女がとりすました声でいった。「せっかくの食事にゲロをぶちまけないでくれよ。この薬液には破傷風予防薬と鎮痛剤も入ってるが、あまり痛みを感じなくなってからも、その脚で歩けるとは思わないことだ。その脚じゃあ体重を支えられっこない。とくに、そのひざではな。さ、これからいろいろと楽しい思いをしてもらうことになる。いいかい、じっとしてなよ」

モーリスはいわれたとおりにした。注射針を刺されるときだけ、小さく声をあげたが、すぐさまソファの背にもたれかかった。女がにいっと笑う。

「ほうら、すんだ。すくなくとも、注射はな。ライマン、薬はじきに効いてくる。関節が悪化することはないよ」

「了解です、プリシラ。とてもよくわかりました、ありがとう」

女は肩をすくめ、大股に出ていった。

「バーベキューとは」と〈倍幅男〉はいった。「成人が〝よだれかけ〟をしても後ろ指をさされずにすむ唯一の料理です。いや、ロブスター料理もそうでしたか。バーベキューは汚れるのがあたりまえ、美味にしてからだに悪いもの。ワインではおよそ力不足ですから、ここは地ビールといきましょう」

食事がはじまった。

ともに食事をするうちに――モーリスでさえも、なんとかスペアリブとコールスローを
ひと皿食べた――〈倍幅男〉は椅子の背もたれに身をあずけ、両手の指先を触れあわせて、
尖り屋根の形を作った。
「さて、親愛なるミスター・トンファミカスカ、そろそろ眼前の問題にもどらなくては。
ミスター・サウンダーはあなたに憤慨し、怒髪天《どはってん》をついた。それはあなたが、彼の生命を
奪おうとして、計画的だが杜撰《ずさん》な試みに踏みきったからである――そう理解していますが、
ミスター・サウンダー、これは正しいですか？」
「〝怒髪天をついた〟かどうかはさておき、腹は立ったな。しかし、これでも探偵稼業の
身でね。知りたい答えをはぐらかされっぱなしの状態はつらい。答えが得られるんなら、
個人的な問題は脇に置こう。もちろん、裏切らない保証はしてもらうが」
「すばらしい。未来の保証なくして平和はありえません。かたやわたしは、今回の諍いに
なんらの感情も持っていない。ご本人の前でいうのもなんですが、ミスター・サウンダー
――あなたのことは気にいっています。しかし、自分の気にいりを怒らせたからといって、
怒らせた人間を誘拐し、殺害するわけにはいきません。わたしはね、社会的なのですよ！
すくなくとも、わが限定的影響圏の範囲ではね。それが変わることはありません。そんな
ことをすれば、この農場は死体だらけで土地が肥えてしまう。ただし――」

〈倍幅男〉はモーリスを眺めやった。

「わたしは影の住人です、ミスター・トンファミカスカ。きわめて奥深い影の住人です。自分に関することがらは、伯父上どのにはほとんど、というか、まったく知られぬよう、多大な努力を払ってきました。伯父上どのにくわしく調査されるつもりは毛頭ありません。ところが、ここに双方の道は交差してしまった。それゆえ、心配でしかたがないのですよ、あなたが分別ある沈黙を守れぬのではないかとね。沈黙とは、わたしという存在について、わが見た目について、わが名前についての沈黙です。ですから、ミスター・サウンダーと同じく、わたしに対しても保証をいただきましょう。ここからぶじ帰りたいのであれば、誠意あふれる善意を目いっぱい示していただきたい。しかし、それについて交渉する前に、ミスター・サウンダーを満足させてもらわねばなりません。そこは彼との約束ですから」

モーリスがなにかをいいかけた。その瞬間、〈倍幅男〉が突如として部屋の反対側から手を伸ばし、モーリスの顔の前に手の平を突きだした。モーリスが口をつぐむ。ふたたび、カマキリの腕を動かしての、一瞬の、かつ異様な早業だった。

ここで〈倍幅男〉が視線を向けてきたので、それを受けて、モーリスを見すえる。

「ピーターとリリアンについて、ほんとうの話を教えてくれ」

またもや、モーリスの顔になにかの思いが閃くのが見えた。隠そうとしているようだが、なんらかの感情が揺らいだことはわかる。それは罪悪感でさえあるかもしれない。

「そうか、そうか。なにか知っているんだな。ステファンからはおまえがなにも知らんと聞かされていたが、その反応からすると、明らかに知っている。しかし……片鱗であれ、どうやって知った？　エレインか？　エレインから聞いたんだな？　そういえば、おまえ、エレインとは……つきあっているのか？　アテナは否定していたが」

モーリスが急にうめき声をあげ、頭を左右にふった。

「おまえはエレインのいくところなら、どこにでもついてまわっている。なにかというとエレインのお供をして。それはどう見ても、エレインに恋慕してるやつの所業だ。なのに、エレインにはまったく相手にしてもらえていない。そうだな？」

「エレインは用心深くなっている。そのむかし、恋愛でひどい目に遭ったからだ」

「まあ、ステファンと結婚していたんだからな、それはそうだろうよ」

なにがあったのか知らないが、モーリスは〝おまえにわかってたまるか〟という視線をたたきつけてきた。

「ステファンは人を殺したことがあるのか、モーリス？　自分自身の手で？　これまでにステファンの行く手を阻む者は、たびたび〝事故〟に遭ってきた。それは明白だ。しかし、目の前にいる邪魔者をどう処理したかは把握しているか？　ステファンなら簡単にひねり殺せるだろうが、その証拠がどうにもつかめない」

モーリスはかぶりをふって、

「知らん」

「ステファンに殺されるかもしれないと思ったことは？」

モーリスは視線をそらした。

「ある」

ああ、あるだろうとも。それはこっちもご同様だ。その点では、モーリスにも気の毒な面がある。そこにはこちらと多少とも共通するものがあった。しかし、だからといって、アテナの身に危害をおよぼさせるわけにはいかない。

まさか……すでに試みたりしてはいないだろうな？

だが、それはまた別の問題だ。

「ピーターとリリアン。まず、本名からはじめろ」

「あれはでっちあげ記事だ。実話じゃない」

「それならそれでいい。おまえの知るでっちあげバージョンを話せ。タワーにいったとき、ステファン・バージョンの話は聞いた。先週はほかにも二バージョン、両人のゴシップを聞いている。エレイン・バージョンも聞いてきた」

モーリスは険しい顔になった。

「エレインに不愉快な思いをさせたのか」

「モーリス、いますぐにそういう思考方式はあらためろ。〝おれの友人に不愉快な思いをさせたのか〟とすごめば、たちまち相手が震えあがる状況に慣れているのかもしれんがな、探偵を殺そうとしてみごとに失敗したヘボ野郎なんぞ怖いものか。おまえのファミリーはろくでもないことしかしない。タイタンは内輪で勝手にものごとを決めては、まっとうに生きる常人を虐げる。エレインが不愉快な思いをしようがしまいが、そんなのはどうでもいいんだよ」

〈倍幅男〉が両の眉を吊りあげた。

「ミスター・サウンダー、それは偏見というものです」

「失敬、ミスター・ニュージェント。たしかにそのとおりだな、いささか乱暴ではあった。とにかく、常人の一生ぶんを生きたあげくに、T7の投与を受けた人間の圧倒的大多数は、もともとがクズ野郎なんだ。悲しいことに、タイタン化を経ても、クズ属性が矯正されることはない。おまえはいままでに出会ったなかで、ある意味、人間くさいふるまいをするふたりめのタイタンだ。それはたぶん、おまえが苦渋の日々を経験しているからだろう」

「その点はまちがいない」モーリスは肩をすくめた。

「で、だ、モーリス、おまえの知るゴシップ・バージョンを話せ。だいたい、ピーターとリリアンの物語にこれほどバリエーションがあるのはなぜなんだ？　パターンの多さにはほれぼれする。いっそ全バージョンを書きだして、アンソロジーにして出版してやろうか。題して『ケルセネソス不思議物語』。売れると思わないか？」

モーリスがなにかいいかけたが、つまらないことをいう気だと表情からわかったので、方向性を変えた。

「おっと待った。それじゃあ、かわりにこれを教えてくれ。先週木曜午前九時、おまえはどこにいた？」

これはロディ・テビットが殺された日の翌朝だ。時系列の逆に嘘をつくのはむずかしい。問いの目的は、前の晩、モーリスが乱痴気パーティーにでも参加していなかったかどうか、アリバイを確認することにある。これには常人にも参加するやつがいる。

「その日は……仕事にいっていた」

「朝メシにはなにを食った」

「憶えていない。シリアルか。ヨーグルトと。朝食はいつもそれだ」

「先週の木曜だぞ？　何時に起きた」

「起きたのは……そう、あの日はトリンサムで会議があった。朝食は家でとって。資料を読むために早起きしたんだ」

「よく眠れたか？」

「ああ。ぐっすりと」

「何時間くらい寝たと思う？」

「八時間だ。いつも八時間は睡眠をとるように心がけている」

「前の晩は？　なにをしてた？」

答えるとき、モーリスは顔をそむけた。

「いつもお供をしているといったのは、おまえじゃないか、キャル」

「エレインといっしょにいたわけだ」

「そうとも。科学アカデミーのトークショーで。エレインがチケットを持っていたんでな。もちろん、招待だ」

「ああ、もちろん、そうだろうとも。VIP待遇でシャンパンを飲みながら、科学者連のご高説を拝聴するわけか。テーマはなんだった？」

「造林と自生地」

「無味乾燥だねえ」

「エレインの趣味だ」

「おまえにとっては、あまりロマンティックなセッティングとはいいがたかろう」

「そういうんじゃない。おれはエレインにロマンスを求めてはいない。おれはエレインを愛している。エレインもおれを愛している。たんに、まだ心の準備ができていないだけだ。時がたてば、いずれおれを受け入れてくれる」

この色ボケ野郎め、高嶺の花が咲く場所が高すぎて、まるで手がとどかないことに気がついてもいない。

「古い映画にでも連れてってやりゃよかったんだよ。マルクス兄弟ものとかな」

きょとんとした視線を向けられた。どうやら、なぜマルクス兄弟の名前を出したのか、ほんとうにわからないらしい。むしろありがたいという顔になって、モーリスはいった。

「エレインは――エレインはマルクス兄弟が好きなのか？　エレインに会いにいったとき、そんな話を聞いたのか？」

「聞いたとも。マルクス兄弟が好きだとか、クマに道理を説くとか」

モーリスの顔が曇った。こいつ、クマのことは知っていたな。

「モーリス、エレインは病気だろう？」

「正常だ」

「そうは思えないんだがねえ。アテナもそうは思っていない」

「アテナになにがわかる。めったにあそこへ寄らないくせに。あいつは気まぐれで遊びにいくだけじゃないか、ティーンエイジャーのように。汚れた洗濯物を持っていかないのが不思議なくらいだ」

「エレインがつぎの投与を受けたら、おまえ、少々困るんじゃないか？　おまえがつぎの投与を受けるまで何十年もある。若返ったエレインとはとても釣りあわない」

とくにベッドではな。そもそもエレインに同衾を許されるはずもない。賭けてもいいが、こいつはそこを勘ちがいしている。

「おまえの知ったことか、サウンダー」

「マルクス兄弟の話で、自分よりも深くエレインの懐に入られた――そう思ってあせったやつが、なにをぬかす。おれのほうが状況はよく見えてると思うがね、おまえよりも」

〈倍幅男〉がくっくっと笑った。これは無視する。

「さて、造林トークショーだが。宵の口ではおわらなかったな？」

「そうだ。夜遅くまでつづいた」

「家に帰ったのは何時だ？」

「よくわからん。遅かった」

「エレインから裏を取れるか？」

「そんなことをする義務はない」

　裏を取りたくても取れない、というべきだろうな。相手はクマに説教する淑女さまだ。法廷はたぶん、エレインの証言など重要視しない。たとえ結婚していた相手があの男だとしても。しかしモーリスには、それが問題になることが見えていない。というか、問題であることすら見えていない。だから、こういった。

「義務はある、犯罪調査の一環として。これは警察から正式に依頼を受けた調査なんだぞ、モーリス」

　ここで運転手兼料理人のプリシラがもどってきた。てっきり、デザートのサンデーでも持ってきたのかと思ったが、そうではないようだ。〈倍幅男〉が眉を吊りあげて、報告をうながした。

「モーリス・トンファミカスカは、いまこのとき、シロスに向かってることになってる。個人秘書にたしかめた」

「というわけだ」そういいながら、モーリスに視線を向けた。「というわけだ。さっさとピーターとリリアンの件をゲロったほうが身のためだぞ。ステファンが隠していることも残らず話してしまえ。そうしたら、あとはおまえとミスター・ニュージェントのふたりで、ミスターの秘密を洩らさない保証のありかたを話しあってもらう。さもないと、おまえはギリシアにたどりつけず、帰ってもこられず、この地でブタどもに食われることになる。ステファンもしばらくはおまえを捜索させるだろうが、いつまでもつづくもんじゃない」

肩をすくめ、相手が現実を理解するのを待った。ほどなく、語をついで、

「ステファンはなにごとにも拘泥《こうでい》しない。それに誇りすらいだいている。そうだろう？ どんなものであれ、あいつは平気で切り捨てる。それが情緒的な対象であってもだ。まあ、そもそも、ステファンがおまえに好意を持っているとしての話だがな。あの男がおまえを気にいっていると思うか、モーリス？ おれがあの男にどう思われているかは、あの日、タワーを訪ねたときに思い知った、笑われることでな。あの経験から察するに、おまえ、おれよりも好かれていないんじゃないのか？ そしてな、あの男はおれのことが大きらいなんだよ」

モーリスはこちらを見ようとしない。そう、こいつにはわかってる。ステファンにどう思われているかがわかってる。よしよし。たぶん、あの老害タイタンめ、いつもの調子でこいつをビビらせていたんだろう。

「それに、エレインが知ることもない。おまえが彼女を捨てて消息を断った理由はな」

モーリスの語ったバージョンでは、リリアンがピーター・アントニンと出会ったのは、うんと若い時分のことだった。ピーターは聡明、リリアンはもっと聡明だったが、周囲の者はいつもそれに気づきそこねた。というのは、まわりが馬鹿ばかりのうえ、ピーターのほうが声が大きく、押しも強かったからだ。ふたりはチームを組んで研究を進め、成果を分かちあった。それはすなわち、ピーターがリリアンの業績のおこぼれにあずかっていたことを意味する。それでもふたりはチームでありつづけたものの——それもステファンが割りこんでくるまでのことだった。その時点において両者の関係は終わった。リリアンはピーターのエゴと出世欲から解放され、ピーターは自分のカネを分与され、当人の能力にふさわしい平凡な世界に埋もれた。その後、リリアンとステファンはしばし享楽の日々を過ごすことになるが、それもやがて終わりを告げる。ステファン・バージョンと同じく、締めくくりはいかにもそれらしく、いかにも波風の立たない形だった。おそらく、双方のゴシップをこさえたのは同じ広報チームだったんだろう。

「で、姓はなんだ、モーリス」

「だれの？」

「ピーターと結婚する前のリリアンだよ。どんな姓だった？」

「知らん」

「リリアン・ブラウン。リリアン・ボーレガード。スミス。ジョーンズ。クラッセンに、ハチャード、オドゥナヨ、ネスポリ。さあ、いえ。とっとと吐いちまえ」

「聞いたことがない。悪いがな、キャル」

「なぜおれを殺そうとした？　正直、動機がさっぱりわからん」

「おまえがステファンを煩わせたからだ」

「ふざけるな、寝言は寝ていえ」

モーリスがいきなり、両手を椅子の肘かけにたたきつけた。ゾガーがぴくりと反応し、両手をすばやく腰にまわす。二挺拳銃なのだろう。詰めてあるのは強装弾だ。モーリスはゾガーを見ていなかったが、それ以上は荒々しい動きをせず、ゾガーが拳銃を抜くこともなかった。

凶悪な視線をこちらに向けて、モーリスはいった。

「おまえにはほとほとうんざりしたからだ、これでいいか？　こそこそと嗅ぎまわられることにも、おまえという存在そのものにも、おまえのことでアテナに泣かれることにも、心底うんざりだ、キャル！　アテナに仕事を奪われたのも気にいらない。こんなふざけた話があるか。ステファンのクソ野郎め、あんな小娘がおれより有能なわけがないだろうが。地位剝奪だ？　考えるだけでも無礼千万な、馬鹿にしやがって。これでわかったろう？

ああ、そうとも、あんな女、どこかでのたれ死ねばいいと思ってる。とはいえ、あれでもファミリーの一員だ。それなのに、おまえごときが、ファミリーの一員に不愉快な思いをさせたうえ、ファミリーの一員を拒絶した――それはファミリー全体に対する挑戦だぞ？　何さまのつもりだ！　おまえにはなんの存在価値もない。自分を人間と勘ちがいしているアリだ。とっとと踏みつぶされてしまえ。アテナを前に進ませることもできないくせに。おまえはあいつを腐れ釣針で引っかけて、毎年毎年、ずっと同じところに引きとめている。おまえなど、足に刺さったトゲでしかない。もうあきあきだ。そのうえ、エレインにまで不愉快な思いをさせやがって」

つづきを待った。

「……エレインにまで不愉快な思いをさせやがって……」モーリスはくりかえした。

このことばを最後に、室内は静まり返った。〈倍幅男〉はなにも聞こえなかったようなふりを装っている。いままでに経験したうちで、こんなにも気まずい沈黙ははじめてだ。〈倍幅男〉にはアテナとの関係を話していない。向こうがその関係を知っていたと考える理由もない。〈倍幅男〉には、自分が童話のダニエルであって、ステファンは足のトゲを抜いてもらった獅子であるというところまでは話した。これで〈倍幅男〉に、もうすこし立ち入った事情まで知られてしまったことになる。まあいい、いつかは知られる可能性があったことだ。いっしょにアテナの従兄を攫《さら》う行為において、たがいを信用できなくなる新たな理由になるとは思えない。

「それじゃあ、機会があれば、また同じことをするのか、モーリス」

する。それはもうわかっている。

モーリスはきっとこちらを見すえた。その顔には、いままでに見たことのないなにか、殺しにきたときにも見せたことのないなにかが宿っていた。それがなんなのかは、しばしわからなかった。侮《あなど》りと蔑《さげす》み、そしてすっかり倦《う》んだ思い——そんなものも感じとれるが、それよりも根の深い、衛星の高みから地表を見おろすようななにか。ややあって、やっとわかった。これはタイタン特有の眼差しだ。ステファンはいつもこんな視線を向けてくる。はるか下で地べたを這いずりまわる虫けらを見る目。完璧な冷静さを獲得したモーリスは、ついに自分が何者かを思いだし、魂の奥底から発せられるような声でこういった。

「そうとも、サウンダー。かならずおまえを殺してやるぞ。そして、おまえは——」と、これは〈倍幅男〉に向かって、「——あとで捕獲して、おれの牧場に連れていってやる。チェックのシャツを着た樵夫《きこり》が空想する、ブタくさいインチキ農場などではない、本物の農場にな。そこでおまえを解放し、十分の猶予をやろう。十分したら、鹿狩りよろしく、ハンティングのはじまりだ。仕留めたおまえの醜悪な死体は、剝製にしてガラスケースに飾ってやる。おまえの剝製の前でワインを試飲するのもよかろう。投与を受けても怪物のように歪《いびつ》な体形にはなっていない友人たちを招いて、葉巻をくゆらせながらな」

その瞬間、〈倍幅男〉の片腕が目にもとまらぬ速さで弾けた。以前にカマキリの前肢を連想したのは正しかった。伸ばし方がそっくりだ。一瞬にして双方の距離を詰めた腕は、重さも角度も、人間のそれとはまったくちがう。長い腕の先についた手はモーリスの頰を強烈にひっぱたき、その衝撃は銃声のような音を鳴り響かせた。

「下種《げす》が」

〈倍幅男〉がつぶやくかたわらで、伸張したときよりもずっとゆっくりと、長い腕が引きもどされていった。

モーリスはソファの上に倒れこんだ。あごの骨が砕けている。たぶん、頰骨もだろう。全身が震えていた。しかしそれは、恐怖の反応ではない。身を震わせて笑っているのだ。なにが起きているにせよ、モーリスとはもう、交わすべき会話はなかった。

「ミスター・ニュージェント」と声をかける。

「なんでしょう、ミスター・サウンダー」

「ここでやるべきことはすんだ。あとは自由にこいつとの話しあいを愉しんでくれ」

「かまわないのですか？　この件の結末を……見とどけなくとも？」

しばらく考えてから、うなずいた。

「かまわない」

「よろしいでしょう、ミスター・サウンダー……なお、あの肝臓のことですが……あれが届けられるか届けられないかで、相互の関係が決定づけられるものと理解しています」

握手をするため、手を差しだした。〈倍幅男〉が顔を見つめてきた。その手を握る気がない意志を伝えようとしているようだが、それでも手を引っこめるようすがないと見るや片方の腕を折りたたみ——こうして見ると、まるでカマキリの捕食待機姿勢だ——教皇が指輪へのキスを許すように大きな手を差しだして、その指先をこちらの手に触れさせた。そして、非人間的な握手であることを強調するかのように、つかのま、手を——向こうの視点では小さな手を——ぎゅっと握りしめた。手を離すとき、〈倍幅男〉の顔には困惑と敬意がないまぜになったような、微妙な表情が浮かんでいた。

「めったにすることではないのですよ、ミスター・サウンダー」

「こっちもだよ、ミスター・ニュージェント」

運転係はゾガーの手下のひとりだった。例のガソリンスタンドに寄り、車を乗り替える。しばらくのち、事務所のアパートメントハウスに送りとどけられた。いたれりつくせりで、家をあけていたことが嘘のようだった。そのうえ、室内の清掃まですませてくれていた。

漂白剤のにおいすらただよっている。

それからしばし、壁の欠損を漆喰で埋めるのに時間を費やした。やりかたは知っている。前にもやったことがあるからだ。

補修がすむと、寝室へいき、ベッドに仰向けになって、冷たい鉛色の空を眺めた。眠れないとわかったのは、しばらくたってからのことだ。


「もしもし？」

「おれだ」

「まあ、キャル」

「いま、いいかい？」

「もちろん！　だいじょうぶ？」

「ああ、まあ、なんとか。なあ、アテナ」

「なあに？」

「おれはきみのことを釣針で引っかけてるのかな。やめたほうがいいか？」

「ええ、引っかけられてますとも。でも、やめないでほしい」

「会いたいんだ、すごく」

「わたしもよ。たたけよ、さらば開かれん」

「いまは自宅にいる」

「うそ。ちがうわね」

「うん、じつは」

「さっさとあがってらっしゃい」

「話しておかなきゃならないこともある」

「そんなこと、どうでもいいわ」

「あるんだ、話さなきゃならないことが」

「いいわよ、そんなもの。黙ってドアの前までくればいいの。いますぐによ、キャル。でないと、パジャマで降りていくから」

「パジャマはやめてくれ」

「いやなら、あがってくればいいだけの話でしょ」

　結局、部屋を訪ねた。

　唇に押しつけられたアテナの唇はつむじ風のようだった。頭は上に向けさせられている。その状態で、唇を重ねたまま、アテナは背中を壁につけ、じわじわと両ひざを曲げながら頭の位置をずりおろしていき、とうとうこちらよりも背が低い形になった。背をかがめ、そんなアテナに被いかぶさる。アテナの胸の中では、モーターバイクがエンジンをかけるときのような音がしだしていた。いつベッドにいったのかは憶えていない。

そのあとのことは、すべて克明に憶えている。


目が覚めたとき、アテナはいなくなっていた。ひとりきりでベッドから降りる。全身にアテナのにおいが染みついていた。あちこちの痣はアテナの指がつけたものだ。終盤にもなると、アテナは力のセーブを忘れていたし、こっちもなりふりかまわなくなっていた。

自分が恥ずかしい。どうしようもなく。

だが、恥ずかしさはどうでもよかった。

この関係、つづけられるんじゃないだろうか。

アテナといっしょにいられるんじゃないだろうか。

事務所にもどった。漂白剤のにおいに出迎えられた。

端末の前にすわり、ロディ・テビットのファイルを呼びだして、パスワードの入力欄に〝アントニン〟と打ちこんでみる。並べて〝マルクス兄弟〟も。だめだった。

ドク・ボックスを再充電しに、屋上の機械室へあがる。グリーンのランプは消えていた。が、オレンジ色のランプは点灯していなかった。それがなにを意味するかはわからない。

ここに収められた肉塊にどれほどの価値があるのかも、いまとなってはわからない。

それに、〈倍幅男〉がこれをどうしたいのかもだ。それとも、これか？　パスワードを見つけさせることが目的なのか？

アテナと関係があることは〈倍幅男〉に知られた。すでに知っていた可能性もあるが、今回のことで確実に知られた。

ステファンはロディ・テビットの臓器を処分しろという。いまは報告がくるのを待っているところだ。

グラットンはグラットンで、いったいなにが起きているのか、報告を待っているだろう。そろそろ、どこにつくか、旗幟《きし》をはっきりさせる頃合いだ。

あるいは、どこにもつかないかを。

屋上からオスリス湖を眺めやる。冬のあいだは重油のような黒、夏のあいだは鮮やかな空色。タペニー・ブリッジのそばには公共のビーチがあり、昨年、ゴミや鋭利な金属片が一掃されて以来、快適な砂浜になっている。湖の向こうでは、山脈の上にちょうど太陽が昇ったところだ。といっても、塵雲《じんうん》がたれこめるこんな日には、テューポーン峠の横手に短時間見えるだけでしかないのだが。

わざわざ山麓まで出向けば、鉄道の通るトンネルが見える。その両サイドには、二体の巨大な像が屹立していた。大地の女神ガイアの像と、その子である巨神《タイタン》、クロノスの像だ。この二体は、都市と周辺自治区を含めた拡大都市の境界を示すもので、金属の骨格を白い複合材で肉づけし、大理石彫刻のように見せかけてあった。ガイア像のほうは片手に吊り網を携え、地球を入れてぶらさげている。クロノス像が手にしているのは鉤つきの剣で、これは剣身の鍔《つば》から三分の二ほどの位置に奇妙な鉤刃《かぎば》が突きでたしろものだった。鉤刃の形は木の葉のようでもあり、湾曲させた舌のようでもある。

それで思いだしたのが、スーザン・グリーンのスケッチブックに描かれていたロディ・テビットの姿だった。あのなかにはペルセウスとして描かれたロディのスケッチがあった。斬り落としたメドゥーサの頭を左手でかかげ、右手に鉤つき剣を持ったあの姿。

子供向けの本では、クロノスはつねに鎌を——ときに大鎌を持った姿で描かれる。だが、ギリシア神話のクロノスもあの巨大像も、そんなものは持っていない。持っているのは、ペルセウスと同様、あの異様な鉤つき剣だ。このデザインは、気まぐれに古代ギリシアのライフスタイルを反映させたものではない。これは血みどろの戦闘で使う実用的な武器で、斧のように貫通力が高く、鎧を斬り裂けるし、敵のはらわたを引きずりだすのにも使える。凶悪でロマンのかけらもない、機能一辺倒の武器——それがこの鉤つき剣だ。

この手の剣には名前がある。凶悪でロマンのかけらもない、機能一辺倒の武器として、ちゃんと呼び名がある。

古代ギリシア語の呼び名は、ハルペー——英語読みではハープ。スーザン・グリーンが車に撥ねられ、宙に舞うまぎわ、伝えようとしていたのは、〝ハープ〟ではなかったのか。それを〝ハーポ〟と聞きまちがえるとは……われながら、なんと愚かな、救いようのない大マヌケとしかいいようがない。なんと膨大な時間を浪費してしまったことか。

階下の事務所に降り、さっそくパスワード入力欄を開いた。

適切なワードにいきあたるまで、数分——ついにファイルを開くことができた。

いや、ここはファイル群を、というべきか。

というのも、フォルダー内には、何百ものファイルが格納されていたからである。

6

何百もの文書ファイルは、何万日にもわたり、何十種類もの調査結果をまとめた記録で、おびただしい記号の列や図がぎっしりと詰めこまれていた。記録と記録をつなぎあわせる原動力は、執念以外のなにものでもない。ロディ・テビットはまぎれもなく、ステファン・トンファミカスカ自身による殺人の証拠を探していたのである。百万件におよぶ相互に独立した手がかり、何百ページものメモ、いくつもの仮説。何十年もの期間に殺されたとおぼしき女性たちの顔、犠牲者の笑顔を収めた数々の写真。可愛い女性、賢そうな女性、見た目はさまざまだが、みんな行方不明のまま見つかっていない女性ばかりだ。ロディはそのなかから、ほんのわずかでもステファンと接点を持つ女性をリストアップしていた。リストにはそれぞれの女性が、いかにして、いつ、どこでステファンと知りあったかを、推測も含めて記してあった。ある女性については、死体を見つけようとして七年もの時を費やしている。結局、その女性の死体は見つからずじまいで、かわりに別の三人の死体を発見したが、いずれもステファンやロディとは関係のない女性だったので、匿名で各地の地元警察当局に通報していた。さらにロディは、化学物質の検知機を携えて、あちこちの公園、森林、山奥、建設現場を巡り歩いていた――まるで見当ちがいの場所ばかりを探す、いかれた遺跡荒らしのように。農場に侵入して、ブタのフンを採取したこともある。墓を暴いたのは、棺の下に隠された第二の死体を見つけるためだ。あるときは、ヴィンテージ古着の店で、犠牲者のものだったと思われるジャケットに遭遇し、購入。一週間後には、宅地造成業者からある区画全体をまるごと購入しようと試みている。業者がどうあっても売らないとわかると、慣れない肉体労働を決意し、当該区画の建設作業員として雇われ、シフトがすくないにもかかわらず、毎日現場に通いつづけたが、やがて組合とトラブルを起こし、現場を追いだされたため、以後は毎晩、夜間に現場を訪れて調査にいそしんだ。警備の番犬が肥え太ったのは、ロディが自由に出入りするため、ステーキ肉を与えていたからだ。三カ月後、区画の造成がおわり、結局、死体のひとつも掘りだされなかったので、ロディはジャケットをスーツケースにしまいこみ、つぎの調査に移った。手書きのメモをスキャンした画像には、ジャケットにかかわるメモがいったんくしゃくしゃにされた跡に加えて、涙の跡も見てとれた。

〝これもだめだった〟という殴り書きには、何重にも下線が引いてあった。〝こんどこそ確実だと思ったのに〟。

　まぶたの裏に浮かんできたのは、夜のさなか、道路ぞいのモーテルや安宿の中でひとりすわり、ひざの上のジャケットを握りしめ、その襟を見おろしながら、屋外で降りしきる雨の音を聞くとはなしに聞くロディの、さびしげな姿だった。

　ロディが築きあげた証拠の一大迷宮巡りはなおもつづく。ロディは優先してたどるべき大通りに気づきもせず、素人調査の曲がりくねった道をさまよい歩き、けっしてつかまることのないウサギたちを追っていく。その徒労ぶりを目《ま》のあたりにするうちに、頭をかきむしりたくなってきた。その妄執、そのプライド、その欲求。そしてなにより、愚かさ。これほど頭がいいのに、愕然とするほど要領が悪い。能《あと》うことならロディの襟首をつかみ、そんなところを探してもなにも出てきやしないぞ、と怒鳴ってやりたかった。

　それもこれも、しかるべき手順に則《のっと》って調査を進めていないからだ。ロディには訴訟の発想がない。告発ということに思いがおよばない。そして〝知りたい〟というところから出発する。しかも、〝犯罪調査とは、ひとつの正しい手がかりを見つけさえすればすべて明らかになるものであり、事件とは、夕べに招いた関係者を前に、チョッキのポケットに両手を差し、自分の名推理を開陳しさえすれば、リビングルーム内であっさりと解決する性質のものだ〟と思いこんでいる。ロディの人生というミステリ映画の中には、どこにも検察や刑法の存在がない。調査予算は青天井、ステファンに弁護士チームがいることにも気づいておらず、そのチームには、ロディが見当はずれのクエストで見つけだせるどんな証拠であろうと、筋の通った疑義の霧であいまいにしてしまえることがわかっていない。ロディの世界に現実はない。あるのは正義のみだ。

正義？　なにを求めての？

これだ。その正義は特定のファイルにあった。ほかの全ファイルとは別のフォルダーに格納してあり、あまりにもサイズが小さく、古いものだったので、もうすこしで見落とすところだった。ロディはこのファイルを必要としていなかった。なぜなら、そこに書いてある内容を痛いほどに知りつくしていたからだ。ロディの心に焼きつけられていた記録。ロディの偏執的な調査の原因であり、高々とかかげられた幟《のぼり》を象徴するもの。

それはリリアン・ジャナ・アントニンの医療記録だった。わが目を疑う悲惨な内容に、読んでいるうちに気分が悪くなってきた。

根源は、三年にわたり、たびたび受けていた美容外科手術だ。手術のつど、リリアンの体形は変化していった。最初に、身長を三センチちかく伸ばした。いったん脛骨《けいこつ》を折り、治る過程で周囲から締めつけながら、骨の成長を刺激する電流を流す。古くさくて苦痛をともなう手術で、よほど覚悟のある者でないと、こんなものは受け入れない。手術により、タイタンを見慣れた世界では華奢なほどスレンダーになったリリアンは、エルフのように見えたことだろう。ひ弱に見えたことだろう。ましてや、ステファンのとなりに立てば、棒人間のように見えたにちがいない。

リリアンはその後も、臀部《でんぶ》、腹部、肋骨、乳房、肩、顔と、つぎつぎに手術していった。記録にある最初の医長は、もともと見目がよいこと、申し分ない健康体であることから、手術の連続には懸念をいだき、いったんインターバルを置いて、カウンセリングを受けてみてはどうかと助言している。その医長はただちに別の医師と交替させられた。どうやらパートナーの意向が働いたらしい。かくしてリリアン・アントニンは、そのパートナーの常軌を逸した非現実的夢想に応えるかのように、自分の身体を異様な形に造り変えていく。資金はその男が出していたのか？　身体改変は男の要求によるものだったのか？　それはいっさい、記録では触れられていない。ともあれ、理想の形へ身体改変が完了したのち、半年間ほどは、どうにか無難に過ごせていたようだ。だが、そこで事態は急変する。

新章のはじまりを告げたのは、美容外科クリニックではなかった。救急搬送時の記録、および緊急治療室の報告書だった。ロディの推測では、どうやらリリアンは新たな身長に馴じめなくて、からだをうまく動かせなくなっていたらしい。たとえば、ひざの下に痣《あざ》をこさえたり、裏庭ですべって尻を痛めたりすることが増えている。中庭に出るガラス窓に勢いよく激突したこともあったし、公営バスの閉まりかけたドアにはさまれ、肩を痛めたこともあった。ダンスをはじめれば、たちまち片腕を螺旋《らせん》骨折する。回転の制御ができず、勢いがつきすぎた結果らしい。フィリピン由来の棒術、エスクリマをはじめたときには、わりと気にいっていたようだが、防御の姿勢を忘れがちのため、毎週毎週、目のまわりに黒い痣を作るありさま。こんな状態がつづいても、リリアンはつねにほほえみを絶やさず、なにもまずいことはない、と周囲に語りつづけたという。

もちろん、まずくないどころじゃない。周囲の者たちも、本来なら事態に気づいて当然だったし、確認する方法を講じることもできただろう。だれかひとりでいい、すこしでもリリアンの窮状を見ぬき、異常事態を暴く質問をしていたら——個人的事情に踏みこんでいたら——あの悲劇は起こらなかったはずだ。いわせてもらえば、自分なら踏みこめた。人間というやつがあまり好きじゃないのに加え、問題がはっきり目の前に見えている以上、それはなおさらだ。徴候はすべて、このファイルに書いてある。すべてを総合してみれば、危険な徴候や診断を要する症状だらけであることはすぐにわかる。

リリアンはからだをうまく動かせなかったのではない。そもそも、自身の外見に不満を持ってもいなかった。じっさいには、強制的で暴力的な支配に基づく関係に縛りつけられ、パートナーの慰みものにされていたのだ。それはあちこちに見られる痣が物語っている。

暴力がエスカレートしていったことはまちがいない。そして、その結果は必然的だった。

何年も何十年も前の、とあるさびしい十月の晩——ついに運命の時きたり、リリアンは死にかけた。死なないですんだのは、当人が死なないことを選んだからにほかならない。リリアンは永遠の英雄だ。劣悪な環境にありながらも生き延びた弱者や小さき人々の——なおかつ勝利の栄冠まで勝ちとった人々の——殿堂があるとすれば、リリアンの名こそは掲げるにふさわしい。関係ができて何年も経たその晩、問題のパートナーを迎えた晩に、リリアンはついに反旗を翻し、それはみごとに効を奏した。来訪の直後に起こったことは、男による凌辱ではない。闘争だ。プリンセスによるドラゴン退治だ。リリアンは十一度、男の胸にナイフを突き刺した。だが、どうしても肋骨と肋骨の隙間を貫くことができない。ここで男はナイフをもぎとり、リリアンに斬りつけた。両腕に圧倒的な体重が乗っていたこともあり、刃先はリリアンのからだを大きく斬り裂いた。傷つきながらも、リリアンは先端を鋭く尖らせた重い鋼《はがね》の棒をつかみ、反撃に出た。持ち手が十字形をした鋼鉄の棒だ。鉤つきの剣をふるうようにして、リリアンは棒をふるい、男の片腕を殴りつけ、二カ所を骨折させたのち、最後は額にたたきつけた。その打撃により、脳内に出血が起きたらしい。男は倒れこみ、リリアンもそのとなりに倒れ伏した。家の中で倒れたまま、たがいの目を見つめあうふたりをよそに、家の外は暗さを増していった——。

以上をすべて把握したうえで、ロディはこのファイルを他のファイルから隔離していた。それが怒りの源だったからだ。ファイルの記録で、ロディは諸悪の根源がステファンだと思いこんだ。妻を奪ったのも、妻の顔を変えさせ、名前を変えさせ、体形まで変えさせてずっと凌辱していたのも、すべてステファンのしわざだったと思いこんだ。

以上の裏をとるのは、たいした手間ではない。マスグレーブに病院記録の確認を頼み、グラットンに警察の報告書を問い合わせるだけですむ。ある意味、ロディは事件を、ほぼ解明していたのである。

だが、ロディはファイルのできごとを時系列的に整理してはいなかったので——たぶん、その能力を欠いていたのだろう——顚末を正しく把握できていなかった。

〝むしろ、助けたの〟とエレインはいった。

そのとおり。

リリアンが打ち身や骨折に苦しみはじめたのは、じつはケルセネソスにくる前に遡る。そして、何年間にもおよぶ異常な処置は、ケルセネソスの半径千キロ以内にはない病院で行なわれたものだった。

ゆえに、そのとおり、ステファンはまぎれもなくリリアンを助けたのだ。

T7を投与することで、夫の暴力から。

ロディ・テビットは自分の妻を奪って〝殺した〟男を追っていた。

しかし、妻がまだ生きていることには気づいていなかった。

そして、気づいていなかった事実がもうひとつある。

自分が探している男が、じつはピーター・アントニンだったことである。


諸々の日付と名前が判明し、だれかがT7を投与された事実もわかっていれば、空白を埋めるのはたやすい。いくらステファン・トンファミカスカが埋めてほしくなくてもだ。

ふたたび、総合記録局を訪ねた。職員のマリアムは微笑を浮かべて応対しながら、背の高いポットでミントティーを淹れて、グラスで出してくれた。

「家族の記録?」マリアムに訊かれ、そうだと答える。

もちろん、うちの家族のことじゃない。しかし、アテナと結婚することにでもなれば、話はまたちがってくる。その場合、今回関係するファミリー全員の記録を、自分の家族の記録として受け継ぐことになるだろう。いま生きている関係者全員の記録をだ。

例外は、おそらくロディの記録のみ。

アントニンの件で死者の記録はない。リリアンは生き残った。明らかに、ピーターも。T7を投与されたあと、リリアンはすっかり所在不明となったが、その理由は単純明快。

T7を投与されれば顔が変わってしまうからだ。変わるというより、もとの顔にもどる。身体形状はリセットされ、骨格は変化し、形成手術によって加えられた変化は消滅して、ピーターに強制された外見の変化は消えてなくなる。

その過程では、すさまじい苦痛を味わっただろう。

アテナに電話して——マリアムの顔に刻まれたえくぼからすると、アテナと話すときの声の変化にほほえましさを感じたらしい——当該年におけるT7緊急投与に関し、全件の資料を送ってくれるよう頼んだ。そうとうむかし——どちらもまだ生まれていないころの話だ。ソフトウェアがかたっぱしから記録を検索していく。しばし、市役所の記録にでもアクセスして遅れはしないかと不安になったが、〈トンファミカスカ・カンパニー〉は、財政面でも人的資源でもはなはだ余裕があり、テクノロジーの変化にともなってデータのフォーマットが変更されたさい、いち早く旧形式から新形式への変換をすませていたので、システムはものの数分で回答を吐きだした。予想どおり、見て楽しい回答ではなかった。わかる物語だからとつけくわえた。アテナは〝わかった〟とだけ答えた。モーリスのこと、アテナには、いいというまではけっして内容を見ないようにと念を押し、あとでいやでも〈倍幅男〉の農場のことを打ち明けるときも、アテナは同じように〝わかった〟と答えてくれるだろうか。それもまた、いやでもあとでわかることだ。

マリアムの案内で、婚姻記録区画と不動産登記簿区画のあいだの小スペースに通された。すわり心地のいい椅子が一脚置かれ、光源は高窓のひとつから射しこんでくる外光だけのスペースだった。椅子に腰かけ、回答に目を通しはじめる。こんな真相なんか、知らずにすめばよかったのに。

自宅の床に倒れていたリリアン・アントニンは、駆けつけてきた救急隊員たちに担架で搬出され、大聖堂に併設されたデメテル慈愛病院のT7病棟にかつぎこまれた。その後、ステファン・トンファミカスカはみずから薬剤注入を陣頭指揮し、費用も負担し、以後の数カ月におよぶ苦痛に満ちた適応期間中、変成中の肉体がインプラントやボルトを排出し、ひびわれた古い骨を修復して新しい骨を作りあげるあいだ、ひたすらリリアンの手を握りつづけていた。

その時期、ステファンは夜になると街に出かけ、浴びるように酒を飲み、荒れに荒れた。ステファンは聖人君子ではない。リリアンの味わう地獄を正視するほど達観してはいない。それでも、あの男なりに苦悩を乗り越えたものと見えて、毎朝、病室にもどってようすを見ると、病院の会議室に移って会社全体に指示を出した。会議室には食べものを持ちこみ、最後にはベッドまで運びこんだという。五カ月というもの、家に帰るのは、性欲が高まり、放出しなければどうしようもなくなるときだけで、家はセックスとシャワーのためだけの場所になり、夜が明ける前にはさっそく病院へ出かけていた。いくつものゴシップ記事がでっちあげられ、逢瀬の写真が激写され、のちに有名になる一本のセックスビデオも流出。その反面、T7病棟へ取材にいくメディアはなかった。そもそも、そんな発想はなかっただろうし、病棟にだれが入院しているかなどには興味もなかったのだろう。でなければ、ステファンが取材不可の圧力をかけたのかもしれない。

かくして、リリアン・アントニンはこの世から消えた。タイタンへの適応が完了すると、元リリアンは郊外に住宅を購入し、それ以降はステファンも、ロック・バイオリニストやウェブのエロ実況《カム》ガールにはいっさい手を出さなくなり、元リリアンに求愛するにいたる。まるで、生まれてはじめて、唯一の愛、真実の愛を見つけたかのように。

じっさい、そのとおりだったのだろう。

ただし、ステファンはひとつ、彼女に嘘をついていた。ある時点まで、ずっと。

総合記録局をあとにしたのは、かかえていた疑問がほぼ解消されてからのことだった。テルモピュライ通りを歩いて板張りの遊歩道にあがり、その上を渡って小さな公園に入る。週末になると、ここへは市民が屈揚げにやってくる。公園は丘を囲む形で設けられていて、入口から奥へ進むほど盛りあがり、登りつめた丘の頂は建物の四、五階に相当する高さがある。丘の向こう側にはアパルトマンの林立するフランス地区が広がっていて、パリ風の青い瓦屋根ごしにオスリス湖が見わたせた。運よく風の強い日にあたれば、空の高みへと爪を揚げることもできる。都市のほぼ全域の上空には、後退しゆく氷河から舞いあがった茶色の塵雲がうっすらとたれこめているが、その塵の層を貫いて高みにまで揚げられれば、湖の上から離れ、山地に吹きわたる風に乗せて、青空に届かせることができる。しばらく丘の頂にたたずみ、世界じゅうのあらゆることに思いを馳せ、自分もあんなふうに自由になれればいいのになと考えた。

やがて、また板張り遊歩道に降りた。そこにあるフィンランド風のコーヒーを出す店は、警官たちがよく立ちより、コーヒーと半月形ペストリー《レルッィ》の朝食をしたためていく場所だ。ちょうどいまは、湖に向かって左端のテーブルに、グラットンがついているのが見えた。となりに探偵がすわれるようにと、席も用意してある。古なじみのように親しみをこめてぐっとハグをしてから、椅子に腰を落とした。

グラットンが苦笑し、ジョークめかしていった。

「いつからハグをする関係になったんだ?」

それからしばし、ふたりとも無言でコーヒーを飲むうちに、ウェイターがグラットンのレルッィを運んできた。においからすると、フィリングはポーク・アンド・アップルか。

注文したのは自分のぶんだけだったらしい。

湖岸にいる小人数のグループを指さして、グラットンがたずねた。

「泳いだことはあるか？」

「冬にかい？　ないな」

「泳ごうと思ったことは？」

「あるよ」

グラットンはうなずいて、

「おまえならありそうだな、いかにも」

「あんたは？」

グラットンはうなずいて、

「ある。年に一、二度は」

「で？」

「そう思うたびに、考える。なぜ湖でタマを凍えさせにゃならんのかと」

去っていくウェイターに声がとどかなくなるまで待ってから、財布をとりだした。

「コーヒー代は払わせてもらおう」

「気にするな、警察が奢ってやる」

「それでもだ」

小額紙幣でも支払うようにして、マイクロメモリーを差しだした。グラットンもやはり、カネをもらうようにして受けとり、かぶりをふりふり、ポケットにしまった。

「なんだろう、この気分。燃えるイヌのフンでもつかまされたみたいな気がする」

「ステファン・トンファミカスカによる殺人の記録だよ。例の被害者が暴こうとしてた」

グラットンが飲みかけていたコーヒーで咽《む》せた。

警部がふつうに息ができるようになるのを待ち、補足する。

「暴きそこねてるけどな」

「しゃれにならんぞ、サウンダー。こんなもの、どこで手に入れた？」

「テビットが隠した場所からさ。具体的な場所は知らないほうが身のためだ」

「身のため？　どのくらい？」

「そうだな……それの内容を知るよりも、もうちょっと危ないか」

グラットンが向けてきたのは、自分も凧になりたいといわんばかりの眼差しだった。

「わかった、キャル。では、調査の成果を聞こう」

グラットンにはなにもかも報告した。もっとも、マスグレーブがオフィスを焼いたこと、モーリスが殺しにきたこと、モーリスを〈倍幅男〉に引きわたしたことは話さずにおいた。

それに、アテナと寝たこともだ。だから、ほんとうは〝なにもかも〟じゃない。

コーヒーを飲みながらグラットンへの報告をおえると、事務所にもどり、屋上にいってドク・ボックスを回収後、街を徒歩で横断して、トンファミカスカ・タワーに赴いた。

〈倍幅男〉は憤慨するだろうが、これを威しにつかうのは悪手だ。これではステファンを揺さぶれない。であれば、渡してもしかたがない。

〝ステファンに会いたい〟と守衛に伝えた。守衛は笑って、

「無理無理、帰んなさい」

「伝えれば通される。待ってるから」

守衛は〝無駄だ〟といいかけたが、簡単に帰りそうにないと見て、ステファンに確認を入れた。すぐに通せとの返事が返ってきた。守衛がドク・ボックスの中身を走査しようとしたものの、その胸に手をあてて押しのけ、目の前を通りすぎ、エレベーターに乗りこむ。行先階のボタンは押さない。放っておいても目的階に着くからだ。

ステファンはばかでかいデスクの向こうにすわっていた。立ちあがろうとはしていない。部屋を横切っていって、デスクをまわりこみ、ステファンの前にドク・ボックスを置いた。

「あんた、馬鹿だぜ」

タイタンはうなずいて、

「そう思われてもしかたがないな。最初から全容を話しておけと思っているのだろう？」

「いいや」

ステファンはけげんな顔になった。

「いいや？」

「いいや。それはあんたのプライバシーだ。話してくれていれば、時間の節約にはなっただろうが……それだけでしかない。あんたにしてみれば、時間を節約したところで誤差の範疇だろう？　馬鹿だというのは、あの男を助けたことだ」

リリアン・アントニン博士。〈トンファミカスカ・カンパニー〉の研究員であったあの女性は、十月九日、デメテル慈愛病院で最初のＴ７投与処置を受けた。ところが、会社の記録によれば、同日、ピーター・ジェンス・アントニン博士もアスクレピオス総合病院の個室に収容され、院外の医療チームによって手当てを受けている。同時に、Ｔ７の投与も。それによって、折れた骨はみな元どおりになり、身体質量は増大し、変成過程がもたらす激痛によって悲鳴をあげつづけることになった。その悲鳴は毎日、病院本来のスタッフが駆けつけてきて、麻酔をかけるまでつづいたという。

ステファンは肩をすくめた。

「あれでなかなか使える男でな、キャル。独特の直観的方法で薬物のことを理解していた。その方面では才人なので、常人でなくするかわりに、科学者として手元に置いておこうと思ったわけだ——うまくいかなかったがな。かわりに〝誕生した〟のがロディだ。以来、わが社では、T7に起因する記憶喪失について多大な研究を行なってきた。たぶんいまの技術であれば、ロディのように失われた記憶と発見のパッチワークにはならなかったろう。もっともあれは、リリアンに鋼の棒で額を強打されたとき、脳内出血で大きなダメージを受けたせいもあるかもしれん。ともあれ、長年、ロディの暗躍には楽しませてもらったぞ。痛々しいほどにあきらめが悪く、無垢で、決然として。まるで自分専用のテレビドラマを見ているかのようだった。流れ流れて、街から街へ——追いもとめるのは起きてもいない犯罪の証拠だ。そんなものはあるはずもない。それでもずいぶんとがんばって、善行さえ積んでいたな、ときにはだれかと恋に落ちながら。そのすべてが、わしにしかわからん、極上の皮肉に彩られていた。いやでも目が離せんではないか。しかし、だれにでも終演のときはくる。もちろん、わしを除いてだがな。それはあいつの肝臓か？」

「いいや。ステーキ肉だ」

「ほほう、そいつはステキだ。上出来だぞ、キャルよ。よくやった」

「ロディを殺したのは、あんたか？」

ステファンの胸の中でゴロゴロという音が轟き――これはのどの奥で笑っているんだと気がついた。あえて破壊的な笑い声を洩らさずにいるのは上機嫌だからだろう。

「馬鹿をいえ。あの男が研究していたのが藻類を繁茂させることであれなんであれ、湖の生態系に寄与するものだった。わしを愉しませてくれるという価値はいうにおよばずだ。そんなことはせんよ。いっただろう、ロディはわしにとって、なんら問題ではないと」

「だが、リリアンにとっては問題だった」

「問題だったのはピーターさ。そのピーターはあの晩に死んだ。リリアンはまぎれもなく、ピーターを殺したのだ。そしてそれは、まぎれもなく正当防衛だった。ロディはといえば、たとえリリアンをその目で見ていたとしても、だれだかわからなかっただろう。そもそも、リリアンのことを憶えていたものかどうか。ピーターが溺愛してやまなかった、不気味で小さなお人形、ピーターがあんな姿に変貌させてしまったお人形のことはな。リリアンはもう存在していない。何十年も前から、どこにもいない」

「そしてあんたも、もはや元リリアンといっしょにはいない」

「そうとも。おたがい、納得ずくで決めたことだ。しかし、潮時ではあった」

気がつくと、ステファンに視線を注がれていた。そうか、訊いてほしいか。

「リリアンはだれだったんだ、ステファン？」

「はなはだ焦点の定まらん訊き方をするものだ。それは〝リリアンがだれになったか〟ということだな？　ほんとうはもうわかっているんだろう？　わかっていないはずがない。わからんふりをしているだけだ。わしはリリアンを生かした。リリアンに惚れた。そして、惚れた女と結婚した。それがだれだか、いってみろ。もう時系列は把握しているはずだ」

そのとおりだよ。答えはひとつしかない。

「エレインだ」

ステファンはうなずいた。

アテナの母親の。

「エレインだ」

「エレインはあんたがピーターを生かしていたことに気づいたのか？　だから別れた？」

「いいや、そうではない。それぞれ異なる道を歩みだしただけのこと。われわれの人生は無限につづく。いつも同じ会話、いつも同じ愛情のしぐさに飽きてしまったのさ。しかし、いまでも友人同士ではある。いまもなお、たがいに愛情をいだいているとさえいえる——家族としてな。あるいは、いつの日か、エレインとまた結婚することになるかもしれん。そう公言するにはまだまだ早すぎるが。それはわれわれがわれわれたる意味の一部をなす。なにごとも、幕引きをするには早すぎるのだよ、つねにな」

「たしかだな？」

「エレインがロディの存在を知らなかったことか？　わしの知るかぎりでは、たしかだ。モーリスに訊いてみるがいい——あいつと顔を合わせても平気でいられるならな。あれはフジツボのようにエレインにへばりついていた。それがあいつの日常なのだろう。わしがしたことをエレインが把握していたかどうか、それを知る者がいるとしたら、モーリスだ。あれはこれまで、エレインが口にしたことを残らず記録している。エレインに気の利いたことをいう機会があれば活かすために」

「エレインが動揺していた理由はなんだったんだ？　そら、あんたが聖ヘレンズのテープカットを急遽切りあげて帰った晩だよ」

「結局、わからずじまいだった。なだめようのない状態が二十分ほどつづいたところで、常態にもどった。もう知っているだろう、エレインは病気だ。認知機能が振り子のように揺れ動く。認知機能検査はパスしているので、まだT７投与を強制するわけにはいかん。といって、認知機能が怪しいときは、頑としてT７を受けつけんしな。振り子のどちらの端にいるエレインも、自分に完全な認知機能があると思っている。だが、いずれアテナがT７の投与に導くだろう。おまえがアテナと成りゆきで縒《よ》りをもどしたのは僥倖《ぎょうこう》だった。あれは予想外だったぞ。おまえの有用性については理解を改めねばなるまい」

「ありがたき幸せで、陛下」

「これもモーリスの件だが、あの晩もエレインのまわりをうろうろしていた。あの男には、エレインが本来の状態にないことがどうしても理解できんらしい。問題の根はそこにある。エレインのいうことが現実世界の対象やできごとを反映していないことに気づきもせず、真剣に耳をそばだて、そのことばにいちいち意味を汲みとって、そこに手前勝手な愛情の兆しを読みとっているようだ」

「どのみち、モーリスとは話をしなきゃならないな」たぶん、まだオフィスにもどってはいないだろう。「エレインがリリアンなら、モーリスこそがロディ殺害の容疑者になる」

ふたたび、洞窟の奥で水が流れ落ちるような、押し殺した笑い声が響いた。

「そうだろうとも、キャル」

「あいつの自宅を捜索するのに、令状は必要か?」

「それはわしがやつの家の所有者だから訊いているのか?」

「そうだ」

ステファンはにんまりと笑ってみせた。まるで、だれもが最初から気づいていたことに、いまごろ思いあたったのかといわんばかりに。

「不要だ、キャル。さあ、もう出ていけ」

住む世界がちがう。それを如実に感じさせる、タイタンの豪勢な暮らしぶり。モーリス・トンファミカスカのアパートメントは、ステファンの異世界的大聖堂とは趣《おもむき》を異にし、ポストヒューマンの先触れ的な要素などまったくない、常識的なアパートメントだったが――想像できるかぎり、もっとも高級な作りをしていた。落ちつきのある、どっしりしたドアをあけると、その向こうに広がっていたのは、適度な広さ、適度な構造の空間だった。天井はかなり高いが、雲までとどくかと錯覚するほどに高くはない。家具もカジュアルにエレガントで、くつろげるものばかり。黄金の像や花崗岩の家具などはどこにもなかった。壁や床はイタリア産のペールウッド張りで、ひときわ目を引くのは古風な暖炉だ。部屋の外にはガーデン・テラスと専用プールが見える。壁には絵画まで飾られていた。古き良きエミー・ヴァン・ビアフリートの複合媒体絵画が数点、ダイニングテーブルの向こうにはデイヴィッド・ホックニーの作品らしい絵が一幅。すべて洗練された高価な品ばかりだが、といって、これみよがしに高価さを強調する雰囲気はまったくない。たんに、これほどの洗練を生みだすには莫大な費用がかかったろうな、と感じさせる程度だ。

本人よりも先にこのアパートメントに出会っていたなら、もっといい関係を築けていたかもしれない。

モーリスがふだんすわっている場所を探したが、それらしきものは見つからなかった。日ごろ、自分の居場所を世界に確保しようと汲々としている男が、自宅に居場所を設けていないのも不思議な話だが、なんとなく、理由はわかる。ひとつには、タイタンの使用に堪える家具がそうそうはないからだ。それに、モーリスの生き方も関係しているだろう。なにしろここは、当人の住まいではあっても、持ち主はステファンなのだから。

ひとまず、本が開いたままで置いてあるテーブルの前に腰をおろした。その前の窓から一望できるのは、湖ではなく、街の景観だった。つまり、ここの住人は、このアングルの窓を好むということだ。深く冷たい湖ではなく、眼下の通りをゆく常人を見おろす窓を。モーリスは地上をゆくちっぽけな人間どもを睥睨《へいげい》したかったのかもしれない。あるいは、この世界での生き方の一環として、自分も地上へ降りていきたかったものの、そのすべを見いだせなかったのかもしれない。

開きっぱなしになっていたのは料理の本だった。

立ちあがってバーの前にいき、モーリスがカクテルを作る場面を想像して、まねてみた。当然、いまは酒を飲めないので、シェイカーに水を入れ、さらに水を足して振ってから、おもむろにグラスへ注ぐ。水を口にふくむと、人工的な味がした。そのグラスを片手に、寝室に入る。

ここはモーリスがエレインを迎えたがっていた部屋だ。だから、この部屋こそは核心の場所といえる。いよいよのときに備え、つねに準備はととのえていただろう。モーリスはつねづね、エレインもそのときを待っていると思いこんでいたはずだ。

気をつけよう。ついモーリスがもういないかのように考えてしまう。

ベッドは大きくて頑丈だ。マットレスのタグには、スプリングがチタン《タイティニアム》合金とカーボン・ファイバーを交互に組みあわせたものである旨が記されていた。これだけ丈夫なものを選んだのは、何者かに銃撃されたとき、とっさに盾とするためだろうか、それともたんに、タイタンがこの上で組んずほぐれつしても耐えられるようにするためだろうか。たぶん、両方だろう。

ベッドサイドのナイトテーブルには、グラスがひとつ、伏せて置いてあった。ベッドの反対脇にあるテーブルにもグラスがひとつ、こちらはすぐに飲み物をつげる状態で置いてある。クローゼットの扉をあけると、モーリスの服のとなりに、エレインのサイズの服が何着か用意してあった。つかのま、結局ふたりは寝たことがあるんじゃないか、と思った。だが、服のタグはついたままだ。だとすれば、これはエレインの服じゃない。エレインがきたときのために買っておいたんだろう。この密やかで、望む者とてなき聖堂に。

寝室をあとにし、廊下ぞいに歩いていく。隣室はゲストルームだった。なにが見つかるつもりでいたのか、自分でもよくわからない。モーリスはときに愛人を連れこんでいたのだろうか。連れこんだのなら、セックスが目的か、それとも人恋しさからか、どちらだ？愛人たちはエレインに似ていたんだろうか、それとも、なるべく似ていない相手を選んでいたのか。この家には、その答えはない。たとえ愛人たちを呼んでいたとしても、ことがすんで帰ってしまえば、室内から徹底的に愛人の痕跡をなくしてしまっただろう。

書斎に入る。デスク前にすわり、端末を起動した。パスワードは設定されていなかった。それはそうだろう。玄関のドアを通れるのは、モーリスとステファンしかいないんだから。いまはもうひとり増えているが、これはステファンの許可があったからだ。

預金通帳を開き、カネの出入りを見ていく。オルハンがきっぱりといいきったように、デントンへの振込記録があった。

マレンへの振込は、この口座からではなかったらしい。

つぎに通信記録を開き、マレンの名を検索した。やはり検索にはひっかからなかったが、べつに見つかると思っていたわけじゃない。あれは殺しの依頼だ。支払うのなら、もっと隠微な方法をとっていただろう。

こんどは自分の名を検索してみた。エレイン、デントン、アテナへのメールに記された、キツい見解がいくつも見つかった。モーリスにきらわれていることは知っていたが……。

〈トンファミカスカ・カンパニー〉に関するアテナとの議論も見つかった。かつて自分が仕切っていた仕事へのダメ出しも見られた。アテナはきわめてていねいな調子で、いまは自分が司っている旨、やんわりと伝えていた。

スーザン・グリーン、ロディ・テビット、ピーター・アントニン、リリアンについても検索してみた。

モーリスがこの四人となんらかの関係にあったとしても、記録には残していなかった。たぶん、すべて頭の中にしまっていたのだろう。

エレインについても検索した。いたるところでひっかかってきた。手紙の下書き、メモ、贈り物のリストなど、さまざまなところに名前が出てくる。

もしや、エレインの覚えをめでたくするため、ロディを殺したのか？

さすがにそれは意味が通らない。

自分がモーリス・トンファミカスカで、あるとき、ピーター・アントニンが大学で——まるで怪物ではないかのごとく——教鞭をとっているのに気づいたとしよう。モーリスはたぶん、世の怪物どもにあまり目を向けない。自分も怪物のひとりだからだ。ところが、この怪物だけは例外だった。なにせモーリスは、エレインに不愉快な思いをさせたという思いこみで人を殺しにくる手合いだ。相手がピーター・アントニンだとわかれば、放っておくはずがない。

かりに、高価なタクティカル装備に身を包んでニンジャとなり、想い人に凌辱を働いた外道に制裁を加え、殺したとしよう。その場合、犯行現場はじっさいの犯行現場と異なるものになっていたはずだ。モーリスがロディの家に押し入り、手近の鈍器で撲殺したなら、ロディが〝こめかみに一発だけ銃弾を撃ちこまれて死んでいた〟状況にはなっていない。それは怒りにまかせた暴行をともなわない、冷徹で静かな犯行だ。慈悲深いとさえいっていい。そこには、うちの事務所に力ずくで押し入ってきた乱暴者の荒々しさはない。

だが、その乱暴者と、この趣味のいいアパートメントに住んでいる男、この両者が同じ人物とは思えないこともたしかだ。人はみな多面性を持っている。ロディの正体を知った時点でのモーリスを想像してみよう。うちに押し入ってきたときよりも頭の冷える時間があっただろうから、その間《かん》に計画を練られたはずだ。ピーターの凌辱はあまりにもたちの悪いものだったので、じっくり考える意義があった。まず、標的に薬を盛って眠らせる。のちにマスグレーブが分析機にかけたとき、薬物反応はなかったが、ここはそう仮定しておこう。つぎに、銃を握らせたロディの大きな手をもっと大きな手でつかみ、銃口を頭に押しつける。長年、たまりにたまった正義《つけ》を執行する行為は、さぞや正義感をくすぐり、気分のよいものだったろう。ロディはもはやピーターのときの記憶を持ってはいなかった——生まれたときの記憶をだれも持ってはいないように。しかしモーリスは、そのことを知らなかった。だから——。

バン。

そして、だれにも見つかることなく、夜の闇へすべり出た。

そんな芸当を、あの男にこなせるはずがあるだろうか。

ふたりが友人関係にあったという可能性も考えられなくはない。あるいは、モーリスがロディにそう思いこませていたのか。なんにせよ、モーリスはロディの飲みものに薬物を入れ、効き目が表われるのを待った。オーケー、そこまではいい。だが、そのまえにまず、モーリスはアパートメントハウスの正面玄関を通る必要があったはずだ。帰宅時間帯に、住民たちにまぎれて入りこんだのか？　しかしモーリスは、いちばん背が高い住民よりも三十センチは背が高い。文字どおり、頭ひとつ突きぬけて見えただろう。カメラの間近を通ったことで、身長の差がわかりにくかったのか？　フェルトンがセキュリティビデオをチェックさせたルーキーには、少々荷が勝ちすぎたのかもしれない。とはいえ、警備員のジェレリンなら、入ってくる全員のチェックは無理でも、モーリスには気づいたはずだ。あれはばかでかいタイタンで、ふつうの来客じゃないんだから。

もしかすると、ロディのふりをして入りこんだ？　それならありうるんじゃないか？　目の隅で見れば、ちゃんと正視しなければ、どちらも極端に背の高い人間だ。同じ人物に思えたかもしれない。しかし、モーリスはふんぞりかえって歩く。すべてが自分のものであるかのように。ロディはそんな歩き方をしなかっただろうから、この線は成立しない。

モーリスが見とがめられずに受付の前を通ったとなると、ジェレリンを買収したのか？　ジェレリンが賄賂に目がくらむ人間とは思いたくないが、どんな人間も金額しだいではよろめくものだ。相手がトンファミカスカとなれば、喜んでいうことをきくかもしれない。

モーリスの端末にもどり、ジェレリンの検索をかけた。ロディのアパートメントハウス、ジェレリンの住所、家族関係。ジェレリンとモーリスの接点がありそうななにか。さらに、ロディが死んだ部屋や大学と接点のありそうななにか。端末経由で携帯電話の位置情報もたどってみたが、すくなくとも記録上はいっさい接点がなかった。もっとも、いま現在、携帯電話はシロスのビーチにあり、持ち主がマイタイでも飲んでいるとほのめかしている。とすれば、なにはなくとも、モーリスは所在地のごまかしかたを知っていたことになる。

しかし本能は、モーリスはジェレリンを買収してなどいないと告げていた。モーリスがあの建物を訪ねた記録がないからだ。

モーリスのやつには殺されかけた。おそらく、二度も。

しかし、あの男がロディ・テビットを殺したとは思わない。


「やあ、フロイド」

「おう、キャルか」

「すまんな、あのときは怒らせちまって」

「かまわん、かまわん」

この男とは反りが合わない。だからといって、反りを合わせられないということもない。

オストビーはグラスに飲み物をついでくれた。愛飲の得体が知れない健康ドリンクだ。

「じつに巧妙な身元洗浄《ロンダリング》だったよ。よほどの権力がないと無理だな、ありゃ」

「職業上の調査能力向上に貢献できたようで、なによりだ」

「ロディはピーター・アントニンだった。それはもう気づいてるな?」

「うん」

「じつに手のこんだ工作でなあ。巨額の無申告マネーも動いていたな。とてつもない額のマネーが、国内外へいったりきたり。目的は脱税よりもアイデンティティ維持に見える。ユーザー側で保守可能な永続戸籍を確保すること、これだ。ひとたび確立してしまえば、あとは射ちっぱなしで忘れてしまえる」

「なるほど。ロディ自身は、その大金が支払われていることすら知らなかっただろうな。資金の出どころも」

「ま、人生は長い。なかなか全貌は見わたせないもんさ。ひとつわかったのは、この男が自然保護マニアだったということだ」

「ロディが……なんだって？」

「な？　驚くだろ？　最初はこれも偽装かと思った。ところが、法的にきちんと手続きを踏んでる。まさか、こんなタイプだとは思いもしなかったよ」

「すると、マジで自然保護に熱心だったと……？」

「それが証拠に、死ぬ二週間ほど前、自然保護団体に多額の寄付をしている。森林、猛禽、クマを保護する団体に。いやはや」

堰を切ったように、だしぬけに理解が訪れた。オストビーの事務所内に、突如として、冷たい湖水がなだれこんできたかのようだった。

「それでな……知りたいか？　自然保護団体の代表者の名前？」

オストビーはすこし警戒している表情になっていた。おそらく、さまざまな思いが顔をよぎるようすを見て、不安になったんだろう。

知りたくなんかあるか。

「教えてくれ」

オストビーはプリントアウトの束に手をつっこみ、一枚の紙を取りだした。だが、見るまでもない。オストビーが口にする名前はもうわかっている。

ロディ・テビットは、三週間前、地域の森林野生生物保護を目的とする、格別に重要な資金集めパーティーに参加していた。そのさい、参加に必要な口数の寄付を行なっている。そのパーティーの基調演説者であり、主賓でもあった人物は――。

エレイン・トンファミカスカ。

エレインの山荘は森の中にあり、その暖炉から出る煙は植物生育室に送られる仕組みになっている。そしてスーザン・グリーンは、ロディが訪ねたある場所に〝二酸化炭素回収機構つきの暖炉〟があり、高価な設備にロディがしきりに感心していたといっていた。

エレインか。

モーリスじゃあるまいし、いきなりエレインの山荘に乗りこみ、話を聞くようなまねはしない。かわりに、ロディが住んでいた建物を訪ね、昼どきの人の出入りが落ちつくのを待って受付に近づき、ジェレリンのデスクの上に、自分、アテナ、エレインがいっしょに写った写真を置いた。

「この女性、知りあいでね」

ジェレリンは写真に目をやり、口を閉じた。

「彼女がここへきたとき、きみが手引きしたこともわかっている」

返事はなかった。

「彼女は荷物搬入用のドアから入ってきた。それに気がついたきみは、カメラをズームに切り替えて、彼女が映らないようにした。外へ出ていくときにも同じようにしたんだろう。上の階になんの用があったのかさえ、彼女は告げなかったんじゃないか」

ジェレリンはしばし、なにもいわなかった。ややあって、こう質問してきた。

「なぜこの写真にあなたが写っているの、キャル」

「アテナとは、そのむかし、デートしていた間柄なんだ。いまもまた、するようになっている。複雑な事情でね」

ジェレリンは鼻を鳴らした。

「いっそう複雑になるでしょうね、彼女さんの母親を逮捕するつもりなら」

この女が提示した条件は、モーリスでさえ呑めなかっただろう。しかしエレインなら、金額をたずねることすらしなかったはずだ。

「逮捕は警察の仕事だからな」とジェレリンにいった。

しかし、これはむしろ、自分に向けていったことばだと思う。


タクシーを拾い、山荘へと向かう。デパートが並ぶサターン・ドライブで拾ったのは、ここならセキュリティカメラがたくさんあるからだ。移動中、ずっと電話をかけつづけていたのも、パンくずを点々と落とすように、経路の記録を残すためだった。電話の相手は、オルハン、オストビー、グラットン、ミニ・デントン、マスグレーブ。べつに用があったわけじゃない。かけられた側はみんな、たまには休日が必要なんだろうと思ったはずだ。

ステファンには電話をしなかった。アテナにもだ。

森林地帯着。森の外で電話をかけ、応答を待つ。ややあって、またコールし、ふたたび待った。空は暗くなりつつある。冬の午後は暗くなりだすのが早い。湖上には雲がかかり、ひと雨きそうな塩梅《あんばい》だ。もしかすると雹《ひょう》になるかもしれない。寒さに耐えかね、とうとう襟を立てたとき、エレインの声が応えた。

「どなた」

「キャル・サウンダーです、エレイン」

間があった。長々とした、考えこんでいるような間。

「きてくれてうれしいわ、キャル。山荘の前に車をつけなさい」

「タクシーはもう帰しました」

「まあ。では、迎えにいかなくてはね」

そのことばどおり、エレインは迎えにきてくれた。オフロードタイヤを履いた小型電動ゴルフカートに乗って。モーター音は、世界一大きな蚊のような音がした。たった五分のコースだというのに、エレインはフライトスーツのような服を身につけ、飛行士がつけるようなスカーフを首に巻いていた。ジェーン・フォンダが演じるアメリア・イアハートといった風情だ。ゴルフカートの運転席にすわるエレインは、いままで見たことがないほど上機嫌だった。

「このカート、お気に入りなの」エレインがいった。「無意味だし、馬鹿げているけれど、害があるわけでもないしね、なかなか可愛いわ」

「クマ諸君はどう思ってるんでしょう」

「悲喜こもごもというところかしら、キャル。だって、クマだもの」

カートが走りだす。エレインは減速をせずにカーブを曲がるため、右に左に、からだが大きくかたむき、そのたびにたがいのからだが密着した。アテナの事故以来、エレインとからだが触れあうのは、これがはじめてだ。

「わが家へようこそ」

山荘の上がり段を昇るさい、エレインがいった。真意はわからない。

エレインはモロトフ・マーティーニを二杯ぶん作り、一杯を手にして、がぶりと飲んだ。今回はリビングルームにすわっている。バルコニーは寒すぎるからだ。

「どんなご用かしら、キャル」

「訊きたいことがありまして」

「それはいつものことでしょう?」

「たしかに。ただ、質問の前に——」

エレインは片手を突きだし、制した。

「アテナと縒《よ》りをもどしたそうね。それが意味するところはだれにもわからない。ただ、まったく新しい、前代未聞の展開がまたしてもはじまってしまった。あなたがたは不安定。ふたりとも、前のときとは別の人間よ。それでも望みをかけているの。わたしにはあまり強く干渉しないでちょうだい。たがいの関係を壊しかねないこのやりとりも、ほんとうはしたくないのでしょう?」

「そのとおりです」

よほど驚いた顔になったらしい。というのは、エレインがためいきをついたからだ。

「アテナもステファンも、わたしがすこし病んでいると思っている。病んでいるのは事実。自分でもわかっているのよ。もういちど投与を受けて大きくなる時期、治癒される時期をとうに過ぎていることはね。でも、まだ投与は受けたくないの。この頭の中には、自分がたしかな自分である時期と、すこしおかしくなっている時期のあいだに……特別な場所があるんだもの。自由になれる場所がね」

「はあ……」

「わたしはタイタンよ、キャル。裕福で、変わり者。すでにだれとも毛色のちがう存在になってしまっている。ほんとうは、かつての自分からあまり遠いところにはいきたくない。すでにそうとう変わってしまっているけれどね。あなたにならわかるでしょう？　それを理解できる人間は、たぶん、あなたのほかにいないわ」

「同感です。しかし、あなたもそうとは思いませんでした」

「ふだんはちがうのよ。頭がはっきりしているときにはね。そうでしょう？」

「クマといっしょに暮らしているほうが、おだやかに生きていけるんじゃないですか？　なにものにも悩まされず、もうすこしクマとたわむれていたらいいのでは」

「そうね、そうできればね。でも、もうそんなことはしたくないの。意味のあることではないし、しょせん、クマはクマでしかないもの。それはさておき、なにか知りたいことがあるんでしょう？　さっさと片づけてしまいましょう」

「一カ月前のイベントで、あの男はあなたに会いにきた。ロディ・テビットが。そのとき、あの男はロディだった。ピーターではなく。そうですね？」

　エレインはふたたび嘆息し、グラスを口に運んだ。

「とても奇妙だったわ。見た目はピーターなのよ。全体に大きくなっていて、すこし角がとれた感じにはなっていたけれど、声もしゃべりかたも、若くて理想主義的だったころのピーターにそっくり。最初は親戚だろうと思ったわ。でなければ、遺伝子の気まぐれで、他人の空似なのかしらと。世の中、ひとりはうりふたつの人間がいるというでしょう？　話してみると、とても好感が持てたの。好人物だったわ。ところが、話をしているうちに、むずかしいお願いをしたいと切りだしてきてね。てっきりセックスがらみかと思ったわ。よくあることなのよ。だから、心の中で、丁重にお断わりする腹づもりをしたの」

　そこでエレインは、のびをした。無意識のしぐさだったが、妙にぞっとした。なぜなら、これまで顔を合わせてきて、はじめてエレインの中に——そのしぐさの中に——アテナが見えたからだ。

　山荘のほど近くで、なにかがドスン、ドサッという音をたて、なにかに向かって吠えた。

エレインのクマたちがクマならではのなにかをしているのだろう。

「もちろん、セックスのことではなかったわ。わたしに手を貸してほしいといいだしたの。わたしがステファンと別れたと知ってのことよ。別れたのはステファンが残酷だからで、それでステファンに復讐するための味方になってくれると思ったみたいね。そして、あの悲しくて奇妙な物語をしだしたの。自分の完璧な妻のこと、自分たちの至上の愛のこと、その妻をステファンが強引に奪いとったこと、そのあとで妻を殺して、世の中から存在を消してしまったこと。あの男はステファンをピーター・アントニンに仕立てあげたのよ。そうして、手に入るすべての力を使ってステファンを狩ろうとしていたの。あの、一見、人畜無害そうに生まれ変わった小物が凶悪な怪物の素顔を覗かせて、ステファンに復讐を果たさないかぎり、心が休まらないなどとほざくのよ。その後もあの男は、あきらめずに何度でも訪ねてきたわ。わたしが手を貸すはずがあって？　手を貸せるはずがあって？リリアンが埋葬されてる場所なんて、このわたしにわかるはずがないでしょう？　じきにわたしも確信を持ったの。これは親戚なんかじゃない。他人の空似でもない、ピーターだ、でなければ、ピーターの残滓を心に宿している存在だって。あれは……あれは、いままで見たなかでもっとも醜悪な怪物だったわ」

「それはまた難儀な……」

「まったくよ。いまのあなたにはわかるでしょう。全貌を見てきたのだから。アテナから、とうとうあなたが訪ねてくると聞いたときには、心から感謝したものよ。いくらあなたの態度が怖々《こわごわ》としたものであってもね。あのとき、思ったの。ああ、やっと理解してくれる人がきてくれた――」

あのときの大きく目を見開いた顔、うつろな笑み、あれは病んでいたせいではなかった。ほんとうに怯えていたんだ。

「そして、こう思ったの、よくものこのこ顔を出せたものねと。ああ、あなたのことじゃないのよ、愛しいキャル。あの男のこと。よくもまあ、前のあの男に似つかわしくない、善良そうな人格を宿せたものだわ。おまけに、哀れを誘う物語を妄想して、正義の復讐を企てるなんて。よくもあんな正義面をして、恥知らずにもわたしを訪ねてこられたものよ。世間は広いのに、よりによって、さんざん狼藉を働いた相手のもとへなんて。力を貸してくれ？　冗談じゃないわ」

「それで、断わったんですか」

エレインは荒々しく左右に首をふった。

「こういってやったの。〝いいでしょう！　いいでしょう！　もちろん、協力するわ！　陰ながらあなたの力になりましょう、テビット博士。事情は完全に理解していますとも、あなたが知りうるよりずっと深く！〟。向こうはひどく興奮していたわ。あの男が怪物と思いこんでいるステファンのこれほど身近にいる者が、とうとう信じてくれたんだもの。あのときは、用心深く行動してほしい、けっして支援者であることがばれないようにと、アドバイスを受けさえしたほどよ。あの男が帰ったあと、わたしは大笑いしたわ。笑いがとまらなかった。そのときの思いはこうよ。〝勝ったわ——こんどもまた〟。たしかに、ステファンには怒りをおぼえましたとも。わたしに黙ってあの外道をタイタン化していたことが明らかになったんだもの。でも、あのひとならやりかねない。というか、やらないはずがない。それに、わたしはとっくに自分の足で立っていて、恐れるものはなにもない立場だったしね。けれど、ようやく笑いが収まったとき、顔が涙でびしょびしょになっていたことに気づいたの。それほどに心の傷が深かったのよ。全身がまた痣だらけになったみたいだった。だから、ひたすら眠ってしのごうとしたわ。浴びるようにお酒をあおってしのごうともしたし。なにもかも放りだして知らん顔をしようかとさえ思った。でも……そんなこと、できるわけがない。それでついに、あの人でなしに電話して、あなたの妻がどうなったのかわかったと伝えたの。そのあと、あいつのアパートメントに乗りこんで、一部始終を話してやったわけ、最初から最後まで」

「向こうはそれを信じた？」

「最初は信じないだろうと思ったわ。証拠はわたしの頭の中に山ほどあって、信じさせる方法もいろいろあったけれど。でも……まるでグラスを床に落っことしたみたいだった。ロディは床にくずおれて、一挙に精神が崩壊したかのように喚きだしたのよ。壮絶な眺めだったわ。喚いて、喚いて、喚いて、最後に〝死にたい〟と。それは当然の報いでしょう。だからわたし、こういってやったの、〝ええ、ピーター、死になさい〟。つかのま、あの怪物がそこに——ロディの目の中に見えた気がしたわ。怒りに燃えて怪物が浮上してくる。てっきり戦うつもりだと思った。生存本能よ、わかるでしょう？　すべての生物の根底にある本能。ところが、まるで戦う兆しを見せようとしない。わたしは手を差しのべたわ、はじめて会ったときのように。そして、彼の背後に立って、背中から両手で抱きしめて。そのとき……なにかをいったと思う……ロディに持たせた拳銃を当人の頭に突きつけて。そのわずかな一瞬に、わたしは統合されたの。長い過去におけるすべての自分、すべての女が、ひとつにまとまったのよ。すべてが見えたわ。それがなにを意味するのかも。

その状態で、ロディの頭に銃弾を撃ちこんだの」

エレインが腕組みをした。一頭のクマが山荘をまわりこみ、ゴミ収集缶へ向かっていく。ふたりともすわったまま、その音を聞いていた。ややあって、エレインは肩をすくめた。

「これがすべて。さあ、逮捕なさいな、警察の協力者として」

口を開き、〝警察官じゃないもので〟といいかけた。

その寸前、何者かに先を越された。

「いいや」モーリス・トンファミカスカの声だった。「しないよ、その男は」

〈倍幅男〉は待っているはずだったのに——賭けに負けるリスクを軽減するため、ロディ・テビットの臓器がとどくのを。待つのに飽きたのだろうか。


モーリスは同じ過ちを二度と犯さない。そして、こちらに視線をすえ、にやりと笑うと、電撃銃《テーザー》を発射した。狙いは低く、電撃針は太腿に命中し、即座に痙攣が全身を走りぬけた。椅子から転げ落ち、床で背中を打つ。側胸部の銃創に埋めたパテが電撃で融けだしている。口を動かしたが、ことばにならない。そこへさらに、もう一発、撃ちこまれた。

「ざまをみろ、キャル」とモーリスはいった。「思い知ったか、キャル」

「モーリス」エレインが険しい声を出し、つぶやくようにいった。「わたしたち、大事な話をしていたのよ」

「もういいんだ」モーリスが答えた。「こんなやつと話をする必要なんかない。こいつが何者であろうとも。もう終わったんだ」

モーリスがテーザーのケーブルをたぐりよせにかかった。太腿から電撃針が抜けるのを感じた。痛くはない。刺さったところが痺れているからだ。反射的に身がよじれたのは、自律神経系をやられたからだろう。銃創の部分で気泡緩衝材《シート》が破裂するような音がして、パテが流れだした。椅子の肘かけにつかまり、必死に立ちあがる。

「――警察官じゃないもので」

モーリスに向かってそういったのは、エレインとの会話で、すでに口がそういう動きをしかけていたのと、なにかをいう必要があったからだ。

「知ってるとも」とモーリス。

いきなり、顔面を殴られた。岩の塊で殴られたも同然の衝撃だった。それはそうだろう。いまこいつが動けているのは、T7応急処置室に入ってきたからだ。骨を修復し、切れた筋肉をつなぎ、そのほか全身を修復する微量投与を受けてきたのだろう。修復はせいぜい七五パーセント程度だろうが、すでに骨と筋肉は二十キロほど増量しており、骨の補強に新技術のカーボン・チューブも使っているかもしれない。そんなやつに先手をとられた。

サムならば、なにごとにもプロでないと、こうなって当然だというだろう。

くそっ。サムがいてくれたなら――。

二齢のタイタンとは勝負にならない。正攻法では無理だ。なにかしら策を講じなくては。

それはつねづね意識していることでもある。戦いはすばやく、スマートに、かつ苛烈に。長びくほど、正攻法になるほど、負ける率は高くなる。

そもそも、すでに五分の条件ではない。天秤は大きく向こうに傾いている。

パンチを食らい、うしろに跳ね飛ばされた。つかのま、空中で気が遠くなりかけたが、懸命に意識を保つ。いくつもの家具を巻き添えにしつつ、空中で大きくのけぞる形となり、最後には背中からテーブルに落下して、ひしゃげたテーブルごと床に転がった。幸いにも、テーブルは地元産古木の高級材製だった。ガラス製ならえらいことになっていただろう。

ここで死ぬかもしれない。いや、もう死んでいて、自覚していないだけかもしれない。

ポケットに左手をつっこむ。殴られたさい、あれがポケットから落ちていないといいが。つきあいだして一周年のとき、アテナがくれた折りたたみ式のコルク栓抜き《ソムリエナイフ》——あった。探りあてたコルク栓抜き《ソムリエナイフ》のスクリューをポケットの中で引きだし、握りをぐっとつかむ。高さ二メートル半、重さ二百キロ以上の〝ワイン瓶〟から栓を抜こうとするかのように。態勢がととのうまで、モーリスにはこの武器を見られたくない。

家具が倒れたエレインのリビングルームを横切り、モーリスが距離を詰めてきた。このひとときをじっくりと味わっているようだ。エレインがなにかいっているが、モーリスは耳を貸していない。それも道理で、意図は明白だ。〝エレインの目の前でキャルを殺す〟

ことにより、永遠の感謝と賞賛を得られると思いこんでいるのだろう。近ごろモーリスのとってきた一連の行動は、エレインをかばうためのものだった。そこに疑いの余地はない。モーリスはエレインがロディを殺したことも知っている。モーリスの行動はことごとく、万人の目からその事実を隠すためのものだったと見ていい。エレインがそんな依頼をするはずはない。エレインをかばうもなにも、そんな必要はどこにもないんだから。エレイン・トンファミカスカは、自分を殺しかけた夫に、重傷を——本来ならば死んでいたはずの重傷を負わせ、自分も死にかけたものの、死の淵から生還し、別名で暮らしている女だ。なにが明るみに出ようと、裁判にすらかけられることはない。

「立て」モーリスがいった。「いたぶってやる。たっぷりと」

のろのろと立ちあがった。じっさい以上にダメージを受けていると見せかけるためだ。むずかしいことじゃない。覚悟していたよりもダメージは大きい。銃創からは大量の血が流れだしている。この感じだと、出血多量は確実だ。なんとか攻撃の手を緩めさせないと。問題は、そもそもモーリスの側は、全力を出す必要などないという点にある。

「あわれなやつめ」とモーリスにいった。「うちのカーペットからおまえの血を拭うのは簡単だったぞ。水みたいに薄い血だったからな」

殴りかかってきた。すんでのところでパンチをかわす。わざとらしく、かぶりをふってみせたのは、本気であわれんでいるように見せるためだ。

「あわれなやつめ」

ステファンの声色をまねしようとした。こいつは毎日オフィスで、ステファンから同じことばを投げかけられているにちがいない。

これが効いたと見えて、こんどのパンチはずいぶん大ぶりだった。当たっていたら頭が爆裂していただろう。ただ、すかさず下をかいくぐったのはいいが、その動きで、銃創の裂けた筋肉がさらにすこし裂けてしまった。

パンチがくる。またよける。もういちど。吐き気を抑えるのに苦労した。ここでやっと、モーリスが大きくこぶしをふりかぶり、渾身の力で殴りつけてきた。こんどはかわさない。まっすぐ立ったまま、腰に重心を置いて身をひねり、右手でこぶしの軌道をそらしつつ、凶器を構えた左手のほうへまっすぐ誘導する。

握った指のあいだから栓抜きのスクリューを突きださせ、飛んできたこぶしの骨と骨のあいだに突き刺し、思いきりひねった。

モーリスが絶叫をあげた。

ぐいっとコルク抜きを引く。モーリスはたまらずにこぶしを追随させた。スクリューをこぶしに埋もれさせたまま、膨れあがってくる暴力衝動に身をまかせ、苦悶に顔を歪めるモーリスを引きよせる。モーリスも心の一部では強引に抜いたほうがいいとわかっているはずだ。どうせ治せるのだから、引きぬいて自由になったほうがいい。だが、万人の心の奥底に潜む動物は、手の骨を鶏の骨のように捥《も》ぎとられることをよしとしない。そういう犠牲を受け入れるには、それなりの訓練と演習が必要だ。あるいは、死をも厭《いと》わぬ覚悟が必要だ。そしてモーリスは、そのいずれも持ち合わせてはいない。

そうやって〝ダンス〟をしているあいだ、腹にひざを二発、胸にひじを一発入れたが、貧弱な体格と貧弱な筋肉では、さほど効くはずもない。すかさずコルク抜きを左にひねる。スクリューがはずれ、それとともにこぶしから肉塊を抉《えぐ》りとった。たぶん、こぶしとして使うのに必要な部分を。ここで顔面を引っぱたいた。ぎょっとして、モーリスのガードが開く――あけはなした窓のように。その隙をつき、のどもとめがけ、まだ鮮血にまみれたスクリューを突きだした。素人の知識しかないが、気管を切開するつもりだった。のどを抉りさえすれば勝てる。サムがいうように、序盤で強烈な一撃をかませばかならず勝つ。

ただしそれは、かませればの話。

勝てそうにない、とここで悟った。

わずかにスローすぎたのだ。側胸部の出血で身もひねれない。やむなく左腕を伸ばす。が、あとすこしでのどに届かなかった。ほんの二センチだ。それ以上じゃない。

伸びきった左手をモーリスがつかみ、純粋な歓喜の雄叫びをあげた。

つぎの瞬間、胸に二発、パンチを食らった。肋骨の二本は折れただろう。あっと思ったときには、バルコニーに出るガラス扉にたたきつけられていた。飛散するガラスとともに、デッキの上へ転げ出る。モーリスが笑っていた。だが、ステファンのすさまじい笑い声にくらべれば、ずっと格が落ちる。ただ音が大きいだけだ。仇敵を屋外に放りだせたことで、危ないクズ野郎が馬鹿みたいに笑ってやがる。

モーリスはバルコニーまで追いかけてきて、寒風吹きすさぶ暗闇の中に立ち、マツ材のデッキを歩いてきた。なかば融け、なかば氷のままの雹におおわれているため、デッキはすべりやすくなっている。このありさまでは立てるかどうかわからないが、試してみないことにははじまらない。足音と足音の合間にモーリスの歌声が聞こえた。〝サウンダーをぶっ殺す、サウンダーをぶっ殺す——〟。両の腕は大きく広げている。なにかクスリでもキメているのかと思ったが、そうじゃない。憎しみだ。憎しみでハイになってやがるんだ。あしたになれば、モーリスは血まみれの手に痛みを感じるだろう。自分が格闘したことを実感するだろう。

そんなあしたが、こちらにもくるかどうか。

スマートに戦え、えげつなく戦え、戦いをやめるな。

モーリスが迫ってきた。そのモーリスに向かって歩みだす。こんどもスクリューで手を刺そうとして、すっかり頭に血が昇っているようすを装った。そう、格闘の誘いに乗って、氷の上で攻撃をかわしたり、かいくぐったりできると思いこんでいるかのように、自分の身になにが起ころうとも手を刺す覚悟でいるかのように見せかける。もういちど殴られた。腹の右側を。体内で、骨ではないなにかが破裂した。たぶん、腎臓だろう。でなければ、医者でないと名前を知らないが、生きていくのに必要な、ちょっとした臓器のひとつが。いまだかつて発したことのない、小さな音がのどの奥から流れ出た。ここでモーリスが、腹の左側も殴ろうとした。左右に同様のダメージを与えることで、この格闘スタイルでのポイントが稼げると思っているのだろう。いまこいつの頭の中で渦巻いているのはこうだ。

〝ドラマの主役はおれ、力こそはすべて、いまこそおれの時間――〟。

その刹那、モーリスの胸ぐらをつかみ、さりげなくキスをするかのように、顔をぐいと引きよせた。そのまままうしろへ倒れこみ、バルコニーの手すりがある方向へ向かうべく、思いきり床板を蹴る。自分の中に、これがうまい手だと思っている部分はひとつもない。モーリスはとんでもなく重く、こちらはボロボロの身だ。だが、打てる手はほかにない。計算が正しければ、投げとばすのは無理だろう。はずみをつけるのがせいいっぱいだ。

やはりそうだった。これでは投げとばせない。

モーリスの全体重が強烈にのしかかってきて、背中全体が氷と床板にたたきつけられた。脚の筋肉という筋肉から力が抜け、側胸部の銃創が熱く燃え盛る状態で、モーリスを上に乗せたまま、バルコニーの上をすべっていく。ほんとうは、倒れた反動でモーリスの身が浮きあがり、手すりの外へ飛びだしていくはずだった。しかし、そうはいきそうにない。こうしてすべっていくだけでは、手すりに激突して止まるだけだ。万策尽きた。

ふたりのすべる音が響いている。モーリスも悲鳴をあげている。自分の口からも悲鳴が洩れている。つぎの瞬間、ついにモーリスのからだが浮きあがった。宙高く飛んでいく。下にあんぐりと口をあける小峡谷に向かって。

タイタンにとって、ちょっとした高さでも落下は命取りだ。クモと同じで密度が高すぎ、そのぶん脆《もろ》い。空中を飛ぶモーリスの表情が警戒と恐怖のそれに変わった。バルコニーの手すりがへし折れる音につづいて、なにかにぶつかる音、ずるずると引きずる音の複雑な組みあわせが響く。音のほうを見ようにも、なかなか首をめぐらせない。床板は冷たくて気持ちがいい。ほどなくして、モーリスの荒い息使いが聞こえてきた。すると、あいつは落ちなかったのか。なけなしの力をふりしぼって首を起こし、手すりを見る。モーリスは笠木《かさぎ》にしがみついていた。エレインが飲みものを並べる台の代わりに使っていた、上部が平らな横木だ。両脚は宙ぶらりんだが、負傷していない左手と右腕を使ってひしと笠木につかまっている。もうじき這いあがってくるだろう。そうなったら、万事休す。

必死に立ちあがろうとした。が、なにかがおかしい。からだがいうことをきかない。

ふたたび、モーリスが笑い、片足を手すりにかけた。

まさにその瞬間、エレイン・トンファミカスカがつかつかと横を歩いていき、手にした鉄鋳《てつい》物《もの》のフライパン《スキレット》でモーリスの顔面を殴りつけた。一度、二度。モーリスが愕然としてエレインを見あげる。

「あのテーブルのこと、気にいっていたのに」とエレインはいった。「それに、アテナはキャルを愛しているの。こんなまねをしろなんて、ひとこともあなたにいったことはないでしょう」

もういちどスキレットをふるう。

「あなたはピーターを思いださせる。なにからなにまで、そっくり。あなたはいつもそう。だから、もう……わたしにかまわないで。消えてしまいなさい」

エレインを見つめるモーリスの額は、妙にぐにゃぐにゃで、異様に見えた。エレインはまたもやスキレットをふりかぶり、いましがた打ちすえたのと同じ場所にたたきつけた。こんどは渾身の力をこめての一撃だった。

モーリスはうしろにのけぞり、落下していった——下に群がるクマたちのもとへ。
エレインはつかのま、落ちていくのを見とどけてから、山荘の中へもどっていった。

7

どこかで光が踊り、だれかが叫んでいる。女性はひどく憤慨しているようだ。だれかが強く胸を圧迫してきて、マスクをはめさせようとした。マスクなんかつけたら息が苦しいじゃないか。だが、おかしなことに、マスクをつけたほうが呼吸が楽になった。

「聖ヘレンズ」とだれかにいった。ああ、これは前のときにいうべきことばだったか。マーカスにまた怒られる。

ここはまだ、エレインのバルコニーだろうか。心地よい氷の上に寝ているのか？

そう思う。

クマたちが無事だといいんだが。

上からモーリスに落ちてこられて平気なやつなんかいやしない。クマでさえ無理だ。

「キャル？　聞こえるか？」

「聞こえてない」

「聞こえてないのかい?」

「聞こえてない」

「やれやれ、このひとことだけでも、つむじまがりぶりがよくわかる」

いまはしゃべりたくない。しゃべりたくないのなら、しゃべる必要はない。こちとら、死にかけてるんだ。

「——先生、わたしが呼びかけてみても?」

医師がOKを出したらしい。

「キャル?」

「アテナか」

「キャル、きらわないで」

「ありえない」

「それでも、きらわないで」

「ありえないってば。ただ、怖くてしかたない。手を握っててくれるか」

「もう握ってる」

「ならいい」

目覚めたときには、夏になっていた。

ベッドの上で起きあがる。前にも同じことをした気がする。寒いのに寒くない。病室の壁は淡い色で、室内は暖かかった。室内にある医療機械はやけに高価な専用機器ばかりだ。異状がないことをモニターする機械の作動音は、室内ではほとんど聞こえない。

ベッドから脚をおろし、床に足裏をつけた。床は本来よりも遠くなったように見える。これは長時間、ぐっすりと眠ったときによく感じることだ。

立ちあがった。全裸だったが、べつにかまいやしない。ここは病室なんだから。どうせ全身を見られてる。けっこう長く眠っていたらしい。手足が重いし、動きもぎこちない。しばらく使わなかったからだろう。失血の影響もあるかもしれない。例の銃創はきちんと処置されて、あのケツの穴模様もきれいになくなっていた。

突然、アテナが入ってきて、ぎゅうっと抱きしめられた。だが、アテナの頭があるのは自分の胸のあたりだ。アテナが縮んだ?

それでやっと、真相を悟った。

路上に解き放ってもらえるまで、それからもう一ヵ月はかかった。退院するにあたって、これからはもう、以前と同じようにはいかないことを実感した。人々が見る目がちがう。この肉体に権力を感じているんだ。その想定も、あながちまちがってはいない。

アテナにステファンのところへ連れていかれた。治療費用を持ってくれたからである。ステファンはデートの真っ最中で、お相手はムンバイーからきた神経科学の教授だった。ふたりはまわりの庭園からただよってくるスイカズラの芳香に包まれて、プールで泳ぎ、オスリス湖の景観を堪能していた。プールの上には何匹ものミツバチが飛びかい、教授の髪に差した花に群がっている。教授がこちらに気づき、手を振ってみせた。驚いたことに、ステファンがプールからあがると、目に見えて水位が下がった。セックスするのなら——あのふたりにセックスができるかどうかはさておき——プールの中のほうがずっと楽なのだろう。アテナがプールサイドへ歩いていき、教授のとなりのデッキチェアにすわって、なにかを話しはじめた。教えを受けているのはどちらのほうだろう、なにについてだろう。

「元気になったおまえが見られてうれしい」ステファンがいった。

「そうかい。そりゃどうも」

「いまのは本音だぞ、いうまでもなく。前にもいったように、おまえは想像していたより興味深い男になった。いうなれば、熟成期間を経たわけだ。七難八苦でこなれてきたか。アテナにいわれなくとも、どのみちおまえには費用を用立てていただろう。まだ間にあううちだったらな」

「アテナが連絡しなかったら、エレインが連絡したかもしれないぜ、あんたに」

「かもしれん。ところで、エレインの件について、礼をいっておこう。あれのケアをしてくれたこともありがたいが、おまえの置かれている状況にエレインはいたく感動していた、いまは当人も投与を受けて、リハビリの真っ最中だ。退院にはもう二、三カ月かかる――脳の治療には時間がかかるのでな、知ってのとおり。終わりよければすべてよし。さて、おまえはどうする、これから？」

「警察はもう、コンサルタントとしての契約をつづけちゃくれないだろうな」

「うむ、そうだろう。継続した場合、結果が混沌としてよく見えまい」

「それ、仕事がほしいかと訊いてるのかい？」

「純然たる好奇心さ」

「おんなじじゃないか。ものごとを表から見るか、裏から見るかのちがいで」

「ふうむ。ま、そうだな。うちにきたほうが……役にはたつ」

ステファンは肩をすくめ――そのしぐさで、水が背中を流れ落ちていった――アテナを眺めやった。

「あれにとっては万々歳だ。ほしいものはみな手に入れた。もちろん、おまえのこともだ。エレインは快方に向かっている。邪魔なモーリスももういない。アテナの母親を悩ませていた男は死んだ。そのうえ、わしが家父長としてあれに必要以上の圧力をかけたときには、多少とも押し返すだけの力も身につけた。まったく申し分のない結末だ。しかもそれを、指一本あげることなくやってのけたのだからな。じつに誇らしい」

そういって、ステファンは破顔した。今回は歯がぜんぶ見える笑顔だった。

「すまんが、キャル。そろそろプールにもどらねばならん。昨今は水の中にいたほうが、乾いた陸地にいるより比較にならんほど過ごしやすい」

「そうか。じゃあ、またな」

「待っているぞ、キャル」

ステファンはそう言い残し、子供のようにプールへ飛びこんでいった。

アテナがデッキチェアから手を振ってきた。

すでに判明している事実と事実の見えざるはざまで、なにがあったんだろうと考える。エレインがステファンに近い人物であることを、ロディ・テビットはどうやって知った？ロディの正体を、モーリスはどうやって知った？人生のごくささやかな交点――偶然の一致が積み重なり、ついには特定の結末にいたる。

エレインがモーリスを殴ったときの表情は目に焼きついている。あのとき、エレインは長年の苦しみから解放され、苦悩は夜の闇に霧消していった。

ステファンに同感だ。ほんとうに、アテナが誇らしい。

謝辞

ここ数年、わが家ではたいへんな思いをさせられてきた。それはみなさんも同じだろう。ありがとう、クレア、いつものように、いや、今回はいつにも増して。ありがとう、子供たち、疫病にも負けず、元気でいてくれて。父のことでご尽力くださったアイルランド、とくにインチナッティンに対しては深甚の謝意を捧げる。また、本書をお読みいただいたすべての方々に感謝を捧げたい。謝辞まで読んでくださった方々にはそれに倍する感謝を。パトリック、エドワード、オリヴィアほか、すばらしいチームにも感謝している。また、二〇二〇年十二月十三日の朝、ロイヤル・コーンウォール病院にて、事情を察し、親切に対応してくださった名も知れぬ警備員の方には、衷心よりお礼を申しあげたい。

最後に、ありがとう、世の公衆衛生学の専門家、ワクチン研究者、医師、看護師、救急医療士、ボランティア諸氏。そしてありがとう、教師の方々。ありがとう、デリバリーのドライバーとグローサリー経営者のみなさん。

すべての人々に感謝を。

みんなで手をとりあって、前に進もう。

タイタンの散歩も引き受けます（訳者あとがき）

いやー、こんなに愉しかった仕事は何年ぶりだろう。

そのむかし、恐竜が小型化して現在に生き残り、人の皮をかぶって人間社会で暮らしているというイロモノ探偵小説を訳したことがある。本書はそれとほぼ同類項。ちがうのは、主人公の私立探偵が人間であることと、あつかう特異対象が〝タイタン〟であることだ。

タイタンといっても本物じゃない。ギリシア神話の巨神から名を借りた人為的な巨人で、巨人化過程には薬品を用いる。どんな薬品かというと、手塚治虫の『ビッグX』、あれを思いだしてもらうといい。

目盛1、目盛2というように、注射する薬の量が増えるほど、からだが大きく、頑強になっていくのがあの薬だが、本書の〈タイタン化薬《タイティニアム》7〉の場合、一度の投与量ではなく、投与回数でサイズと強靭さが決まる。

投与間隔は、通常は数十年。この薬品を射つと肉体がいったん若返り、若年期の状態にリセットされる。そこへさらに、若返り過程でいったん消えた肉体の成長分が〝クリーンインストール〟されるため、肉体年齢は若いまま、体格や骨密度が増加するという設定だ。これをくりかえすと身長は四メートル近く、まさに「たーまなーんかはねかえせー」の域に達する（アニメ『装甲騎兵ボトムズ』に出てくる人型の兵器・スコープドッグがほぼ同じ大きさなので、実物大像の写真や動画を検索すればサイズ感の確認にちょうどいい）。

このタイタン化、本来は延齢が目的だが、数十年ごとに投与を受けることで、理論上は永遠の生命が得られる。若返りの過程で瀕死の重傷までもがリセットされるため、要人の緊急救命にも使われる。そんな薬物を独占する一族が世界を牛耳るのは理の当然。

舞台となるのは、その一族をはじめ、世のタイタンの大多数が住む、いずことも知れぬ架空の都市。旧市街の名前からするとオスリス市のようだが、明確に書かれてはいない。

このオスリスほか、同市の地名や建物名は、古代ギリシアの固有名詞からとったものが大半を占める。なかにはケルセネソスのように、かつてクリミア半島にあったギリシアの植民都市ケルソネソスを一文字変えた例もあるが、大半はそのまま流用されている。そのカナ表記は基本的に、正調古代ギリシア方式・長音記号なしとした。人名もこれに倣《なら》い、たとえばAthenaはアテナにしている。ただし、タイタン等、いくつか例外もある。

市を象徴するオスリス湖は水深が四千メートル。現代地球でもっとも深いバイカル湖の二倍半は深い。技術水準や都市の生活描写は、タイタン化の技術を除けば現代をそのままスライドさせた感じ。アフガン帰りの老兵もいることから、かなり近めの近未来のようだ。不可思議な水深や時代の雰囲気も含め、なんらかの変事が起こった未来なのか、それとも似て非なる地球なのかはわからないが、重要なのは英国独特の奇妙な不条理感だろう。

そんな世界で探偵稼業を営む主人公のキャル・サウンダーは、警察のコンサルタントを務め、タイタンの関与する事件の後始末が専門。とはいえ、糊口をしのぐため浮気調査もするし、ときにダーティーな顔も見せる。私立探偵としてはほどほどに有能、ほどほどにタフで、ほどほどに迂闊、へらず口のつむじまがり、かつ斜《はす》に構えたお人好し。まさしくこの手のお話に最適化された私立探偵像だ。いいねえ。

もっとも、セオリーどおり地道な聞きこみ調査がつづくかと思いきや、突然、〝テレビ伝道師〟のようなイベントがぶっこまれるから、油断も隙もあったもんじゃない。

作者(父親は死去前にアイルランド国籍を取得したジョン・ル・カレ)のハーカウェイ名義の作風は、既訳書の訳者あとがきで黒原敏行氏が、解説で杉江松恋氏が意を尽くして書いておられるので、そちらをごらんいただきたい。なによりの特徴、ピーキーなほどにスタイリッシュな文体は、本書でも変わらない。テンポのいい会話のまあキレのいいこと。

会話だけでまわす場面では、文脈でだれのせりふかわかれといわんばかりに、話し手を示す語をどんどん省く。主語もバリバリ省く。会話と地の文をシームレスにつないだりもする。こういった手法の大半は、日本の小説作法にも通じるものだが、これはおそらく、スタイリッシュな英語を追求した平行進化の産物だろうと思う。とはいえ、既訳や本作に色を添える妙にコイ日本語を見るにつけ、『ビッグX』との類似もあながち……いやいや、それはありません(笑)。

さて、原題の *Titanium Noir* だが、Titanium は金属元素チタンの英語表記で、読みはタイティニアム。それが本書とどう関わってくるかというと、じつは直接的な関係はない。Titanium が示すのは巨神《タイタン》だからだ。では、まったく関係がないかというと、さにあらず。チタンは灰色の金属で、化合物の酸化チタンは白色の顔料に使われる。その名もチタン白、英語名はタイティニアム・ホワイト。本書はタイタンがテーマとなるノワール小説なので、それを反転させてチタン黒——すなわちタイティニアム・ノワールにしたんじゃないかと推測している。この仕様には重要な意味があり、ラストまで読めばうまいネーミングだと納得されることと思うが、これ以上は口をつぐんでおこう。

本書は書評でも大好評を博している。作者もおおいに気にいっているらしく、来年には続篇の *Sleeper Beach* が刊行される由。いまから読むのが楽しみでしかたない。

ニック・ハーカウェイ著作リスト

- *The Gone-Away World* (2008)『世界が終わってしまったあとの世界で』（黒原敏行訳、ハヤカワ文庫ＮＶ〔上・下〕）
- *The Blind Giant* (2012) ノンフィクション
- *Angelmaker* (2012)『エンジェルメイカー』（黒原敏行訳、ハヤカワ・ミステリ／ハヤカワ文庫ＮＶ〔上・中・下〕）
- *Tigerman* (2014)
- *Gnomon* (2017)
- *The Price You Pay* (2018)『七人の暗殺者』（三角和代訳、ハヤカワ文庫ＮＶ）エイダン・トルーヘン名義
- *Seven Demons* (2021) エイダン・トルーヘン名義
- *Titanium Noir* (2023) 本書
- *Karla's Choice* (2024) ジョン・ル・カレのジョージ・スマイリーもの新作
- *Sleeper Beach* (2025) 本書の続篇（刊行月未定）

訳者略歴　1956年生，1980年早稲田大学政治経済学部卒，英米文学翻訳家　訳書『デューン　砂丘の子供たち〔新訳版〕』ハーバート，『宇宙（そら）へ』コワル，『書架の探偵』ウルフ，『七王国の騎士』マーティン（以上早川書房刊）他多数

HM=Hayakawa Mystery
SF=Science Fiction
JA=Japanese Author
NV=Novel
NF=Nonfiction
FT=Fantasy

タイタン・ノワール

〈SF2465〉

二〇二四年十二月十日　印刷
二〇二四年十二月十五日　発行
（定価はカバーに表示してあります）

著　者　ニック・ハーカウェイ
訳　者　酒《さか》井《い》昭《あき》伸《のぶ》
発行者　早川　浩
発行所　株式会社　早川書房
郵便番号　一〇一 - 〇〇四六
東京都千代田区神田多町二ノ二
電話　〇三 - 三二五二 - 三一一一
振替　〇〇一六〇 - 三 - 四七七九九
https://www.hayakawa-online.co.jp
乱丁・落丁本は小社制作部宛お送り下さい。
送料小社負担にてお取りかえいたします。

印刷・星野精版印刷株式会社　製本・株式会社フォーネット社
Printed and bound in Japan
ISBN978-4-15-012465-6 C0197

本書は活字が大きく読みやすい〈トールサイズ〉です。